Only Beloved
by Mary Balogh

愛の旋律は鳴り止まず

メアリ・バログ
山本やよい[訳]

ライムブックス

Translated from the English
ONLY BELOVED
by Mary Balogh

First published in the United States by Signet

Japanese translation published by arrangement with
Maria Carvainis Agency, Inc
through The English Agency (Japan) Ltd.

愛の旋律は鳴り止まず

主要登場人物

ドーラ・デビンズ……………………………………………音楽教師
ジョージ・クラブ……………………………………………スタンブルック公爵。ペンダリス館の主人
イモジェン・ヘイズ…………………………………………ハードフォード伯爵夫人
パーシヴァル・ウィリアム・ヘンリー・ヘイズ…………ハードフォード伯爵
フラヴィアン・アーノット…………………………………ポンソンビー子爵。元軍人
アグネス・アーノット………………………………………ポンソンビー子爵夫人。ドーラの妹
ヒューゴ・イームズ…………………………………………トレンサム男爵。元軍人
グウェンドレン・イームズ…………………………………トレンサム男爵夫人
ヴィンセント・ハント………………………………………ダーリー子爵。元軍人
ソフィア・ハント……………………………………………ダーリー子爵夫人
ラルフ・ストックウッド……………………………………ワージンガム公爵。元軍人
クロエ・ストックウッド……………………………………ワージンガム公爵夫人
サー・ベネディクト・ハーパー……………………………准男爵。元軍人
サマンサ・ハーパー…………………………………………ベネディクトの妻。准男爵夫人
ミリアム………………………………………………………ジョージの元妻。故人
レディ・ハヴェル……………………………………………ドーラの母
サー・エヴァラード・ハヴェル……………………………ドーラの母の再婚相手

1

スタンブルック公爵ジョージ・クラブはグローヴナー広場にあるロンドンの屋敷の玄関先で石段の下に立ち、彼の二人のいとこを乗せてカンバーランド州への帰途についた馬車が視界から消えたあともなお、別れの挨拶のために右手を上げたままだった。いとこたちが忘れ物をしたせいで、いや、忘れ物をしたと思いこんだせいで、出発が二度も延びて、一度目はメイドが、二度目は家政婦自らが急いで階段をのぼり、空っぽになった部屋を念のために調べたのだが、それでもなお早い時刻の旅立ちとなった。

二人のいとこはマーガレットとオードリーという姉妹で、正確に言うと、公爵のまたいとこに当たる。イモジェン・ヘイズ（レディ・バークリー）とパーシー（ハードフォード伯爵）の結婚式に参列するため、ロンドンに出てきた。オードリーは花嫁となるイモジェンの母親だ。イモジェンも二日前の婚礼の日までスタンブルック邸に滞在していた。親戚ということもあるが、いちばん大きな理由は、ジョージがイモジェンをこの世でいちばん愛しく思っているからだった。同じく愛しく思っている相手がほかにも五人いるのは事実だが、イモジェンは唯一の女性であり、血がつながっているのも彼女だけだ。ジョージ自身も含めたこの七人はグループを作り、〈サバイバーズ・クラブ〉と名乗っている。

八年と少し前のことになるが、ナポレオン戦争で重傷を負い、家族だけでは世話しきれないほどの広範囲にわたる高度な看護が必要とされる軍の士官たちのために、ジョージはコーンウォール州にある公爵家の本邸ペンダリス館を病院兼療養所として提供する決心をした。ベテラン医師を一人と、喜んで看護の仕事に当たろうという者を数人雇い入れ、入院希望者のなかから何人かの患者を選びだした。全部で二〇人を超える患者が治療を受け、ほとんどの者は数週間から数カ月で元気になって、家族のもとや連隊に戻っていった。しかし、三年間もここにとどまった者が六人いた。彼らが負った傷はさまざまだった。肉体的な傷ばかりではなかった。例えば、トレンサム卿ヒューゴ・イームズがここに運ばれてきたときは、かすり傷ひとつ負っていなかったが、彼自身やほかの者たちに危害を加えるのを阻止するために拘束衣を着せられていた。

ジョージを加えた七人のあいだに強い絆が生まれた。あまりにも強固だったため、それぞれがペンダリス館を去って自分の人生に戻ったあとも、絆を断ち切ることはできなかった。ジョージにとって、六人の仲間はほかの誰よりも大切な存在だった――いや、それは正確ではないかもしれない。たった一人の甥であるジュリアン、その妻フィリッパ、幼い娘ベリンダも、とても大切なのだから。甥の一家とはひんぱんに会って、いつも楽しい時間を過ごしている。住まいもペンダリス館からわずか数キロしか離れていない。もちろん、愛とは好き嫌いでランク付けするものではない。愛には幾千もの形があり、どの形もそれぞれに完璧だ。

あらためて考えてみると、愛とは不思議なものだ。

何もない空間に向かって別れの手をふっているのが急に気恥ずかしくなって、ジョージは手を下ろし、邸内に戻ることにした。玄関扉のところに従僕が立っていた。早く扉を閉めたがっているに違いない。靴のなかの足もたぶん震えているだろう。早朝の冷たい風が広場を渡って従僕にじかに吹きつけている。ただ、頭上には大きな青空が広がり、流れゆく雲が五月中旬の爽やかな一日を約束している。

ジョージは若い従僕にうなずきを送り、台所から書斎にコーヒーを運ぶよう命じた。

書斎に入って机を見たが、朝の郵便物はまだ届いていなかった。窓の前に置かれたオーク材の大きな机には、しみひとつない吸取紙と、インク壺(つぼ)と、鵞(が)ペン二本がのっているだけだ。ロンドンは目下、社交シーズンの真っ最中だから、郵便の配達がすんでいれば、いつものように招待状の山ができているはずだ。舞踏会、夜会、音楽会、観劇、ガーデンパーティ、ヴェネツィアふうの朝食会、個人宅での晩餐会(ばんさんかい)、その他多数の催しのなかからいくつか選ばなくてはならない。また、会員になっているクラブへ出かければ、気の合う仲間がいて、いい気分転換ができるし、タッターソールの馬市場や、競馬場や、仕立屋や、ブーツ職人の店へ出かけるのも楽しいことだ。出かける気になれないときは、この部屋で本に囲まれて過ごせばいい。ドアと窓を除いて、すべての壁面が床から天井まで本棚に埋め尽くされている。どの棚であれ、本をあと一冊押しこむ余裕があれば、それこそ驚きだ。ジョージがまだ読んでいない本も何冊かあるが、いつか楽しんで読むことは間違いない。

自分の時間を好きなように使えるというのは嬉しいことだ。気が向かなければ何もしなくていい。イモジェンの結婚式までの何週間かと、そのあとの数日間は目のまわりそうな忙しさで、一人でゆっくりできる時間がほとんどなかった。しかし、その忙しさが心地よかったし、今日からふたたび一人になり、誰にも気兼ねせず自由にふるまえるようになったと思うと、もちろん嬉しいことは嬉しいのだが、同時に一抹の寂しさもあった。いとこたちは騒がしい客ではなく、わがままな客でもなかったが、いまは邸内がやけに静かに感じられる。二人のいとこと送った日々は予想をはるかに超える楽しいものだった。なにしろ、これまでは赤の他人同然だったのだ。先週まで、何年にもわたって顔を合わせたことすらなかった。

イモジェン自身はジョージのもっとも親しい友だが、婚礼を前にして彼女が神経を尖らせていたとしても、無理からぬことだっただろう。だが、そんな様子はなかった。けっして神経をぴりぴりさせた花嫁ではなかった。それどころか、婚礼の準備の最中であることなど、誰にもわからないほどだった。わずかにそれを示していたのは、イモジェンを包んだ新たな未知の輝きで、それがジョージの心を温めてくれた。

披露宴はスタンブルック邸で開かれた。〈サバイバーズ・クラブ〉の仲間のラルフとフラヴィアンもそれぞれ、自分の屋敷を使ってほしいと申しでたが、ジョージはどうしても譲らなかった。披露宴には貴族社会の半数が顔をそろえて、食事とスピーチが終わったあとも、何時間ものあいだ舞踏室が人でごったがえし、当然ながら、ほかの部屋々々へも混雑が広がっていった。披露宴は伝統的に〝ウェディング・ブレックファスト〟と呼びならわされていた。客のほとんどは夜遅くまで居残っていた。るが、これはもちろん現実にそぐわない呼び方で、客のほとんどは夜遅くまで居残っていた。

ジョージはあらゆる瞬間を楽しんだ。

しかし、お祭り騒ぎはすべて終わり、式を終えたイモジェンはパーシーと二人でパリへハネムーンに旅立った。そして、いま、オードリーとマーガレットも去っていった。ただし、出発前にジョージを強く抱きしめて、彼の歓待にあふれんばかりの謝意を示し、近いうちにカンバーランドに泊まりに来るようにと熱心に勧めてくれた。

けさの屋敷には、すべてが終わったという雰囲気が色濃く漂っていた。この二年間、次々と婚礼が続いてあわただしかった。〈サバイバーズ・クラブ〉の仲間が、そして、ジョージの甥が結婚した。彼がこの世でもっとも大切に思っている者のすべてが。イモジェンが最後の一人だった。もちろん、ジョージ自身を除いて。しかし、彼は数に入っていない。もう四八歳だし、一八年にわたる結婚生活ののちに妻を失い、それから一二年以上の歳月が過ぎた。

書斎の暖炉に火が入っているのを見てほっとした。玄関先に立っているあいだに身体が冷えてしまった。椅子を暖炉の片側へ運んで炎に両手をかざした。数分後、従僕がトレイを運んできて、コーヒーを注ぎ、ジョージの傍らの小さなテーブルにカップと受け皿を置いてから、バターとナツメグの香りのする甘いビスケットの皿を添えた。

「ありがとう」ジョージは濃いコーヒーにミルクと少量の砂糖を加え、とくに理由もないま、妻のことを思いだした。召使いのわずかな働きにも礼を言う彼に、妻はいつも苛立っていたものだ。そんなことをすれば、召使いに侮られるに決まってるでしょ――かならず彼に

10

そう言うのだった。

この二年のあいだに〈サバイバーズ・クラブ〉の仲間六人がすべて結婚したのかと思うと、信じられない気がした。世間の荒波から守られた安全なペンダリス館で療養に専念したのちに、全員がここを去ったが、その後、三年の歳月をかけてようやく外の世界にふたたび順応できるようになったので、実り多き有意義な人生にいそいそと戻ることにしたのかもしれない。死や狂気ととなりあわせで長い日々を過ごしてきただけに、人生そのものを祝わずにはいられなかったのだろう。全員が幸せな結婚をしたことも、ジョージにはよくわかっている。ヒューゴにもヴィンセントにもすでに子供が一人ずついるし、ヴィンセントのところは近々次の子が産まれる予定だ。ラルフとフラヴィアンももうじき父親になる。二日前には、もう一人の仲間のベンまでがジョージにこっそり打ち明けた――ここ数日、朝になるとサマンサが吐き気に襲われている、おめでたの兆候だといいのだが、と。

戦争で深く傷ついた複数の男性と一人の女性のために自分の屋敷と心を開いたジョージにとっては、すべてが微笑ましいことだった。彼の助けがなかったら、みんな、それぞれの人生の片隅で永遠に縮こまっているしかなかっただろう。たとえ生き延びることができたとしても。

ジョージはじっと考えこむ表情でビスケットを見たが、つまもうとはしなかった。かわりにコーヒーカップをとると、取っ手を無視して両手でカップを包み、手を温めた。

朝からなんとなく気分が滅入っているのは、自分らしくないことではないだろうか？　イモジェンの婚礼はすばらしく華やかで幸せな出来事だった。彼女の輝きを目にして、ジョージは嬉しくてたまらなかったし、パーシーのことは、最初の印象こそ悪かったものの、いまではけっこうお気に入りで、イモジェンにとってたぶん最高の夫だろうと思うまでになっている。〈サバイバーズ・クラブ〉のあとのメンバーの妻たちのことも、ジョージは大好きだ。わが子に幸せな結婚をさせたことをひそかに誇らしく思っている父親のような心境だった。だが、そこが問題なのかもしれない。実の父親ではないのだから。そうだろう？　ついでに言っておくと、誰の父親でもない。ジョージはコーヒーに渋い顔を向け、砂糖を少し足そうかと思ったが、考えなおして、もうひと口飲んだ。たった一人の息子は半島戦争の初期のころに一七歳で戦死し、そのわずか二、三カ月後に妻のミリアムも自ら命を絶った。

何も見ていない目でカップをじっと覗(のぞ)きながら、ジョージは思った――ひどく孤独だ。もっとも、イモジェンやあとの仲間が結婚する以前の孤独に比べれば、いまのほうがまだましかもしれないが。ジュリアンはわたしの実子ではなく、亡くなった弟の息子だし、〈サバイバーズ・クラブ〉の六人の仲間は五年前に全員がペンダリス館を去っていった。友情の強い絆は以後も健在で、年に三週間ずつ、たいていペンダリス館に全員で集まることにしているものの、血のつながった家族ではない。イモジェンでさえ、わたしのまたいとこの娘に過ぎない。

六人の仲間はわたしを置き去りにして、それぞれの人生を歩みはじめた。おやおや、こんなふうに自分を哀れむとは、なんとも惨めなものだな。

コーヒーを飲みおえると、あまり優雅とは言えない手つきでカップを受け皿に戻し、両方をトレイにのせてから、落ち着かない様子で立ちあがった。机の向こう側にまわり、窓辺に立って広場を眺めた。まだ早朝なので、人の動きはほとんどない。さっきより雲が薄くなり、空が青一色に染まりつつある。人の心を浮き立たせるために用意されたような一日だ。

わたしは孤独だ。くそっ。骨の髄まで、魂の奥底まで。

いつもたいてい孤独だった。

一人前の大人としての人生は残酷なほど早く始まった。立派な軍人になることが人生最大の望みだと言って父親を説得し、一七歳のとき、期待に胸を膨らませて軍職を購入してもらった。しかし、わずか四カ月後に故郷に呼び戻された。父親が死期を悟ったためだった。一八歳になる前に騎兵隊旗手の軍職を売却してミリアムと結婚、父親を亡くし、爵位を継いで、彼自身がスタンブルック公爵となった。一九歳にもならないうちにブレンダンが産まれた。

いまふりかえってみると、大人になってからの人生は孤独以外の何物でもなかったように思われる。孤独でなかったのは、連隊に入って短期間だけ経験した、まばゆい喜びにあふれた日々。そして、ブレンダンと過ごした何年間か……。

ジョージは背中で両手を組み、いとこたちが予定どおり早朝に出発したらハイドパークで午前中の乗馬につきあおう、とラルフとベンに約束していたことを遅まきながら思いだした。イモジェンの婚礼に出るために〈サバイバーズ・クラブ〉の面々がロンドンに来ていて、全員がまだこちらに残っている。ただし、ヴィンセントとソフィアは昨日グロスターシャー州ーシーはもちろん、パリへ旅立った。

わたしが孤独を感じる理由など何もないし、あと四人の仲間がロンドンを離れて故郷に戻ったあとも、孤独に陥る理由はないはずだ。ロンドンには男女両方の友人がたくさんいる。田舎の本邸に戻れば、親しい隣人たちがいる。ジュリアンとフィリッパもいる。

だが、やはり孤独だ。くそっ。厄介なのは、それを自覚したのがつい最近だということだ。具体的に言うと、わずか一週間前、〈サバイバーズ・クラブ〉の最後の結婚式に向けて、誰もが浮き浮きと準備に追われていた最中のことだった。孤独を感じた自分に狼狽し、イモジェンの愛情を勝ちえて彼女の笑いと輝きを復活させたパーシーのことを、自分は腹立たしく思っているのだろうか、と自問したほどだった。わたしもイモジェンを愛していたのではないか、と自らに問いかけた。うん、たしかに愛していた——自分に正直になってしばらく考えてから、そう結論した。疑問の余地はない。ただし、イモジェンへの愛が〝そういう種類の〝愛ではないことにも疑問の余地はなかった。彼女への愛はヴィンセントやその他の仲間に対する愛とまったく同じで——とても深いものだが、純粋にプラトニックな愛だった。

この数日、もう一度愛人でも作ろうかと漠然と考えていた。これまでも、たまに愛人を作ったことがある——いずれも未亡人で、ジョージが彼女たちに感じていたのは好意と敬意だけだった。同じ貴族階級の女性たちとひそかな関係を持ったこともある——いずれも未亡人で、ジョージが彼女たちに感じていたのは好意と敬意だけだった。

いや、愛人がほしいとは思わない。

ゆうべは眠れぬまま横になり、心をゆったりさせることも眠りにつくこともできずに、ベッドを覆う暗い天蓋をじっと見上げていた。とくに原因もないのに眠りに見捨てられてしまったこういう夜は、ふと、結婚したほうがいいかもしれないという思いが浮かんでくる。愛のためでも、子作りのためでもない。この年ではもう、ロマンスを追いかける気にも、父親になる気にもなれない。子供を作るのが年齢的に無理なわけではないが、ペンダリス館にふたたび子供を、もしくは子供たちを迎えたいとは思っていない。また、子供を作るつもりなら若い女と結婚する必要があるが、年齢が自分の半分しかない女と結婚することには魅力を感じなかった。多くの男にとっては魅力的かもしれないが、ジョージはそういうタイプではない。毎年春の社交シーズンになると上流階級の舞踏室に押し寄せる若き美女たちに、賞賛の目を向けることはできるが、そのなかの誰かとベッドを共にしたいという気持ちはまったくない。

ゆうべ、彼の心に浮かんだのは、結婚すればいい話し相手ができる、本物の友情が芽生えるかもしれない、という思いだった。たぶん、気の合う仲間になれるだろう。そして、夜が来てベッドに入ると、その人が傍らに横たわって、わたしの孤独を癒し、つねにセックスの喜びを与えてくれるだろう。

禁欲生活があまりにも長く続いているため、どうにも落ち着かない気分だった。

広場の向こうに目をやると、馬に乗った馬番に先導されて、二頭の馬が蹄の音を立てながースﾞパリー邸の玄関扉が開いて、若い令嬢二人が姿を現わし、馬番の手を借りて片鞍に腰を落ち着けた。二人ともおしゃれな乗馬服姿だ。女らしい笑い声とはしゃいだ叫びが広場を渡り、閉ざされた書斎の窓を通り抜けて、かすかに聞こえてきた。二人は見るからに楽しげに走り去り、馬番が礼儀正しく距離を置いてあとを追った。

若さは目の保養になる。しかし、若い女性に近づこうという気はまったくなかった。

ゆうべジョージの心に浮かんだ思いは、想像の世界のものではなかった。ある女性の具体的なイメージを伴っていた。もっとも、なぜその女性なのかは、彼自身にも説明できなかった。ほとんど知らない相手だし、そもそも、会ったのは一年以上も前のことだ。それなのに、そろそろ再婚を考えようかと思ったとき、彼の心に鮮やかに浮かんできたのはその女性の姿だった。その人との再婚。その人こそ、完璧な――ただ一人の――相手のように、ジョージには思われた。

やがてとろとろと眠りに落ち、朝早く目をさまして二人のいとこと朝食をとり、それから二人の出発を見送った。いまようやく、ゆうべの不可思議な焦燥を思いだした。寝ぼけ半分で夢を見ていたに違いない。ふたたび妻という存在に縛りつけられるなど狂気の沙汰だ。相手が赤の他人となればとくに。やはり自分の好みに合わないと思ったら？　あるいは、向こうが彼のことを好みに合わないと思ったら？　ときたま彼の心を滅入らせる孤独と空虚さよりも、ぎくしゃくした結婚生活のほうがさらに不幸だ。

ところが、またしてもゆうべと同じ思いが浮かんできた。なぜ乗馬に出かけなかったのだ?〈ホワイツ〉へ行ってもよかったのに。そうすれば、顔見知りの男たちと気の置けない会話を楽しんだり、朝刊にじっくり目を通したりできたはずだ。

結婚を申しこんだら、向こうは受けてくれるだろうか?　きっと応じるはずだと思いこむのは、こちらのうぬぼれだろうか?　だが、拒む理由がどこにある?　向こうが〝愛してもいない人とは結婚できない〟と思わないかぎり。だが、向こうももはや、ロマンティックな夢で頭がいっぱいのうら若き乙女ではない。わたしと同じく、ロマンスにはたぶん関心がないだろう。わたしには、高貴な称号と財産というわかりやすい好条件のほかにも、女性に差しだせるものがたくさんある。誠実な人柄、友情……そして、結婚そのものを差しだすことができる。彼女は一度も結婚したことがない。

だが、中年をかなり過ぎてから再婚などしたら、世間のいい笑いものになるだけだろうか?　いや、なぜ心配する?　この年代の男も、もっと年上の男も、ずいぶん結婚している。しかも、わたしは学業を終えたばかりの初々しい可憐(かれん)な乙女を狙っているのではない。そんなみっともないことをするつもりはない。成熟した女性との暮らしに安らぎを求めたいと願っているだけだ。相手もたぶん、それと同じ安らぎが自分の人生に訪れることを歓迎してくれるだろう。

いい年をしてなどと考えるのは馬鹿げている。相手の女性もそうだ。若さが過去のものになったとしても、仲間を求め、満ち足りた人生を望む権利は誰にでもある。ただ、わたしはそこまで真剣に考えているわけではない。そうだろう？

書斎のドアにノックが響き、それに続いて、郵便物の束を抱えた若い男性が入ってきた。

「イーサン」ジョージは秘書に軽くうなずいてみせた。「灼熱の興味を掻き立てるものや、重大な用件を記したものが何かあるかね？」

「ふだんと変わらぬものばかりです、公爵さま」郵便物の束をふたつに分け、それぞれをデスクに置きながら、イーサン・ブリッグズは言った。「事務関係と社交関係です」いつものようにふたつの束を順々に指し示した。

「請求書は？」ジョージは事務関係の束のほうへ顎を向けた。

「〈ホービー〉から乗馬靴の請求書が来ております。それと、婚礼費用の請求書がいくつか」

「わたしがいちいち点検しなくてはならないのか？」ジョージは憂鬱な顔になった。「支払いはまかせたぞ、イーサン」

秘書は事務関係の束を手にとった。

「もうひとつのほうも下げてくれ」ジョージは言った。「丁重な断わりの返事を出しておいてほしい」

「全部ですか、公爵さま？」ブリッグズは両方の眉を上げた。「侯爵夫人とか――」

「全部だ。また、今後数日のあいだに届く招待状のすべてについても、わたしから追って指示がないかぎり、欠席の返事を出してくれ。わたしはしばらくロンドンを離れる」

「離れる？」またしてもブリッグズの両方の眉が上がった。

ブリッグズは完璧に信頼できる有能な秘書だ。スタンブルック公爵に仕えてほぼ六年になる。だが、完璧な人間はどこにもいない、とジョージは思った。この男の場合は、雇い主の言葉をそのままくりかえす癖がある。耳にした言葉が信じられないかのように。

「しかし、明後日、貴族院で演説をなさるご予定ですが、公爵さま」

「延期してもらえばいい」ジョージは冷淡に片手をふった。「わたしは明日出発する」

「コーンウォールへ？　わたしから家政婦に手紙を書いて、事前に――」

「ペンダリス館ではない。こちらに戻るのは……そうだな、まだ決めていない。それまでのあいだ、請求書の支払いをおこない、招待状には断わりの返事を出し、その他、わたしに命じられた仕事をやっておいてくれ」

ブリッグズはデスクに残っていた郵便物の束を手にとると、雇い主に恭しくお辞儀をして、書斎を出ていった。

ほう、おまえは出かける気か？　ジョージは自分に問いかけた。ほぼ知らない相手であり、長いあいだ会っていないレディに結婚を申しこむために？

求婚とはどんなふうにするものだろう？　前のときは、自分はまだ一七歳だったし、両家の父親が縁談をまとめ、条件に関して合意に達し、契約書の署名も終えていたため、求婚は形式的なものに過ぎなかった。息子と娘の希望や感情は考慮されず、意見を求められることすらなかった。片方の父親の死期が迫っていて、息子が身を固めるのを見届けたいという焦りがあるとなれば、なおさらだ。ミリアムのときに比べれば、少なくとも今回は相手の女性のことが多少はわかっている。とりあえず、どんな外見か、どんな声なのか、わかっている。前のときは、ミリアムを初めて目にしたのが求婚する当日で、彼女の父親と自分自身の父親のきびしい視線のもとで、しどろもどろになりながら正式な求婚の言葉を口にしたのだった。

本気で求婚するつもりなのか？

向こうはいったいどう思うだろう？

どう答えるだろう？

2

まだ五月なのに季節は春から夏へ移ろうとしている――人はついそう信じてしまうかもしれない。澄みきった紺碧の空が広がり、太陽が輝き、暖かな大気のおかげでショールは不要。いえ、邪魔なほどだわ――ドーラ・デビンズはそんなことを考えながら、玄関から家に入り、自分が帰ったことを知らせておこうと思って家政婦のヘンリー夫人に声をかけた。

この家はグロスターシャー州のイングルブルックという村にある小さなコテージで、ドーラは九年前からここで暮らしている。生まれたのはランカシャー州で、彼女が一七歳のときに母親が家族を捨てて出ていったあと、父親の大きな家の家事を切り盛りし、妹のアグネスの母親がわりを務めることに全力を尽くした。ドーラが三〇歳になったとき、父親が以前から家族ぐるみでつきあっていた未亡人と再婚した。妹のアグネスは一八歳になっていて、その一年後に、近所に住む男性と結婚した。じつは、以前ドーラにも求婚した男性だが、アグネスはそのことを知らなかった。それから一年もしないうちに、ドーラは自分がもう誰にも必要とされておらず、自分の居場所はどこにもないことを悟った。父親の再婚相手から、実家で暮らす以外の生き方を考えるべきだ、と遠まわしに言われるようになった。ドーラは家庭教師か、裕福な女性の話し相手(コンパニオン)になろうか、いや、家政婦として働こうかとまで考えたが、どの仕事にも魅力を感じなかった。

ある日、幸運なめぐりあわせにより、父親が読んでいた朝刊で募集広告を目にした。身元のたしかな紳士もしくは淑女をグロスターシャー州のイングルブルック村に招き、村とその周辺に住む生徒たちにさまざまな楽器のレッスンをしてもらうための募集だった。給料がもらえる働き口ではなかった。それどころか、働き口とも呼べないものだった。雇い主はいないし、仕事や収入の保証もなく、一人で音楽教室を始めて繁盛させるべく努力するしかない。繁盛すれば充分な収入になるはずだ。募集広告にはまた、ほどほどの価格で売りに出ている村のコテージのことも書き添えてあった。ドーラにはこの広告に応募できるだけの資格があったし、コテージの購入代金は父親が喜んで払ってくれることになった。アグネスが結婚のときに渡された持参金とほぼ同じ額だった。じつのところ、長女と再婚相手がひとつ屋根の下で暮らすという問題がけっこう簡単に解決したので、父親は見るからにほっとした様子だった。

広告に名前が出ていた職業斡旋(あっせん)所にドーラが手紙を出すと、すぐさま好意的な返事が届いたので、ドーラは当の物件を見ないまま、新たな家へ越すことにした。以来、生徒が少なくなることも、収入がとぎれることもなく、ここで忙しく幸せな日々を送っている。裕福ではない――それにはほど遠い。しかし、レッスンの謝礼だけで充分に暮らしていけたし、まさかのときに備えて、わずかながら貯金にまわすこともできた。さらには、ヘンリー夫人を雇って掃除と料理と買物をしてもらう余裕もあった。村の人々は自分たちの共同社会にドーラを迎え入れ、ドーラのほうも、とくに親しい友達こそいないものの、おおぜいの村人と仲良くなった。

ドーラは玄関から二階の自分の部屋へ直行すると、ショールとボンネットをはずして、鏡の前で髪をふわっとさせ、狭い化粧室の洗面台で手を洗ってから、裏窓の下に広がる庭を眺めた。二階から見ると、庭は手入れが行き届き、色彩にあふれているが、一日か二日したら自分が熊手と移植ごてを持って庭に出て、つねに侵略を続ける雑草に闘いを挑むことはわかっていた。本当は雑草も好き。でも――お願いだから――うちの庭には生えないで。生い茂るなら周囲の生垣や野原だけにして。だったら、わたしも一日じゅう、雑草に賞賛の目を向けることができる。

ああ――不意にドーラの胸が疼いた――アグネスがいなくなって、いまも寂しくてたまらない。ここで一緒に暮らしたのは、妹が夫を亡くしたあとの一年ほどのことだった。アグネスは戸外で長い時間を過ごし、野の花をスケッチしていたものだ。アグネスの水彩画はすばらしかった。本当に幸せな一年だった。アグネスは、わたしが持ったことのない、そして、今後も持つことがない子供のようなものだから。でも、幸せな時間が永遠に続くはずのないことはわかっていた。それを願うことすら自分にきびしく禁じた。やはり長続きはしなかった。アグネスが愛する人を見つけたからだ。

アグネスの二人目の夫となったフラヴィアン（ポンソンビー子爵）のことが、ドーラは気に入っている。それも、かなりの気に入りようだ。もっとも、最初は胡散臭(うさんくさ)く思っていた。なにしろ、ハンサムで、魅力的で、ウィットに富んではいるが、人を嘲笑するような眉の動きがどうにも信用できなかったのだ。だが、人柄がわかってくるにつれて、物静かで控えめな妹には彼こそが理想の伴侶だと認めるしかなくなった。去年、二人がこの村で挙式したときは、愛に満ちた結婚になることがドーラにはわかっていた。そう、まさにそのとおりになった。二人は幸せな結婚生活を送っていて、秋には子供が産まれる予定だ。

もはや庭を見ていなかった自分に気づいて、ドーラは窓辺で向きを変えた。アグネスとフラヴィアンははるか遠くのサセックス州で暮らしている。でも、世界の終わりというわけではない。そうでしょ？　すでに二回、あちらを訪問した。クリスマスと、それから復活祭に。どちらも二週間の滞在だった。もっと泊まっていってほしいとフラヴィアンから強く頼まれたし、アグネスには、見るからに真剣な顔で、よかったらこのまま永遠に同居してほしいと言われた。

〝永遠にもう一日プラスしよう〟フラヴィアンがつけくわえた。

ドーラにはその気はなかった。一人で暮らすのはもちろん孤独なものだが、これまで目にしてきたどのような生き方よりも、孤独な人生のほうがはるかに好ましい。三九歳、未婚。もしかしたら、家庭教師やコンパニオンになるか、身内を頼って妹の家と実家と兄の家を永遠に行き来することになっていたかもしれない。そう考えると、ささやかな愛らしいコテージと、自力で得ている収入と、孤独な暮らしがじつにありがたく思えてくる。いえ、孤独な暮らしではない——気ままな一人暮らし。

階下から陶器のカチャカチャという音が聞こえてきたので、ヘンリー夫人のわざとらしい合図だと気がついた。「お茶を用意して居間に運びました。早く下りてこないと冷めてしまいますよ」と叫ぶかわりに、二階に向かって合図をしているのだ。

ドーラは一階に下りた。

「ミドルベリーへいらしたときに、ロンドンの盛大な結婚式のことを残らずお聞きになったんでしょう？」ドーラが自分でお茶を注ぎ、スコーンにバターを塗っていると、期待に満ちた顔でドアのあたりをうろつきながら、ヘンリー夫人が尋ねた。

「レディ・ダーリーから？」ドーラは微笑した。「ええ、とても立派で和やかなお式だったそうよ。ハノーヴァー広場の聖ジョージ教会で挙式して、そのあと、スタンブルック公爵が豪華な披露宴を開いてくださったんですって。レディ・バークリーが幸せになれてほんとによかったわ。もっとも、いまはハードフォード伯爵夫人って呼ばなきゃいけないのよね。去年お会いしたときは、とても魅力的な方だと思ったけど、ひどくよそよそしいところがあった。レディ・ダーリーの話だと、新婚の旦那さまがあの方にべた惚れなんですって。とってもロマンティックじゃない？」

きっと夢のような日々ね……。

ドーラはスコーンをひと口かじった。夫と一緒に一昨日ロンドンからミドルベリー・パークに戻ってきたソフィア（レディ・ダーリー）が、参列した式のことを詳しく話してくれたが、いまのドーラは疲れていて、ヘンリー夫人にこれ以上のことを伝える気力がなかった。すでにびっしり詰まっていたスケジュールのあいだにレディ・ダーリーのレッスンを無理して割りこませたため、朝食を終えてからこれまで、一人でゆっくりする時間がとれなかったのだ。

「一日か二日したらきっと、アグネスから長い手紙が届くはずよ」ヘンリー夫人のがっかりした顔に気づいて、ドーラは言った。「結婚式のことをいろいろ書いてくるだろうから、あなたにも話してあげる」

家政婦はうなずいてドアを閉めた。

ドーラはスコーンをもうひと口食べながら、いつしか去年のことを思いだし、人生で最高に幸せだった数日間の思い出に浸った。あのあと、アグネスは新婚の夫と馬車で旅立ち、ドーラはそれを笑顔で見送ったのだった。

何かにつけてあの日々が思いだされるのは、なんて哀れなことだろう。村の向こうのミドルベリー・パークに住むダーリー子爵夫妻のところに、何人かの客が滞在していた。綺羅星（きらぼし）のごとき顔ぶれで、全員が貴族の称号を持っていた。ドーラとアグネスは客の滞在中に一度ならず屋敷に招かれ、客のほうも何人か連れ立ってドーラのコテージに顔を出し、ときにはお茶を飲んでいくこともあった。アグネスはレディ・ダーリーと親しくしていたし、ドーラは子爵夫妻の両方に音楽のレッスンをしていたので、夫妻と過ごすのは少しも気詰まりではなかった。こういう親しい仲だったので、ある夜、ドーラとアグネスは屋敷の晩餐会に招待され、ドーラは食事のあとで客のために演奏してほしいと頼まれた。どの客も信じられないほど優しかった。そして、演奏を称えてくれた。最初にハープを弾いたところ、みんなからアンコールを所望された。次にピアノフォルテの演奏に移ると、次々とアンコールを求められた。演奏がすむと客間でお茶を飲むことになったが、そこでドーラをエスコートしてくれたのは、誰あろう、スタンブルック公爵だった。晩餐の席では、公爵とダーリー卿にはさまれてすわった。ダーリー卿との長いつきあいがなかったら、そして、公爵がドーラの緊張をほぐそうと気を遣ってくれなかったら、ドーラは萎縮して口も利けなくなっていただろう。最初は恐ろしいほど厳格な雰囲気の貴族という印象を受けたが、ドーラが公爵の目をよく見てみると、そこに浮かんでいたのは優しさだけだった。

自分も有名人になったような気がした。スターのような気分だった。その数日間、ドーラは生きる喜びに包まれた。でも、こんなふうに一人ですわり、なんとなく疲れて本を読む気にもなれないとき、あるいは、よくあることだが、ベッドに横になっても寝つけないようなとき、自分を元気づけてくれる鮮やかな思い出がこれしかないというのは、なんて悲しいことーーいえ、なんて惨めなことだろう。

あの人たちはーーミドルベリー・パークに三週間滞在していた客たちはーー自ら〈サバイバーズ・クラブ〉と称していた。ナポレオン・ボナパルトとの戦いと、戦争中に負った深い傷との戦いの両方を生き延びてきた人々だった。レディ・バークリーーー先日結婚したばかりの貴婦人ーーもメンバーの一人だった。もちろん、彼女自身が軍の士官だったわけではないが、最初の夫が士官で、ポルトガルで敵軍にとらえられたあと、拷問にかけられて死亡するのを、その目で見ていたのだ。酷いこと。ダーリー子爵自身は戦争で視力を失った。アグネスの夫となったポンソンビー子爵フラヴィアンは頭に大怪我を負い、イングランドに送還されたときには、自分で考えることも、話すことも、人の言葉を理解することもできない状態だった。トレンサム男爵も、サー・ベネディクト・ハーパーも、昨年祖父の死去に伴ってワージンガム公爵となったベリック伯爵もやはり、心身にひどい傷を負っていた。何年か前にスタンブルック公爵がこうした人々をコーンウォールの屋敷に迎え、傷を癒して健康をとりもどすのに必要な時間と場所と看護を提供したのだった。妻を亡くした年配の公爵自身を除いて、いまは全員が結婚している。

年に一度の再会のために、この人々がふたたびミドルベリー・パークに集まることはあるだろうか。もしあれば、わたしもたぶん、屋敷に招かれるだろう。もしかしたら、演奏を頼まれるかもしれない。だって、わたしはアグネスの姉だし、アグネスは〈サバイバーズ・クラブ〉の一人と結婚したのだから。

ドーラはカップを手にとり、お茶を口に含んだ。しかし、すでに冷めていたので、渋い顔になった。もちろん、悪いのは自分だが、熱々のお茶でないと飲む気がしない。

そのとき、玄関ドアをノックする音が聞こえた。ドーラはため息をついた。疲れていて、不意の来訪者の相手をする気力がなかった。今日の最後の生徒は一四歳のミランダ・コーリーだった。ドーラがこの子に教えるのを渋っているのと同じく、この子もピアノフォルテを弾くのを渋っている。かわいそうに、音楽の才能がゼロなのに、両親は娘のことを天才だと信じている。

玄関先に誰が立っているのか知らないけど、ヘンリー夫人が出てくれるだろう。レッスン続きの一日を終えるとわたしが疲れてぐったりしてしまうことを、ヘンリー夫人はよく知っているから、ヒナを抱えたメンドリみたいにわたしのプライバシーを厳重に守ってくれる。

ところが、今日はいつもと様子が違っていた。居間のドアにノックが響いて、ヘンリー夫人がドアを開き、目を皿のように丸くしたまましばらくその場に立ちつくした。

「お客さまです、ミス・デビンズ」そう言って一歩脇へどいた。

すると、去年の思い出に誘いだされてこの居間まで運ばれてきたかのように、スタンブルック公爵が入ってきた。

公爵は部屋に一歩入ったところで足を止め、そのあいだにヘンリー夫人が背後のドアを閉めた。

「ミス・デビンズ」公爵がドーラにお辞儀をした。「ご都合の悪いときにお邪魔したのではなければいいのですが」

とても親切で、気さくで、思いやりにあふれた公爵の姿は、ドーラの記憶から跡形もなく消え去った。ミドルベリー・パークの客間で初めて顔を合わせたときと同じく、ドーラの心に畏怖の念があふれた。公爵は威厳に満ちた長身の男性で、こめかみのあたりの黒髪が銀色になりかけていて、鼻筋の通った鼻、高い頬骨、薄めの唇という、くっきりした顔立ちだっ

ようだった。ドーラの居間をその存在で満たし、呼吸するための空気の大部分を奪い去ってしまったかのだった。いまの彼は頭のてっぺんから足の爪先までダンディーで超然とした貴族そのもので、た。堅苦しく近寄りがたい雰囲気が漂っていたが、それは去年のドーラの記憶にはないもの

た。堅苦しく近寄りがたい雰囲気が漂っていたが、それは去年のドーラの記憶にはないものだった。いまの彼は頭のてっぺんから足の爪先までダンディーで超然とした貴族そのもので、ドーラの居間をその存在で満たし、呼吸するための空気の大部分を奪い去ってしまったかのようだった。

ドーラは不意に、自分がじっとすわったまま、雷に打たれた愚か者のごとく呆然と公爵を見上げていたことに気がついた。公爵はドーラに質問を投げかけたあと、こちらをじっと見つめ、眉を上げて返事を待っている。ドーラは遅ればせながらあわてて立ちあがり、膝を折ってお辞儀をした。自分が何を着ているのか、室内用のキャップをかぶっているかどうかを思いだそうとした。

「公爵さま、ご心配には及びません。ちょうど今日の最後のレッスンを終えて、お茶を飲んでいたところです。ポットのお茶はすでに冷めてしまったことでしょう。ヘンリー夫人を呼んで――」

しかし、公爵は優雅に片手を上げて止めた。

「どうかお気遣いなく。ヴィンセントとソフィアのところで茶菓をご馳走になったばかりですので」

ダーリー子爵夫妻のことだ。

「わたしも今日の早い時間にミドルベリー・パークに伺っておりました。レディ・ダーリーにピアノフォルテのレッスンをするために。レディ・バークリーの婚礼で子爵ご夫妻がロン

ドンへいらしていたため、通常のレッスンができなかったのです。ご夫妻がこちらに戻ってこられるときに公爵さまもご一緒だったなんて、存じませんでした。もちろん、レディ・ダーリーがそこまでおっしゃる義務はありませんけど」ドーラの頰がカッと熱くなった。「よけいなことを申しました」

「わたしは一時間前にこちらに着いたばかりです。いきなり押しかけてきたのですが、招待もなしに来たわけではないのですよ。ヴィンセントと夫人に会うたびに、気が向いたらいつでも遊びに来るようにと言われていますので。心からの言葉に違いありませんが、本当に来るとは向こうが思っていないことも、わたしは承知しています。だが、今回は本当に来てしまいました。じつをいうと、二人のあとを追うようにしてロンドンを出たのです。嬉しいことに、二人はわたしを見て大喜びしてくれました。いや、ヴィンセントの場合は、見てはいないのですが。ヴィンセントには何も見えないということを、わたしはときどき忘れそうになります」

ドーラの頰がさらに熱くなった。この方をドアのところにどれぐらい立たせたままだったの？　こんな不作法なことをして、どう思われるかしら。

「あの、おすわりになりません？」暖炉の前に置かれた向かい側の椅子を、ドーラは身ぶりで示した。「ミドルベリーから歩いてらしたんですか？　新鮮な空気を吸って運動するにはもってこいの日ですものね」

ロンドンから一時間前に着いたというの？　ダーリー子爵夫妻とお茶を飲んで、そのあとすぐにお屋敷を出て……ここに来たの？　もしかして、アグネスから何か伝言が？

「いや、遠慮しておきましょう」公爵は言った。「ご機嫌伺いに寄ったわけではないので」

「アグネスが――？」ドーラは思わず喉に手を当てた。公爵の堅苦しい態度が不意に納得できた。アグネスに何かあったのだ。流産……？

「数日前に妹さんにお目にかかったときは、輝くばかりにお元気そうでした。突然の訪問で驚かせてしまったのならお詫びします。不吉な知らせは何ひとつありません。じつを申しますと、お尋ねしたいことがあって伺ったのです」

　ドーラはウエストのところで両手を握りあわせて、公爵が話を続けるのを待った。去年、ミドルベリーでの晩餐会の一日か二日後に、公爵が仲間の一人と一緒にコテージを訪ねてきた。演奏の礼を言い、自分たちの滞在が終わる前にもう一度演奏を聴きたいという希望を伝えるためだった。それは実現しなかった。あらためてお頼みになるつもり？　もしかしたら、今夜にでも？

　しかし、そういう展開にはならなかった。

「じつはですね、ミス・デビンズ、わたしと結婚していただけないかと思いまして」

　ある言葉が口にされ、相手がそれを正確に聞きとっても、意味を伝えるための語句や文章として理解することができず、なんのつながりもない独立した音の羅列になってしまうことがあるものだ。音をつなぎあわせて、何を言われたかを理解するには、少しばかり時間がかかる。

ドーラは公爵の言葉を耳にしたが、しばらくのあいだ、意味がつかめなかった。目をみはり、両手を固く握って、今夜ハープかピアノを演奏してほしいと頼みにいらしたのではなかったのね、と奇妙で愚かな失望を感じただけだった。

結婚してもらえないかとおっしゃっただけ。

えっ、なんですって？

公爵は突然、詫びるような顔になり、ドーラが記憶している去年の男性の姿に近くなった。

「結婚の申し込みをするのは一七歳のとき以来です。三〇年以上も前のことになります。しかし、それを言い訳にしたとしても、いまのはまことに稚拙なやり方だったと反省しております。ロンドンを発ったあと、気の利いた求婚の言葉を考える時間は充分にあったのですが、どうしても言葉が浮かんできませんでした。花を持ってくることも、片膝を突くこともしなかった。なんという不粋な求婚者だとお思いでしょうね、ミス・デビンズ」

「結婚してほしいとおっしゃるの？」ドーラは片手を自分の胸に当てて尋ねた。この部屋が未婚の令嬢であふれていて、公爵がその令嬢たちでなく自分に求婚しているとはとうてい信じられないかのように。

公爵は背中で両手を組むと、大きくため息をついた。「先週ロンドンで結婚式があったことは、もちろんご存じと思います。〈サバイバーズ・クラブ〉についても、昨年われわれ全員がミドルベリー・パークに滞在していたときに、お聞きになったはずです。たとえ誰からもお聞きにならなかったとしても、フラヴィアンから説明があったことでしょう。われわれはきわめて親しい仲間です。ここ二年のあいだに、あとの六人すべてが結婚しました。先週、イモジェンの婚礼が終わり、ロンドンのわが屋敷に泊まっていた最後の客が二、三日前に帰っていったあと、自分一人がとり残されたように感じました。不意に気づいたのです……自分は少々孤独なのかもしれないと」

ドーラは息が半ば止まりかけた。こんなに……貫禄のある貴族が人生で孤独を感じるなんて、あるいは、感じたとしてもそれをすなおに認めるなんて、ありえないと思った。公爵からこんな言葉を聞こうとは夢にも思わなかった。

「そして、不意に思いました」公爵の言葉のあとに続いた短い沈黙をドーラが埋めようとしなかったので、公爵はさらに続けた。「本当は孤独でいたくないのだと。だが、いくら親しい友人であろうと、彼らに孤独を癒してもらうのも、わたしという存在の中心にある飢えを満たしてもらうのも無理なことです。彼らにそのような努力を求めるつもりもありません。ただ、妻にならそれを求めることができる。いや、期待することもできます」

「でも——」ドーラは片手を自分の胸にさらに強く押し当てた。「でも、どうしてわたしを？」

「あなたも少々孤独ではないかと思ったのです」公爵はわずかに笑みを浮かべた。

ドーラは不意に、椅子にすわったままでいればよかったと思った。わたしは世間からそう思われてるの？　どこかの紳士が熱く求婚してくれるはずだというかすかな希望を捨てきれずにいる、孤独で哀れな未婚の女性？　でも、〝熱く〟というのは、どう考えてもスタンプルック公爵には当てはまらない言葉だ。わたしより何歳か上に違いないが、それでもなお、あらゆる点から見て、誰もが憧れる結婚相手と言っていいだろう。望みさえすれば、どんな女性でも――うら若き乙女でも――手に入れることができる。しかし、彼の言葉にドーラは傷つき、侮辱されたように感じた。

「わたしは一人で暮らしております、公爵さま」ドーラは言葉を慎重に選んで言った。「自分で決めたことです。一人暮らしと孤独はかならずしも同じ意味を持つ言葉ではないと思います」

「お心を傷つけてしまいましたね、ミス・デビンズ。どうかお許しを。いつになく無神経なことを申しました。椅子のお勧めをやはりお受けしてもいいでしょうか？　わたしの気持ちをもっとわかりやすく説明させてください。これだけは断言できますが、知り合いのなかでいちばん孤独な女性は誰かと考え、あなたを選びだし、結婚の申し込みをするために飛んできたのではありません。そのような印象を与えたのなら、お許しください」

「公爵さまが誰かを選ばなくてはとお考えになること自体、馬鹿げています」ドーラは向かい合った椅子を示し、彼女自身は自分の椅子にほっとした思いで身を沈めた。自分の膝がいつまで身体を支えてくれるか、自信がなかったのだ。

「再婚についてしばらく考えたあとで、ふと気づいたのです」椅子に腰を下ろしながら、公爵は言った。「自分がもっとも必要とし、求めているのは、話し相手になってくれる友人であり、一緒にいてくつろげる人、つねにわたしのそばにいてくれる人なのだ、と。わたしが一人占めできる人。そして、ベッドを共にする人。お許しを――だが、それも言っておかねばなりません。わたしが望んでいたのは――いや、望んでいるのは――プラトニックにとどまらない関係です」

ドーラは自分の手を見ていた。ふたたび頰が火照っていた。当然だ。しかし、ここで視線を上げて公爵の目を見つめ、自分に襲いかかってきた現実を理解した。この人はスタンブルック公爵。ドーラは去年、公爵の丁重な心遣いに胸をときめかせ、息が止まりそうになり、愚かにも舞いあがった。ある日の午後、ミドルベリーを訪ねたアグネスと彼女を公爵とフラヴィアンがコテージまで送ってくれた。公爵はドーラの手を自分の腕にかけさせ、あとの二人をどんどんひきはなしながら、ドーラに愛想よく言葉をかけて、緊張をほぐしてくれた。ドーラはその一瞬一瞬に幸せを感じ、そのあとの何日か、いや、それ以来ずっと、公爵と歩いたときのことを何度も思いかえしてきた。いま、公爵がドーラの家の居間にいる。求婚するためにやってきたのだ。

「でも、どうしてわたしを?」ドーラはふたたび尋ねた。自分でも驚くほど落ち着いた声だった。

「いま申しあげたようなことを考えていたら、あなたのお顔が浮かんできたのです。理由はわたしにも説明できません。しかし、わたしが考えたのはあなたのことでした。あなただけでした。断わられたら、わたしはきっと、独り身のままで生涯を過ごすでしょう」

公爵はドーラの顔をまっすぐに見つめた。いまドーラが目にしているのは、単なるいかめしい貴族ではなかった。一人の男性だった。なぜこんなふうに感じたのか、説明しろと言われてもできそうにない。ドーラはふたたび息苦しくなり、軽い震えに襲われたので、椅子にすわっていてよかったと思った。

〝そして、ベッドを共にする人〟

「わたしは三九歳になります、公爵さま」

「ほう」公爵はふたたび、わずかに笑みを浮かべた。「それでは、年寄りと結婚してくださるよう、図々しくもお願いしたことになりますな。わたしはあなたより九歳も年上です」

「子供を産むのはおそらく無理だと思います。少なくとも――」まだ更年期に入ってはいないが、じきに訪れるはずだ。

「わたしには甥がいます。立派な若者で、わたしも大いに目をかけております。結婚して、すでに女の子がいます。いずれ男の子も産まれるでしょう。わたし自身は、屋敷の子供部屋にわが子を迎えるつもりはありません」

公爵にはポルトガルかスペインで戦死した息子がいたことを、ドーラは思いだした。息子が産まれたとき、公爵はずいぶん若かったに違いない。やがて、結婚の申し込みをするのは一七歳のとき以来だと、さきほど公爵が言っていたのを思いだした。

「わたしがほしいのは話し相手になってくれる人です」公爵はふたたび言った。「友達です。女性の友達。わたしにとっては、それが妻なのです。わたしから熱い恋やロマンティックな情熱を差しだすことは、残念ながらできません。恋に胸を躍らせる年齢は過ぎてしまったのじています。あなたの音楽の才能と、演奏ににじみでる魂の美しさを、わたしは崇拝しています。あなたの慎み深さと威厳、妹さんへの献身を崇拝しています。あなたの容姿が好きです。生涯にわたって毎日あなたの顔が見られれば、とても幸せなことでしょう」

ドーラは驚いて公爵を見つめた。かつては可憐な時代もあったが、若さとはとっくに縁が切れた。いま鏡のなかに見えるのは、せいぜい、清潔で……平凡な容姿といったところだ。中年になった地味な未婚の女性。それにひきかえ、この人は――四八歳という年齢と銀色になりつつある髪にもかかわらず、やはり華やかだ。

下唇を噛み、公爵に視線を戻した。この人とどうやって友達になれるというの?

「公爵夫人としてどのようにふるまえばいいのか、わたしには見当もつきません」

ドーラは公爵の目に笑みが浮かぶのを見て、おずおずと笑みを返し、やがて本当に笑ってしまった。信じられないことに、公爵も笑いだした。ドーラはあらためて、腰を下ろしていてよかったと思った。〝華やか〟以上に、この人にふさわしい言葉があるだろうか?

「たしかに、あなたがわたしの妻になれば、同時に公爵夫人にもなるわけです。ただ――失望させるのは忍びないが、毎日ティアラをつけ、毛皮で縁どりされたローブをはおる必要はありません。いや、毎年そうする必要すらない。国王陛下や廷臣と毎週のように顔を合わせることもありません。とはいえ、ただのミス・デビンズのかわりに〝公爵夫人〟と呼ばれるのは、なかなか楽しいものかもしれません」

「わたしはむしろ、ミス・デビンズのほうが好きです。四〇年近くそう呼ばれてきたんですもの」

公爵の微笑が消え、いかめしい表情に戻った。

「お幸せですか、ミス・デビンズ？　もちろん、充分にお幸せだと思います。こんな居心地のいい家があり、ご自分の好きなことを生かして独力で実り多き仕事をしておられる。その才能とお人柄で、ミドルベリーでも、おそらく村でも、あなたは高く評価されていることでしょう」公爵はいったん言葉を切り、ふたたびドーラと視線を合わせた。「それとも、あなたもまた、自分だけの友達と話し相手がほしい、誰か一人のものになり、相手の男性にも自分一人のものになってほしい――そう願ってはおられないでしょうか？　ここでの生活を捨てて、わたしと一緒にコーンウォールへ、ペンダリス館へ行こうというお気持ちになってもらえないでしょうか？　単なる友達ではなく、わが生涯の伴侶として」公爵はここでまた、しばらく言葉を切った。「わたしと結婚してくれませんか？」

公爵の視線がドーラの目をとらえた。ドーラの防御の鎧(よろい)がすべてはがれ落ちた。一七歳のときから歩んできた人生は幸せなものだった、少なくとも満足している、孤独ではなかった――何年ものあいだ自分にそう言い聞かせてきたが、そんな思いも消え去った。やはり、けっして幸せではなかったのだ。

居心地のいい家に住んで、充実した実り多き人生を送り、隣人と友人たちに恵まれ、独立した充分な収入があり、そう遠くないところに身内がいる。しかし、自分だけのものと呼べる相手、いつまでも離れる必要がない相手は、これまで一人もいなかった。妹のアグネスがいたが、妹はやがてウィリアム・キーピングと結婚した。ウィリアムが亡くなったあと、妹がフラヴィアンと結婚するまでの一年ほどのあいだ、ふたたび一緒に暮らした。でも……ほかには誰もいなかった。妹が去ったあとの穴を永遠に埋めてくれる相手もいなかった。死が二人を分かつまで貞節を守ると誓ってくれる人はいなかった。

ドーラが一七歳、アグネスが五歳のときに、母親が不意に家を出ていったりしなければ、自分の人生はまったく違うものになっていただろうが、そのことをドーラはけっして考えないようにしてきた。これまでの人生が自分の人生であり、一歩一歩を自分で自由に選んできた。でも、いまここで、あらためて考えてもいいのだろうか……。

わたしは三九歳。

でも、まだ死んではいない。

だけど、絶望のあまり結婚を選ぶことだけはやめておこう。不幸な結婚生活はこれまでの人生よりはるかに惨めかもしれない――いえ、たぶんそうだ。でも、スタンブルック公爵と結婚するとすれば、絶望のせいではない。それは考えるまでもなくわかっている。この一年――正確に言うと一四カ月のあいだ――この人のことを夢に見ていた。あら、そんなことないわ――わずか一時間前なら、ドーラはそう反論していただろう。しかし、防御の鎧はすでにはがれ落ちていた。いまならすなおに認めることができる――ええ、この人のことを夢に見ていた。もちろん。人生で最高にすばらしかったあの日の午後、この人の腕に手をかけ、おしゃべりを楽しみながら、ミドルベリーから二人で歩いてきた。この人が微笑みかけてくれて、わたしはこの人のコロンの香りにうっとりし、男っぽさを肌で感じた。あの日以来、愛とロマンスを夢に見てきた。

でも、あくまでも夢だった。

ときたま——そう、ほんのときたま——夢が現実になることもある。もちろん、愛とロマンスは期待していないけど、この人なら話し相手になり、友達になってくれる。結婚を申しこんでくれた。プラトニックな関係にはとどまらない結婚を。

それがどういうものかを自分で知ることができる……。

この人と？　ああ、どうしよう、この人と。知ることができる……。

〝そして、ベッドを共にする人〟

公爵のプロポーズのあとに長い沈黙が続いていたことに気づいた。ドーラはいまも公爵と視線を合わせたままだった。

「ありがとうございます」ドーラは言った。「ええ。お受けします」

3

最初にこの部屋に入って久しぶりにミス・デビンズを目にした瞬間、ジョージは軽い驚きに見舞われた。去年の姿をはっきり覚えているつもりだったが、現実の彼女はジョージの記憶よりもやや背が高かった。もっとも、世間の標準からすれば小柄なほうだ。また記憶のなかの彼女は、もう少しふっくらしていて、もう少し地味で、もう少し老けた感じだった。ここに来た目的を考えてみれば、記憶のなかのミス・デビンズより実物のほうが魅力的だというのも不思議なことだ。じっさいに会ってみて落胆するケースのほうが多いはずだ。

服装は堅苦しく、髪はシンプルで地味な形に結ってあるにもかかわらず、なかなかの器量だった。娘時代はさぞ美しかったに違いない。髪は黒々としていて、白髪はまだ出ていないようだし、肌はしみひとつなく艶やかだ。そして、理知的な美しい目をしている。予期せぬ訪問を受け、いきなり思いもよらぬ質問をされたにもかかわらず、身にまとった静かな威厳は消えていない。全体の印象としては、自分の人生と折り合いをつけ、ありのままに受け入れてきた女性という感じだ。

いま思いかえしてみると、去年、彼の心を惹(ひ)きつけたのは彼女のそうした雰囲気だった。

音楽の才能でも、気の利いた会話でも、好感の持てる容貌でもなかった。さきほど彼女に、なぜ再婚への思いと彼女の顔が同時に浮かんできたのか、なぜ両者が分かちがたく結びついていて片方だけでは存在しえないと思ったのか、自分でも理由がわからないと告げた。しかし、いま、理由を知った。彼女の静かな威厳に惹かれたのだ。それを身につけるのは容易なことではなかっただろう。自ら進んで独身を貫く女性たちがいるのは事実だが、ミス・デビンズがそういうタイプだとは公爵には思えなかった。家庭の事情で結婚をあきらめるしかなかったのだ――公爵はミス・デビンズの妹からそうした経緯の一部を聞いている。しかし、どれほどの失望を味わったにせよ、ミス・デビンズは自らの努力で充実した豊かな人生を築いてきたのだ。

そう、わたしはミス・デビンズを尊敬している。

〝ありがとうございます。ええ。お受けします〟ミス・デビンズはそう答えた。

ジョージは椅子から立つと、彼女のほうへ片手を差しだした。向こうも立ちあがったので、彼女の手を唇に持っていった。手入れの行き届いたしなやかな手で、指が長く、爪は短く切ってある。これだけはジョージも正確に記憶していた。音楽家の手だ。ここから美しい旋律が生まれ、それを聴いてジョージは泣きそうになったのだ。

「ありがとう。あなたがその決心を後悔することのないよう、わたしも最善を尽くします。どのような結婚の場合も、住まいと友人と隣人と慣れ親しんだもののすべてを捨てねばならないのは、残念ながら女性の側です。そのすべてを捨て去るのは、あなたにとってきわめて辛いことでしょうか？」

ほとんどの者は、こんなことを尋ねるなんてくだらないと思うだろう。なにしろ、コーンウォールにペンダリス館が、ロンドンにスタンブルック邸があり、莫大な財産と、公爵夫人としての贅沢な暮らしが待っている。何より、独身を続けてきた女が結婚できるのだ。しかし、ミス・デビンズは答える前にじっくり考えた。

「ええ、辛いでしょうね」彼に手を握られたままで言った。「わたしは九年前にこの村で人生の新たなスタートを切り、幸せな日々を送ってきました。自分の力で生きていける恵まれた女はそう多くありません。村の人々はわたしを温かく迎え、仲良くしてくれました。わたしが村を去ったら、少なくともしばらくのあいだ、熱心にレッスンを受けてきた生徒たちは誰にも教わることができなくなります。なかには本物の才能を持った生徒もいるというのに。生徒たちを見捨てたことを、わたしは後悔するでしょう」

「ヴィンセントも？」ジョージは微笑しながら尋ねた。「あいつにも才能が？」

若きヴィンセントはかつて盲目になり、視力が永遠に戻らないと知って恐怖と怒りと絶望に襲われたが、必死の努力でそこから抜けだしたあと、半人前の人生しか歩めないという絶望のなかへ沈みこむかわりに、いろいろと挑戦を始めた。そのひとつが楽器の演奏で、ピアノフォルテだけでなく、バイオリンも習い、最近はハープの演奏まで始めている。ハープに挑戦しようと決めたのは、ヴィンセントが屋敷を相続したときから置かれていたハープを彼が使うことは〝ぜったいに〟ないから売却してはどうかと姉の一人に言われたという、それだけの理由によるものだった。〈サバイバーズ・クラブ〉の仲間はおたがいに感傷的になることはけっしてないので、ヴィンセントのバイオリン演奏を容赦なくからかったが、ヴィンセントはたゆみなく努力を続け、着実に上達していった。ハープのときは誰一人からかおうとしなかった。挫折と苦悩の連続だったからだ。だが、複雑怪奇な奏法をついにマスターしたので、もうじき仲間の揶揄が始まることを、ヴィンセントは覚悟している。

ヴィンセントが公爵のもっとも親しい友の一人であることはミス・デビンズも承知しているが、それでも、この質問に答えるときには時間をかけた。

「ダーリー子爵には強固な意志があります。上達するために懸命に努力を続けていますし、演奏する楽器を自分の目で見ることができなくても、耳で旋律を覚えるしかなくても、それを言い訳にすることはけっしてありません。すばらしく上達しました。今後も上達を続けるでしょう。ダーリー子爵はわたしの自慢の生徒です」

「だが、本物の才能はないのですね？」気の毒なヴィンス。あいつにはたしかに、自分を障害者とは思うまいとする強固な意志がある。

「どんな分野においても、才能は稀有なものです。本物の才能という意味ですよ。ただ、特別な才能がない分野に手を出すのはやめようと誰もが思ったなら、人は何もなしとげることができず、自分にどれだけのことができるかを知らないまま、一生を終えることになるでしょう。限定された安全な活動に終始して、自分に与えられた人生の多くを無駄にすることになります。ダーリー子爵には忍耐という才能があります。このうえなく苛酷な障害を抱えているにもかかわらず――いえ、たぶん、それだからこそ、忍耐の限界まで自分を追いこむことができるのです。ダーリー子爵のような境遇に置かれてもなお、あれだけのことをなしとげられる者は、そう多くはないでしょう。ダーリー子爵は彼が歩まなくてはならない人生の闇に光を与えることを学び、そうすることで、目が見えるつもりでいるわたしたちの人生にも光を与えてくれたのです」

ああ、わたしがミス・デビンズにこれほど大きな賞賛と好意を寄せる理由が、またひとつ見つかった――ほとんどの者が軽く素通りする話題についても、ミス・デビンズは冷静で思慮深い分析を踏まえて意見を述べる。目が不自由というハンディにも負けずにヴィンセントがなしとげたことを、〝あれだけの障害を抱えながらたいしたものだ〟と偉そうに称える者はたくさんいるだろう。だが、ミス・デビンズは違う。しかも、正直に意見を述べてくれる。盲目という点を差しひいて考えても、正直なところ、ヴィンセントには抜きんでた音楽の才能はない。だが、それが問題なのではない。ミス・デビンズがいま言ったように、自分の人生の可能性を限界まで押し広げることにかけては、ヴィンセントはあふれんばかりの才能を持っている。

「結婚によってあなたの現在の暮らしを奪い去ることを、わたしは申しわけなく思っています。ペンダリス館や、わたしとの結婚が、その埋め合わせになればいいのですが」

ミス・デビンズは思慮深い表情で彼と視線を合わせた。「わたしが九年前にランカシャーの実家を出てこちらに来たときは、一人の知り合いもいませんでした。慣れないことばかりで、落ちこむときもありました。生まれ育った家に比べると信じられないほど小さなコテージに住み、孤独に耐え、生活費を稼がなくてはならなかったのです。でも、新しい生活にも徐々に慣れて、ここで幸せに暮らせるようになりました。そして、いま、ふたたび訪れた大きな変化をわたしは自分の意志で受け入れることにしたのです。けっしてあなたに無理強いされたのではありません。新たな生活に順応するのに必要な努力はするつもりです。わたしと再会し、話をなさったいまも、あなたのお気持ちに変わりがないのなら」

ジョージはまだ彼女の手を握ったままだったことに気がついた。強く握りしめ、ふたたびその手を唇に持っていった。

「ええ」と答えた。「変わることはありません」

うつむいて彼女の唇にキスをしたらミス・デビンズはどう言うだろう？　どうするだろう？　拒むことはできないはずだ。婚約したのだから。そう考えた衝撃で、ジョージはキスを思いとどまり、一瞬、本当に自分の気持ちは変わっていないのかと訝しんだ。彼女にキスをし、愛を交わし、その身体にわが身と同じように慣れ親しむ自分の姿が、急に想像できなくなった。ただ、求婚を拒まれたら、ひどく落胆したに決まっている。なぜなら、二、三日前の夜にロンドンで心に浮かんだのは、誰かと結婚したいという単純な思いではなかったからだ。ミス・ドーラ・デビンズの姿が、そして、この人と結婚したいという予想もしなかった不思議な思いが浮かんだのだ。

「いつですか？」ミス・デビンズが尋ねた。「それから、どこで？」下唇を噛み、まるで、はしたなくも熱意を見せすぎたことを後悔するかのような表情になった。

ジョージがミス・デビンズの手を軽く叩いてから放すと、彼女はふたたび腰を下ろした。

ジョージは彼女のそばに立つのをやめて、同じく椅子に戻った。愚かなことに、求婚そのものを終えたあとのことまでは考えていなかった。というか、少なくとも、結婚式の段取りについては考えていなかった。この先何年も続くはずの満ち足りた暮らしを想像するだけで頭がいっぱいだった。だが、挙式に先立つめまぐるしい準備に追われる身となってしまった。計画を立てないことには式に漕ぎつけられないこともわかっている。

「ランカシャーまで出かけて、お父上のお許しを得るべきでしょうか？」ジョージは彼女に尋ねた。いまのいままで気づかなかったが、やはりそのほうがいいかもしれない。

「わたしは三九歳です」ミス・デビンズが彼に思いださせた。「父はわたしがこちらに来る前に再婚した女性と二人で暮らしております。親子の仲がとくに悪いわけではありませんが、わたしの人生にはほとんど関係のない人ですし、こちらがどんな生き方をしようと、口出しする権利は、父にはもちろんありません」

どういう家族なのだろう、とジョージは首をひねった。ある程度のことは知っているが、なぜミス・デビンズが実家を離れてこんな遠くに来たかについて、詳しい事情は聞いていない。暮らしの面倒をみてくれる男性の親族がいる場合、未婚の女性がそこまで思いきった行動に出るのは珍しいことだ。

「では、おたがいの希望だけを考慮すればいいということですね。長い婚約期間は省略しましょうか？　早めに式を挙げてもかまいませんか？」

「早めに？」ミス・デビンズは眉を上げて彼のほうを見た。やがて両手を上げ、てのひらで頬を押さえた。「それはちょっと……みんながどう思うでしょう？　アグネスは？　ダーリー子爵夫妻は？　あなたのほかのお仲間は？　この村の人たちは？　わたしは音楽教師なのよ。もうじき四〇です。ずいぶん……図々しい女に見えるのではないでしょうか？」

「いや、わたしが結婚するのを見て仲間が大喜びするのは間違いありません。わたしの選択に賛成し、わたしとの結婚を承知してくれたあなたに拍手喝采を送るはずです。妹さんももちろん、喜ぶに決まっています。あなたより九歳年上であっても、わたしはそう悪い相手ではないと思いますが？　たった一人の甥のジュリアンとその妻フィリッパも喜ぶことでしょう。わたしには確信できます。お父上も嬉しく思ってくださるに決まっています。それから、たしか兄上がおられましたね？」

ミス・デビンズは両手を膝に下ろした。「あまりに急なことなので……。ええ、兄のオリヴァーはシュロプシャーで牧師をしております」そう言ってから、ふたたび下唇を嚙んだ。

「では、早めの挙式ということになります？」

「教会での結婚予告が終わるのを待つなら、一カ月後ですね。もしくは、特別許可証を手に入れて結婚するほうがよければ、もっと早めることもできます。挙式の場所ですが——ここか、ランカシャーか、ペンダリス館か、ロンドンのいずれかを選ぶことになりましょう。どこがよろしいですか？」

を挙げた。披露宴はミドルベリー・パークで開かれ、ソフィアのたっての頼みで、新郎新婦は屋敷の東翼にある賓客用の寝室で新婚の夜を迎えることになった。すべてが夢のようで、完璧だった……だが、この人は妹と同じやり方を望むだろうか？

「ロンドンはいかがでしょう？」ミス・デビンズは言った。「わたし、まだ行ったことがないんです。一八歳のとき、社交界にデビューするためロンドンへ行く予定だったのですが、でも……とりやめになりました」

公爵は思った――その理由はわたしも知っている。去年、ミス・デビンズの妹が挙式後にフラヴィアンと一緒にロンドンへ赴き、そこでスキャンダルに見舞われそうになったことがあった。かつてフラヴィアンが重傷を負って戦地から帰国したときに、婚約者だった令嬢が彼を捨ててその親友に乗り換えたのだが、やがて未亡人になったため、フラヴィアンとの復縁を狙っていた。チャンスを逃したと知って、彼女はアグネスの過去に探りを入れ、アグネスにとって不利な事実を見つけだした。アグネスの母親が――ミス・デビンズの母親でもあるが――不貞を働いたということで何年も前に夫から離縁されていたのだ。当時は大変なスキャンダルだったし、去年でさえ、離縁された女の娘ということで、アグネスは意地悪なゴシップの種にされ、社交界から排斥されそうになった。もしフラヴィアンがそこで大胆な手段をとり、巧みな対処によって悲劇を回避しようとしなかったら、アグネスは社交界の連中の餌食にされていただろう。過去に離縁騒ぎが起きたころ、アグネスはまだ幼い少女だったし、ミス・デビンズは社交界へのデビューを控えた若い娘だった。だが、ミス・デビンズはデビューの喜びをすべて奪い去られ、さらに悪いことには、年に一度の盛大な結婚市場となるロンドンの社交シーズンに顔を出して良縁に恵まれることを期待していたのに、その夢も消えてしまった。かわりに、実家にとどまって妹を育てることに専念した。

ミス・デビンズの胸には、ロンドンと社交界へのわだかまりがあるに違いない。それを追い払わなくては。たぶん、いまがそのときだろう。

「では、ロンドンで挙式ということでかまいませんね？」ジョージは言った。「教会での結婚予告がすんだらすぐに。社交シーズンが終わらないうちに。貴族社会のほぼ全員に参列してもらって。せっかく結婚するのだから、盛大な式にしたほうがいい。いかがでしょう？」

「そうですね……」ミス・デビンズは迷っている様子だった。

「それに、現実的な点から見ても」ジョージは話を続けた。「友人や知人に集まってもらいたければ——おたがいにそのつもりだと思いますが——大多数の人にとってはロンドンがいちばん便利な場所と言えましょう。ベンとサマンサ、ヒューゴとグウェン、フラヴィアンとアグネス、ラルフとクロエ、この全員がイモジェンの婚礼のあともロンドンに残っています。パーシーとイモジェンはパリから戻ってきます。ヴィンセントとソフィアもふたたび大喜びでロンドンに出てくるでしょう。さもないと、わたしたちの婚礼を見逃すことになりますからね。アグネスとフラヴィアンが二人をこころよく泊めてくれると思います」

「ロンドン……」ミス・デビンズはやや呆然としていた。

「ハノーヴァー広場の聖ジョージ教会で。社交シーズンのあいだ、社交界の結婚式はたいていそこでとりおこなわれます」

ジョージをじっと見つめるミス・デビンズの頬が赤く染まり、目にきらめきが宿った。彼女が顔を伏せたときにようやく、涙のきらめきだったのだと公爵は気がついた。

「わたし、本当に結婚するのね？」ミス・デビンズの声はささやきに近かった。彼への問いかけではなさそうだとジョージは感じた。

「一カ月後にロンドンの聖ジョージ教会で。社交界のトップに君臨する人々に信者席を埋めてもらって。新婚旅行は、あなたが望むなら、パリでも、ローマでも、その両方でも。もしくは、コーンウォールに帰ってペンダリス館に落ち着くほうがいいと言われるなら、そうします。いかなることも、二人の望みどおりに――いや、あなたの望みどおりに――進めましょう」

「社交界の方々に集まってもらって式を挙げるのね」いまも呆然とした声だった。「ああ、どうしましょう。アグネスはなんて言うかしら」

ジョージはここで躊躇（ちゅうちょ）した。「ミス・デビンズ」柔らかく尋ねた。「母上もお呼びしてはどうでしょう？」

彼女がはっと顔を上げ、目を見開き、何か言おうとするかのように口を開いたが――やがてその口を閉じ、同じく目も閉じた。

「ああ……」言葉ではなく、静かに息が吐きだされた。

「お気を悪くされましたか？　それでしたらお詫びします」

ミス・デビンズが目を開いたが、公爵のほうを見たとき、眉間にしわが刻まれていた。

「少々……心が乱れてしまいまして。失礼とは思いますが……一人にしていただけないでしょうか。お願いします」

「もちろんです」ジョージはあわてて立ちあがった。自分はなんと粗野な愚か者なんだ。この人はたぶん、母親が生きていることを知りもしなかったのだろう。アグネスは去年のことを黙っていたのだろう。「明日もまたお訪ねしていいでしょうか？」

ミス・デビンズはうなずき、手の甲に視線を落とした。膝の上で指が広がっていた。明らかに心を乱している。わたしが来ることを事前に知らされていなかったのだから、無理もない。

ジョージはさらにしばらく躊躇してから部屋を出て、背後の居間のドアを静かに閉めた。

彼がミドルベリー・パークの門の方角へ大股で歩いていくあいだ、村の通りはがらんとしていたが、そんなことにだまされるジョージではなかった。スタンブルック公爵が村に姿を見せてミス・デビンズを訪ねたという噂が、早くも広がっているに違いない。通りに面した家々のカーテンの陰から興味津々の目がこちらを見つめているのが、感じられるような気がした。わたしがなぜ村に来たのか、求婚にどんな返事をもらったのかを村のみんなが知るまでに、どれだけかかるだろう？

ヴィンスとソフィアに話しておこうかとも思ったが、いまはやめておくことにした。まだだめだ。ミス・デビンズの了承を得ていない。独断で物事を進めるのは禁物だ。自分が公爵という身分であるのに対して、ミス・デビンズのほうは結婚もせずに田舎の村で暮らし、音楽を教えている立場なのだから、こちらとしてはなおさら気遣いが必要だ。

ヴィンスたちに話すのはしばらく待とう。

ペンダリス館と近隣の地区ではこの知らせがどんなふうに受け止められるだろう？ 新婚の花嫁を連れて帰郷し、妻のいる満ち足りた男として暮らしはじめたら、パンドラの箱をあけることになりはしないか？ ペンダリス館での暮らしのことを考えるとき、しばしば心に浮かぶ諺がある――〝眠っている犬を起こすな〟。ミリアムが亡くなったときには、自殺という衝撃のほかにも、いろいろと不愉快な噂が流れたものだった。ジョージがその意見を尊重してきた人々は彼の側に立ち、以来ずっと支えてくれたが、村人のなかには、当時もいまも彼に非難を浴びせる者たちがいる。

これまでは眠っている犬を起こさないようにしてきた。〈サバイバーズ・クラブ〉の仲間と過ごす年に一度の数週間を別にすれば、田舎での彼はひどく孤独だった。おそらく、寂しい人生だと思われているだろう。たしかにそのとおりかもしれない。一二年前に彼を非難した者たちは、少なくとも、自業自得だと思っているはずだ。

ミス・デビンズを公爵夫人として連れ帰ったら、どういうことになるのか？ 彼女が冷淡な扱いを受けることにならなければいいが。あるいは……さらに悲惨なことが起きるとか。だが、あれ以上に悲惨なことがあるだろうか？ 〈サバイバーズ・クラブ〉の仲間にすら語ったことのない過去の出来事が、何年も前のあの悲劇を招くことになったのだ。

もちろん、忘れてはならないことだし、忘れられるはずもないが、そろそろ新たな人生のスタートを切り、話し相手と、満ち足りた日々と、できればわずかな愛を求めてもいいころではないだろうか？

庭園の門をくぐり、馬車道を大股で歩いて屋敷へ向かいながら、ジョージはどこからともなく浮かんできた妙に不吉な予感をふりはらった。

案の定、公爵が出ていって一分か二分もしないうちに、ヘンリー夫人が好奇心ではちきれそうな顔をして飛びこんできた。

「さっき玄関をあけたときは、羽根で軽くなでられただけで倒れてしまいそうでしたよ、ミス・デビンズ」身をかがめてお茶のトレイを手にとりながら、ヘンリー夫人は言った。「子爵さまご夫妻がロンドンからお客さまを連れてらしたなんて知りませんでした」

「そうじゃないのよ。公爵さまは今日到着なさったの」

「で、さっそくこちらに？」ヘンリー夫人はトレイのカップや皿を並べなおした。「レディ・ポンソンビーのことで悪い知らせを持ってらしたんでなきゃいいですけど」

「いいえ、大丈夫。アグネスは元気だそうよ」

「新しいお茶をお持ちしようと思って用意しといたんです。でも、お呼びがなかったし、お邪魔しないほうがいいと思いましてね」

「公爵さまがお茶はミドルベリー・パークですませたとおっしゃったの」ドーラは説明した。

ヘンリー夫人はトレイにのった砂糖壺の位置が気に入らなくて、自分の手で置きなおしながらドーラにちらっと目を向けたが、もう何も話してもらえそうになかったので、トレイを持ちあげ、廊下に出て背後のドアを閉めた。

ドーラは両手の指を二本ずつこめかみに当てて、スタンブルック公爵がミドルベリー・パークにやってきたのは、このコテージを訪ねて結婚の申し込みをするという特別な目的があったからだと説明したら、ヘンリー夫人はどう反応しただろうと思った。しかし、ドーラ自身が現実をまだ受け止めきれずにいるのだから、人に話す余裕などあるわけがない。

あの方はわたしの母のことを知っていた。ドーラの心に最初に浮かんだ鮮明な思いはそれだった。アグネスとフラヴィアンが公爵に話したに違いない。もしくは、去年、ロンドンのほうぼうの客間で流れたゴシップが公爵の耳にも入ったのかもしれない。それを知ってもなお、あの方はわたしに求婚しようと決め、社交シーズンが終わらないうちにロンドンで盛大な式を挙げようと言ってくれた。母を結婚式に呼ぼうとまで言ってくれた。

身分の高い人だから、世間にどう思われようと平気なのかしら。

その日の夕方から深夜になるまで、公爵がコテージの居間に入ってきたあとで起きたあらゆることに加えて、こちらが望みさえすれば公爵は母を式に呼ぶつもりでいたのだという事実に、ドーラの心は乱れるばかりだった。翌朝になっても、現実とは思えない展開のせいで落ち着かず、マイクル・パールマンのレッスンに集中しようとしてもできなかった。マイクルはお気に入りの生徒の一人だ。五歳になる利発な子で、この幼さにしては驚嘆すべき音楽の才能を発揮して、母親のハープシコードの鍵盤の上をぽっちゃりした指が飛ぶように正確に動いていく。ハープシコードを弾くあいだ、小さな丸い顔はいつも喜びに輝き、演奏に没頭するあまり、途中でドーラが声をかけようものなら驚いて飛びあがるほどだ。マイクル・パールマンは手放すのが残念な生徒の一人だった。

ドーラの母が家族を捨てて若い男と出ていったのは、地元で集まりがあった夜のことで、その男と浮気をしていると夫に罵倒されたせいだった。そのときの悲惨な騒ぎにドーラは大きなショックを受け、いまだに夢でうなされるほどだが、父親は母の浮気を責め立て、離縁してやると言い放った。父はそのときひどく酔っていた。しょっちゅうあることではないが、父の深酒はいつも家族の悩みの種だった。泥酔するのはたいてい、何かの集まりのときで、しらふだったら夢にも考えられないような無茶な言動に走ってしまう。その夜の父の態度はいつも以上にひどく、はっきり言って最悪だったため、母は家を飛びだして二度と戻ってこなかった。離縁してやるという脅しは、長期にわたって世間の注目を浴びるなかで実行に移された。ドーラはあの集まりの夜以来、母に会ったことも、便りをもらったこともない。それを望む気持ちもない。母が愛人と逃げたのは父の非難が事実だった証拠なのだから。ドーラ自身の人生も悲惨な方向へ永遠に変わってしまった。

去年、昔のスキャンダルが息を吹き返しそうになったとき、フラヴィアンがドーラとアグネスの母親の住まいを突き止めて会いに出かけた。母はあの夜一緒に逃げた男と結婚し、ロンドン郊外で暮らしていた。アグネスは母親には近づくまいと決めたが、フラヴィアンが母に会いに行ったことだけはドーラにも伝えておいた。

求婚されてひどく動揺していたドーラにとって、彼女の母を婚礼に招待してはどうかという公爵の提案は、まさにとどめの一撃だった。ああ、なんてことなの。疲れて本を読む気にもなれずに自宅の居間でぼうっとしていたら、三〇分後には婚約し、ロンドンのハノーヴァー広場にある聖ジョージ教会で挙式する計画を立てていたなんて——しかも、相手はスタンブルック公爵。

わたしったら、図々しくもあの方を追いだしてしまったの？　あの方、もしかしたら、今日のうちに求婚を反故(ほご)にしようとお思いになるかもしれない。ドーラがレッスンを終えて帰宅すると、玄関ホールに置いてあるトレイに手紙がのっていた。見るからに男性的な力強い自信にあふれた字で、表にドーラの名前が書いてあった。

「ミドルベリーから召使いが届けに来ました」エプロンで手を拭きながら台所から出てきたヘンリー夫人が言った。夫人がその後もしばらく玄関ホールをうろついていたのは、ドーラがすぐさま手紙を開いて内容を教えてくれるのではという期待があったからだろう。

「午前中のコーヒーはけっこうよ、ヘンリー夫人。パールマン夫人が親切にも音楽室にコーヒーを運んでくださったから」

ドーラは手紙を持って居間に入ると、椅子にすわりもせず、ボンネットとマントをはずす手間も惜しんで、手紙を開いた。

まず署名のところに目がいった。表書きと同じく力強い字で〝スタンブルック〟と書かれている。ドーラは無意識のうちに息を止めて、手紙の上のほうへ視線を移した。しかし、公爵は求婚を反故にしたのではなかった――そんな心配をするなんて、わたしったらなんて愚かなの。公爵から求婚され、わたしはそれに応じた。紳士たるもの、そんな大切なことを撤回するはずがない。手紙は次のような内容だった。〝ヴィンセントのハープのレッスンで午後から屋敷に来られるそうですね。では、わたしが午餐のあとでお宅までお迎えに上がります〟文面はそれだけだった。個人的なことは何も書かれていなかった。

でも、その必要はない。あの方はわたしの婚約者なのだから。結婚の約束をしたのだから。いまようやくはっきり理解できたかのように、それが現実となって迫ってきた。わたしは結婚する。もうじき。公爵夫人になる。

手紙をきちんとたたみ、二階へ持っていった。着古した服に着替えて、園芸用具と手袋で武装してから、不埒にも敷地内に侵入してきた雑草に闘いを挑むべく、大股で裏庭に出た。ひどく動揺したとき、ドーラはいつも庭仕事で心を静めることにしている。昨日から始まって今日もまだ続いている動揺は、これまで経験したことのない大きなものだった。

雑草がドーラとの闘いに勝つ見込みはなさそうだ。

4

ドーラはふたたびきちんとした服に着替え、午餐のあとすぐに出かけられるよう身支度を整えた。公爵の手紙には、何時に迎えに来るのか書かれていなかったからだ。ミドルベリー・パークへ出かけるのは、ふだんなら一時間半ほど先のことだが、用意もできていない姿は見せたくなかった。

ある意味では、昨日より今日のほうが大変だった。今日は公爵が来ることがわかっている。そして、今日は胃が——ついでに脳も——くらくらするほど波立ち、手に負えなくなっている。ひとつは興奮のせい、もうひとつは畏怖の念でびくついているせいだ。あの人は公爵。それより身分が高いのは王族だけだ。

庭仕事のおかげで、午餐までしばらくのあいだは気分が安らいだが、いまはもう外に出ることもできない。かわりに、居間のピアノフォルテの前にすわった。使い古された楽器で、九年前にこのコテージに運んで来たときよりさらに昔の、ドーラが少女だったころから、すでに古びていた。しかし、ドーラが高価なピアノフォルテに焦がれたことは一度もない。このピアノフォルテの柔らかな音色を愛していた。音程が狂うふたつの鍵盤ですら愛おしかっってもらった。ひとつは白鍵、もうひとつは黒鍵で、どんなになだめすかしても、調律師に直してもらっても、ほかの鍵盤のように正確な音程にはならない。古い友達のような気がする。この何十年間か、嬉しいときも、悲しいときも、激動のときも、退屈なときも、ピアノフォルテが見守りつづけてくれた。いつも――ほぼいつも――ドーラに喜びをもたらし、ドーラの悩める魂を癒してくれた。ときどき思うのだが、音楽とピアノフォルテがなかったら、自分は生きてこられなかっただろう。

スタンブルック公爵が玄関ドアをノックしたに違いない。ヘンリー夫人が玄関をあけ、それから、公爵を居間に通す前に部屋のドアを軽く叩いたに違いない。いくらこのコテージの持ち主と婚約したとはいえ、公爵が自分の家のごとく勝手に入ってくるわけはないのだから。しかし、ドーラが彼の到着にようやく気づいたのは、これまで何もなかった視野の端に大きな黒いものが見えたときだった。両手を鍵盤にのせたまま、ゆっくりとふりむいた。ドアを一歩入ったところに公爵が立っていた。昨日しばらく足を止めたのと同じ場所に。

「とんだ失礼を」両方が同時に言った。

公爵が頭を下げた。「ぜひ申しあげておきたい」言葉を続けた。「生涯にわたって家のなかを音楽で満たしてくれる妻を選んだわたしは、すばらしく賢明でした」

去年、ミドルベリー・パークの滞在客のために演奏をした夜、それに先立つ晩餐の席で公爵のとなりにすわったときもちょうどこんな感じだったことを、ドーラは思いだした。公爵は目に微笑を浮かべ、ドーラの緊張をほぐそうとして言葉をかけてくれた。また、その夜とそれに続く数日のあいだの鮮明な印象も思いだされた。公爵の目に、微笑だけでなく優しさまで浮かんでいたことが。これほど身分の高い男性が優しさを備えているとは、誰も思わないものだ。よそよそしくて傲慢な人間だと思うものだ。

公爵がミドルベリーに滞在していたあいだも、去ったあとも、ドーラが彼のことを夢に見ていたのは、その目と、そこに浮かんだ優しさに惹かれたからだった。ただ、大事なのは〝夢に見る〟という言葉だ。現実の世界では、公爵はドーラには手の届かない存在だった。わたしを気の毒に思って優しくしてくださっただけなのよ——何度も自分に言い聞かせた。

これまで出会った相手のなかに、こんな優しい目をした人は一人もいなかった。

「おいでになったことに気づきませんでした」ドーラはそう言って立ちあがった。「でも、支度はできております。お屋敷までは歩いて?」歩いていくに決まっている。わたしがいくら演奏に没頭していたとしても、コテージの門の外で馬車が止まる音に気づかないわけがない。

「よろしいでしょうか?」ショールと一緒に椅子にのせておいたボンネットをかぶるドーラに、公爵は尋ねた。「爽やかな天気が続いていますから、それを逃すのはもったいないと思いまして」

「喜んで」ドーラはきっぱりと答えながら、ショールを肩にかけた。「どこへ出かけるにも、わたしは歩くことにしています」歩いていけば、公爵と長い時間一緒にいられる。そして、結婚したあとは、生涯ずっと二人で一緒にいられる。

ああ……。どうしよう。突然、喜びで頭がくらくらするのを感じた。昨日のスタンブルック公爵の訪問が誰にも知られずにすんだはずはない。夜になるまでに、すべての村人のあいだに噂が広がっていたに決まっている。小さな村では、少しでもふだんと違うことがあれば、かならず噂になるものだ。公爵が今日も訪ねてきたことを、すでに村人の半数が知っているだろうし、幸運にもこの通りに家や店を持っている者は、公爵がコテージから出てくるのを窓のカーテンの陰からこっそり見守っているに違いない。ドーラが公爵の腕に手をかけてミドルベリー・パークの門のほうへ歩いていくのを、いまからみんなが目にするわけだ。

こうしたことを意識したときに、ドーラが嬉しさも何も感じなかったら、人間らしいとは言えないだろう。今日一日、さまざまな憶測が広がるに決まっている。牧師の妻のジョーンズ夫人が、たぶん偶然ではないだろうが、自宅の庭の門まで出て、肉屋のおかみさんのヘンチリー夫人と立ち話をしていた。二人ともふりむき、笑顔になってお辞儀をし、いいお天気ですねと言ってから、ドーラに意味ありげな視線を向けた。公爵は片手をシルクハットのつばに当てて、こんにちはと挨拶をし、二人の意見に同意して、今年は夏が早く来たようですねと答えた。二人はたぶん、日が暮れるまで村じゅうをまわり、この出会いに脚色を加えたものを広めることだろう。ドーラは愛すべき隣人たちに対して心のなかで苦笑しながら、そう推測した。

ドーラと公爵はミドルベリー・パークの門を通って庭園に入ったが、広い馬車道を歩いていくのはやめることにした。かわりに、公爵がドーラを促して左へ曲がり、庭園の南側の塀沿いに続く木立のなかを歩きはじめた。安らぎと鄙(ひな)びた雰囲気が広がった。太陽の光は木の枝と緑の葉が織りなす頭上の天蓋に和らげられている。土と草木の香りが心地よい。ドーラが徒歩で何度も馬車道を行き来したときには、けっして気づかなかったことだ。

ドーラは不意に大きな幸せを感じた。まるで、ひと筋の木漏れ日が心にじかに射(さ)しこんだかのようだった。不思議な気がした。それはたぶん、自分の人生に満足するよう自らに言い聞かせて生きてきたからだろう。不幸の原因になりそうなものにはけっして近づかないようにしてきた。しかし、いまこの瞬間、和やかな静寂のなかで周囲の自然を楽しむうちに、自分はこれまで本当の幸せを知らなかったのだと気がついた。

喜びが心に湧きあがるなかで、幸せを実感した。不意に思いもよらない形で、すべての夢が現実になったのだ。かつて夢を見たときより二〇年も遅い訪れだが。でも、遅くてもかまわない。大切なのは、ようやく現実になったという事実だ。いまこうして夢が叶(かな)おうとしている。わたしが公爵の腕にかけた手を抜き、両腕を左右に広げ、遠い空を仰ぎ見て歌声と笑い声を響かせながらくるくるまわりだしたら、公爵はどんな顔をするだろう。想像のなかに浮かんだ自分のとんでもない姿にドーラは苦笑し、ボンネットのつばで顔を隠そうとして顎をひいた。

しかし、先へ進む前に言っておかなくてはならないことがあった。

「母を婚礼に呼ぶのは、できればやめておきたいのですが」ドーラは唐突に言った。

「では、お呼びしないことにしましょう」公爵は腕にかけられたドーラの手を片手で包み、彼女を見下ろした。「招待しようと思っておられる人々のリストをいただけますか？　わたしはあと二日ほどでロンドンに戻りますので、向こうに着きしだい、それをわたしのリストと一緒にわが有能なる秘書に渡しておきます」

そんなに早く？　あと二日ほどで？

「最初の結婚予告を次の日曜に出せるよう、手配したいのです」公爵は説明した。「あなたを無理に急かしているのでなければですが。しかし、結婚しようと思い立ち、求婚にイエスの返事をいただいたので、いまは早く結婚したくてうずうずしております」

この言葉がわたしの耳にどれほど甘く響くか、この人にはわかっているのかしら。

「家に帰ったらリストを作っておきます」ドーラは言った。「でも、ずいぶん短いものになるでしょう」

「でしたら、ぜひ教えていただきたい。わたしのリストも同じぐらい短くなることをあなたが望んでおられるかどうかを。婚礼がいかに小規模であろうと、盛大であろうと、わたしはかまいません。あなたとわたしがその場にいて、法的な承認を得るのに必要な数の証人が立ち会ってくれさえすれば」

「ええ……」ドーラはそう言いながら、少しばかりがっかりしていた。

たぶん、それが顔に出てしまったのだろう。

「しかし、どちらでもかまわないとおっしゃるなら、昨日申しあげた案に沿って進めてもよろしいでしょうか？　あのとき、公爵夫人としてどのようにふるまえばいいのか見当もつかないと言われましたね。そのお言葉を聞くまで、わたしはあなたを説得して結婚する気になってもらうことしか考えていませんでした。スタンブルック公爵という畏怖すべき人物と結婚するよう、あなたを説得する必要もあることを、すっかり忘れておりました。わたし自身、その人物とは長いつきあいなので、あまり意識しなくなっていたのでしょう。しかし、わたしが結婚生活のほとんどをペンダリス館で送りたいと願っても、ロンドンに出なくてはならないときがかならずあります。あなた一人を田舎に残していく気にはなれません。あなたは昨日、ロンドンに出たことも、貴族階級とつきあったこともないとも言われましたね。その両方を実現するのに最適なのは、婚礼までの一カ月間と、挙式のときだと思います。盛大な式にしましょう。一日か二日したらわたしはロンドンに戻りますが、そのとき同行なさるのは無理でしょうから、しばらくしてからおいでになりませんか？　妹さんとフラヴィアンはまだロンドンにおります。〈サバイバーズ・クラブ〉の仲間もほとんど残っていますし、ソフィアとヴィンセントもふたたびロンドンに出てくるはずです。みんながロンドンを案内してくれるでしょう。正式な婚約発表がすめば、わたしもご案内します。婚約披露のパーティを計画させてください」

二人は立ち止まり、ドーラは彼の腕から手をはずした。公爵は背中で両手を組み、目に優しさと気遣いを浮かべてドーラを見下ろした。

「ええ……」ドーラはふたたび言った。

「いや、いまのは提案に過ぎません。わたしはあなたの僕(しもべ)です。すべてあなたのお望みのままに」

ドーラは、やはり臆病な道を選んで、ロンドンで挙式するにしてもごくささやかなものにしたい、という強い誘惑に駆られた。もしくは、アグネスが去年フラヴィアンと結婚したこの村の教会でもいい。

ロンドンに出るの？

社交シーズンのあいだに？

スタンブルック公爵の婚約者として？ ポンソンビー子爵の義理の姉として？ ベリック伯爵（現在はこの人も公爵になっている）、トレンサム男爵、サー・ベネディクト・ハーパー、ダーリー子爵、ハードフォード伯爵夫人の友人として？

夢のような話だ。お伽話(とぎばなし)のようだ。

「怖がることはないのですよ」公爵が言った。

「いいえ、怖がってはおりません」ドーラは公爵を安心させようとした。「少し怖気(おじけ)づいているかもしれませんけど。でも、おっしゃるとおりだと思います。あなたの妻になるのなら、公爵夫人にもなる必要があるのですね。それに、わたし、ロンドンの劇場へ出かけたり、ハイドパークを歩いたり、本物の舞踏会でワルツを踊ったりするのはきっとすてきだろうと、ずっと思っておりました。でも、年をとりすぎてもう無理でしょうか？」

公爵の微笑がじつに楽しげなものになった。「両膝にリウマチの症状はありますか?」

「いえ!」膝のことを無遠慮に尋ねられて、ドーラはいささかショックを受けた。「わたしも大丈夫です。たぶん、どこかの薄暗い舞踏室の薄暗い片隅で、みなさんの笑いものになることなく、二人でどうにかワルツを踊ることができるでしょう」

ドーラは公爵ににこやかな笑顔を向けた。

「進む方向を変えましょう」ふたたび腕を差しだして、公爵は提案した。「このまま行くと湖の向こう側の野原に出てしまいます。かわりにこちら側を散策して、それから屋敷へ続く小道を歩くことにしましょう。わたしがあなたを独占してレッスンの時間を減らすことになったら、ヴィンセントが激怒するでしょうから」

「ダーリー卿が激怒なさることなんてありますの?」

「わたしが勝手に悪口を言っているだけです」公爵は笑顔で白状した。

遠くから湖を眺めたことはあったが、ドーラが湖畔を歩くのはこれが初めてだった。屋敷から湖まで続く手すりつきの小道を通るのも初めてだ。この小道は目の不自由な夫が人に手をひいてもらわなくても庭園を自由に動きまわれるようにと、レディ・ダーリーが結婚後に造らせたものだ。シープドッグを訓練して夫にさらなる行動の自由を享受してもらえないものか、と周囲に相談したのもレディ・ダーリーだった。彼女はまた、屋敷の裏手の丘陵地帯にかつてあった自然歩道を復活させ、夫のために比較的安全に歩けるようにした。そして、夫に視覚以外の感覚を楽しんでもらいたくて、香りのいい樹木や花を植えさせた。

て、ドーラは尋ねた。「アグネスから聞きましたが、神殿に似せた小さな建物が島の中央にあって、内部はとてもきれいに設えてあるそうですね。ステンドグラスを透して射しこむ光が魔法のようだとか」

「わたしはこの岸辺から見たことしかありません。次回のミドルベリー訪問のときに二人で楽しむことにしましょう――夫と妻として」

ドーラは自分の胃がみごとな宙返りをしたように感じた。自分が同意した未来のことをいまも信じきれずにいるのだった。こんな幸せを信じるなんて、怖くてできなかった。

「ペンダリス館は海に面しています。ご存じでしたか？　庭園の南側が切り立った崖になっていて、崖の下に金色の砂浜が広がり、いま目にしておられる景色に比べると、その景観は全体としてかなり荒々しいものです。荒涼たる場所という印象をお受けにならなければいいのですが」

「ご心配は不要だと思います。わが家になるんですもの」

わが家。でも、わたしはまだ一度も見たことがない。コーンウォールにもデヴォンシャーにも足を踏み入れたことがない。あるいは、ウェールズにも。このグロスターシャーからそう遠くないというのに。ドーラは公爵のいまの話に出てきた崖で彼の妻が亡くなったことを思いだした。誰かがそう言っていた。たぶんアグネスだ。戦争で息子を――たった一人の息子を――失ったあとほどなく、公爵夫人は崖から身を投げたという。

奥さまとご子息の両方をそんな形で失って、この方はどれほど辛い思いをしただろう？いかにして心の崩壊を食い止めることができたのだろう？

自分は公爵の二番目の妻になるのだと思ったとたん、ドーラは慄然とした。公爵は別の女性と子供との何年にもわたる家庭生活の思い出を抱いたまま、わたしと結ばれようとしている。わずか数カ月のあいだに妻と子の両方を奪い去った酷い悲劇の記憶を抱えたまま、わたしと結ばれようとしている。ロマンティックな愛や情熱をわたしに向ける気がないことになんの不思議があるだろう？　最初の奥さまにかわってわたしが公爵の愛を受けるなんて、とうてい無理なことだ。

ええ、無理に決まっている。でも、たとえ無理でないとしても、わたしはそこまでは望まない。わたしたちの関係はまったく違うものになるのだから。公爵がわたしと結婚するのは安らぎと話し相手がほしいから。公爵自身が率直にそう言った。わたしもそれを忘れてはならない。この人は孤独を遠ざけるための相手を求めているだけ。

でも、その点はわたしも同じね。二人で支えあっていけばいい。わたしがこの人の話し相手と友達を兼ね、この人もわたしのためにそうしてくれる。わたしは音楽を奏でよう――この人が与えてくれる物質的な豊かさと贅沢への感謝をこめて。〝家のなかを音楽で満たしてくれる妻を選んだわたしは賢明でした〟というさきほどの公爵の言葉を思いだして、ドーラは口元をほころばせた。

結婚しても得られないもののことを考えて落ちこむのは、やめておこう。昨日のいまごろは、このイングルブルックで未婚の女として生涯を終えるものと思っていた。それなのに、いまは婚約している。

二人は角を曲がって、屋敷へ続く小道に出た。

「あなたといると心が安らぎます、ミス・デビンズ」公爵が言った。「沈黙のひとときを言葉で埋めなくてはという必要を感じない方のようだから」

「あら、困ったわ。わたしが口下手なのを遠まわしに指摘してらっしゃるの？」

「もしそうだとしたら、わたし自身にも責任があります。散策のあいだほとんど、同じように黙りこんでいたのですから。このまま木立を抜けて野原を歩き、東屋で腰を下ろすことができたらどんなに楽しいでしょう。しかし、残念ながら、レッスンの時間に遅れないよう、責任を持ってあなたを屋敷へお連れせねばなりません」

「子爵夫妻はご存じなのでしょうか？」ドーラは尋ねた。不安のあまり、胃が締めつけられるのを感じた。

「わたしが勝手に話す権利はないと思いました。それに、わたしとの結婚が人生にもたらす激変についてあなたがじっくり考えた結果、心変わりをなさる可能性もあると気づきました。そうなった場合、あなたに気まずい思いをさせることだけは避けたかったのです。さきほどお宅へ向かったときも心配でなりませんでした。どんな事態が待ち受けているのかわからなかったので」

ドーラは怪訝そうに公爵を見たが、向こうはひどく真剣な顔だった。

「わたしは心変わりなど考えもしませんでした。昨日の午後にわたしと再会なさったあとで、あなたのほうこそ決心を翻されるのではないかと案じておりました。でも、あなたが紳士でいらっしゃることを思いだし、いったん求婚した以上、撤回するようなまねはなさらないはずだと考えなおしたのです」

公爵は優しく笑った。「ご安心ください、ミス・デビンズ。昨日久しぶりに再会したとき、あなたと結婚したい気持ちがさらに強くなりました」

まあ、どうしましょう——ドーラは思った。なぜ？　しかし、心の奥まで温もりが広がるのを感じた。

ジョージはふたたび不安に襲われていた。ヴィンセントとソフィアが外に出て、パルテール式庭園のベンチに腰を下ろし、息子のトマスがそばの小道を楽しげによちよち歩いているのを目にしたのだ。ジョージが見ていると、トマスは立ち止まって花をちぎり、得意そうにママに差しだした。

「あら、どうしましょう」ミス・デビンズが言った。「一家で外に出てらっしゃるのね。レディ・ダーリーに姿を見られてしまったわ。湖のほうからお屋敷にやってきて、しかも、あなたの腕に手をかけて歩いてきたなんて。図々しい女だと思われてしまいそう。わたしはご夫妻の音楽教師に過ぎないのに」

公爵は笑顔で彼女を見下ろし、その手を軽く叩いた。「ハープのレッスンのことをヴィンスから聞いたとき、わたしが村まで出かけてあなたをエスコートしてくるとあいつに言っておいたのです。婚約のことを二人に話すお許しをいただけますか?」

「ええ……まあ、それはかまいませんけど、二人にどう思われるでしょう?」

ミス・デビンズの上品さ、慎み深さ、不安げな表情に、ジョージは魅せられた。さすがは育ちのいいレディだ。娘時代はたぶん、申し分のない良縁に恵まれるものと思っていたのだろう。

「もうじきわかりますよ」ジョージは言った。そう、彼自身も少々不安だった。仲間はみな驚愕(きょうがく)するだろう。仲間の同意を得る必要はないが、もちろん賛成してほしかった。

ヴィンセントもソフィアも二人に笑顔を向けていた——ソフィアが夫に何か言ったに違いない。トマスがジョージたちのほうによちよち歩いてこようとしたが、ソフィアに抱きあげられた。

「ねえ、デビンズ先生」声が届くところまでやってきた二人に、ソフィアが言った。「こんなにいいお天気だから、ジョージは先生がレッスンをすっぽかすのを心配したに違いありません。自分が迎えに行ってここまで連れてくるって言うんですもの」

「たしかに言いましたよ」ジョージは言った。「ミス・デビンズが一人でお越しになるのを待っていたら、お顔を拝見できるのは、ヴィンスとハープが待つ音楽室へ姿を消してしまう前のたった一分か二分になってしまい、わたしとしてはとても残念だったでしょうから」

ソフィアがジョージに探るような視線を向けるあいだに、ヴィンセントが犬に誘導されて妻のそばまで来た。すると、トマスは愛情を示す相手を変えて、さっきちぎった花をジョージに差しだした。

「デビンズ先生がレッスンをすっぽかしたことは一度もありませんよ」ヴィンセントが笑顔で言った。「ようこそ、先生。叱られそうで怖いな。この前のレッスンのあと、ほとんど練習してないんです」

「仕方がありませんわ、ダーリー卿」ミス・デビンズは言った。「ロンドンへお出かけだったんですもの」

「だが、きみがミス・デビンズを連れ去る前に」ジョージは言った。「話しておきたいことがある。昨日わたしがこちらに到着したとき、きみは首をかしげた。わずか二、三日前にロンドンで会ったばかりだから、無理もない。わたしがこちらに来たのは特別な目的があったからで、昨日のお茶のあとでミス・デビンズのコテージを訪ねて、その目的を首尾よく遂げることができた」

ソフィアは夫から公爵へ視線を移した。握りしめていたために少しつぶれてしまった花をトマスが今度はミス・デビンズに差しだし、ミス・デビンズは感謝の笑顔でそれを受けとって、鼻先へ持っていった。

「ミス・デビンズに結婚の申し込みをしたところ、名誉なことに、承諾の返事をいただけた」ジョージは説明した。「教会で結婚予告を出してもらい、それが終わったらただちに結婚しようと思っている。そのあと、まことに申しわけないが、ミス・デビンズをここから、そして、きみたちのもとから連れ去らねばならない。そうそう、一カ月以内にふたたびロンドンに出るよう、きみたちにぜひお願いしたい。聖ジョージ教会で華々しく盛大な式を挙げようと計画していて、身内と友人に残らず参列してもらいたいのだ」

ミス・デビンズは花に一心に見入っていた。ソフィアとヴィンスは一瞬——そう、ヴィンスまでが——啞然たる表情で二人を見つめ、その傍らでトマスが両腕を伸ばして父親の肩に抱きつこうとした。

「結婚するっておっしゃるの？」ヴィンセントが空いたほうの腕で子供を抱きあげるあいだに、ソフィアが尋ねた。「お二人が？　まあ、申し分なく……お似合いだわ！」

やがて大騒ぎになり、金切り声まで上がるなかで、誰もが抱きあい、握手を交わし、背中を叩き、頰にキスをし、誰かが何か愉快なことを言って全員が笑いだした。

「ぼくの喜びをお二人のどちらにより多く向ければいいのか、自分でもわかりません」まるで本当に目が見えるかのように二人のほうへ交互に笑顔を向けて、ヴィンセントが言った。「あなた以上にジョージにふさわしい相手は思いつけません、デビンズ先生。あるいは、ジョージ以上に先生にふさわしい相手も。でも、ジョージ、あなたは悪魔のように陰険な人だ。ぼくたちはこれから誰に音楽を習えばいいんです？」

「わたしが思うに、ヴィンス」ジョージはヴィンセントの肩を叩いて言った。「この屋敷の召使い全員が神に感謝の祈りを捧げることだろう」

「それはわたしの指導内容に対するご意見でしょうか？」ミス・デビンズがきびしい声で尋

ねた。

「ぼくを侮辱するとどうなるか、これで思い知ったでしょう、ジョージ」ヴィンセントがニッと笑って言った。「トマス、パパの髪はひっぱって遊ぶおもちゃじゃないからね。このカールはパパの頭にくっついてるんだ」

ソフィアはミス・デビンズの腕に手を通し、屋敷のほうへ連れていった。

「わたしがどんなにわくわくしてるか、言葉にできないぐらいです。話してもらったのは、わたしたちが初めて？　まあ、すてきだわ。客間へ行きましょう。お茶を飲みながら今後の予定を話してください。ひとつ残らず。ジョージがこちらに来ることはご存じでしたの？　手紙で先生に知らせてらしたの？　それとも、予告もせずにいきなりお宅の玄関に現われたの？　だとしたら、なんてロマンティックなんでしょう」

「お茶をいただいている暇はありません」ミス・デビンズは断わった。「ダーリー卿のレッスンの時間ですもの」

「あら、でも、今日はレッスンなんて――」ソフィアが言いかけた。

「わたしはまだ結婚していないのですよ、レディ・ダーリー」ミス・デビンズはきっぱりと言った。「レッスンはきちんとやります」

ジョージはトマスを父親の腕から抱きとり、ソフィアに笑顔を見せた。

「行ってこい、ヴィンス」と言った。

5

ミス・デビンズのリストは小さい丁寧な字できれいに書かれていて、たしかにひどく短いものだった。父親とその妻——継母とは書かれていないことにジョージは気がついた——兄とその妻、妹とフラヴィアン、ノース・ヨークシャー州ハロゲートに住むおば夫妻、イングルブルック村から三組の夫婦、そして、実家があるランカシャー州から一組の夫婦。

五日間留守をしたのちにスタンブルック邸に戻ったジョージは、それを秘書のイーサン・ブリッグズに手渡した。

「わたしがいないあいだ、せっせと仕事をしていたかね、イーサン？」

秘書は憮然(ぶぜん)たる表情になった。「そうでないことぐらい、おわかりでしょうに、公爵さま。二二通の請求書の支払いをおこない、三二通の招待状に断わりの返事を出しておきました。そのなかには、言葉遣いに神経を配る必要のあるものもありました。だが、公爵さまからいただく過分なる給金に見合うだけの仕事はしておりません」

「過分なのか？　そう言ってもらうと嬉しい。近々、さらに増額することになるからな。きみの時間とエネルギーを酷使してもらわねばならん。レディ・バークリーの婚礼前の数週間と同じように。このリストに出ている全員に招待状を送ってもらいたい。見てのとおり短いものだが、大切な人はすべて含まれているとミス・デビンズが明言した。ああ、それからこのリストもある――わたしの側のリストだ。嘆かわしいほど長いが、きちんとした式を挙げるつもりなら、ひとかどの人物は残らず招待する必要があることに、ミス・デビンズも同意してくれた。公爵という偉そうな称号を持っていると、周囲の期待も大きくなる」

「ミス・デビンズ？」公爵の手から両方のリストを受けとりながら、ブリッグズが礼儀正しく尋ねた。

「光栄にもわたしとの結婚を承知してくれたレディのことだ」ジョージは説明した。「結婚式の招待状を作成してほしい。場所はもちろん聖ジョージ教会、日時は今週土曜日から数えて四週間後の午前一一時。一回目の結婚予告をこの日曜に出してもらうのに間に合えばだが、おそらく大丈夫だと思う」

ほんのわずかな驚きすら公然と顔に出したことはこれまで一度もなかった彼の秘書だが、いまはわずかに口をあけて公爵を見上げていた。

「たぶん、先週の婚礼に刺激されて、わたしも式を挙げたいという渇望が湧いてきたのだと思う」ジョージは弁解がましく言った。「気の毒だが、きみの休息期間は終わった。招待状を書いて発送したあとも、やってもらいたい仕事が山のようにある。だが、少なくとも、予行演習はすんでいるわけだし」

秘書はすでにいつもの冷静さをとりもどしていた。「世界一幸せになられますように、と申しあげてもよろしいですか、公爵さま」

「いいとも」

「誰よりも幸せになっていただきたいです」ふだんは感情を出さないブリッグズがつけくわえた。

「おお、嬉しいことを言ってくれるね、イーサン」ジョージはにこやかにうなずくと、この先に待ち受けている骨の折れる仕事にとりかかるよう彼に命じた。

ジョージ自身の次の仕事は一刻の猶予もならぬもので、教会に結婚予告を出す手筈(てはず)を整えることだった。だが、教会に出かけた一時間後にはグローヴナー広場に戻り、アーノット邸の玄関をノックしていた。この屋敷は広場をはさんでスタンブルック邸と向かい合っている。ポンソンビー子爵夫妻が午後の外出から戻ってまだ一〇分にもならないと執事に告げられ、客間に通された。二、三分すると、子爵夫妻がやってきた。

ジョージはいつもより鋭い目で子爵夫人を見ながら思った――ふむ、ミス・デビンズはこの妹とはあまり似ていない。妹のほうが長身で、髪の色は茶色、そして、若さゆえの美しさがある。

「ジョージ」フラヴィアンがにこやかに笑いかけ、握手をしてから、サイドボードまで行ってふたつのグラスに酒を注いだ。「イモジェンの婚礼以来ですね。大忙しだったたから、疲れを癒すためにペンダリス館へ、に、逃げ帰られたものと思っていました」

「おすわりになって、ジョージ」アグネスが椅子を勧め、歓迎の笑みを浮かべて言った。

「たぶん、ご褒美の休息を楽しんでらしたんでしょうね」

「たしかにロンドンを離れていました」ジョージは椅子にすわりながら正直に答えた。「しかし、ペンダリス館に戻ったのではありません。ミドルベリー・パークへ行っていたのです」

フラヴィアンもアグネスもいささか驚いた様子で彼を見た。

「ソフィアとヴィンスが帰るときに一緒に？」フラヴィアンが訊いた。

「いや、一緒に行ったのではない」ジョージはフラヴィアンが差しだしたグラスを受けとった。「二、三日遅れて出発した。うちに滞在中だったいとこたちが帰っていくまで待たねばならなかった。いや、正直に言うと、いとこたちがカンバーランドへ出発するまで、わたし自身、どこへも行くつもりはなかったのだ。わたしが予告もなく押しかけたものだから、ヴィンスとソフィアは驚いていた」

「きっと嬉しい驚きだったでしょうね」アグネスが言った。「ミドルベリーにいらっしゃるあいだに、ドーラと偶然お会いになることはありませんでした？」

「ありましたとも。正直に申しあげると、あちらへ出かけた理由はミス・デビンズにあったのです」

二人とも意味が理解できなくて、怪訝な顔をそろって彼に向けた。

ジョージは説明した。「ミドルベリーへ出かけたのは、わたしと結婚する気があるかどうかをミス・デビンズに尋ねるためでした。すると――光栄にも、承知してくださいました」

「なんですって？」アグネスは笑いだしたが、その声には困惑がにじんでいた。公爵が真剣なのか、それとも風変わりな冗談を言っているだけなのか、測りかねていた。

「ミス・デビンズに求婚したところ、受け入れてくださったのです。一カ月後に聖ジョージ教会で式を挙げることになりました。ミス・デビンズも一週間以内にこちらに来る予定です。あれこれ買いそろえる必要があるようなので。ただし、結婚前にわたしが請求書の支払いをすることは、ミス・デビンズに頑として拒否されました。あなたの姉上は自立心旺盛なしっかりした女性ですね、アグネス。ロンドンに出てくるのは今回が初めてで、公爵の婚約者として社交シーズン真っ最中のロンドンに来ることや、貴族社会の全員に見守られて盛大な式を挙げることに、恐怖とまではいかなくても、多少の気後れを感じているのは明らかなのに、それでも、婚礼の支度は自分のお金ですると言って聞かないのです。ただ、早めにこちらに来て、運命の日が訪れる前に貴族社会の人々と顔を合わせておくのが分別ある行動だという意見には賛成してくださいました。社交界の正式な催しに出席する気はないそうですが、挙式の日が近くなったら婚約披露パーティをすることにも同意してくださいました。姉上の気概にはただもう感服するばかりです」

アグネスの両手がそっと上がって頬を覆った。「じゃ、ほんとにほんとなのね？」と尋ねた。無論、形だけの問いかけだ。「ドーラと結婚なさるのね？」こみあげてきた涙で不意に彼女の目がきらめいた。

「もうっ、ずるい人だな、ジョージ」フラヴィアンはグラスを置くと、勢いよく立ちあがって二人のあいだの距離を詰め、ジョージの手を上下に大きくふって心のこもった握手をしてから、彼の背中をバシッと叩いた。「それなのに、ぼくたちときたら、クラブで頭を、つ、突きあわせて、あなたの心を、と、とらえ、ぼくたちから奪い去っていくすてきなレディはいないかと考えてたんだから。言っておきますがね、え、縁結びをするところまで身を落とすなんて、男にとってはじつに恥ずべきことなんですよ。それなのに、あなたときたら、自分で相手を見つけようとしていることをおくびにも出さなかった。最初からずっと、ぼくの義理の姉に狙いを定めてたんですね。ぼくにとってこんな幸せなことはないし、アグネスなんかもう有頂天です。ほら、な、泣いてるのを見ればわかります」

「あら、泣いてなんかいないわ」アグネスは反論した。「でも……ああ、ジョージ、わたしがどれほど感激しているか、たぶんおわかりいただけないでしょうね。幼かったわたしのために、ドーラは自分の人生をあきらめました。母が出ていったあと、本当ならこのロンドンで社交界にデビューしていたはずなのに、家に残ってわたしを育ててくれたのです。最悪のスキャンダルが下火になったあとで、姉が父に強くせがんでいれば、その年のシーズン中にデビューできたかもしれませんが、姉はけっして頼みませんでした。ハロゲートに住むおばが姉を呼び寄せ、結婚相手にふさわしい紳士たちに紹介してまわろうとしたときも、姉は行こうとしませんでした。わたしを育てていこうと固く決めていて、愚痴をこぼしたことは一度もなく、姉の希望をすべて打ち砕いた厄介者だという思いをわたしにさせたこともありません。でも、いまようやく、永遠の幸せを手にすることができたんですね。しかも、ジョージ、あなたと？　ああ、どうしよう、わたしったらほんとに泣いてる。ありがとう」礼を言ったのは、フラヴィアンが大判のハンカチを渡してくれたからだった。アグネスが涙を拭き、洟をかむあいだ、フラヴィアンが彼女のうなじをなでていた。

〝永遠の幸せ〟？　この言葉を聞いて、ジョージはいささか落ち着かない気分になった。もちろん、そのようなものは差しだせないが、ミス・デビンズのほうも求めてはいない。二人とも充分に年を重ね、人生経験を積んでいるので、夢のような幸せに浸れる結婚生活などありえないことを理解している。といっても、冷めた目で世の中を見ているわけではない。彼はそういうタイプではないし、その点ではミス・デビンズも同じだと断言できる。二人とも現実主義者なのだ。それは間違いない。

だが……〝永遠の幸せ〟？　一瞬、以前の不吉な予感がよみがえった。

そのあとの一〇分ほどは、二人がよこす質問に次々と答えるのに大忙しだった。だが、ジョージは最後に立ちあがり、上着の内ポケットから手紙をとりだした。

「ほかに何カ所か訪ねなくてはならない。だが、当然の理由から、真っ先にここに来ることにしたのだ。姉上を幸せにするために最善を尽くすからね、アグネス。きみにこの手紙を直接渡せるよう、わたしがグロスターシャー州にいるあいだに、姉上がこれを書いておられた」

アグネスは手紙を受けとった。「公爵さまと姉なら、おたがいを幸せにできるに違いありません」

フラヴィアンがふたたびジョージと握手をした。「あなたを思いとどまらせるようなことは言いたくないけど、ジョージ、ぼくたちが、ぎ、義理の兄弟になるってこと、気がついてます?」

「考えただけでぞっとする」ジョージは陽気に答えた。

アーノット邸を出て、ラルフとクロエが在宅かどうかをたしかめるためにポートマン広場へ向かうあいだも、ジョージの顔には微笑が浮かんでいた。運命の歯車がまわりはじめたいま、自分が大切に思っている人々には、自分の口からじかに伝えなくてはならない。

生きる喜びに似たものが胸にあふれていることに気づいて、ジョージは軽い驚きを覚えた。性急に結婚を決めたことをいずれ後悔するときが来るとしても、いまのところ、その瞬間は訪れていなかった。

永遠に訪れることのないよう願った。

ドーラは婚約者よりも五日遅れてロンドンへ向かって出発した。その前にまず、生徒や隣人や友人やヘンリー夫人とのあわただしい別れが、そして、ときには涙ながらの別れがあった。ヘンリー夫人には、公爵夫人付きのメイドとして新たな人生を一緒に歩んでほしいと頼んだのだが、夫人はイングルブルック村にとどまって家族や友人たちのなかで人生を送るほうを選んだ。ドーラの旅は贅沢なものとなった。公爵が自分の馬車を差し向けると言って聞かず、しかも、豪華なおまけとして、お仕着せ姿の従僕たち、屈強な騎馬従者たち、さらにはメイドまでつけてくれた。ひどくきまりが悪かったが——快適なのも事実だった。旅の途中でどこかに立ち寄るたびに恭しく迎えられ、こういうことに慣れなくてはいけないのだとドーラは覚悟した。最初の計画どおりにただのミス・デビンズとして郵便馬車で旅をしたなら、きっと、誰からも無視されていただろう。

グローヴナー広場のアーノット邸まであと一時間というあたりから、ドーラは馬車の窓に鼻を押しつけんばかりになっていた。外は霧雨で、重苦しい灰色の空が下界のあらゆるものを陰鬱に包みこんでいたが、ドーラの気分まで滅入らせることはできなかった。ついにロンドンにやってきた。通りに黄金が敷きつめてあると言われても、信じてしまいそうだった。メイドが座席の反対の隅にもたれて居眠りしているのが、ドーラにはありがたかった。田舎者丸出しで喜んでいる姿を見られずにすむ。

しかしながら、馬車がわずかに揺れて停止するころには、ドーラは緊張のあまり軽い吐き気に襲われていた。二〇年も遅くなったが、とうとうロンドンに来て、この社交シーズンに出会える結婚相手としては最高とも言うべき男性と——四八歳ではあるが——結ばれようとしている。軽薄な思いに口元がほころぶのを、ドーラは抑えようとした。メイドが目をさまして、スカートのしわを伸ばし、ボンネットをかぶりなおしていたからだ。

アグネスはなんて言うかしら。フラヴィアンは？

もうじきわかる。公爵家のお仕着せをまとった従僕の一人がステップを下ろし、白手袋に包まれた手を差しのべて、馬車を降りるドーラに手を貸そうとしたとき、屋敷の玄関があいてアグネスとフラヴィアンが姿を見せた。従僕が大きな傘をさしかけてくれたため、一瞬、二人の姿が見えなくなり、ドーラは濡れた歩道を急いで横切って石段をのぼった。やがて玄関に入ると、妹の腕に包まれた。フラヴィアンが脇に立ち、ドーラににこやかな笑みを向けていた。

「まあ、ただのタウンハウスじゃないのね」妹の抱擁から身を離しながら、ドーラは言った。「大邸宅だわ」スタンブルック邸もこの広場のどこかにあるはずだ。そちらもきっと大邸宅に違いない。広場に面した家々はそういう豪邸ばかりだ。これからの人生に待ち受けているものの巨大さが、ようやく実感を持って迫ってきた。もっとも、言うまでもなく、乗ってきた馬車がその先触れだったのだが。

「ドーラ、会いたかった」アグネスが涙に濡れた目をきらめかせて、ドーラの手を痛いほど握りしめた。「ああ、お姉さんが婚約したと聞いてどんなに嬉しかったか」

「あら」ドーラは少々照れくさくなり、ぶっきらぼうに言った。「初めての結婚にしては、ちょっと年をとりすぎてるでしょ？　でも、諺にもあるように、遅くてもしないよりはましよね。フラヴィアン、呆れてらっしゃらなければいいけど」

「呆れる？」フラヴィアンは小首をかしげて、くすっと笑った。「もちろん、呆れてますよ。どれほど呆れてるか、見せてあげましょう」

次の瞬間、ドーラは彼の腕に包まれてひどく面食らっていた。

「去年のすばらしいひとときを思いだしました。ジョージとぼくが、あなたとアグネスを、ミ、ミドルベリーからお宅までエスコートしたときのことです。ぼくはアグネスに求婚、し、したかったけど、人に聞かれるのがいやで、ジョージとあなたをどんどん先へ行かせようとしたんです──そうしておいて正解でした。ぼくの求婚は、だ、大失敗で、アグネスに冷たくあしらわれただけだったので。でも、あの午後も無駄ではなかった。だって、ぼくのおかげでジョージとあなたが親しくなれたようなものだから。ぼくはこの日が来るのを予期していました。もっとも、そう言っても、誰も信じてくれそうにないけど」

「そうね」アグネスとドーラが同時に言ったので、フラヴィアンは嘲るように眉を上げた。

「大まじめに言うと、あなたの婚約をとても嬉しく思っています。そして、ジョージのために有頂天になっています。二階へ行ってお茶を飲みましょう。アグネスときたら昼からずっと椅子と窓辺を往復していて、それを見ているだけで、ぼくは喉が渇いてしまったんです」

「順調なのね、アグネス？」妹と二人でフラヴィアンの左右の腕にそれぞれ手をかけながら、ドーラは妹に尋ねた。

「とっても順調よ」アグネスが片手でおなかを軽く叩いてみせると、復活祭のころより膨らんでいることにドーラも気がついた。「ねえ、ドーラ、婚礼の支度を二人でうんと楽しみましょうよ」

「わたし、買物に出かけなくては」ドーラは言った。

「そうね、もちろんだわ」アグネスも賛成した。

二人はそれから何日もかけて、買物をしてまわった。ただし、その方法も規模もドーラの予想をはるかに超えていた。もちろん、新しい服が何着か必要で、そこには、有名な教会で貴族階級の半数に見守られて公爵と式を挙げるのにふさわしい花嫁衣装も含まれていた。だが、ドーラはほどなく、複数の店を急いでまわって既製服を買い求めれば充分だと予想していた自分が甘すぎたことを思い知らされた。未来のスタンブルック公爵夫人ともなれば、まずデザインと生地と縁飾りの素材を選び、流行の最先端をいく仕立屋に採寸と縫製をさせなくてはならないらしい。そのためには、もちろん、何時間もかけて好みのものを選び、採寸や仮縫いの段階でつつきまわされるあいだ、シュミーズ一枚で台の上に立ちつづけなくてはならなかった。ようやく衣装ができあがったときには、これで試練も終わりだと思ったのに、小さな変更の必要がありそうな箇所を仕立屋がすべてメモするあいだ、またしても一連の試練に耐えることとなった。「すばらしい仕上がりですけど」とドーラが遠慮がちに言ったところで、仕立屋は耳を貸してくれなかった。未来のスタンブルック公爵夫人の衣装作りを担当すべく選ばれた仕立屋からすれば、合格点をつけていいのは完璧なものだけなのだ。

あらゆる種類の、そして、あらゆる機会に備えて必要とされる衣装が新調され、その数の多さにドーラはめまいがしそうだった――散歩用の服、馬車で出かけるときの服、午前中に着る服、午後のお茶の席で着る服、乗馬服、晩餐用のドレス、正装用のイブニングドレス、舞踏会のドレス。しかも、それぞれの衣装に専用の付属品が必要だった――帽子、手袋、手提げ、靴、室内履き、扇子、日傘、ショール、リボン、蝶結び(ちょうむす)びの飾り、シュミーズ、ペチコート……リストは延々と続いた。

もちろん、こうした華やかなものを身に着けた自分の姿を目にするのは否定しようのない喜びだったが、それにかかる費用ときたら！　この九年間、まじめに働いてこつこつ貯めてきたささやかな蓄えは、怖いほどのスピードで減っていった。しかし、ドーラが動揺することはなかった。いざとなれば。フラヴィアンからお金を借りればいい。もっとも、〝いつか誕生日が来るんだから〟と言ってフラヴィアンが現金をプレゼントしようとしたときは、ドーラのほうできっぱり断わった。コテージの売却がすめばお金が入るから、フラヴィアンに返済できる。それに、結婚すればお金を持つ必要はなくなる。ただ、苦労のなかで培ってきた自立心ゆえに、結婚相手が文句なしに裕福だとしても、夫の財力に頼りきって生きていくことには抵抗があった。でも、そういう結婚生活に慣れなくてはいけないのだろう。

やがて、いよいよ義理の弟に借金を申しこむしかなさそうだと覚悟したとき、父親の再婚相手から祝いの手紙が届いた。結婚支度にかかる費用の一部にするようにと、父親がかなりの額の銀行手形を同封してくれていた。父のお祝いなら深く感謝して受けとることにしよう、とドーラは決心した。

レディ・バークリーの結婚式のあともロンドンにとどまっていた〈サバイバーズ・クラブ〉の面々は、ドーラの到着から一日か二日もしないうちにアーノット邸を訪れ、婚約の知らせに心からの喜びの言葉を贈った。全員をファーストネームで呼ぶよう、ドーラは強く頼まれた。なにしろ、彼女ももうじき仲間に加わるのだから。まもなく、ドーラは婚約者のもっとも親しい仲間たちとファーストネームで呼びあうようになった――ただし、婚約者だけは別として。おもしろいことに、彼をジョージと呼ぶ自分の姿がどうしても想像できなかった。ひどくおこがましい気がするからだった。

グループの女性たちは、ドーラと初対面のサマンサ（レディ・ハーパー）も、クロエ（ワージンガム公爵夫人）も、そしてグウェン（レディ・トレンサム）も、ドーラとアグネスの買物に少なくとも一回はつきあって、ドーラが買おうとする品々について自由に助言や意見をくれた。彼女たちとのひとときをドーラは心から楽しく過ごし、自分は娘時代から親しい友を持ったことが一度もなかったのだと気がついた。

とはいえ、買物だけに明け暮れたわけではなかった。アグネスとフラヴィアンがロンドン塔や美術館へ案内してくれた。ベンとサマンサはキューガーデンへドーラを誘い、ドーラが植物園の美しさに息をのんだあと、〈ガンターの店〉へ氷菓を食べに連れていってくれた。美味なる氷菓を一度も味わったことがないというドーラの言葉を覚えていたからだ。ヒューゴとグウェンがセントポール大聖堂とウェストミンスター寺院見物に誘ってくれたので、セントポール大聖堂ではささやきの回廊にのぼり、ウェストミンスター寺院では文人顕彰コーナーの碑文のすべてに目を通した。ラルフとクロエはある夜、ドーラを公爵とアグネスとフラヴィアンともども劇場の専用桟敷席に招待してくれ、ドーラはオリヴァー・ゴールドスミスのウィットに富んだ喜劇に魅了された。

スタンブルック公爵もドーラを放ってはおかなかった。二人の婚約が朝刊で発表された日、彼女を馬車でハイドパークへ連れていった。ドーラがほどなく知ったように、それは上流階級の人々が姿を見せる午後のひとときだった。公園内にある楕円形の狭いエリアを多くの貴族が歩きまわっていて、新鮮な空気に触れたり運動したりするよりも、挨拶を交わし、ニュースやゴシップを交換するほうに熱を入れているように見えた。本日の注目の的は公爵とドーラであることが、たちまち明らかになった。ドーラは膨大な数の人々に紹介され、公爵の馬車で公園をあとにするころには、肩の上で頭が回転しているような気分になっていた。

「顔も名前も何ひとつ記憶に残らないような気がします」ドーラは嘆いた。「もし残っていたとしても、名前と顔が一致することはけっしてないでしょうね」

「あなたがすっかり圧倒されてしまったお気持ちはよくわかります」公爵はドーラのほうを向き、優しい目で彼女を見つめて言った。「だが、じきにお気づきになると思いますが、どこへ出かけても、たいてい同じ人々と顔を合わせることになります。やがて相手の顔が区別できるようになり、名前も浮かんでくるようになります。そのときが来るまで、焦る必要はありません。ほとんどの相手には微笑と王族のごとき会釈だけで充分です。それに、わたしがつねにあなたのそばにいるとはかぎりませんが、かわりに、アグネスやフラヴィアンが、あるいは、仲間の誰かがいてくれるはずです」

「王族のごとき会釈？　ふつうの会釈とは違うものですか？　練習しておかなくては。宝石で飾られた柄付き眼鏡を買うことにしようかしら」公爵の目尻にしわが刻まれたのをドーラは目にした。ただし、公爵が笑い声を上げるには至らなかった。「楽しい午後でしたわ」

「本当ですか？」公爵は熟練の手綱さばきで馬を操り、公園の外の交通量の多い通りに出た。

「イングルブルック村での静かな結婚式のほうを選ばなかったことを、あなたが後悔なさるのではないかと心配していました」

「いえ、とんでもない」ドーラはきっぱりと言った。ロンドンに到着して以来、たまに困惑することはあるものの、楽しく過ごしている。

ある夜、公爵が少人数の仲間に声をかけて、みんなでヴォクソール・ガーデンズへ出かけたこともあった。そこは長いあいだドーラが憧れていたところで、期待に違わぬすばらしさだった。新しく架けられた橋を通って馬車で行くかわりに、船でテムズ川を渡ってこの社交場まで行くことになった。川の向こうで灯りが揺れる光景は息をのむほど魅惑的だった。楽団の演奏に耳を傾け、左右に並ぶ木々の枝から下がった色とりどりのランタンの光を受けて、広い並木道をそぞろ歩いた。食事の席でみんながとりわけ喜んだのは、ヴォクソール・ガーデンズの名物になっている、紙のように薄くスライスされたハムと甘酸っぱい苺だった。真夜中には花火を見物した。ドーラは夜通し息をのんでばかりだったと思いながらアーノット邸に帰り着いた。ヴォクソールはなんてすてきなお伽の国かしら。

イングルブルック村を出てから二、三週間のあいだに、何歳か若返ったような気がしていた。鏡までが嘘つきになって、輝くような若さをとりもどした女の姿を映しだした。しげしげとその姿を見てみたが……いまだに白髪は一本も出ていなかった。

ドーラはときどき、イングルブルック村での日々を思いかえし、人生がこれほど急激に、完璧に変わってしまったことに驚いていた。わずか一カ月前には——いや、まだ一カ月にもならない——こんな未来が待っているなんて考えたこともなかった。もっとも、ずっとロンドンで過ごしたいとは思っていない。挙式を終えてペンダリス館へ、新居へ行くのがドーラの望みだった。公爵と二人で幸せに暮らすことを夢に見ていた。結婚すれば、友情だけでなく、穏やかな愛情も生まれるだろう。すでにその兆しが見えているのはたしかだ。

グロスターシャーにいたあいだにスタンブルック公爵が約束した婚約披露パーティは、挙式の二日前の夜に開かれることになった。それがドーラの社交界正式デビューとなる。ロンドンに着いて以来、公の場には何度も顔を出してきたが、衣装の支度がきちんと整って試練を乗り越える自信がつくまでは、個人宅でのパーティにも舞踏会にも出ないことにしていた。公爵との結婚の直前に貴族社会の人々と顔合わせをしておくのが妥当なことだと思われた。公爵の話によると、パーティに招待した客の数はかなりのものだが、舞踏会ではないとのこと。充分な時間がとれなかったため、そういう大規模な催しを満足のいくように計画するのは無理だった、と公爵は申しわけなさそうに説明した。

パーティ当日になると、ドーラは目の前に迫ったのが豪華な舞踏会ではないことを心から喜ぶ気になっていた。臆病風に吹かれたせいだった。この三週間、さまざまな場所で貴族社会の人々に紹介されてきたのは事実だが、大人数の集まりに加わるよう誘われたことも、何時間も社交的な会話をするよう求められたことも、スタンブルック公爵の婚約者として注目を浴びたこともなかった。

しかしながら、スタンブルック邸へ向かう前に臆病風は消え、現実主義と良識がそれにとってかわっていた。娘時代に夢見たとおりの人生を歩んでいたなら、いまごろはもう貴族社会の催しにすっかり慣れて、今夜のようなパーティに出かけるときもおどおどすることはなかっただろう。だって、わたしは準男爵家の娘だし、ついにこういう人生にめぐりあったのも、生まれからすれば当然のことだもの。こうなるべく育てられた。それに、今夜の客には気心の知れた人がたくさんいる――父とその再婚相手、兄のオリヴァーと妻のルイーザ。婚礼のためにロンドンに出てきて、目下、アーノット邸に泊まっている。ヨークシャーから来てくれたショー家のミリセントおばさまとハロルドおじさま。イングルブルック村から招待した六人の友達。ランカシャー州からやってきた一組の夫婦。そして、もちろん、〈サバイバーズ・クラブ〉のメンバーとその夫人たち。

ハードフォード伯爵夫人――かつてのレディ・バークリー――も海外から戻ったところで、パーティに出てくれることになっている。帰国が公爵の婚礼に間に合うかどうか、少々心配されていたが、ぎりぎりで間に合った。婚約披露パーティが開かれる日の朝、伯爵夫妻はまずスタンブルック邸を訪問し、次にアーノット邸にやってきた。

「ジョージが再婚する気になってくれてどんなに喜んでいるか、言葉にできないぐらいよ」ドーラの手を両手で握りしめて、伯爵夫人は言った。「それに、あなた以上にジョージにお似合いの花嫁さんはいないわ、ミス・デビンズ」そして、夫のほうを向いた。「パーシー、ミス・デビンズのハープやピアノフォルテの演奏を聴いたら、天国にいるような心地になるわよ。約束するわ」

ドーラは伯爵夫人に驚きの目を向けた。この生き生きとした温かな女性が、去年ミドルベリー・パークで顔を合わせた大理石のような雰囲気の貴婦人と本当に同じ人だろうか？うっとりするほどハンサムな夫がドーラににこやかな笑みを向け、それから握手をした。パーティの夜が目の前に迫ってきた。ドーラは大きな喜びとかすかな不安を抱いてパーティに臨もうとしている自分に気がついた。

6

婚約披露パーティといっても大々的な舞踏会じゃないんだし——その日の夕方、ドーラはそう思ったが、〝招待客の数はかなりのものだ〟と公爵が言っていたのは、じっさいには膨大な人数のことだった。少なくとも二〇〇人はいるようで、公爵は客を迎えるためにドーラと並んで立ちながら、三〇分もしないうちにその全員に彼女を紹介していた。ハイドパークや劇場やヴォクソール・ガーデンズで出会った相手も何人かいたが、大部分は初対面だった。すべての人の顔と名前を覚えるなんてことが本当にできるのかしら?

今宵のドーラの装いは淡い色のサテンに金色のレースを重ねたドレスで、グウェンとアグネスに説得されて選んだものだった。

「これから公爵夫人におなりになるのよ、ドーラ」目をいたずらっぽくきらめかせて、グウェンが言った。「そんな身分の高い方なら、どれだけ豪華に装っても足りないぐらいだわ。それに、色もデザインもすばらしくお似合いだし」

グウェンはまじめな顔で言った。もちろん、本心からの言葉だった。二人は友達。そして、グウェンはドーラに助言し、意見を述べるために、買物につきあってくれたのだ。

アグネスに命じられて彼女専用のメイドがドーラの部屋に出向き、髪をゆるやかにカールさせて高く結いあげてくれた。おかげで、ふだんより背が高く見え、エレガントさも少々加わった。

「わたしは世界でもっとも幸運な男です、ミス・デビンズ」公爵はスタンブルック邸に到着したドーラにそう言って、手袋に包まれた彼女の手をとり、唇に持っていった。「ため息が出るほどお美しい」

いささか大仰なお世辞ではあったが、ドーラは爪先まで温かくなるのを感じた。ついでに言っておくと、公爵自身は黒と白で統一した夜会服姿で、いつも以上に豪奢(ごうしゃ)な雰囲気だった。もっとも、ドーラがそれを口にすることはなかったが。

パーティ会場となる部屋は二階にあり、金箔(きんぱく)をふんだんに使った壁面の装飾帯、天井から下がったシャンデリア、折り上げ天井に描かれた神話の場面、壁には凝った額に入った肖像画と風景画、床にはペルシャ絨毯(じゅうたん)という、まことに豪華なものだった。あと二日ほどでこれが自分の家に——というか、自分の家のひとつに——なることを思うと、ドーラは頭がくらくらしそうだった。

どの部屋も客であふれていた。客間では歓談がおこなわれ、そのとなりの部屋からは音楽と話し声が聞こえ、小さめのふたつのサロンでは人々がカード遊びに興じていた。茶菓が用意されている部屋もあった。最初の三〇分が過ぎると、ドーラが婚約者のそばにいることは少なくなった。マナーを大切にする公爵がすべての客に挨拶してまわっていたし、その点はドーラも同じだった。もっとも、彼女のほうから努力する必要はなかった。人々がドーラのところにやってきた。彼女と言葉を交わしたがっていた。イングルブルックという小さな村で音楽を教えていた地味なミス・ドーラ・デビンズは、スタンブルック公爵から結婚を申しこまれたのをきっかけに、別人になってしまったかのようだった。もしドーラが公爵の陰に隠れたがっていたなら、注目の的となった自分に気づいて狼狽していたかもしれない。しかし、そのようなことはなかった。わたしはレディ、準男爵家の娘。この人々と同じ世界に属している。ドーラは笑みを浮かべて人々と言葉を交わし、誰かが彼女を長いあいだ独占しようとしたときは、笑顔で口実を作って先へ進むことにした。

もうじき夜食の時間というころ、二組の年配夫婦との心地よい会話を終えたドーラが音楽室に足を踏み入れると、スタンブルック公爵が近づいてきた。

「今宵のために、ピアース氏に演奏をお願いしています」ピアニストのほうを頭で示して、公爵は説明した。「こういう催しで生計を立てている人だそうです」

「お上手な方ですね」ドーラは言った。パーティが始まってからずっと、心を和ませてくれる柔らかな旋律に気がついていた。パーティの背景となる旋律が、けっして出しゃばらないように、人々の歓談の邪魔にならないように、細心の注意を払って選ばれている。ただ、旋律に気づいている者が誰もいないようなので、ドーラはピアース氏をいささか気の毒に思っていた。この人は芸術家の魂を持っているの？　こうやって食べていくだけで満足なの？でも、ほかの多くの職業に比べれば、こちらのほうがいいかもしれない。少なくとも、ミランダ・コーリーのような生徒に教える必要はないもの。「あの方とちょっとお話ししてきます」

「一緒に行きましょう」公爵はドーラに笑みを向けた。「だが、その前に——」じっと彼女を見た。「最初は、招待客のためにごく短時間でいいので演奏してくださるよう、あなたにお願いするつもりでおりました。しかし、今宵の集まりはあなたにとってただでさえ気の重いことでしょうから、さらなる圧力はご迷惑に違いないと思ったのです」

「まあ」ドーラは驚愕した。こんな多くの人の前で演奏を頼まれるところだったの？

「ご相談すべきでした。決めるのはあなたですから」

「あの……いえ、どうぞお気になさらないで」ドーラは言った。でも、去年のミドルベリー・パークと同じように演奏を頼まれるところだったの？　しかも、もっと多くの人の前で？

公爵がドーラのほうへわずかに顔を近づけた。「いや、気にすべきです。どうぞお許しください。わたしには学ばなくてはならないことがまだまだあります。昔から命令することに慣れているため、自分が命令していることに気づきもしない。今回もあなたにかわって決定を下し、あなたの才能には及びもつかない人物を雇ってしまいました」

「そんなことはありません。ピアース氏は今夜の仕事をきちんとこなして、みごとな演奏をなさっています。こんな場でどうすれば才能を披露できるでしょう？　ピアース氏が雇われたのは、ご本人に、いえ、演奏にすら注目を集めるためではありませんもの」

「おっしゃるとおりです。なぜあなたのことがこんなに好きなのか、何につけても実感させられます。やはり、今宵の客のために演奏していただけませんか？　夜食のあとすぐに。ピアース氏に休憩してもらい、階下で食事をとってもらいたいのです。いかがでしょう？　お願いできますか？」

「恐怖に打ちのめされそうです」ドーラは答えた。でも、ああ、イエスと答えたくてうずうずしている。

「それはノーというお返事でしょうか？　だが、あなたの目はイエスと言っている。わたしがこんなお願いをするのは、まことに自分勝手な理由からなのです。わが婚約者のすばらしき才能をここに集まった貴族たちに自慢して、ついでにわたしの評判も上げておこうと思ったのです。ただ、無理強いするつもりはありません。あなたにとっては、ただでさえ気の重い夜でしょうから。もっとも、それを少しも顔に出してはおられませんが」

「ごく短い曲でもかまいません？」ドーラは尋ねた。次の瞬間、この言葉を撤回できればいいのにと思った。

「長くても、短くても、お好みのままに」公爵は言った。

ドーラは息を吸い、吐きだし、下唇を噛んだ。

「まことに申しわけない――」公爵が言った。

「わかりました」同時にドーラも言った。

公爵が心配そうに眉をひそめた。ドーラは微笑した。すると、公爵も笑顔になった。

「大丈夫ですか？」

「少しも大丈夫じゃありません。でも、やってみます」

「ありがとう」公爵は腕を差しだした。「二人でピアース氏のところへ行って相談しましょうか？」

一日か二日前に公爵からドーラに説明があった——舞踏会ではないため、本来なら正式な夜食は出さないが、今回だけは出すつもりでいる。わたしたちの婚約披露のパーティなのだから、と。全員が楽にすわれるだけの席が舞踏室に用意されていて、ドーラは公爵のとなりにすわった。シャンデリアで輝くろうそくの光が上等の磁器やクリスタルガラスや宝石に反射してきらめいていた。豪華な料理が並んでいた。ドーラはひと口も食べられなかった。なんてことを承知してしまったの？　でも、悪いのは自分だから仕方がない。

招待客が満腹になるころを見計らって公爵が立ちあがり、室内が静まるのを待った。

「わたしとミス・デビンズの婚礼のために婚約者の父上であるサー・ウォルター・デビンズとレディ・デビンズ、兄上のオリヴァー・デビンズ師とデビンズ夫人にお礼を申しあげます」

もうじき妻となる婚約者のために乾杯を提案した。

ドーラは視線の先にいる父に、兄とその妻に、アグネスに、クロエとラルフに笑顔を見せた。胃がざわついていた。

「夜食がすんだら、みなさんへの特別なプレゼントを用意してあります」公爵が言った。

「わが婚約者はすばらしい演奏家であり、その才能は抜きんでています。わたしがミス・デビンズと出会ったのは一年ほど前のことでした。ミドルベリー・パークで開かれた晩餐会でミス・デビンズに紹介され、彼女はそのあと、ダーリー子爵夫妻の希望によってハープとピアノフォルテの演奏を披露してくれたのです。今夜はあいにく、ハープの用意はありませんが、われわれ全員が客間に戻ったあとでピアノフォルテを弾くことを、ミス・デビンズが承知してくれました。そのピアノフォルテを聴けば、わたしがこの人のことを忘れられずにいて、一カ月前にふたたびあちらへ出向き、結婚を申しこんだ理由もみなさんにご理解いただけることと思います。ただし、急いでつけくわえておきますと、わたしを魅了したのは音楽の才能だけではありません」

笑いと拍手が舞踏室にさざ波のごとく広がるあいだに、公爵はドーラのほうを向いて微笑した。

辞退しようにも手遅れだわ——ドーラは思った。でも、わたし、ほんとは演奏したい。そうよね？　室内に目を走らせると、みんなが見せていたのは優しさと善意だけだった。フラヴィアンと目が合った瞬間、彼が片目をつぶってみせた。

公爵は舞踏室を早めに出ていった。ドーラは兄夫妻とベン（サー・ベネディクト・ハーパー）と一緒にそれに続いた。今夜のベンは特別製の杖にすがって果敢にも自分の脚で歩いている。

「すばらしい勇気だわ」兄の妻のルイーザがドーラの腕をとって言った。「でも、あなたには本物の才能があるんですもの。わたしもすごく嬉しい。あなたにはほんとに幸せになってほしいわ」

「去年、あの独奏会に顔を出せたことを光栄に思っています」ベンが言った。「しかしながら、ぼくはひどく鈍感な人間でして、ロマンスが芽生えていたことには気づきもしませんでした」

人々が夜食をとっているあいだに、客間はすっかり模様替えされていた。客間と音楽室を隔てる仕切り壁の半分がとり払われて、両方の部屋に椅子が並べられ、前方の空きスペースにピアノフォルテが運びこまれていた。客の数が前よりずっと多くなったように、ドーラには思われた。ほぼ全員が席につき、スタンブルック公爵が彼女を待っているドアのほうへ期待に満ちた目を向けている。公爵は笑みを浮かべてドーラのために片手を差しだした。楽器の前まで公爵にエスコートされたドーラは椅子にすわり、鍵盤に視線を据えて心を落ち着けようとした。両手が汗ばんでいて、軽い痺(しび)れを感じた。ふたつの部屋の静寂が重くのしかかってきた。

やがて、両手を鍵盤にのせると、ベートーヴェンのソナタを弾きはじめた。数秒のあいだ、慣れ親しんだ旋律を奏でるのを指が拒んでいるように思われた。頭のなかは音楽以外の雑念でいっぱいだった。やがて、自分の弾く旋律が耳に届き、ドーラはそのなかに入りこみ、自分の指と手で新たに音楽を創りだした。ただし、周囲との接点を失うことはなかった。自分がいまスタンブルック邸にいて、まわりに多くの人がいて、一部はとても親しい人々だが、大部分の相手とは今夜が初対面であることを、はっきりと意識していた。スタンブルック公爵に頼まれて演奏していることも、こんな晴れがましい場所で弾くのは生まれて初めてであることもわかっていた。しかし、こうしたことを意識しているのはここから遠く離れた彼女自身であり、遠くの自分のことを気にかけるのはあとにしようと思った。いまのドーラは音楽のなかに溶けこんでいた。

演奏のあとの拍手の大きさに、人々の歓声に、みんながいっせいに立ちあがった瞬間の椅子の脚の音に、ドーラは仰天した。顔を上げ、唇を噛むと、客間のドアのところに立っている公爵の姿が見えた。公爵は誇らしげに顔を輝かせ、両手を背中で組み、微笑を浮かべている。

「アンコール」誰かが叫び、それが何人かの笑い声や鋭い口笛と混ざりあって、何度もくりかえされた。

ドーラはモーツァルトのソナタを弾き、客たちがそれでも納得しないので、最後のアンコール曲として、いつもはハープで奏でるウェールズ民謡〈サウィン・オン〉を演奏した。〝トネリコの林〟という意味だ。

拍手が徐々に消えていき、演奏に感動した客たちに囲まれていることに気づいたとき、ドーラは思った――今日はきっと、生涯で最高に幸せな日のひとつだわ。しかも、その幸せはまだ始まったばかり。

明後日はわたしの婚礼の日。

ジョージが大規模な社交行事を主催することはあまりなかった。いや、言うまでもなく、イモジェンとパーシーの披露宴を主催したばかりだが。しかしながら、今宵のパーティは彼自身のために計画したものだった。挙式に先立って、貴族社会の人々に婚約者を紹介するのが目的だった。こうしておけば、彼女が婚礼の日を多少は楽な気分で迎えることができるだろう。なにしろ、この婚約披露パーティは彼女にとって、二〇年以上も遅くなった社交界デビューのようなものだ。

今夜のパーティの様子にジョージは心から満足していた。ミス・デビンズは流行をとりいれた優雅なドレスをまとい、髪もよく似合う形に結ってあった。そのいっぽうで、彼女らしさがよく出ていた。若々しく見せようとか、豪華に見せようといった努力はまったくしていない。アクセサリーは小さな金のイヤリングだけ。外見にも、物腰にも、規律を重んじる堅苦しい教師らしさがよく出ている。だが、その態度は冷静で、周囲の注目の的になっても自然体でいるように見える。夜の時間が過ぎていくにつれ、ジョージは彼女が周囲の好感と称賛を集めていることを肌で感じた。もちろん、彼自身もミス・デビンズに魅了されていた。

しかしながら、ピアノフォルテの演奏によって、彼女は公爵の婚約者という立場を超えてさらなる高みへのぼることとなった。独自の価値を持つ洗練されたすばらしい女性であることを、誰もが認めたのだ。演奏後に人々が彼女のまわりに集まったのは、公爵という高い身分の男性を夫としてつかまえたからではなく、彼女自身が人々の心に称賛の気持ちを掻き立てたからだった。

公爵にとってこんな嬉しいことはなかった。

明日は一日じゅう時間の歩みをじれったく思うことになりそうだった。早くベッドで結ばれたいという焦りのせいではなく——もちろん、それもあったが——ミス・デビンズを永遠に自分のものにしたかったからだ。今夜だって、彼女が身内の人々と一緒に広場の向かいのアーノット邸に帰っていき、自分一人だけがここに残されるのかと思うと、腹立たしくなるほどだった。

部屋の向こうにいるミス・デビンズと目が合って、ジョージは微笑した。自分は幸せなのだと気づいて驚きに似たものを感じた。もちろん、幸せを感じたことは何度もあった。ペンダリス館で療養していた士官たちが元気になって去っていったときや、少なくとも回復の兆しを見せはじめたときは、ジョージも幸せを感じたものだ。甥がフィリッパと結婚したときも、二人のあいだにベリンダが産まれたときも、やはり幸せだった。〈サバイバーズ・クラブ〉の仲間がそれぞれ結婚して子供を持ったときも、大きな幸せを感じた。今夜はドーラ・デビンズが称賛されるのを見て幸せに思った。しかし……自分のことで幸せを感じたのはいつだっただろう？　いくら考えてみても、一七歳で連隊に入ったときを最後に、幸せだったことは一度もなかった。軍にいるときは楽しかったが、その期間はあまりにも短かった。幸せらしきものを感じるようになったのは、最近になってからだ——グロスターシャーへ出かけて求婚し、承諾の返事をもらったとき。ここ一カ月のあいだに二、三回。そして、今夜。

いまこの瞬間。

自分は幸せな男だ——ジョージは思った——しかも、幸せは始まったばかりだ。もうじき、彼女がわたし一人をここに残してアーノット邸へ帰っていくことはなくなる。もうじき、わたしの妻になる。二人で一緒に過ごすようになる。そう思っただけで嬉しくて、頭がくらくらするほどだった。

だが、次の瞬間、この幸せをこわされたらどうしようという突然の恐怖が胸の奥に湧きあがり、ふたたび頭がくらくらした。くそっ！ だが、現在と未来を信じて、過去は完全に置き去りにすることを学ばなくてはならない。

誰かが彼の腕に手をかけたので、ふりむくと、甥がそばに立っていた。

「婚約者の前ですっかり影が薄くなってしまいましたね、ジョージおじさん」ジュリアンがニヤッと笑った。「同情します」

「小賢（こざか）しいやつだ」ジョージは愛情をこめて言った。「わたしがここに立っていられるのは婚約者の七光りのおかげさ」

「折り入って話したいことがあるんですが」ジュリアンは言った。「ご都合が悪くなければ」

「いいとも」ジョージはきっぱりと答えた。「しばらくこの場をはずしたところで、誰も気づきもしないだろう。踊り場のほうに来てくれ」

甥がふたたび口を開いたのは、階段とその下の玄関ホールを見下ろすオーク材の手すりに二人でもたれてからだった。

「目前に迫った婚礼のことで、フィリッパとぼくは充分に話しあいました」ジュリアンは言った。「そして、おじさんがぼくたちのことを少々心配しておられるかもしれないと思ったのです」

ジョージが眉を上げると、甥は赤くなった。

「以前、はっきりおっしゃいましたね……ブレンダンが亡くなったあとで」甥は説明した。「ぼくを跡継ぎにしたい、と。おじさんはあのとき、自分自身の息子を持つことはもうないとおっしゃった。いえ、何も言わないで」口をはさもうとして息を吸ったジョージを、甥は片手で制した。「最後まで言わせてください。よくわかってるんです……ミス・デビンズは、そのう、すごく若い令嬢ではないし、おじさんが結婚するのはもう一度子供を持つためじゃないってことは。だけど――」

「まさにおまえの言うとおりだ」ジョージは強引に口をはさんだ。「わたしはミス・デビンズに愛情を持っているから結婚する。ペンダリス館の子供部屋に息子を迎えるためではない。わたしの跡継ぎというおまえの地位は揺るぎなきものだ」

ジュリアンの赤面がさらにひどくなった。「ぼくはおじさんを信じていますし、おじさんの結婚を心から喜んでいます。今夜、おじさんとミス・デビンズを見ていて、おたがいを大切に思っておられることがはっきりわかりました。でもね、ジョージおじさん、予期せぬことも往々にして起きるものです。その可能性があるかどうか、ぼくにはわからないし、正直なところ、知ろうという気もありません。しかし、フィリッパはありうることだと思っています。女ですからね、フィリッパのほうが正しいのかもしれない。それはともかく、財産に関しても、身分に関しても、フィリッパとぼくはいまのままで充分に幸せだと思っています。父のせいで破産しかけていた屋敷と荘園をぼくが救い、以後もさらに力を尽くしてきました。いまでは豊かに潤っています。ぼくの長男に多くのものを譲り渡すことができます――複数の息子ができればという意味ですが――また、娘のベリンダと次に産まれてくる子供たちに一生不自由な思いをさせないだけの財産もあります。もしおじさんのところに男の子が産まれたとしても、ぼくも妻も自分たちの権利を奪われたなどと思うことはないでしょう。そもそも、ぼくの父は長男ではなく、おじさんにかわって公爵家を継ぐ立場にはなかったし、ぼくも自分が跡継ぎになるなんて夢にも思っていませんでした。だって、ブレンダンがいたから……」ジュリアンの声が小さくなり、ひどく辛そうに顔をゆがめた。

ジョージは心を打たれた。

「ありがとう、ジュリアン。おまえの言う〝予期せぬこと〟は十中八九起きないと思うが、いまのままで幸せだというおまえの言葉と、フィリッパの気持ちまで聞かせてもらえて、わたしは大いに安堵している。こんなすばらしい甥はどこにもいない――甥の妻も」

ジョージはここで初めて考えた――ミス・デビンズは子供を持つ夢を本当にあきらめているのだろうか？　年齢を重ねたいまになって結婚することを、果たして喜んでいるのだろうか？　子供がいなくて寂しい思いをしたことも過去に何度かあったに違いない。しかし、ほかのさまざまな場合と同じく、持ち前の冷静な良識を発揮してその寂しさを消してきたのだろう。わたしの求婚をきっかけに、彼女のなかにかすかな希望がよみがえったりしていないだろうか？　そうでないことをジョージは心から願った。

やがて、ジュリアンがふたたび話しはじめた。

「ミリアムおばさんのお兄さんがこの街に来ているのをご存じでしたか？」

「イースタムが？」亡き妻の兄がロンドンに来ていると聞いて、ジョージは驚くと同時に不吉なものを感じた。イースタム伯爵アンソニー・ミークルは厳密に言うと、ミリアムの母親違いの兄に当たる。「しかし、あの男は昔から隠遁生活に近い生き方をしていた。ダービーシャー州に住み、ロンドンに出てくることはけっしてなかった」

「ところが、目下こちらに来てるんです。昨日、タッターソールの馬市場の外でぼくが出会ったばかりです。声もかけました。何か用があって一週間ほど出てきたと言っていました。もっとも、ぼくに会ってもあまり嬉しそうじゃなかったけど。立ち話なんてとんでもないって顔でした。昔からけっこう変わった人でしたよね」

「不愛想にされても気にすることはない。わたしに会えば、向こうはさらに不愛想な顔をするだろう」それどころか、険悪な形相になるに決まっている。ジョージは思わずこぶしを固めそうになるのを抑えようとして、両手の指を伸ばした。不意に口のなかがからからに乾いた。

「一瞬、思ったんです。おじさんが婚礼に招待したんじゃないかって。でも、そんなはずはない。そうですよね？　けっして親友と呼べる間柄ではなかったし」

「ああ」ジョージは言った。「招待などしていない」

ジュリアンは眉をひそめ、言葉さえ見つかればさらにあれこれ言いたいのに、という顔になった。ジョージは甥の肩を軽く叩き、手すりから離れた。

「そろそろ客のところに戻らなくては」快活な口調で言った。「話してくれてありがとう、ジュリアン。フィリッパにも感謝を伝えてくれるね？」

客間に戻ると、彼の婚約者がいまも大人数のグループに囲まれ、頰を上気させて笑っているのが見えた。その光景にジョージは口元をほころばせた。

しかし、何分か前に感じた大きな幸せは消え失せ、かわりに、なんの根拠もない恐怖が忍び寄ってきていた。

イースタムがロンドンに来ている理由ならいくらでも考えられる。わたしが明後日結婚することとは、おそらくなんの関係もないはずだ。だいたい、なんの関係がある？　偶然の出来事など、世の中にはいくらでもあるものだ。

だが、いったいなんの用があって、ロンドンに出てきたのだ？

7

ドーラはこれまでの人生で何度か、時間が不思議な能力を持っているのを発見したことがある。時間は這（は）うように進むのと同時に、飛ぶように走ることもできるのだ。イングルブルック村のコテージに住んで、自分の人生と決まりきった日課に心から満足し、今後も同じ日々が続くだけで幸せだと思っていたのは、一カ月以上も前のことのように思われる。それどころか、前世でほかの誰かの身に起きたことに違いないという気がするほどだ。ところが……そう、婚礼の日の朝に目をさましたときは、すでに一カ月もたったことが信じられなかった。自分を待っている新たな現実に順応するため、充分な時間の余裕をもってロンドンに到着したのが、つい昨日のことのように思われる。

目がさめたとたん、ドーラは狼狽に襲われた。あわただしい日々を送ってきたが、まだほとんど準備ができていない。この選択が正しかったのかどうかもわからない。かつての暮らしの心地よさと安心感をとりもどしたいという奇妙な思いに胸が疼いた。新たな人生はあまりにも華やかで、まばゆくて……幸せすぎて、長続きするとは思えなかった。未来が大きな口をあけて待っている。予想もつかない未知の未来。未来を信じていいの？　眠ることのできた自分に驚き、腹立ちさえ覚えた。ひと晩じっくり考えなくてはいけなかったのに。

でも、何を考えるというの？

幸せになるのが怖いの？　若かったころ、幸せに見捨てられたから、ふたたび幸せに身を委ねるのを警戒しているの？　優しくてすばらしい男性と結婚するのよ。誰も知らないわたしの心のなかだけなら正直に認めてもいいけど――わたしはあの人に少しだけ恋をしているかもしれない。いいえ、たぶん熱烈に恋をしている。もっとも、自分の心のなか以外でそんな愚かなことを認めるつもりはない。とにかく、わたしは今日、あの人と結婚する。午前中に式を挙げる。婚礼が中止になることはありえない。名誉を重んじる人だもの。それに、あの人もわたしとの結婚を望んでいる。求婚するためにはるばるイングルブルックまで来てくれて、それ以後、後悔している様子はまったくない。

そう、思いわずらうことはない。怖がることもない。ドーラは毛布をはねのけると、ベッドを出て窓辺まで行き、カーテンをあけた。ここ四日ほど雨が降ったりやんだりの天気が続き、空にはいつも雲が垂れこめていた。それに、六月にしては風が強くて肌寒かった。でも、見て！　けさは雲ひとつない青空が広がっている。広場の中央にある公園の木々は微動だにせず、かすかな風に葉をそよがせることもない。木の葉を透かして東から太陽の光が射しこんでいる。

ああ、完璧な一日が訪れようとしている。でも、完璧に決まっている。どしゃ降りであろうと、風が吹きすさんでいようと、今日は完璧な一日だ。

まだかなり早い時刻だった。ドーラはベッド脇の椅子にかけておいたショールをとると、身体が冷えないよう肩にかけて、窓の下にとりつけられたベンチにすわった。脚を上げて両膝を抱えこんだ。広場の向かいにあるスタンブルック邸のほうへ目を向けたが、屋敷は木々の陰に半分以上隠れていた。あの人はもう起きてるかしら？ 広場の向こうからこちらを見ている？ 今夜までに、スタンブルック邸はわたしの住まいになる。明日のいまごろ、わたしはあの人のそばにいる。心臓の鼓動が速くなるのを感じ、その鼓動が耳にまで届いて、ドーラは悲しい笑みを浮かべた。わたしは三九歳にもなって処女のままなのに、あの人はおそらく豊富な経験があるだろう。ええ、あるに決まっている。二〇年近く結婚生活を送った人だもの。

しかし、そのことは考えたくなかった。今日だけは考えたくなかった。

不意に、どこからともなく、母に会いたいという痛切な思いが湧いてきた。息苦しさに襲われ、胃がざわめいた。頭を低くして膝に額をつけ、しこりができたような気のする喉の奥へ必死に空気を送りこんだ。

母は生き生きした美しさを備え、微笑と笑い声と愛に満ちた人だった。子供たちを溺愛していて、乳母を雇って世話をさせたことは一度もなかった。オリヴァーが一二歳になって寄宿学校に入ったときは、身も世もあらず嘆き悲しんだ。そのときドーラは一〇歳で、二年後にアグネスが産まれるまで母の愛情を一身に受けていた。アグネスの誕生後も、母は二人を分け隔てなく愛してくれた。赤ちゃんのアグネスを抱きしめ、いつまでも楽しそうに遊んでやり、ドーラも母のまねをしたものだった。そして、母はドーラの話し相手になり、二人で未来を夢に見て、華やかな社交界デビューを、そして、社交シーズンが終わるまでにハンサムで裕福で愛情豊かな夫が見つかることを約束してくれた。その人がどんなにハンサムか、どんなに裕福で魅力的で愛情豊かかということを、二人で笑いながら話しあった。母はドーラの髪をせっせとブラッシングしてきれいに結い、可愛(かわい)い服を仕立て、きっとすばらしい美人になると言ってくれた。家庭教師を雇うかわりに自分でドーラに勉強を教えた。ただ、音楽だけはすぐれた教師を雇うよう、父に強く頼んでくれた。これほどの音楽の才能に恵まれた娘を持ってわたしは果報者よ、とドーラに言ったこともある。そのあとで、あなたの才能はもちろん、わたし譲りではないし、お父さん譲りでもないのよね、とつけくわえたものだった。

ドーラが一七歳になると、二人は翌年の春に控えた社交界デビューの計画に熱を入れはじめた。音楽教師が母の依頼でレッスン時間を増やし、ダンスも教えてくれることになったが、レッスンの合間には母子三人で練習したものだった。ドーラと母が組んで、どちらか一人が、もしくは両方が曲をハミングし、やがて二人が息を切らしはじめると、アグネスが楽しそうに笑いだし、手を叩く。次に母がアグネスの小さな足を自分の足にのせてバランスをとり、歌いながら踊りだす。ドーラは想像上のパートナーを相手に一人でステップを練習し、最後には三人全員が疲れはてて床に倒れ、笑いころげるのだった。

その日々は、その歳月は、わたしが記憶しているように、本当に幸せで屈託のないものだったの？　それはたぶん違うと思う。記憶というのは恣意的なところがある。少女から乙女に変わっていく時期を愛と笑いに満ちた終わりなき明るい日々として記憶しているのは、たぶん、そのあとに経験した歳月と著しい対照をなしているせいだろう。

ドーラがあの悪夢のような集まりに出ることを許されたのは、一七歳という魔法の年齢に達していたからだった。花の盛りの令嬢とまではいかないが、少女の時期はすでに過ぎていた。興奮のあまり天にものぼる心地で、吐きそうになったほどだった。幼かったアグネスが化粧台の端に両手を突いて姉の支度を見つめていたことを、ドーラは覚えている。アグネスはドーラにお姫さまみたいだと言い、〝今夜、王子さまが白馬に乗って迎えに来るの？〟と尋ねた。そして、二人でくすくす笑った。

夜が更けるころ、ドーラは地元の社交界にデビューした喜びと誇らしさで頬を紅潮させていた。王子さまのイメージからかけ離れた牧師がダンスのパートナーになったこともあったが、とにかく、一曲残らず踊り、頭のなかでいちいち考えなくてもすべてのステップを楽々とこなすことができた。ところが、やがて父が大騒ぎをひきおこした。声を荒らげ、年下のハンサムなサー・エヴァラード・ハヴェルと浮気をしていると言って母を責め立てたのだ。サー・エヴァラードは当時、村に住む親戚のところに長期滞在していた。父は〝新鮮な空気を吸いに行こう〟と二人の村人に言われて外へ連れだされたが、その前に、〝妻を追いだして離縁してやる〟と、集まった人々に向かって宣言した。

ひどく傷ついたドーラは、その夜の残りを集会室の片隅に隠れて過ごし、人々が会話にひきこもうとしても、ダンスフロアに誘いだそうとしても拒みつづけた。親友にすら、〝あっちへ行って。ほっといて〟と言ったほどだった。ハンカチをねじってくしゃくしゃにしてしまい、あとでずっしりと重いアイロンをかけたものの、完全な正方形に戻すことはできなかった。意志の力だけで死ねるものなら、いっそ死んでしまいたいほどだった。いっぽう、母のほうは何事もなかったような顔で微笑し、笑い、人々と言葉を交わし、ダンスを続けた――そして、その夜が終わるまでサー・エヴァラードのそばへは行こうとしなかった。

でも、ついに堪忍袋の緒が切れたのかもしれない。ドーラにはわからない。恥をかかされ、侮辱されることに耐えられなくなったのかもしれない。大人の世界の催しに顔を出したのはその夜が初めてだったのだから。人前で妻を侮辱するなど、まともな男のすることではないとしても、父の非難は根拠のあることだったのかもしれない。いずれにしろ、ドーラの母はその夜のうちに家を出ていった。おそらくサー・エヴァラードも一緒だったものと思われる。というのも、朝が来たときには、彼もまた親戚に暇（いとま）を告げることなく姿を消していたからだ。

母は二度と戻ってこなかった。子供たちに手紙をよこすこともなかった。オックスフォードに在学中だったオリヴァーにすらも。離婚手続きによって父の財産は大きく減り、母の持参金は使い果たされてしまった。本来なら、二等分されて、ドーラとアグネスが結婚するときに父が持たせてくれる持参金に加えるはずのお金だった。貴族院で離婚が認められてほどなく、母がサー・エヴァラード・ハヴェルと結婚したという知らせが届いた。知らせを持ってきたのは、長年家族ぐるみで親しくしてきた隣人の——そして、いまは父の妻となっている——ブラフ夫人だった。当時はブラフ氏が存命中で、朝刊で結婚のことを知ったロンドンの誰かからブラフ氏のもとに手紙が届いたのだった。

あの集まりのあと、ドーラの人生は一カ月前のイングルブルック村のときと同じく一変してしまった。ただし、その変わりようはまったく異なるものだった。一八歳になってもドーラが社交界にデビューすることはなかった。たとえ誰かが後見人になってデビューの手筈を整えてくれたとしても、恥さらしなスキャンダルに加えて、父がかなり貧しくなってしまったこともあり、ドーラはデビューを思いとどまっていただろう。それに、デビューできると言われたところで、ロンドンへは行かなかっただろう。ちょうど、その二、三年後にショー家のおばからハロゲートに来るよう強く誘われ、社交界の人々や結婚相手にふさわしい紳士たちに紹介しようと言われたときも、出かけなかったのと同じように。家にとどまったのはアグネスのためだった。途方に暮れている幼い哀れなアグネス。母親を求めて泣いても、そばにはドーラしかいない。

ドーラはアグネスのために家に残ることにした。

まるで、こうした思いが妹を呼び寄せたかのようだった。ドーラの寝室のドアに軽いノックが響き、ゆっくりとドアが開いてアグネスの心配そうな顔が覗いた。それから、ガウンに身を包んだ全身が現われた。

「あ、起きてたのね」部屋に一歩入り、背後のドアを閉めながら、アグネスは言った。「たぶんそうだと思ってた。何を考えてるの？」

ドーラは微笑し、偽りの返事をしそうになった。過去の辛い思い出が二人の話題になったことはめったになかった。しかし、いつのまにか正直に答えていた。

「お母さんのことよ」涙がたまっていることに気づいて、ドーラはまばたきをした。

「ああ、ドーラ！」アグネスが両手を差しだし、あわてて近づいてきた。「お母さんが恋しいの？　あれからずいぶんになるのに？　去年フラヴィアンがお母さんに会いに行ってくれてから、わたし、ときどきお母さんのことを考えるのよ。でも、ほとんど思いだせないの。お母さんの顔が昔とちっとも変わっていないとしても、通りですれ違ったところで、たぶんわからないでしょうね。でも、お姉さんの場合は違う。もう一七になってたんだもの。子供時代から少女時代までずっとお母さんがそばにいたわけでしょ」

「そうね」ドーラはアグネスの両手を握りしめ、それからハンカチを出そうとした。

「お母さんが去年フラヴィアンにああいう話をしたことで、お姉さんの気持ちに何か変化はあった？」アグネスが訊いた。

「お母さんに罪はなかったって話？　お父さんがあんな話をするまで、お母さんはあの男性と戯れの口説き文句を交わした程度だったそうね。わたしは信じられるわ。あの夜のことはお父さんの責任で、お母さんが家を出たのは無理もないと思う。あれほどの侮辱を受けたあとで、友達や近所の人たちとどうやって顔を合わせられる？　お父さんを捨てた気持ちもわかるような気がするわ。許してほしいと言われたところで、あんな仕打ちを許せるわけはないものね。でも、お母さんは子供まで捨てたのよ、アグネス。あなたを捨てた。まだ幼子だったあなたを。戻ってきてくれてもよかったのに、戻ってこなかった。手紙をくれてもよかったのに、一度もくれなかった。あの悲惨な夜を利用して、長いあいだ夢に見ていたに違いないことを実行に移したんだわ。あの男と逃げた。そして結婚した。自分の幸せを優先したのよ。わたしたちの――あなたの幸せよりも。そうね、お母さんがフラヴィアンにあんな話をしたところで、わたしの気持ちに変化はないわ」

「家にとどまっていたら、お母さんの人生は惨めなものだったでしょうね」アグネスは言った。「かわいそうなお母さん」

「惨めな人生を送る人はたくさんいるわ。誰もがそのなかで精一杯努力するのよ。惨めさに負けることなく、人生を意味あるものにしていく。惨めさに負けることなく、幸せを手にする。惨めさをひきずって生きていくのは、ある程度は自ら招いたことと言っていいでしょうね」

アグネスは椅子をひっぱってきて姉のそばにすわり、おなかにいる子供のかすかな膨らみに、無意識のうちに片手を当てていた。

「お姉さんは惨めさを幸せに変えてきたわね」と、優しく言った。「お姉さんのおかげでわたしは幸せだった。そのことを知ってた？　わたしが昔もいまもお姉さんを崇拝してることを知ってた？　ごめんなさい……ほんとにごめんなさい。お姉さんはわたしのせいで若さを捨てなきゃいけなかった――というか、捨てることを選んだ」

ドーラは妹のほうを向き、片手を伸ばして妹の手を握った。

「幼い子に安全と幸せを与える力が自分にあるのなら、そうすること以上に大きな喜びはないわ、アグネス。お母さんのかわりにはとうていなれなかったけど、心からあなたを慈しんできたつもりよ。それは犠牲なんかじゃない。どうか信じてちょうだい」

アグネスは微笑し、いま、その目には涙が浮かんでいた。

「知りあいの男性のなかでわたしがフラヴィアンの次に愛してるのは、ジョージだと思うわ。誰もがそうよ――〈サバイバーズ・クラブ〉の誰もが。みんな、ジョージを崇拝している。自分の屋敷を病院として提供しただけでなく、さまざまな形でみんなの命を救ってくれたんですもの。しかも、変わることなき静かな優しさと愛情をこめて救ってくれた。フラヴィアンに言わせると、ジョージには天性の才能があって、この人は自分のことだけを考えてくれている、と一人一人の男性に――イモジェンの場合は女性だけど――感じさせてくれるんですって。自分の愛を惜しげもなく相手に与える人だから、ジョージのなかに愛が残っているのが不思議なぐらい。でも、そこが愛の神秘的なところね。そうでしょ？　与えれば与えるほど、自分のなかの愛も増えていく。ジョージがお姉さんと結ばれることになって、わたし、すごく喜んでるのよ、ドーラ。ジョージはお姉さんにふさわしい人だわ。そんな人は多くないわよ。そして、お姉さんはもちろん、ジョージにもっともふさわしい人。幸せ？　結婚して落ち着きたいと思っただけ……じゃないわよね？　ジョージのことを愛してる？」

「幸せよ」ドーラは微笑した。「一カ月前、あの方が突然わが家の居間にいらしたときは、わたし、羽根で軽くなでられただけで倒れてしまいそうだった。玄関からノックの音が聞こえてきたとき、じつをいうと、虫の居所が悪かったの。朝からずっと忙しくしてたから疲れてしまって。やがて、あの方が部屋に入ってきて、結婚してくれませんかっておっしゃったのよ」

二人とも笑いだし、手を握りあった。

「幸せよ」ドーラはふたたび言った。「ほんとに優しい方ですもの」

「優しいだけ？」アグネスが訊いた。「ジョージのこと、愛してないの？」

「二人の意見が一致したのよ。愛をささやくには、おたがい、年をとりすぎてるって」

アグネスは甲高く叫んで、さっと立ちあがった。

「車椅子を用意してお姉さんを婚礼の場まで運んであげましょうか？　ジョージを運んでもらうために、スタンブルック邸へも一台差し向けたほうがいい？」

ドーラは窓際のベンチから両脚を下ろし、またしても二人で笑いころげた。

「あの方のことが好きよ」ドーラは認めた。「さあ、これで満足した？　あちらもきっと、わたしのことが好きでしょうね」

「感動的なまでにロマンティックなお言葉ですこと」アグネスは片手を自分の心臓に当てて言った。「でも、そんなの、一瞬たりとも信じない。少なくとも、二人のなかにあるのは好意だけだなんて、わたしは信じないわ。この前の夜、お姉さんがピアノフォルテを弾いたときに、わたし、ジョージの様子をじっと見てたのよ。顔が輝いてたわ。その顔に浮かんでたのは誇らしさだけじゃなかった。それから、演奏を終えたあと、招待客にとりかこまれる前に、お姉さんがジョージを見たときの表情も、わたしは目にしたわ。ああ、ドーラ、今日はお姉さんの婚礼の日なのね。幸せすぎて、わたし、破裂してしまいそう」

「それだけはやめてね」ドーラは言った。

その瞬間、ドアに軽くノックが響いたので、メイドがドーラの朝食を運んできたことを察して、アグネスは退散することにし、一時間したら花嫁衣装の着付けを手伝うためにもう一度顔を出すと約束した。ドーラは食欲が湧かないまま、バタートーストとホットチョコレートのカップを見た。でも、婚礼の儀式のあいだに空腹の胃がグーッと鳴ったら、大恥をかくことになる。皿を空っぽにする仕事にとりかかった。

ええ、今日はわたしの婚礼の日。でも、母が参列することはない。ここからそう遠くないところに住んでいるというのに。母は知ってるの？　わたしが今日スタンブルック公爵と結婚することを知ってるの？　知っているなら、気にかけてくれている？　公爵はドーラの母を婚礼に招こうと言ってくれた。それを拒んだことを、筋の通らないことではあるが、ドーラは一瞬ひどく後悔した。

「お母さん」とつぶやき、やがて頭をふって後悔を払いのけた。わたしったら、なんて愚かだったの。

まもなく、ドーラの婚礼の一日が本格的に始まった。アグネスが約束どおりふたたび顔を出し、そのすぐあとに、兄の妻ルイーザと、父の再婚相手――かつてのブラフ夫人を継母と付きのメイドがこの女性たちから助言と協力をいやというほど受けながら、ドーラの花嫁衣装の着付けをした。今日のためにドーラが選んだのはミッドナイト・ブルーのドレスで、晴れの日には地味すぎると言う人もいるかもしれないが、衣装選びにつきあってくれたアグネスと友人たちは、優美なデザインと仕立てのおかげですばらしく上品だし、ドーラによく似合うと言ってくれた。つばが小さくてクラウン部分の高い、矢車草に飾られた麦わらのボンネットをかぶり、同じ麦わら色でそろえた靴と手袋を身に着けた。ボンネットをきちんとかぶれるように、アグネスのメイドが髪をうなじで低めにまとめて結ってくれたが、愛らしいウェーブやカールで華やかにしたので、ふだんのとりすました雰囲気は消えていた。

教会へ出かける時刻になると、メイド以外の誰もが進みでてドーラを固く抱きしめ、誰もが同時にしゃべりだした。笑いの波が広がった。

やがてあたりが静かになり、アグネスだけが残って、ドーラが挙式に向けて心を落ち着かせようとしていたとき、ドアに元気なノックが響いた。フラヴィアンが首を突っこみ、着替えがすんでいてよかったと言った——まだだったら、ぼくはどうしていいかわからなかっただろうな。そして、ドアをさらに大きくあけて、ドーラの兄のオリヴァーとおじのハロルドと一緒に入ってきた。フラヴィアンは物憂げな目でドーラの全身をざっと見てから、五ペンス硬貨のようにすてきだと言った（どういう意味……？）。オリヴァーはドーラに「絵のようにきれいだよ。わたしは孔雀（くじゃく）のように誇らしい」と言った。この兄は昔から、独創的な言葉遣いをしたことがない人だった。それから、オリヴァーは進みでてドーラを抱きしめ、彼女の肋骨(ろっこつ)を残らずへし折ってしまいそうな抱擁と共に、「ついに幸せを手にするのにふさわしい者がいるとすれば、それはおまえだ」と言った。おじのハロルドは、とてもきれいだと言ってから、照れくさそうな顔でドーラの頰に軽く唇をつけた。

「父さんがおまえを教会までエスコートするために階下で待っているよ」と、オリヴァーが言った。

父は感情的なタイプではなく、感情をすぐ顔に出す人でもない――しかも、これはきわめて控えめな言い方だ――しかし、数分後、ドーラが玄関ホールに向かって階段を下りていったときは、父が下からじっと見ていた。

「すばらしくきれいだよ、ドーラ」父は言った。やや躊躇してから、さらに続けた。「ヘレンとわたしを結婚式に呼んでくれて感謝している。それから、花婿におまえを渡す役を頼んでくれたことにも。わたしが再婚したあと、おまえが家に居づらくなったのは、われわれ夫婦にとって不本意なことだった」

ブラフ夫人にとっても不本意なことだっただろうとは、ドーラには思えなかった。ブラフ夫人はドーラの父の後妻となって一年ほどたったころ、アグネスがウィリアム・キーピングと結婚したあとで、先妻の娘であるドーラと〝率直な話しあい〟なるものを持った。次のように言って聞かせた――まだ少女と言ってもいいころから家庭の切り盛りをしてきたあなただけど、いまではこの家に本当の主婦がいるのだから、その役目を続ける義務感にとらわれる必要はもうないのよ、ハロゲートのおばさまのお宅を訪ねて、当分そちらに滞在してはどうかしら、あるいは、アグネスと夫のキーピング氏のところに同居して、今度は妹さんに面倒をみてもらってもいいんじゃない？　ドーラは傷ついた。家庭の切り盛りには口を出すまいと、必死に自分を抑えてきたというのに。だが同時に、自由の身になり、自分で自分の将来を考えられるようになったという安堵もあった。

「お二人で来てくださって嬉しいわ、お父さん」ドーラは本心からそう言った。娘の愛情を得ようと努力する父親ではなかったが、けっして冷淡ではなかったし、ドーラは父親を愛していた。

父はドーラに腕を差しだし、玄関を出て、待っている馬車のほうへ連れていった。澄みきった空に太陽が輝いていた。大気は暖かく、ドーラを歓迎している。公園の木々の枝に身を潜めた無数の小鳥がにぎやかにさえずっている。

ああ、これが幸せの先触れでありますように――ドーラは思った。

8

一一時五分前には、ハノーヴァー広場の聖ジョージ教会の信者席のどこを見ても空席はひとつもなさそうだった。それどころか、男性の招待客の一部はうしろに立ち、側廊にまであふれかけていた。社交シーズン中におこなわれる上流階級の結婚式には、招待客がつねにどっと押し寄せるものだが、花婿が公爵、花嫁が無名の女性となれば、参列者が通常より多くなるのは当然のことだ。国王ジョージ四世までが、長年続いてきた義務を果たすために当日ロンドンを離れる必要さえなければ、喜んで式に顔を出したいぐらいだと仰せられた。

オルガン奏者が静かに演奏を続けて、人々の低い話し声を消していた。

甥と共に最前列にすわったジョージは、本来なら神経をぴりぴりさせていてもおかしくなかった。式を前にして花婿がクラヴァットに首を絞められるように感じ、てのひらにじっとり汗をかくのは、お約束と言ってもいいのではないか？ ところが、緊張した様子を見せているのはジュリアンのほうで、この五分のあいだに指輪が逃げだしていないことを確認するため、片方のポケットを軽く叩いていた。

ジョージ自身は完全に落ち着き払っていた。いや、それどころか、もっと前向きな気分だった。花嫁を待ちながら、少年のような期待に胸を躍らせていた。花嫁と並んで立ち、婚礼の儀式のあいだ、あらゆる言葉とあらゆる瞬間をじっくり味わうつもりだった。この儀式によって、二人は自分たちが選んだ未来へ運ばれていく。完璧に満ち足りた結婚生活が完璧なスタートを切る――ジョージはそう固く信じていた。結婚の申し込みをするためにグロスターシャーへ出かけたときから、それを夢見ていたが、この一カ月のあいだに夢が確信に変わっていった。彼女こそ、自分がこれまでずっと無意識のうちに求めてきた妻なのだ。そして、この自分は、彼女がうら若き乙女のころに夢見ていたが出会えずに終わってしまった夫なのだと思いたかった。しかし、運命とは不思議なものだ。そのころ二人が出会っていたとしても、自分は自由に彼女と結ばれる立場にはなかった。

「遅れているのだろうか?」すでに一一時になったはずだと思い、ジョージはつぶやいた。

この弱気なつぶやきにジュリアンが飛びついた。「ははあ!」ジョージのほうを向き、ニッと笑って言った。「不安になったんですね。だけど、遅れはしないと思いますよ。ミス・デビンズは人を待たせるタイプには見えないし。でも遅れるとしても、これ以上遅くなることはぜったいありません。ほら、到着したみたいだ」

ジュリアンがそう言っているあいだに、教会の正面に主教が姿を現わした。豪華な式服をまとい、下位の聖職者二人を左右に従えている。主教はジョージに向かって、立ちあがるようにと合図した。一瞬、オルガンの音が消え、集まった人々のざわめきも消えた――次の瞬間、オルガンから荘厳な聖歌が流れはじめた。人々がざわざわとうしろを向き、低くささやきを交わすなかで、花嫁が姿を見せ、父親の腕に手をかけて身廊を進んできた。

ふりむいて花嫁を見たジョージの胸に最初に湧きあがったのは、まことに彼女らしい姿だという不思議な思いだった。ブルーのドレスは長袖で、襟ぐりが丸く、なんの飾りもないシンプルなデザインが彼女にぴったりだった。麦わらのボンネットはつばが小さくて上品だし、その下の髪は洗練された形に結ってある。目が大きく、まっすぐ前を見たまま身廊を進んでくるが、その様子は落ち着いていて、清らかと言ってもいいほどだった。すぐさまジョージの姿に気づき、彼をじっと見つめた。

ジョージは彼女への温かな愛情と、すべてが予定どおりに進んでいるという安堵を感じた。わたしはようやく幸せになれる。彼女も幸せになれる――わたしが幸せにしよう。彼が微笑すると、向こうも心から嬉しそうに微笑を返した。

やがて、花嫁が彼の横に立った。父親がお辞儀をしてあとずさり、最前列の信者席に妻と並んで腰を下ろしたところで、新郎新婦は式に臨むために向きを変えた。参列者の存在は忘れ去られ、ジョージは心の安らぎに、自分の選択は正しかったという思いに包まれた。今日はわたしの婚礼の日、いまから数分もしないうちに、横に立つこの女性が妻になる。わたしだけのものになる。

「お集まりのみなさん」主教が言い、ジョージは儀式に注意を集中した。貴重な瞬間のひとつひとつを生涯にわたって記憶しておきたかった。

「……お二人は生涯を共にする絆を結ばれます」しばらくすると、天井が高い教会の隅々まで届く聖職者独特のよく通る声で、主教が言っていた。「お二人が神の御前で結ばれることを妨げる正当な根拠をお持ちの方がおられたら、いまここで声を上げてください。もしくは、永遠に沈黙を通してください」

主教は参列者に向かって語りかけていた。次は新郎新婦に向かって同じ問いかけをおこない、そのあと、二人は生涯を共にするための誓いを述べることになる。だが、この問いかけのあとに続くわずかな静寂のなかで、ジョージは思わず知らず、すべての新郎新婦が経験してきたに違いない不安の疼きを感じた。誰かが咳(せき)をした。主教が式を続けようとして息を吸った。

思いもよらぬことが起きた。

主教が式を続ける前に、教会のはるか後方から静寂を破る声が上がった。男性の声。明瞭な大声で、緊張のためか、わずかに震えていた。聞き覚えのある声だった。もっとも、ジョージがそれを耳にするのは何年ぶりかのことだったが。

「正当な根拠を示しましょう」

自分はこの瞬間を予期していた、避けがたいことだったのだ――ジョージにはなぜかそう思われた。

信者席に衝撃のあえぎが広がり、声を上げたのは誰なのかと、ベンチにすわった参列者たちがいっせいにふりむいたために、絹やサテンがこすれあって衣擦(きぬず)れの音を立てた。ジョージもふりむき、その瞬間、花嫁とちらっと目が合った。ほんの一瞬だったが、彼女が不意に蒼白になったのが見えた。彼自身も血管を流れる血が氷に変わってしまったように感じていた。

イースタム伯爵アンソニー・ミークルは誰からも姿が見える場所に立っていた。立ちあがって身廊の中央に出ていた。いや、最初から席についていなかったのかもしれない。いま来たばかりなのかもしれない。

主教も、左右に立つ聖職者二人も、冷静だった。主教が片手を上げて人々に沈黙を求めると、教会のなかはすぐさま静かになった。

「お名前を伺いましょう。そして、婚姻の障害となるものについてご説明を願います」聖職者にふさわしい格式ばった声で、主教は言った。

雷神のごとき恐ろしげな顔でヒューゴが立ちあがったのを、ジョージはなんの感情もないまま目にした。ラルフも同じ列のふたつ離れた席で立ちあがっていた。顔に斜めに走る傷跡のせいで、ふだんにも増して凶暴な海賊のような顔つきだった。

イースタム伯爵は、一流の舞台なら大仰すぎて浮いてしまいそうな芝居じみたしぐさで右腕を上げ、かすかに震える指をジョージに向けた。

「あの男は……スタンブルック公爵は残忍な人殺しだ。コーンウォールの屋敷で最初の妻を高い崖から突き落とし、険しい岩場で死に至らしめた。スタンブルック公爵夫人はわたしの妹で、どんな事情があろうと、けっして自ら命を絶つような人間ではなかった。スタンブルックが妻を嫌悪し、殺害したのだ」

「母親違いの妹だ」ジョージは誰かのつぶやきを耳にし、自分自身の声だったことに気づいた。

参列者の半分からざわめきが、あとの半分から〝シーッ〟という声が上がり、やがて期待に満ちた沈黙に変わった。

二〇年前、アンソニー・ミークル（現在のイースタム伯爵）はミリアムが亡くなったすぐあとも、耳を貸す者がいれば誰にでもこれと同じ告発をおこない、しかも、耳を貸す者はたくさんいた。証拠となる品も信頼できる証言もないのに、それでもなお、イースタムは告発を続けた。葬儀のあとで復讐を誓った。おそらく、これがその復讐なのだろう。

珍しくロンドンに姿を見せたのもこれで説明がつく。こういうことが、あるいは、これに似たことが起きるのを覚悟しておくべきだった、とジョージは思った。

「いまの由々しき罪状を証拠立てるものを何かお持ちでしょうか？」主教が尋ねた。「お持ちであれば、治安判事か、もしくは法執行機関に対して申し立てをなさるのが筋の通ったことと言えましょう」

「法執行機関だと！」イースタムは叫んだ。侮蔑に満ちた声だった。「その男は公爵だぞ。本来なら縛り首にされて最期を迎えるべき人間であり、やつにはそれすらもったいないほどだ。だが、もちろん、縛り首になどなるわけがない。高い身分に守られているからな。それでもなお、わたしはやつに真実を語るよう求めたい。そして、主教さま、この婚礼という茶番劇に幕をひくのがあなたの義務であると申しあげたい。最初の妻を殺したスタンブルック公爵が二度目の妻を娶ることを許されるなど、言語道断だ」

ジョージはふたたび花嫁のほうを向いた。真っ青な顔をした彼女を見て、気を失うのではないかと心配になった。しかし、彼女は見たところ冷静な様子で、イースタムにじっと視線を据えていた。

「せっかくのお言葉ですが」主教は断固たる声で言った。「ただいまの抗議は無効と判断し、式を続けねばなりません。根拠のない非難だけでは、わたしがいまとりおこなっている婚礼の障害になりうると確信するには至りません」

「根拠は何もない」ジョージは言った。声を張りあげたわけではないが、周囲が静まりかえっていたので、全員に聞こえたに違いない。「妻の死を目撃したのはわたしだけで、しかも距離があったため、助けようとしても間に合わなかったのだ」

「卑怯な嘘つきめ、スタンブルック」イースタムが叫び、険悪な形相で何歩か前に出た。しかし、ヒューゴがすでに身廊に飛びだし、イースタムのほうへ歩いていくところだったし、フラヴィアンも遅れをとりはしなかった。パーシーは信者席を抜けだして反対側の側廊に出ようとしていた。

「サー」荘厳なる権威に満ちた主教の声が教会内に響きわたった。「この婚礼に対する貴殿の異議申し立てを伺い、そののちに却下するに至りました。席について沈黙をお守りください。もしくは、教会から出ていっていただきましょう」

イースタムにはどちらかを選ぶ機会もなかった。ヒューゴが彼の片方の腕をつかみ、ラルフが反対の腕をつかむなり、急いでうしろへひきずっていった。ただし、イースタムのほうもかなり抵抗したが。フラヴィアンとパーシーがそのあとに続いた。パーシーはそれきり戻ってこなかった。

しかし、こうした騒ぎも、信者席から新たなざわめきが起きたことも、ジョージは半分ぐらいしか意識していなかった。大騒ぎから顔を背けて彼を見つめている花嫁の目に視線が釘(くぎ)付(づ)けになっていた。

「式を続ける気はありますか？」ジョージは低い声で尋ねた。「もし気が進まなければ、婚礼を延期してもいいのですよ」

もしくは、彼女が望むなら中止にしてもいい。

「続けましょう」彼女の声にためらいはなく、視線はジョージの目に据えられていた。しかし、輝くような温かい笑みは消えていた。自分も暗い顔をしているのだろうとジョージは思った。

重い沈黙が教会全体に広がっていた。ただ、ジョージの印象では、さほど強い敵意を含んだものではなさそうだった。憤慨した参列者がぞろぞろと教会の扉のほうへ向かうこともなく、信者席に戻ろうとするジョージの仲間三人が、石の床にブーツのかかとの音を響かせただけだった。しかし、言うまでもないが、ここに集まった者の大半はずっと昔に噂を耳にしていたはずだ。ミリアムの死後、何日も、何週間も、ペンダリス館の周辺はその噂で持ちきりだったし、これほど衝撃的な事件であれば、よその土地まで伝わらないわけがない。ロンドンではとくに大きな噂になったことだろう。誰かが不慮の死を遂げ、目撃者が一人しかおらず、しかもそれが夫だった場合は、殺人だとうるさく騒ぎ立てる連中がかならず出てくるものだ。動機も証拠もなかったため、月日がたつにつれて噂は消えていった。いまだに噂を信じている者が多数いるかどうかは疑わしい。それどころか、ペンダリス館の近辺を除いて、噂を信じたことのある者が多数いるかどうかも疑わしい。

　主教は中断したところから式を再開して先へ進んだ。ジョージは立ち直ろうと努め、花嫁にちらっと視線を向けて、果たして立ち直っただろうかと彼女の様子を窺（うかが）った。もちろん、無理に決まっている。式だけに集中するのももう無理だった。

　二人はおたがいの目を見つめて、しっかりした声で誓いの言葉を述べ、次に主教が朗読する言葉をジョージがくりかえしながら花嫁の指に結婚指輪をはめた。どちらの手にもほんのわずかな震えすらなかった。だが、ジョージが触れた彼女の手は氷のように冷たかった。笑みを向けると、彼女も微笑を返した。ジョージの笑顔は無理に作ったものだったし、その点は向こうも同じだっただろう。にこやかな微笑だが、輝きは失せていた。

　二人の結婚が成立したことを主教が宣言した。ジョージが少年のようにわくわくしながら待ち望んでいた瞬間はあっというまに過ぎて、二人は夫婦になった。

　わたしの妻の死をめぐる噂を彼女は知っていただろうか？　ジョージは無意識のうちに考えていた。いまとなっては手遅れだが、自分の口からきちんと話しておくべきだったのだろう。

結婚証明書に署名するため聖具室へ移るときが来ると、ジョージは手袋をはずしたままの彼女の手を自分の腕にかけさせ、その手がいまも冷えきっているのを知って自分の手を重ねた。温めようとして指で包みこんだ。まるで、励ましを必要としているのが手だけであるかのように。

「本当に申しわけない」ジョージは小声で言った。

「いえ、あなたは悪くないわ」

「きみのために、この婚礼を完璧なものにしたかったのに」

彼女の目がほんの一瞬、彼の目を見つめた。「あなたは悪くないのよ」ふたたび言った。

「わたしと同じく、あなたは少しも悪くないわ」

しかし、完璧な婚礼だったとは言ってくれなかった。

数分後、結婚証明書に署名をおこない、証人にも署名してもらい、結婚の手続きをすべて終えて聖具室から出てきたときは、二人とも微笑していた。信者席から多くの笑顔が二人を見守っていて、まるで結婚式を台無しにし、これから何日もあちこちの屋敷の客間をゴシップで活気づけるであろう騒ぎなど、何も起きなかったかのように。

二人は左右に会釈をしながらゆっくりと歩を進め、何人かの友達や身内を目にした——唇を嚙み、涙ぐんでいるアグネス。握りしめた両手を口に当てているフィリッパ。炎の色の髪をしたクロエのとなりで笑みを浮かべてうなずいているグウェン。目に優しい輝きを浮かべて二人を交互に見ているイモジェン。二人をまっすぐ見つめているヴィンセント。目が不自由だなんてとても信じられない。心配そうに眉をひそめて妹を見ているオリヴァー・デビンズ。微笑しているその妻。ベンは……涙を浮かべている？〈サバイバーズ・クラブ〉のあとのメンバー――ヒューゴ、ラルフ、フラヴィアン、そしてもちろん、結婚によってメンバーに加わったパーシー――の姿が消えていることに、ジョージはすぐさま気づいた。どこへ消えたのか、何を企んでいるのかは、天才でなくても推測できる。なにしろ、ここ二年のあいだに〈サバイバーズ・クラブ〉の結婚式に五回も参列し、そのひとつは一カ月少し前のことだったのだから。

ヒューゴたちは教会の外で待っていた。見物の野次馬連中もずいぶん集まっていて、新郎新婦が姿を現わすと誰もが歓声を上げた。ジョージが充分に予期していたとおり、四人の男は大量の花びらを手にしていて、花びらはほどなく宙を舞ってジョージと花嫁の上に降ってきた。ジョージは彼女の手をつかむと、二人で笑いながら、幌を下ろして待っている馬車のほうへ駆けだした。ジョージが屋敷を出る前は、馬車は花で飾られていた。だがいまでは、あまり美しいとは言えない金属製の騒々しい荷物が後部にくくりつけられていて、馬車が動きだしたとたんに耳を聾する騒ぎをひきおこそうとしていることは、見るまでもなくわかっていた。

ジョージは花嫁に手を貸して馬車に乗せ、続いて自分も乗りこんだ。ふたたび、色とりどりの花びらが二人の頭上に降りそそいだ。新たな夫婦の誕生という喜ばしき出来事を祝って、教会の鐘が鳴り響いていた。式に参列した人々も教会の扉から出てきていた。

太陽が輝いていた。

誰かの手がジョージの肩にかかり、強くつかんだ。

「ご心配なく」ジョージにしか聞こえない声でパーシーが言った。「あいつは退散しました。姿を見せることは当分ないでしょう」

ジョージは座席の角に肩を預けて、花嫁の片手を自分の両手で包みこんだ。

「ああ、わが愛しき人」彼の唇の動きを読もうと苦心している彼女に言った。

花嫁は微笑し、そのあとで騒音に顔をしかめながら笑いだした。

彼が花嫁の手をとって唇に持っていくあいだに、馬車はハノーヴァー広場を出てポートマン広場へ向かっていた。クロエとラルフから、披露宴はぜひストックウッド邸でと懇願されたのだ。

ジョージは教会の外に集まったすべての人に見えるよう、花嫁の肩に腕をまわして唇を重ねるつもりでいた。仲間もそれを期待していただろう。それが完璧な婚礼の完璧な締めくくりとなり、幸せな結婚生活の完璧なスタートになるはずだった。

とにかくキスをすべきだった。だが、もう遅すぎる。

せっかくの日にとりかえしのつかない傷がついてしまった。

この一日に傷がついたわけじゃないわ――その日が終わるまで、ドーラは自分に言い聞かせていた。教会であんなことがあったのは不運だった――まあ、なんて控えめな言い方かしなかったかのように式は続けられた。

あの短い出来事さえなければ、完璧な婚礼だった。天候も完璧だった。二人で教会を出ると、太陽と暖かな大気が迎えてくれたし、去年のアグネスの挙式のときと同じように、バラの花びらを投げてくれる友人たちの笑顔があった。馬車のうしろにくくりつけられ、ストックウッド邸までひきずられていく鍋やフライパンの耳をつんざくような騒音ですら、楽しむことができた。ストックウッド邸に着くまでずっと、夫が両手でドーラの手を包みこみ、斜め向きにすわったまま、笑みを含んだ目で彼女を見つめていた。

クロエとラルフの屋敷は披露宴に向けて、リボンや大きな花瓶に活けた花々に飾られていた。舞踏室は屋内の部屋というより緑豊かな庭園のようで、公爵の腕に手をかけて部屋に一歩入ったとたん、ドーラは思わず息をのんだ。やがて、客がどんどん詰めかけてきて、出迎えの列の前を通るさいに誰もがお辞儀をしたり、膝を折って挨拶したりし、笑顔で祝いの言葉を述べ、お幸せにと言ってくれた。豪華な料理がふるまわれ、スピーチは心がこもっていてひんぱんに笑いを誘い、ウエディングケーキは美しい芸術品さながらでナイフを入れるのがためらわれるほどだった。食事が終わっても、急いで帰ろうとする客はなく、あちこちの部屋やテラスへ移動して、ゆっくり歓談を続けていた。しかし、それらの客も徐々に暇を告げはじめ、最後に残ったのは身内と親しい友人だけになった。

すべてが完璧だった。

教会であの五分ほどのあいだに起きたことについては、誰もひとことも触れようとしなかった。自分の妄想だったのかとドーラが思ったほどだった。

一日の終わりが来たとき、ドーラの記憶にいちばん強く残っていたのは、彼女の婚礼を祝う多くの人々の微笑と笑いと尽きることなき喜びだった。それなのにどうして泣きたくなるのだろう？

長くめまぐるしかった一日に、あの三分か四分が割りこんできた——長くてもせいぜい四分だったのは間違いない——それさえなければ、喜びにあふれた完璧な一日になったはずなのに。まるでみごとに咲いたバラの花芯が虫に食われていたかのようだ。

〝正当な根拠を示しましょう〟

婚礼の儀式にはさみこまれたあの短い静寂を誰かにこの言葉で破られるのは、どんな花嫁にとっても悪夢に決まっている。

〝あの男は……スタンブルック公爵は残忍な人殺しだ。コーンウォールの屋敷で最初の妻を高い崖から突き落とし、険しい岩場で死に至らしめた。スタンブルック公爵夫人はわたしの妹で、どんな事情があろうと、けっして自ら命を絶つような人間ではなかった。スタンブルックが妻を嫌悪し、殺害したのだ。

本来なら縛り首にされて最期を迎えるべき人間であり……最初の妻を殺したスタンブルック公爵が二度目の妻を娶ることを許されるなど、言語道断だ〟

これだけの言葉が口にされたあとで、婚礼と披露宴がごくふつうに、陽気に、完璧におこなわれたのは奇跡のようなものだった。この日の残りのあいだ、よくまあ誰もが微笑を絶やさずにいられたものだ。あの人もそう。このわたしもそう。どうして誰も何も言わなかったの？

納得できない。どうにも納得できない。

あの人はわたしを〝愛しき人〟と呼んだ。わたしはあの人を呼ぶ言葉を持っていない。結婚してからも〝公爵さま〟と呼びつづけるわけにはいかない。でも、〝ジョージ〟と呼ぶこともできない。そう呼んでほしいと向こうに頼まれてはいないのだから。でも、頼まれるのを待つ必要があるの？あの人は夫なのよ。そして、わたしたちは友達。そうでしょう？この一カ月間で二人のあいだに友情が育ったのは間違いない。でも……わたしはあの人のことを知っているの？あの人は去年わたしと出会うまでに、すでに四七年の人生を送っている。一生の半分を超える年月だ。正直なところ、わたしはあの人のことを何も知らない。でも、知らなくて当然だ。わたしたちが顔を合わせたのはこの一カ月と去年の数日だけだもの。彼のことならわかっている、心の内までよくわかっている――そう思っていた。でも、じつは何もわかっていなかった。おたがいをよく知ること、それを二人の結婚生活の大きな目標にしよう。

スタンブルック邸に帰り着いたのは夜も更けてからだった。帰宅ですら、本来なら完璧なものになっていたはずだ。両開きの玄関扉を執事が少しばかり気どった手つきで開くと、暗がりに沈んでいた石段に光がこぼれ、執事は深々とお辞儀をした。その向こうに召使いが勢ぞろいし、片側に女性、反対側に男性というふたつの列が廊下の奥まで伸びて、全員が気をつけの姿勢で立っていた。遅い時刻にもかかわらず、誰もが笑顔で玄関のほうを向いている。誰かからあらかじめ決めてあった合図があったに違いなく、スタンブルック公爵とドーラが玄関の敷居をまたいだ瞬間、拍手が起きた。

きっと、ストックウッド邸から使いの者が駆けつけて、公爵夫妻がこの屋敷に向かったことを召使いたちに事前に知らせておいたのだろう。

執事が祝いの言葉を述べた。堅苦しいものだが、同時に愛情がこもっていた。公爵は礼を言い、ドーラを公爵夫人として紹介した。さらに盛大な拍手が起き、みんなの笑みが大きくなり、ドーラはこの歓迎に礼を言って、これから数日のうちに全員の名前を覚えるよう努力すると約束した。

客間にお茶のトレイが運ばれてきたので、ドーラは椅子にすわってお茶を注いだ——新たな自宅で妻としておこなう最初の仕事だ。それぞれが暖炉の両脇にすわっていた。夕暮れと共に冷えこんできたため、暖炉の火がありがたかった。二人で今日のことを話題にし、完璧な一日だったという点で意見が一致した。

たしかに完璧だった。

例の数分を別にすれば。

その件を口にしようかとドーラは何度か考えたが、そこまでの覚悟ができなかった。公爵のほうから触れるのではないかと何度か考えたが、彼が口にするのはそれ以外のこと、今日の楽しい思い出ばかりだった。

公爵の笑みが絶えることはなかった。自分もそうなのだとドーラは気がついた。

「疲れただろう、愛しき人」ついに彼が言った。「長く忙しい一日だった。だが、幸せな一日だったことにはきみも同意してくれるね？」

「ええ」ドーラは答えた。「とても幸せだったわ」

ああ、なんてことなの。二人ともどうしてしまったの？　血迷った一人の男のせいでこんなことになってしまうなんてひどすぎる。

公爵がドーラの椅子の前に立ち、片手を差しだしていた。これから新婚の夜を迎えるのだ。わたしはなぜこんなに憂鬱なの？　ドーラは彼の手に自分の手を預けて立ちあがると、促されるままに、彼の腕に手をかけた。寝室がどこにあるのか、わたしは知らない。昼間のうちにここに運ばれたはずのトランクがどこに置いてあるのかも、必要な品がどこにあるのかも、どこで服を脱げばいいのかも、どこで……。

公爵は彼女を連れて階段をのぼると、ろうそくで埋め尽くされて陽気な光を放っている壁の燭台（しょくだい）のそばを次々と通って広い廊下を進み、やがて、閉じたドアの外で立ち止まった。

「疲れただろう、愛しき人」公爵はふたたびそう言うと、ドーラの手を指で包み、唇に持っていった。「今夜はゆっくり休むといい。明日、朝食の席で会うのを楽しみにしている。だが、ゆっくり寝ていたかったら、無理に早起きする必要はないからね。おやすみ」

なんですって？

しかし、ドーラには、ショックを顔に出す暇も言葉にする暇もなかった。公爵がドアをあけると、そこはろうそくの光に照らされた化粧室で、メイドが膝を折ってお辞儀をし、ドーラに笑顔を向けた。ドーラは新婚初夜のために選んだ上等の麻のナイトドレスが椅子の背にかけてあることに気づいた。化粧室に一歩入ると、背後でドアが閉まった。

「メイジーと申します、奥方さま」メイドは言った。「奥方さまがほかの誰かをお選びになるまでしばらくのあいだ、わたくしがお召し物のお世話をさせていただきます。でも、このままお世話を続けることができるなら、わたくしにとってそんな嬉しいことはございません」

ドーラは微笑した。

微笑。完璧さ。ほんの数分間のあの出来事。これが生涯にわたって婚礼の日の思い出になりそうね——初対面のメイドに着替えさせてもらうという慣れない状況に身を委ねながら、ドーラは思った。

ああ、それから新婚初夜が経験できなかったことも。

〝疲れただろう、愛しき人〟

〝愛しき人〟

愛しき人などと呼んでほしくはなかった。ドーラと呼んでほしかった。

9

ジョージは握りこぶしを窓敷居に突き、肩をいからせて、自分の寝室の窓辺に立っていた。外の闇を見つめていたが、何も見えないことにはほとんど気づいていなかった。ベッドに入るために着替えをすませ、ナイトシャツの上に濃紺のガウンをはおっている。背後には天蓋付きの大きなベッド。今宵のために毛布がめくってある――どちらの側も。

たとえ本気で努力したとしても、今日という日をこれ以上ぶちこわしにするのは無理だっただろう。イースタムが教会に押しかけて芝居じみた意見を述べたのはたしかに青天の霹靂(へきれき)だったが、人生とは思いもよらぬことの連続だ。四八年間も生きてきたのだから、もっと如才なく対処するすべを学んでおくべきだった。ただ、あの場では、自分も主教と同じように自制心と威厳を失うことなく行動できたと思う。さらには、式を続ける気があるかどうかを花嫁に尋ねるだけの冷静さもあった。

すべてをぶちこわしてしまったのはそのあとだった。最大の責任が自分にあることはわかっている。あとのみんなはこちらに合わせてくれたのだ。

本当だったら、前々からの計画どおり、馬車に乗ってから、みんなが見ている前で花嫁にキスをすべきだった。次に、教会での騒ぎに触れ、あとで二人だけになってから、馬車がひきずっている金物類の騒音に煩わされずにすむ場所で詳しい話をさせてほしい、と花嫁に約束すればよかったのだ。それから、披露宴の最初に招待客の前でその件を堂々と持ちだし、イースタム伯爵がこの午前中とミリアムの死の直後に自分を殺人者呼ばわりしたことには真実のかけらもないのだとあらためて説明してから、できればその不快な出来事は忘れ去って、自分と新たなる公爵夫人のために婚礼の日を祝ってもらいたい、と頼むべきだった。披露宴が終わり、大半の客が帰って身内と親しい友だけが残ったところで、ふたたびその問題を持ちだして、みんなで徹底的に話しあうべきだった。それから、花嫁を連れて屋敷に戻ったあと、ゆっくり腰を下ろして二人だけで話しあい、あらためて最初から説明すべきだった。

そうするのが筋の通ったことだ。そもそも、隠すことは何もないし、恥じるべきこともない。

ところが、何もしなかった。

かわりに、教会で花嫁に短い謝罪をしたあとは誰にも何も言わず、衝撃的な騒ぎなど起きなかったかのような態度で通した。そして、馬車が動きだす前にパーシーが短く言葉をかけてきたのを別にすれば、すべての者が彼の意を汲んで行動した。誰もが笑みを絶やさず、夜まで陽気なお祭り気分で過ごした――完璧に幸せな夫婦の誕生を祝う完璧な披露宴。

空には雲ひとつなかった。二人の前には至福のときが果てしなく続いていた。

それはひとつの大きな偽りだった。すべての者の心を占めているに違いない事柄に対して、一日じゅう、雄弁なる沈黙が保たれた。式を中止させることには失敗したとしても、ジョージの婚礼の日を台無しにできたことを知ったなら、イースタムはさぞ喜ぶだろう。

ジョージは姿勢を変え、頭上の窓枠に両手をかけて身体を支えた。広場に目をやると、光がリズミカルにゆっくりと揺れながら動いていた。夜警のランタンだ。もっとも、見回りなど必要ないのだが。安らぎを乱すものは何もない。あの広場には。

そのあと、彼は最大のヘマをしでかした。花嫁を一人でベッドへ行かせてしまった――新婚の夜なのに。彼女が疲れた顔だったから、そのほうが親切だと思ったのだ。

ふん、嘘をつけ！

では、なぜそんなことをした？ 親密な初夜の床で花嫁と向きあうことに耐えられなかったからか？ あの話を彼女が心の一部で信じているのではないかと恐れたからか？ 自分のなかにひきこもるのが第二の天性となっていて、今夜は一人になりたかったからか？

婚礼の夜に？

ジョージは両手でこぶしを作り、窓枠に軽く叩きつけた。イースタムにこんな目にあわされても黙っているつもりか？

不意に一七歳のころに戻ったような気がして情けなくなった。あのころはまだまだ未熟で、自分の人生にも運命にも太刀打ちできなかった。婚礼の夜だというのに、よくもまあ、花嫁を一人でベッドへ追いやることができたものだ。恥ずかしさと困惑で身がすくんだ。

時刻は真夜中をとうに過ぎていた。いまさら彼女のところへ行っても遅すぎる。いや、そうだろうか？　すでに眠っているのではないか？　いや、そうは思えない。どうして眠れるだろう？　彼はこの婚礼の日を二人の人生で最良の日にしたいと心から願っていた。ところが、二人とも経験したことがないような悪夢の一日に変わってしまった。婚礼の夜、花嫁は夫に突き放されたのだ。とても円熟しているはずの四八歳の夫に。夫は大人になってからの人生の大部分を一人の男の悪意に翻弄されつづけ、今日もその悪意のせいで完全に打ちのめされてしまったのだ。

ジョージはろうそくを持たずに彼専用の化粧室を通り抜け、その向こうにある妻の化粧室に入った。万が一、妻が眠っていたら、ろうそくの光で起こしてはいけないと思ったのだ。いや、ひょっとすると、妻が起きていた場合に、ろうそくに照らされた自分の顔を見せたくなかったのかもしれない。公爵夫人の寝室のドアをそっと叩き——本当なら、午睡をとるとき以外、妻をここで寝かせるつもりはなかったのに——静かにノブをまわしてからドアをあけて部屋に入った。

ベッドを使った形跡はなかった。カーテンが閉まっていない窓から射しこむ薄明かりでそれがわかった。一瞬、部屋に誰もいないのかと思った。しかし、窓辺に袖つきの大きな安楽椅子が置いてあり、そこで身体を丸めている妻が見えた。両脚を椅子の上にひきあげて横向きになり、胸の下で左右の肘を抱き、椅子の背に頭をもたせかけている。身じろぎもせず、音も立てない。眠っているにしては不自然だ。

ジョージは部屋を横切り、彼女の椅子の前に立った。ドーラはやはり眠ってはいなかった。

目を開いて彼を見上げた。

「本当にすまないと思っている、愛しき人」ジョージは言った。今日のもっと早い時刻に口にしたのと同じ虚しい言葉だ。

「そういう呼び方はやめて」妻の声は静かで抑揚に欠けていた。

ジョージは動揺した。

「わたしには名前があるのよ」

「ドーラ」ジョージは低く言った。本当は、教会の外で馬車に乗りこんでキスをする前にそう呼ぼうと思っていた。ドーラと呼ぶ光栄に浴してもいいかどうかを尋ねるのは、婚礼の日まで待とうと決めていた。妻がそれに答えるときに〝ジョージ〟と呼んでくれるのを楽しみにしていた。名前を呼ぶことには親密さがこもっている。夫と妻として教会を出たすぐあとで、その親密さを味わいたかった。なぜまた〝愛しき人〟などと呼んでしまったのか?

「今日という日をこれ以上めちゃめちゃにすることはできなかっただろうな」

「あなたのせいじゃないわ」あいかわらず抑揚に欠けた声で彼女は言った。

「いや、多くはわたしのせいだ。身の毛もよだつあの数分間にはそこで式の参列者に向かっていただろう――わずか数分のこととして。もし、わたしがあのあとで式の終止符が打たれてい堂々と説明していれば。披露宴が終わってから身内や友人たちと話しあっていれば。そして、きみと二人になったときにすべてを打ち明けていれば」

「あんなことが起きるなんて、あなたは思ってもいなかったのよ。あの場にふさわしい答えを用意する機会なんてなかったのよ。それでも、堂々と対処してらしたわ」

ジョージは身をかがめて妻の前でしゃがんだ。手をとることができれば握りしめていただろう。しかし、妻は左右の肘を抱いたままだった。身じろぎもしていない。自分のなかに深くひきこもってしまった。椅子のなかに姿を消すことができれば、きっとそうしたに違いない。

「ドーラ、あの男の言葉にはひとかけらの真実もない。誓ってもいい」

「真実だなんて、わたしは一瞬たりとも思わなかったわ。信じた人は一人もいないはずよ」

たぶんそうだろう。しかし、あの当時はコーンウォールの屋敷の近隣に住む人々の一部も含めて、嬉しそうに信じた者たちがいた。嘆かわしき人間の衝動に身を委ね、単純な悲劇を毒々しい惨劇に変えようとした連中だ。自分の無実を証明する明白な証拠がないまま、残虐な犯罪者として世間から糾弾されるのは、この世で最悪の経験のひとつと言っていいだろう。無実を訴えようとするものの、無駄だと悟って、自分の心の奥深くにあるもっとも暗い一隅にひきこもり――以後ずっとそこに身を潜めて生きていく。とにかく、それがジョージのやったことだった。社交界でも比較的分別を備えた人々のあいだでは自分への疑いなどとっくに晴れていることを、確信してはいたのだが。

ジョージは片手を伸ばして妻の頬に当てた。妻はすくみあがることも、身じろぎをすることもなかった――夫の手に頬を寄せることすらしなかった。ジョージは身体を安定させようとして床に片膝を突いた。

「きみのために婚礼の日を完璧なものにしたかった」

ドーラは何も言わなかった。だが、何が言えるだろう？

「かわりに、きみの人生で最悪の日のひとつにしてしまったに違いない」

妻が何か言おうとして息を吸うのをジョージは耳にしたが、彼の言葉を否定してはくれなかった。

「午前零時を過ぎた」ジョージは言った。「新しい一日が始まった。よかったら、新たなスタートを切らせてほしい」

彼女の頬がわたしの手のほうに少し寄せられたのではないだろうか？

「ベッドへ案内しよう」ジョージは言った。「二人の部屋にある新婚の床へ。ここではない。ここはきみが日中に使用するきみ専用の寝室だ。少なくとも、日中だけの使用になるよう願っている。わたしと一緒にベッドに来てくれ、ドーラ。きみと愛を交わしたい」

ドーラがひどくゆっくりと息を吸うのをジョージは耳にした。「わたしはあなたの妻ですもの」あいかわらず抑揚のない声で、彼女は言った。

ジョージは急に立ちあがって窓のほうを向いた。両手を窓枠で支えた。夜警の姿はとっくに消えていた。外には闇が広がっているだけだ。

「そういう言い方はやめてくれ。義務の問題にしないでほしい。義務感からわたしの相手をする必要はない。まったく。きみと結婚したのは、話し相手と恋人がほしかったからだ。きみも同じことを望んでいると思っていた。わたしの思い違いだったのなら、あるいは、きみの気持ちが変わったのなら、それは……それでかまわない」短い沈黙があった。「わたしの思い違いだったのかね？　きみの気持ちが変わったのか？」

「いいえ」

「今日のことは許してほしい。とくに今夜のことを。なぜきみの化粧室の前でおやすみと言ってしまったのか、自分自身にも説明できない。けっしてきみがほしくなかったわけではない。どうか信じてほしい」

そのとき、ジョージは背中に手が置かれるのを感じた。彼女が立ちあがった音にジョージは気づいていなかった。

「わたしもお詫びします、公爵さま。二人とも充分に年を重ねているのだから、完璧な一日が期待できないことぐらいわかっていたはずなのに。婚礼の日を完璧なものにしようなんて、二人ともほんとに愚かね。でも、あの数分を別にすれば完璧だったわ。それに、あれはあなたの責任でも、わたしの責任でもないのよ」

ジョージはふりむいた。「公爵さま？」笑った。「やめてくれ、頼むから、ドーラ」

「ジョージ」彼女が口にした彼の名前にはつんとすました響きがあり、とても魅惑的だった。

彼は片方の腕を妻の肩にまわし、反対の腕でウェストを抱いてひきよせた。妻の身体は温かく、均整がとれ、女らしさにあふれていて、予想どおり、最高級の麻で仕立てた装飾のない控えめなデザインのナイトドレスを着ていた。ジョージはフローラル系の香水のほのかな香りを感じた。ドーラは両手を彼の肩に置いて顔を上げた。ジョージにはその顔がよく見えなかった。彼女は窓のほうを向いているが、彼の身体が薄明かりをさえぎっているからだ。初めて唇を重ねた。ドーラが身をこわばらせ、じっとしたままキスを受けたので、生まれて初めてのキスかもしれないと気づいて、ジョージは衝撃に近いものを感じた。たとえキスの経験があったとしても、はるか昔のことだろう。彼女から少し顔を離して軽く向きを変え、外の薄明かりが妻の顔に当たるようにした。

「わたしに笑顔を見せてほしい」ジョージはささやいた。

ドーラが思わず笑みを浮かべたのは、驚きのせいだったのかもしれない。

もう一度キスをした。微笑した拍子に軽く開いた彼女の唇は上向きのカーブを描いていて、柔らかくて従順だった。ジョージは優しく唇を重ねてから、軽くずらし、舌で唇の合わせ目をなぞってそっと分け入った。ドーラは低い驚きの声を上げたが、ジョージは両手で彼女の肘を包んでひきよせ、その腕を彼の肩からうなじのほうへまわした。ふたたび抱き寄せて深いキスに移ったが、これ以上ショックを与えてはいけないと思い、ほかには何もしないことにした。

慎み深いと言ってもよさそうな抱擁から純粋な喜びが湧いてきたことに、ジョージは驚いた。性的な欲望とは無縁の喜びだった。いや、それも多少はあっただろうが……。彼女が自分の女であり、妻であり、話し相手であり、二人が生きているかぎり自分だけのものだという事実が喜びをもたらしたのだった。午前中の――昨日の午前中の――喜びがいくらかよみがえった。

やがてドーラが顔を離し、ジョージははっきり目に入ったその顔にかすかな不安を見てとった。「おわかりでしょう?」彼女が尋ねた。「わたしが処女だということは」

ドーラの頬が真っ赤になっていることに賭けてもいいとジョージは思った。

思わず口元がほころんだ。笑いたくなった。音楽のレッスンを受けに来た注意散漫な生徒にも、きっとこんな声を使っていたに違いない。だが、いくらなんでも笑うのはまずい。

「わかっているとも」重々しく答えた。「朝が来たときには、そうでなくなっている。さあ、ベッドへ行こう、ドーラ」

どうしよう。よほど熟睡してたに違いない。眠りの世界から浮かびあがりながら、ドーラは思った。温もりと心地よさに包まれていた。マットレスがこんなに柔らかく感じられたのは初めてだし、枕がこんなに温かくて、しかも首をしっかり支えてくれるものだとは思わなかった。これほど伸びやかな気分になったのも、身体の隅々まで幸福感に満たされたのも、生まれて初めてのことだった。どこか近くで時計がたゆみなく時を刻んでいる。魅力的だがなじみのない香りを吸いこんだ。リズミカルな時計の響きに加えて、別の音も聞こえていた。傍らで眠る人の深く規則正しい寝息だ。そして――ひとつだけ違和感を覚えたのは――脚のあいだから身体の奥へ続くひりひりした痛みだった。いや、厳密に言うと違和感ではない。というのも、逆説めいているが、この痛みほど心を癒してくれる甘い感覚はなく、満ち足りた気持ちになれるからだ。

眠りの世界から浮かびあがって現の世界に戻りながら、ドーラは思いだした。ここはなじみのない部屋の、なじみのないベッド。でも、このベッドは……あの人はなんて呼んだかしら？　二人の新婚の床だ。そして、ここは二人の寝室。とにかくロンドンにいるあいだは、ここが二人の寝室だ。ゆうべあの人が迎えに来てくれたもうひとつの部屋はわたし専用の寝室で、使うのは午睡のときぐらい。でも、あそこで寝たいとは思わない。

彼はいま、ドーラのそばで横になり、片方の腕を彼女の頭の下に置いて眠っていた。眠る前に愛を交わした。といっても一方的なものだった。なにしろ、ドーラのほうは何ひとつ知らないし、未熟だったから。でも、だめ、だめ、だめ、だめ、そんなふうに考えるのはよそう。そんなことはないとあの人が言ってくれた。すばらしかったと言われて、ああ、わたしはその言葉を信じた。だって、あの人が耳元で低くそうささやきながら、片手で髪をなでてくれ、わたしに全身の重みを預けて、まだ……わたしのなかにいたんだもの。おたがいに愛撫しあうにはどうすればいいのか、わたしは見当もつかなかったけど、あの人のおかげで夢のような気分になれた。何もする必要はないから、気を楽にして、楽しめそうなら楽しめばいい、と言ってくれた。痛い思いをさせたに違いないと言って謝り、次のときはもっとよくなるし、そのあとはさらによくなる、と約束してくれた。

たとえ痛くても本当の苦痛ではない苦痛というものがあることを、わたしから説明しようとしたけど、よく理解してもらえなかった。でも、そんな説明では、あの人が理解できなかったのも無理はない。わたしったら、ほんとにそんな支離滅裂な言い方をしたの？　でも、頭のなかで考えたときでさえ、適切な言葉は見つからなかった。痛くて涙が出たのは事実だけど、痛みよりも、自分の身に起きたことへの驚愕のほうが大きかった。男と女のあいだに何が起きるかは、大人になってからずっと知っていたし、どんな感じなのだろうと想像をたくましくしてきたけど、本当は何もわかっていなかったのだ。

何年ものあいだ、人生に〝それ〟が欠けていても幸せになれないわけではないし、人間として、もしくは女として不完全なわけではない、と何度も自分を納得させてきた。もちろん、その考えは正しかった。もし、彼が求婚しに来なかったとしても、不完全な女として生涯を終えることはなかっただろう。でも、ああ、ゆうべ初めて知ったあの喜び。そして……この先もくりかえしこの人に抱かれるのだと思ったときの夢のような嬉しさ。

わたしは結婚した女性。あらゆる意味で――昨日の結婚式。ゆうべの新床。

でも、すばらしいのは行為だけではなかった。彼自身もすばらしかった。思いやりがあって、未経験でおずおずしているわたしに気を遣ってくれた。ベッドで結ばれる前にろうそくを消してくれたし、ナイトドレスを完全に脱がせることはせず、ウェストのあたりまで上げただけで、終わるとすぐに下ろしてくれた。自分のナイトシャツは脱いだが、それも部屋を真っ暗にしてからだった。傍らに横たわった彼はいまも裸のままだ。ドーラは右腕の脇にむきだしの胸を感じた。温かで、胸毛の軽い感触がある。彼はまた、忍耐強い男性でもあった。男女のことは何も知らないドーラだったが、技巧に長(た)けた温かな手と優しい魅惑的な唇でドーラを刺激しつつも、彼が必死に自分を抑えていることが感じとれた。そして、行為のあいだ、彼女に自分の重みがかからないよう気をつけてくれた。なかに入ってくるときはゆっくりだった。痛みを与えないようにという配慮なのかどうか、ドーラにはよくわからなかったが、たぶん、初めてあの部分を押し広げられて貫かれる衝撃から守ろうとしてくれたのだろう。完全に挿入したあとですら、用心深く動いていることがドーラにもわかり、やがて彼の動きが止まると、身体の奥深くで液体が迸るのが感じられた。

ええ、そう、痛みと衝撃の両方があった。でも、同時に——ああいう夢のような経験は生まれて初めてだった。

ドーラの思いはいつしか、結婚式のことに戻っていた。生涯で最高に幸せになるはずだった日。残念ながら、そうはならなかったけど、このわたしでさえ動揺したのだから、夫はもっともっと辛い思いをしたに違いない。あの男——イースタム伯爵——は公爵の義理の兄に当たる人。それなのに、公爵のことを人殺しだと言った。なぜ？ なぜわざわざ婚礼の場を選んで、おおぜいの人の前で？ どういうわけか、別の悲惨な記憶がよみがえった。ドーラの父が——人前で母を非難して、ドーラの人生を永遠に変えてしまったときのことが。イースタム伯爵は亡くなった妹の夫が再婚することに腹を立てて、あんな悪意をぶつけてきたのだろうか？

わたしから夫に尋ねることはできない。夫はゆうべ、〝もし、わたしがあのあとで式の参列客に向かって堂々と説明していれば。披露宴が終わってから身内や友人たちと話しあっていれば。そして、きみと二人になったときにすべてを打ち明けていれば〟と言ったけど、結局、何も打ち明けてくれなかった。かわりに、わたしをベッドへ連れていった。

ドーラは不意に、夫の寝息が聞こえなくなっていることに気づいた。横を向くと、笑みを含んだ眠そうな目に見つめられていた。

「ドーラ」彼がつぶやいた。

「ジョージ」

しばらくしてから、彼がくすっと笑った。「ふむ、なんとも深遠なる会話だった」

「そうね」ドーラはうなずいた。半分は真剣だった。名前――ファースト・ネーム――には強いパワーがある。夫の名前を呼ぶのはとても個人的で親密なことに思われた。なにしろ、この人は……スタンブルック公爵。ゆうべ初めて名前を呼ばれたとき、ドーラの胸は彼への愛しさでいっぱいになった。ドーラは一年以上のあいだ、近づくこともできない別世界の高貴な人だと思ってきた。ところが、いまではその人の妻になっている。二人でベッドに入った。愛しあった。この人はジョージ。

「目がさめたとき、そばにきみの顔があると嬉しくなる」夫は目を閉じ、深く息を吸った。「わたしのベッドは空虚だったんだ、ドーラ」

最初の奥さまが亡くなってから？　いえ、そういうことは考えたくない。気にするのはよそう。それは昔のこと。いまはいま。

「わたしのベッドもよ」ドーラは言った。ああ、どれほど空虚だったのか、これまで考えたこともなかった。

彼がふたたび目をあけた。「わたしのそばで目をさますのは幸せかね?」

「ええ」

「会話がますます深遠なものになってきた」二人は微笑を交わし、それから笑いだした。二人で笑うのはとてもすてきなことだった。求婚のときに夫が口にしたくつろぎと親密さだけでなく、光と笑いも結婚生活を彩ってくれるよう、ドーラは心の底から願った。

昨日のことと、何があの騒ぎをひきおこしたのかを、この人は今日こそ話してくれるだろうか? 最初の結婚についても、この人の愛についても、最初の奥さまについても、息子さんについても何ひとつ知らない。この人の愛についても何ひとつ知らない。わたしはもうじきペンダリス館へ向かう。この人が家族と二〇年近く暮らした屋敷へ。そこには妻と子の気配が残っているのだろうか? わたしは夫にとって最愛の人になれるの? 夫はわたしにとって最愛の人になることができるの?

愚かな、愚かな問いかけ。結婚生活は自分たちで築きあげていくものだ。わたしたちはくつろぎと友情と親密さを約束しあった。とてもすてきな響きだと思った。いまもそう思っている。最愛の人だの、永遠の幸せだのという、少女が憧れるお伽話のようなロマンティックな夢を追い求めてはならない。

彼の手がナイトドレス越しにドーラのおなかに軽く置かれていた。

「きっと痛みがあることだろう。その痛みがひくまで、わたしはひと晩かふた晩我慢するつもりだが、このベッドで一緒に寝てほしい。今夜も、これからもずっと。きみも同じ気持ちでいてくれると嬉しいのだが」

「わたしもよ」ドーラは顔の向きを変えて、ジョージの肩に頬をつけた――ああ、すてき、とても男っぽい魅惑的な香りがする。夫が彼女の頭のてっぺんに顔を寄せたので、ドーラは嬉しくて舞いあがりそうだった。

ええ、充分よ。これで充分。昨日結婚し、ベッドを共にした男性と、こうした静かな幸福に浸るだけでいい。

ドーラはふたたびとろとろと眠りに落ちていった。

10

翌朝、ジョージはドーラをエスコートして広場を渡り、彼女の妹の屋敷へ向かった。近道をしようと思って広場中央の公園を通り抜けたが、結果的には遠まわりをしたのと同じことになった。なにしろ、ドーラが何度も立ち止まって花々に見とれ、花壇に美しく配置された様子に感嘆の声を上げるからだ。とくに彼女の興味を惹いたのがバラの花壇で、深紅の蕾の上に身をかがめ、両手で優しく包みこんだ。香りを楽しみ、ふりむいて夫を見上げた。

「この世界に、これ以上に美しいもの、完璧なものがあって？」と言った。

じつをいうと、ジョージはひとつだけ思いつくことができた。それをじっと見ていた。ほっそりした繊細な音楽家の指に包まれたバラの蕾は目に入っていなかった。妻は新調したドレスの一枚と思われるものを着ている。ふだんの装いをもう少し洗練させた感じだ。もっとも、灰色がかったピンクという色は予想外だった。おそらく、アグネスかほかの貴婦人の一人から、いつもより大胆な色にするよう説得されたのだろう。何歳か若返った感じだ——いや、実年齢に若々しい華やぎが加わったと表現するほうが正解だろう。ドーラは自分を別の人間に見せようとしてあがくタイプではないのだから。

「あるとも」ジョージは言った。「そういうものが」

「そうなの？」ドーラは身体を起こして、少し不満そうな表情になった。「何かしら？」

「いや、答えを教えたら、恥ずかしくてたまらなくなるだろう。まるで、瞳に星の輝きを宿した、恋に悩む若造になったような気がして」

妻の顔から不満が消えて理解に変わるのを、ジョージは見守った。「あらあら」妻は言った。「馬鹿ねえ」

「ほらね？」ジョージは片手で自分を示した。「何も言わなくても馬鹿呼ばわりされてしまう。だったら白状しよう。きみがかぶっているその小さな麦わらのボンネットは、どこから見てもバラに負けないぐらい愛らしい」

ドーラは彼をしばらく見つめ、やがて楽しげに笑いだした。さらに何歳か若返ったように見えた。

「あなたって、鑑識眼がない人なのね」

ジョージは自分が間抜けな笑みを浮かべているような気がした。彼にしては珍しいことだ。

「その意見には反論せねばなるまい。断固として」

彼が腕を差しだし、二人はアーノット邸までの短い道をふたたび歩きはじめた。どちらもそれきり何も言わなかったが、ジョージはいまの短いふざけたやりとりで心がほのぼのとしていた。ゆうべの気詰まりな雰囲気から抜けだして、最初から夢見ていたように、今日こうしてのんびり過ごせるのはまさに至福だった。けさ、彼の心はふたたび将来への期待でいっぱいになっていた。しかも、今日もまた好天に恵まれた。大気は暖かさに満ち、夏が始まろうとしている。

ドーラが自分の妻であり、恋人であり、正式に結ばれて生涯を共にする女性なのだという思いに、ジョージは大きな喜びを感じた。夫婦の契りを交わしたときは、経験のない妻への気遣いから自分の欲望を抑えたが、それでもなお甘いひとときだった。まさに……完璧だった。

二人がアーノット邸へ向かっているのは、ドーラの父親夫妻と兄夫妻がそれぞれの自宅に帰る予定なので、別れの挨拶をするためだった。玄関前にすでに馬車が一台止まっていて、二人の従僕がトランク一個と無数の包みと帽子箱を積みこんでいた。二組の夫婦が旅立ちの支度をしているため、邸内もあわただしい雰囲気だったが、ジョージとドーラが案内を請わずに玄関ホールに入っていくと、誰もがいっせいにふりむいた。男たちが大丈夫かと言いたげな目をジョージに向けるあいだに、レディたちがドーラに抱きついた。にぎやかな歓声と笑い声が上がった。

「客間が、レ、レディたちであふれてます」フラヴィアンが片方の人差し指をシャツの襟の先端にすべらせながら、芝居がかった表情でジョージに言った。「〈サバイバーズ・クラブ〉の連中はヒューゴの家に集まっていて、ぼくがあなたを連れていくのを待っています。ぼくの手であなたを新妻からひきはがすことができるなら。出かけたほうがいいと思いますよ。ぼくたちが旅立ったあと、ぼくたちは客間のレディたちから邪険にされるに決まっている。

役立たずの男どもだから」

ジョージはフラヴィアンにニヤッと笑ってみせた。

「それよりも」アグネスが実家の父と兄から一瞬注意をそらして言った。「わたしたちが向こうで邪険にされる危険のほうが大きいわ、フラヴィアン。もちろん、ヒューゴはグウェンに弁明したそうよ——きみを自宅から追いだそうとは夢にも思ってないからって。ところが、そこにヴィンセントがやってきて、ソフィアをここに送り届けたところだとグウェンに言ったらしいの。うちの客間に集まってるのは〈サバイバーズ・クラブ〉のメンバーの妻たちなのよ、ドーラ。残念ながら、唯一の女性メンバーの夫は来ていないけど、哀れなパーシーからすれば、たぶん、そのほうがありがたいでしょうね」

ドーラの父親夫妻がいよいよ出発することになり、みんなの注意がふたたびそちらに向いた。ジョージは義理の父と握手をし、夫人の頰にキスをした。それから、父と握手をするドーラを見守ったが、父はやがて空いたほうの手で娘の手を包み、ジョージの耳には届かない声で何かを言った。ドーラは父の肩に手を置いてから頰にキスをした。感情をあらわにした別れの挨拶ではなかった。とはいえ、冷淡でもなかった。ドーラは継母とも握手をし、笑みを交わした。

それから一〇分ほどすると、二台目の馬車がオリヴァー・デビンズ牧師とその妻を乗せて、子供たちが待つ家に向かって出発した。このときの別れの挨拶には、オリヴァーとドーラの、そして、オリヴァーの妻とドーラの長い抱擁が含まれていた。アグネスも兄夫婦に対しては、父親とその妻のときよりずっと温かな態度だった。

はるか昔の両親の離婚から受けた痛手が、いまも消えていないのだろう――ジョージは思った。

「一時間ほどヒューゴのところへ行ってくるが、かまわないね？」馬車が走り去ったところで、ジョージは尋ねた。ドーラの手をとって目を覗きこんだ。その目に涙が光っていたが、頬を伝い落ちてはいなかった。

「もちろんよ。レディでぎっしりの客間にあなたを縛りつけておく気はないわ。とくに、婚礼の翌朝ですもの」ドーラは頬を染めた。

「そうだね」ジョージは言った。

五分後、玄関先にフラヴィアンの二輪馬車が止まって、二人は出かけていった。〈サバイバーズ・クラブ〉のメンバーは可能なかぎり仲間だけで過ごすようにしている。ペンダリス館で療養生活を送った三年間は毎日のように集まっていたし、年に一度の三週間の再会のあいだもほぼ毎晩その習慣を守っている。それ以外にも何かで集まる機会があれば、やはりそうしている。各自がなしとげた進歩について、勝利と挫折について、仲間の誰かに個人的に深い関係があるその他の事柄について、包み隠さず正直に打ち明ける。ペンダリス館で過ごすあいだに、〈サバイバーズ・クラブ〉のメンバーはひとつの魂を構成する七つの要素と言ってもいい間柄になり、いまなお強い絆で結ばれている。

それなのに、ジョージはいつも自分だけが仲間と多少違うように感じていた。ひとつは、ペンダリス館が彼の自宅だったからだ。もうひとつは、彼自身は戦争で傷を負わなかったからだ。イベリア半島へもベルギーへも行っていない。ベルギーはワーテルローの戦いの舞台となった国で、この戦いでついにナポレオン・ボナパルトの野心に終止符が打たれることとなった。仲間に比べると、ジョージが自分について語ることは少なかった。人の話に耳を傾けるほうが得意だった。強い人間となって人を癒し、慈しむことが自分の役目だとずっと思ってきた。若くしてペンダリス館にやってきたヴィンセントとラルフに対しては父親のような気持ちだった。

この朝、フラヴィアンのとなりに無言ですわったジョージは、全員の注目の的になることを覚悟していた。昨日の騒ぎについて説明しなくてはならない。自分が望みさえすれば、同情と理解と助けが得られるだろう。ひどく落ち着かない気分になった。なぜなら、この大親友たちにすら一度も打ち明けたことのない事実について語ることは、今後もけっしてないだろうから。自分には……秘密がある。勝手に明かしてはならない秘密が。

ヒューゴの屋敷はグローヴナー広場からかなり離れていて、もとは彼の父親のものだった。いまは亡き父親イームズ氏は成功した裕福な実業家だったが、上流階級の仲間入りをする気はまったくなかった。ヒューゴがトレンサム男爵という称号を授与されたのは、半島戦争のとき、ことのほか苛酷な状況下で決死隊を率いて突撃を成功させた功績によるものだった。だが、決死隊の突撃はいかなる場合も苛酷なものだ。十中八九戦死することを覚悟した志願者たちによって構成される。

ヒューゴの屋敷に到着したのはジョージとフラヴィアンが最後だった。あとの者は居間に集まって、コーヒーや酒など、それぞれ好きなものを飲んでいた。〈サバイバーズ・クラブ〉のメンバーでないのは、イモジェンの夫のパーシー（ハードフォード伯爵）だけだが、召使いに案内されてジョージが居間に入ると、パーシーは立ちあがった。

「ぼくがここにいるのは場違いなので、長居するつもりはありません」

「いやいや、ゆっくりすわっててくれ」ヒューゴが言った。「長居したければ大歓迎だ、パーシー。とにかく、もうしばらくここにいてほしい」

パーシーはふたたび腰を下ろし、みんなの注意はジョージに向いた。

「もう少し早いお越しかと、みんなで思ってたんですが」自分でコーヒーを注いでから椅子にすわったジョージに、ベンが言った。「どうやら寝坊されたようですね、ジョージ。夜更かししたせいで？　睡眠時間があまりとれなかったから？」

「ジョージが公爵夫人を連れてアーノット邸にやってきたとき、夫人の頬が、バ、バラ色に染まっていることに、ぼくは気づかざるをえなかった」フラヴィアンがつけくわえた。「もちろん、太陽が輝いていたし、広場を歩いて渡るのは、じ、時間と奮闘を要することだと言う者もいるだろうが、それでもやはり……」

ジョージは落ち着いてコーヒーを飲んだ。「うるさい、二人とも。黙れ」

「ぼくが思うに、フラヴ」ベンが言った。「夜更かしと睡眠不足のせいだと見てほぼ間違いない」

「そう期待したいものだ、ベン」飲みもののグラスを手にして椅子に腰を下ろしながら、フラヴィアンがため息混じりに言った。

「昨日のことですけど、ジョージ」ラルフが切りだした。

昨日一日のことではなく、ある特定の時間のことを言っているのは明らかだった。

ジョージはため息をついてカップを置いた。「きみとヒューゴに感謝せねばならん。騒ぎにならないよう、イースタムを教会から連れだしてくれて助かった。それから、イースタムが教会に戻るのを阻止してくれたきみにも感謝したい、パーシー。どんな方法を使ったんだね？」

「ぼくはその気になればけっこう説得力を発揮できるんです」パーシーはニッと笑って答えた。「それに、思慮深い行動をとることもできます。式のあとでハノーヴァー広場に出られたとき、お気づきになったかもしれませんが、広場で暴動は起きませんでした。腐ったトマトや卵が人々の頭上を飛びかうこともなかった。訴えに同情していることをぼくがイースタムに伝えると、やつは話を聞いてほしいと言いました。そこで、ぼくは前々から評判を耳にしている居酒屋へイースタムを連れていったんです。ただ、話をゆっくり聞く暇がなくてね。なんとも間の悪いことに、店に入って二分もしないうちに喧嘩騒ぎに巻きこまれてしまいまして。誰が喧嘩を始めたのかはわかりません。ぼくは顔にも晴れの日の衣装にも被害を受けることなく、大急ぎでハノーヴァー広場にひきかえし、イモジェンと一緒に披露宴に駆けつけることができました。だが、イースタムのほうはそう幸運ではなかったらしい。顔にも身体にも少しばかり傷を負ったようです」

「なぜきみにわかった？」ジョージはいささかこわばった声で尋ねた。「イースタムの話に耳を傾ける価値のないことが」

パーシーは笑みを浮かべたままで答えた。「じっくり耳を傾ければ、きっと興味深い話が聞けたと思いますよ、ジョージ。しかし、聞く価値があるでしょうか？　ほとんどないと思います。イモジェンの話を聞いただけで、あなたはすべてにおいて天使の側に立つ人であり、おそらく、人間の姿をした天使の一人であることを信じる気になりました。あなたが殺人など犯すわけがない。さてと、ぼくはそろそろ失礼します。ハイドパークへ散歩に連れていくとうちの犬に約束したものですから。ぼくがイモジェンと出会った日に、犬がぼくを世話係と決め、以後、どうしても解放してくれないんです。早く帰ってやらないと、犬のやつ、あの飛びでた目で非難がましくぼくをにらんで、ぼくは冷酷無比な人間の屑みたいな気にさせられるに決まっている」

「まあ、パーシーったら」イモジェンが言った。「あなたがヘクターを溺愛してるのは、自分でもよくわかってるくせに」

「イモジェン、ぼくが思うに」ヴィンセントが言った。「パーシーはぼくたち仲間の邪魔をしないよう、気を利かせて退散するつもりなんだ」

「ええ、そうよね」イモジェンは笑った。

「では、ぼくはこれで」パーシーは言った。「飲みものをご馳走さま、ヒューゴ」

そして、ゆっくりと部屋を出ていき、背後のドアを閉めた。

ジョージは咳払いをした。

「ゆうべ、妻にもはっきり言っておいたが、イースタムの非難の言葉には真実のかけらもない。いまここで同じことを誓おう」

「よかった。そう聞いて安心しました、ジョージ」ラルフが言った。「ぼくたちはあなたと出会ってまだ一〇年にもなりません。だから、昨日、見知らぬ男が聖ジョージ教会に現われて、証拠のかけらもないのにあなたを殺人者呼ばわりしたときには、当然ながら、ぼくたちは無条件にそれを信じ、あなたへの信頼をすべてなくしてしまいましたからね」

「まさか、わたしたちがあなたを疑うなんて、ぜったい思ってなかったでしょ、ジョージ？」イモジェンが訊いた。

ヴィンセントが椅子から身を乗りだし、あの独特の神秘的な視線をまっすぐジョージに向けた。「ぼくは何年も前に、ペンダリス館であなたに命を救ってもらったと思っています。目が見えないのはもちろんのこと、耳も聞こえなかったときに、あなたのおかげで精神の崩壊を免れることができたのです。いまあなたが立ちあがって、じつは自分が殺したと白状したとしても、あなたには殺人もいかなる暴力行為もできるはずがないとぼくは信じています。もっとも、白状することはありえないけど。あなたはもちろん人殺しじゃないし、嘘つきでもない。悪いことができる人だなんて、ぼくはぜったい思いません。あなたのためなら死ぬこともできます。そういう芝居じみたことが必要になれば」

「ブラボー、ヴィンス」ヒューゴが低く轟く声で言った。

ジョージは愚かにも涙ぐみそうになり、誰にも気づかれていないよう必死に願った。自分の過去については——誰にも——あまり話したことがない。もちろん、息子のブレンダンがポルトガルで戦死し、それからしばらくして妻のミリアムが自殺したことは、仲間の誰もが知っている。執拗に彼を苦しめてきた悪夢のことも知っている。夢のなかで、ジョージは妻が立つ崖のほうへ走っていくのだが、大気ではなく何かどろっと濃密なものを掻き分けていくような感覚にとらえられる。妻が崖から飛びおりる前に駆け寄ろうとし、妻を思いとどまらせるために何か叫ぼうとするが……何もできない。ちょうどいい言葉が見つかっときには、すでに手遅れで、妻の身体に手をかけようとした瞬間、妻は崖から身を投げてしまう。

「イースタムはミリアムの母親違いの兄だった」ジョージは言った。「やつが伯爵位を継いだとき、ミリアムはすでに亡くなっていた。兄とはとても仲がよかった。実家に帰って長いあいだ泊まってくることがひんぱんにあった。父親が長年病気で臥せっていたからだ。イースタムも——当時はミークルと呼ばれていたが——ペンダリス館にたびたび来ていた。わたしが……出入り禁止にするまでは。ブレンダンが戦死したあとも、ミリアムを慰めにやってきた。もっとも、ペンダリス館に来るのは避けていたが。ミリアムが……亡くなったときは、わたしが殺したのだと騒ぎ立てた。もちろん、あいつもまともにものが考えられる状態ではなかったのだろう。わたしと同じように。だが、葬儀の日まで何日ものあいだ、非難を撤回しようとはせず、耳を貸す者がいれば誰にでもわたしの悪口を言ってまわっていた。もちろん、予想はつくと思うが、多くの者が耳を貸したし、イースタムの言葉を鵜呑(うの)みにする者もけっこういた。ただ、なんの証拠もないためにゴシップはやがて消えていき、イースタムは葬儀がすむとすぐ、たとえ一生かかっても復讐してやるという捨てゼリフを残してコーンウォールを去っていった。昨日のことがその復讐だったのだろう。やつにすれば満足のいかないものだったと思うが、ドーラの晴れの日が台無しになったのは間違いない。おそらく、復讐はこの先も続くだろう」

くそっ、おそらく続くだろう。だが、これ以上何ができる？

ジョージの言葉のあとに長い沈黙が続いた。これが〈サバイバーズ・クラブ〉の集まりの特徴だ。気詰まりな沈黙を埋めるためだけに発言することも、空虚な慰めや励ましの言葉を口にすることも、いっさいない。

「あなたがイースタムを……出入り禁止に？」ようやくベンが尋ねた。

「もともと気の合う男ではなかった」ジョージは言った。「結婚したとき、わたしはとても若くて――まだ一七だった。イースタムは一〇歳も上で、大人になりかけている者にとってはかなりの年齢差だ。おたがいを嫌悪し、腹立たしく思う理由が……いくつもあった。だが、やつはこちらが我慢できないほど攻撃的になっていき、わたしの家族をズタズタにしてしまった。わたしはイースタムに〝あなたをペンダリス館に迎えることはもうできません〟と、きっぱり言い渡した」

の命を預けることもできる。みんなを心から愛しく思っている。だが、これ以上のことは言えない。

「そう、攻撃的だった」ジョージは言った。

イモジェンが言った。「パーシーが昨日やったことが、役に立つどころか、害になっていないといいけど、ジョージ。あの男の行動を夜まで封じておこうとしてパーシーがとった手段のせいで、あなたによけいな迷惑がかからないことを願ってるわ」

「ドーラの婚礼の日がとんでもない悲劇になるのを防ごうとして、パーシーは尽力してくれた」ジョージはイモジェンに言って聞かせた。「一生恩に着る。今後さらに厄介な事態になるとしても、パーシーが居酒屋の喧嘩にイースタムを巻きこんだせいではない」

「これからどうします？」ラルフが訊いた。「ぼくたちにできることが何かないでしょうか、ジョージ？」

全員が椅子から身を乗りだした。この連中は、わたしが頼みさえすれば飛びだしていき、わたしのために山を動かしてくれる――ジョージにはそれがわかっていた。無理に笑顔を作った。

「何もしなくていい。最悪だったのは、何年も前の、ミリアムが亡くなったあとの日々だった。昨日、それが息を吹き返しただけのことで、今後何日かにわたってほうぼうのクラブや客間で大きな話題になるのは間違いないが、当時と同じく、わたしが殺人の疑いをかけられて排斥されることはないだろう。それに、わたしは数日中にドーラを連れてコーンウォールに戻ろうと思っている。それで一件落着だ」

ただ、心からそう信じることはできなかった。

「イースタムが向こうまで追ってくることはないでしょうか？」ヒューゴが訊いた。

「追ってくる気でいるなら」ジョージは胃のあたりが不快に締めつけられるのを感じながら、ヒューゴを安心させようとした。「わたしの力で止めることはできないが、イースタムがペンダリス館に滞在するわけではないから、わたしは知らん顔で通すつもりだ。だが、おそらく追ってはこないだろう。そんなことをして何になる？」

なんの意味もない。古びてしまった昔の恨みをぶつけて、ドーラにいやな思いをさせる以外には。

「以前のように悪夢にうなされることはないんですか？」ヴィンセントが訊いた。

「最近は少なくなった」ジョージはきっぱりと答えた。「いずれ完全に消えるのは間違いない。新妻がいてくれるし、結婚が希望と幸せをもたらしてくれた」

ふたたび沈黙が広がった。

「悲しいかな、努力だけでは忘れ去ることのできないものが世の中にはいくつもある。だが、われわれ全員、身をもってそれを学んできたはずだ」

「そうよね」イモジェンが言った。

ヴィンセントは永遠に視力を失う原因となったのが戦場での愚かで軽率な行動だったことを、けっして忘れないだろう。イモジェンは最初の夫と自分が敵軍の捕虜となったときに愛する夫を射殺したことを、けっして忘れないだろう。ヒューゴは決死隊を率いて突撃し、生き延びたごく少数の一人となったことを、いや、かすり傷ひとつ負わずに生き延びた唯一の人間となったことを、けっして忘れないだろう。ラルフは学校時代の親友三人を説得して軍職を購入させ、一緒にイベリア半島の戦場へ赴き、それからほどなく、突撃のさいに三人が粉々に吹き飛ばされるのを目の当たりにしたことを、けっして忘れないだろう。全員が重荷を抱えていて、それと共存していくことを学び、さらにはふたたび幸せまで見つけたが、重荷は生涯自分で背負っていくしかない。

ジョージは思った——過去の重荷をいくつも抱えこんではいるが、わたしはもう一度幸せになってみせる。いまだって幸せだ。ドーラのことを考えるだけで、心臓が喜びに舞いあがる。ドーラにも幸せになってもらうために、わたしは力を尽くしていく。

フラヴィアンが立ちあがり、グラスをサイドボードに返すためにジョージのうしろを通ったとき、彼の肩を軽く叩いた。「あなたを、う、うちに連れて帰ったほうがよさそうですね、ジョージ。さもないと、わが義理の姉がぼくと口を利いてくれなくなり、そのうちアグネスまで口を利かなくなってしまう」

この言葉をきっかけに誰もが帰り支度を始めた。ただし、イモジェンだけは別で、パーシーが公園の散歩から戻るのを待つことにした。これから数日のうちに、全員がそれぞれの田舎の本邸に戻り、来年の春に毎年恒例の集まりが開かれるまで、顔を合わせることはない。来年には子供たちが何人か増えて、ペンダリス館の集まりに加わるだろう。七人のメンバーを核とするグループは急速に拡大しつつある。全員が抱擁を交わし、旅の無事を祈りあった。

ヒューゴの屋敷にいたのはたぶん一時間ぐらいだっただろう――ふたたびフラヴィアンと並んで二輪馬車の座席にすわりながら、ジョージは思った。もっと長かったような気がした。妻が恋しくて、顔を合わせるのが待ちきれない自分に気づいて、苦笑を浮かべた。おまえはいくつだ？　現在四八で、もうじき四九になるんだろう？

「一ペンス払うから教えてくださいよ」フラヴィアンが言った。

「何を考えているかを？　一ポンドもらってもいやだね、フラヴ」ジョージは友に笑いかけた。「二〇ポンドでも」

ドーラはジョージの腕に手をかけ、今度は公園を通り抜けるのではなく広場の縁をまわって、二人でスタンブルック邸まで歩いて帰った。今日はなんてすてきな日だろう、と思った。昨日の華やかさと興奮のあとで、夫と一緒にこうして静かに家に帰れるのだから。

「そうだわ、お話ししておかなきゃ」ドーラは言った。「イングルブルック村に移住して音楽を教えたいと言ってる人がいるんですって――マディソン氏という人。今日の午後、子爵夫人に……いえ、ソフィアとヴィンセントに会いに来るそうよ。村のコテージが売りに出ているいることにも興味があるみたい。何年間か交響楽団で演奏していて、英国とヨーロッパ各国をまわった人なの。でも、最近結婚して子供もできたので、もっと静かで、落ち着いていて、でも安定した収入が得られる暮らしを望むようになったの」

「きみと比べたらずいぶん見劣りするだろうな」ジョージは微笑しながら横目でドーラを見た。

「まあ、なんてくだらないお世辞かしら」ドーラは言った。「でも、嬉しいわ。突然村を出てしまった罪悪感に、今後はあまり悩まされずにすみそうよ——もちろん、マディソン氏が今日の午後の話しあいに満足すればの話だけど。あなた、またお出かけになるご予定でしょ？　クラブとか？」

「いや、できれば今日は夜までわたしの妻と過ごしたいと思っていた。きみはわたしのために割く時間があるかね？」

「ありますとも」ドーラはわけもなく嬉しくなった。「男の人はみんな、クラブか、議会か、男性専用のどこかの場所で日中を過ごすものだと思ってたわ」

「この男は違う」ジョージはそう言いながら、屋敷の玄関に続く石段を二人でのぼった。「少なくとも、毎日そういうふうに過ごすわけではないし、婚礼の翌日ともなればなおさらだ。昼までずっと妻と離れ離れだったからね。きみのほうは楽しく過ごしたかい？」

「ええ」ドーラは断言した。しかし、人妻として同じ人妻たちのなかに入り、友人たちの輪に加わるのがどんなに楽しいことだったか——あるいは、夫が迎えに来てくれるのを待つあいだどんなに甘い気分だったか、といった話はつけくわえないことにした。そんなことを言ったら、きっと照れてしまう。考えただけでも照れくさい。自立している自分への誇らしさはどこへ行ったの？　男に頼らず一人で生きていけるはずじゃなかったの？

二人は一日じゅう邸内に閉じこもりはしなかった。かわりにハイドパークへ散歩に出かけた。ただ、午後から上流階級が集まって散策や乗馬を楽しむエリアは避けることにした。

「わたしたちが顔を出せば、誰もが足を止めて天候の話をしなくてはという義務感に駆られるだろう」夫はそう説明した。「呼び止められて声をかけられるのは、今日はごめんこうむりたい。きみはどうだね？」

ドーラは笑った。「わたしも。目の前にいる話し相手だけで満足ですもの」

「ほう」夫はくすっと笑った。「お褒めにあずかったから、あとは口をつぐむとしよう」

結婚がこんなに……心地よいものだとは、軽い冗談とからかいと笑いを伴うものだとは、ドーラは思ってもいなかった。

二人は細い小道を歩いた。道は上下しながら木々のあいだを縫っていて、たまに石がころがっていたり、木の根が露出していたりして、油断するとつまずいてころびそうだった。どの小道もひっそりしていて、人の姿はほとんどなく、ときたま、芝生や少人数のグループが——散策の人々も乗馬の人々も含めて——ちらっと目に入る程度だった。広い芝生のひとつに乳母が二人すわりこみ、幼い子供たちが遊びまわっているあいだ、おしゃべりに夢中だった。飼い主が投げた小枝を小さな犬が追いかけていた。しっぽを勢いよくふっていて、まるで小型のハリケーンのようだ。ジョージはパーシーの犬のことをドーラに話した。もともと野良犬で、種類ははっきりせず、外見も冴えないが、パーシーに妙になついたものだから、パーシーはやむなく犬を受け入れ、可愛がるようになった。

「パーシーってほんとにいい人ね」その話を聞いて笑いながら、ドーラは言った。「イモジエンにぴったりの相手だわ」

「パーシーのおかげでイモジェンは明るく輝きはじめた。それだけでも、わたしはあの男に永遠に感謝したいと思っている」

ドーラは屋敷から離れて二人きりになったいまなら、昨日の件と最初の妻の死について彼が話してくれるのではないかと思った。

「けさ、きみの父上と兄上に別れの挨拶をしたら、なんだか寂しくなったね」ジョージが言った。「きみはきっと、一緒にいられる時間がもっと長ければいいのにと思ったことだろう」

「二人が来てくれただけでも嬉しかったわ」ドーラはきっぱりと言った。「でも、オリヴァーは牧師の仕事に追われているし、ルイーザは少しでも早く子供のところに戻りたがってた。それから、父は家を離れるのが大嫌いな人なの」

「だが、きみのためにここまで来てくれた。わたしも喜んでいる」

ジョージは妻のほうへ顔を向けたままだった。ドーラは彼の沈黙のなかに無言の問いかけが潜んでいるのを感じとった。

「父はけっして愛情をあからさまに出す人ではなかったわ。といっても、冷淡とか、無関心というわけじゃないのよ——少なくとも、わたしたち子供に対しては。ブラフ夫人は母の友達の一人だった。いい人だし、母が家を出たあともわたしに会いに来て、助言や励ましの言葉をくれたものだった。でも、何年かしてブラフ氏が亡くなったあと、夫人の関心がわたしじゃなくて父にあることがはっきりしたの。二人の再婚はそう意外でもなかったわ。でも、式を挙げてしばらくすると、ブラフ夫人がアグネスにそろそろ結婚を考えたほうがいいってはっきり言って――だから、アグネスはウィリアム・キーピングと結婚することにした。あんな結婚、本当はすべきじゃなかったのに。ブラフ夫人は次に、ひとつの家庭に二人の主婦は必要ないことを、わたしにわからせようとした。出しゃばってはいけないと思って、わたしはずいぶん遠慮してたのよ。わたしがイングルブルックに越したときは、たぶんアグネス以外の誰もが胸をなでおろしたことでしょうね。ブラフ夫人はわたしにとってあくまでもブラフ夫人だったけど、そう呼ぶことはもうできなかったから、呼びかけの言葉はいっさい使わないことにした。少々不自然だとは思うのよ。父とはあまり仲のいい親子じゃないけど、よそよそしいわけでもないわ。父がこちらに出てきて、花嫁の父の役目を果たしてくれたのは嬉しかった。父も嬉しかったみたい」

「きみは父上の再婚に腹を立てていたのかね？」

ドーラが返事を躊躇するあいだに、夫が空いたほうの手で低い枝をどけてくれた。もし彼が気づかなかったら、その枝がドーラの顔を直撃していただろう。「腹を立てないように努めたわ。父が再婚していけない理由はないんですもの。それに、二人はおたがいに好意を抱いていたようだし――いまもそうよ。わたしが自分勝手な理由から父の再婚に腹を立てるなんて許されないことだわ」

「自分勝手？　だが、きみは父上のために家庭を切り盛りし、妹さんの世話をするために自身の夢をあきらめたのではなかったかね？」

「でも、父に頼まれたわけじゃないわ」ドーラは反論した。「家にとどまったのは自分で選んだことよ。自分の意志で決めた以上、ほかの人を責めることはできないわ」

「その点については反論したい、ドーラ。母上が出ていったあと、きみは父上を恨んだのではないかね？　ああ、許してほしい。見当違いの質問をしてしまった。よかったらもう忘れて、公園の美しさを愛でることにしよう」

「たしかに恨んだわ」ドーラはため息をついた。「母が去年フラヴィアンにした話を聞いてからはとくに。あなたもたぶんお聞きになったでしょ？　そして、もちろん、母のことも恨んだものだった。もとはといえば、父が全面的に悪いのよ。父が村の集まりの最中にみんなの前で母を非難したとき、わたしもその場にいたし、後悔するようなことは言わないようにと多くの人が父に言って聞かせたのに、父は黙ろうとしなかった。でも……母だって、家を飛びだして二度と戻ってこないなんて、そこまでしなくてもよかったのに。いえ、もしかしたら、そうするしかなかったのかもしれないけれど。結婚生活が母にとってどれほど耐えがたいものだったのか、わたしにどうしてわかるの？　外から見ただけじゃ、本当のことはわからないものだわ。そうでしょ？」

「そうだね」ジョージは低い声で同意した。「他人にはわからない」

「でも、子供がいたのよ。アグネスがいた。こんなことを言うのは大きな間違いかもしれないけど、母の結婚生活がどれだけ不幸だったとしても、親というのは子供のことを第一に考えるものでしょ。アグネスはまだ五歳だったのよ」

「〝子供たちのことを〟と言ったほうがいい。アグネスのほかにきみもいた。それから、きみの兄上も」

「わたしだったら、身のまわりのことは自分でできる年齢になっていたわ。そう言えば、あなたが結婚なさったのも一七のときだったわね」

「当時のわたしはまだ子供で、自分にはどうにもできない運命に翻弄されていた。ちょうどきみと同じように」

「そうだったの……」ドーラは続きを待ったが、彼のほうからは、この言葉を補足する説明はなかった。「ブラフ夫人を嫌わないよう、批判しないように努めてはいるけど、いつもうまくいくとはかぎらない。他人の人生がどのようなものか、理解するのは無理だわ。そうでしょ？　自分自身がその人生を経験してみないかぎり。でも、それは不可能なことよ。わたしは母がアグネスとわたしに――そして、オリヴァーに与えた苦しみから、母を批判することしかできないけど、母にしてみれば、それは不当なことだと思うの。だって、すべての原因は父にあるんですもの――たぶん」

二人はすでに木立を抜けて、日差しのなかを歩いていた。ドーラは顎を空のほうへ向け、ボンネットのつばに隠れた顔に初夏らしい熱気を感じようとした。ジョージが足を止め、二人で太陽のほうに顔を向けた。

「母にも父と同じように、昨日の式に出る権利があったのよね」ドーラはつぶやいた。声に出したことに気づくのが遅すぎた。

「招待しなかったのを後悔しているのかい？」

「いいえ」ドーラは一瞬、目を閉じた。「母が来たら、わたし、耐えられなかったでしょうね。一カ月前に提案なさったとき、あなたもわかってくださったはずよ」

「だが、招待できなくはなかった。公爵たる者、たいていのことは思いどおりになるものだ」

ドーラは夫を見た。いつもの穏やかで優しい笑みが浮かんでいた。

「昨日の朝、目がさめたときに思ったの――母はわたしの婚礼のことを知っているだろうか、気にかけているだろうかって」

「ねえ、ドーラ」夫の目に浮かんだ優しさを見て、ドーラは温かな毛布にくるまれたような心地がした。「コーンウォールへ出発するのは明日や明後日でなくてもいいんだよ」

本当は明日旅立つ予定だった。わが家に帰るのだ。ペンダリス館に向けて。ドーラは夫と一緒に早く出発したくてうずうずしていた。一日たりとも出発を遅らせたくなかった。

メイドに付き添われた二人の令嬢を通すために、ドーラたちは道の脇へどいた。彼女たちが声の届かないところへ遠ざかるまで、ドーラは待った。

「母を訪ねることなんてできないわ」

「無理にとは言わない」太陽が小さな雲に隠れてもなお、夫の笑みが彼女を温めてくれた。「母がどこに住んでいるかも知らないし」

「フラヴィアンが知っている」

ドーラは舌で唇を湿らせた。「行くべきだと思う？」

「わたしとしては、きみ自身が決めるのを見守りたいと思う。だが、あと一日か二日滞在を延ばしたいというなら、そうしよう。そして、母上を訪ねる気持ちがあるなら、わたしも一緒に行こう――いや、わたしはやめたほうがいいかな」

ドーラは軽く首をかしげて夫をじっと見た。「いまようやくわかったわ。フラヴィアンとアグネスがあなたの話をしたとき、何を言おうとしたのか」

ジョージは眉を上げた。

「あなたには人の話にじっくり耳を傾ける才能がある。あなたは人に安らぎと力と支えを与え、しかも、自分の考えを押しつけようとはせず、相手を思いどおりに動かそうとすることもしない」

「人の話を聴くのにたいした才能は必要ないさ。相手に愛情さえあれば」

愛情？

「あなたはみんなを愛してるのね」

「いや、そういうことではない、ドーラ。わたしを聖人にしようとしても無理だ。あいにくだが」

「〈サバイバーズ・クラブ〉の仲間はあなたを聖人だと思ってるわ」

ジョージは軽く笑った。「みんなが人生のどん底にあった時期だから、わたしは彼らを慰めることができた。自分自身が傷ついていないときにヒーローになるのはたやすいことだ」

「本当に傷ついていなかったの？」ドーラは眉をひそめた。

彼の目の奥を何かが閉ざした。ちょうどカーテンのようなものが。

「歩こうか？」前方に広がる芝生のほうをジョージがしぐさで示したので、二人は小道を離れて芝生の上を歩きはじめた。たぶんサーペンタイン池の方角だろうとドーラは推測した。そろそろ人の輪に加わろうと彼が思ったのかもしれない。

「一緒に来てくださる？」無言のまま一分か二分ほど過ぎたところで、ドーラは尋ねた。

「そうだね」

「明日にする？」

「そうだね」

でも、本当は行きたくない。それとも、行きたいの？　仲直りなど望んでいない。これからもずっと。わたしは母の行動を批判しないように、アグネスとわたしを、そして、たぶんオリヴァーまでも傷つけた母を恨みも責めもしないように努めてきた。でも……許すことはできなかった。父を心から許すことができなかったのと同じように。それなのに、婚礼に父を招き――花婿にわたしをひき渡す役まで頼んだ。母にも同じ配慮をすべきだったのでは？　そう思ったとたん、ドーラは軽いめまいを感じた。

「不思議だわ！　母が出ていかなかったら、わたしの人生が予定どおり順調に進んでいたら、いまこうしてあなたと歩くことはなかったのよね。そして、とても残念に思ったでしょうね。もっとも、こうなるなんて、昔のわたしにわかるはずはないけど。そうでしょ？」

ドーラは彼のほうに顔を向け、二人で笑いだした。

「わたしも残念に思ったことだろう」夫が言った。

11

ペンダリス館が負傷した士官のための病院として使われた歳月のおかげで、ジョージの心は崩壊を免れた。彼はそう確信している。邸内に人があふれ、多忙な毎日が続いたために、自分自身のことを考える暇もなかったことだけが、その理由ではない。むしろ、自分が必要とされていたからだ。最初はそのことに驚いたものだった。病院が順調に機能しているのはひとえに、自分が雇い入れたジョゼフ・コナーという医者のすぐれた腕のおかげだと思っていたからだ。自分の役目は場所と資金を提供することだけだと思っていた。ところが、自分にもコナー医師に劣らず大切な役目があることを知った。相手の気持ちを理解し、苦しむ者の立場に立って考え、相手の話に耳を傾け、その場にふさわしい返事を見つけるという多彩な能力を、自分のなかに発見したのだ。自分が忍耐強い人間で、必要とされれば何時間でも負傷者一人一人に付き添っていられることを知った。例えば、ヴィンセントが聴力と視力の両方を失っていた悪夢のごとき何カ月かのあいだは、何時間でもじっと彼を抱いていることができた。愛を必要とする者に愛を届ける才能が自分にあることを、ジョージはあの歳月のなかで知ったのだった。

その報奨として――ああ、聖書の教えはなんと的確なことか！――人に与えることで自分も多くのものを受けとった。ペンダリス館に運ばれて命を助けられた士官たちは、いまもジョージに定期的に手紙をくれる。そして、ジョージと共に〈サバイバーズ・クラブ〉を結成した六人は、彼がみんなを愛するのと同じように彼を愛している。まさに豊かな報奨だ。

だから、彼にはドーラの気持ちがよくわかる。ドーラは妹がなんの不安も持たずにのびのびと成長できるよう、若い妻となり母親となって幸せな人生を送るという自分の夢をあきらめた。そして、もう誰からも必要とされなくなったと判断したところで、自分のために新しい生活をスタートさせ、尊厳に満ちた有意義な人生を築いてきた。しかし、ドーラが負った傷は深かった。おそらく、当人が自覚しているよりはるかに深かったのだろう。父親のことは母親より簡単に許すことができた。なぜなら、父親がドーラの人生の中心だったことは一度もなく、二人の愛情の絆はいつも弱いものだったからだ。しかし、少女から娘に変わる時期のドーラにとっては母親がすべてだったため、母親が家を飛びだしたきり一度も連絡をよこさなかったことに打ちのめされた。母親を失ったあとのドーラの人生に大きな黒い穴があいていることを、ジョージは見抜いていた――いや、穴よりさらに酷いものだ。空っぽの穴だったら、痛みを感じることはない。痛みはドーラの心の奥深くに押しこめられたが、いまもそこに存在している。いつまでも消えない疼きとなって。

妻の心の傷を癒せるものなら、ジョージはどんなことでもするつもりだった。ただ、ほかの誰かの人生を本来の姿に戻すことなど誰にもできないのは、これまでの経験からわかっていた。相手の話に耳を傾け、励まし、愛情を注ぐことしかできない。そして、抱擁が役に立つと思ったら、そっと抱きしめることだ。

その夜は愛の行為を控えることにした。新婚初夜に痛い思いをさせてしまった。ただし、ドーラがそれを歓迎したことも、結婚生活の肉体的な部分が彼女にとって大切なことも、ジョージにはわかっていた。男を知らないまま人生の半分を過ごして、いったいどんな思いをしてきたのだろう。女は男と違って性的な欲望も欲求不満もないと言う者もいるが、ジョージにはそうは思えない。だが、いまは妻の痛みが消えるまで待つつもりだった。抱きしめるだけでいい。ハイドパークの散歩から戻ったあと、ドーラは黙りがちだった。たぶん、明日のことと、母親に会う決心をしたことで頭が一杯なのだろう。

ドーラの肩に腕をまわして抱き寄せた。反対の手で彼女の顎を包んでキスをした。思わずキスしたくなる唇だった。柔らかくて甘い香りのする温かな唇で、そこを舌でなぞると、唇が開き、ジョージは舌を差しこんで妻の舌にからめた。口のなかは熱く濡れていて、喜んで彼を迎えた。ドーラは横向きになると彼に身体をすり寄せ、喉の奥から深い吐息を漏らした。

じっさいの行為に移るつもりがないまま女を抱きしめるのは、驚くほど心地のいいものだった。彼にとって、それは初めての経験だった。妻の額に、こめかみに、耳に、顎に、喉に唇をつけた。片手を妻の身体にすべらせて、片方の乳房の脇をかすめ、腰のラインをなぞり、平らな腹部をなで、丸みを帯びたヒップに円を描いた。妻は温かくて、いい香りがして、甘くて……彼のものだった。

ドーラはわたしのもの——それが最大の驚きであり、最高の奇跡だった。死が二人を分かつまで、彼女はわたしの妻だ。いや、妻というだけではない——それだけではない。話し相手であり、ベッドの相手であり、友達でもある。そう、これからもずっと。すでにいい友達になっているが、おたがいについて知りたいことがまだまだあるし、相手に合わせるべき点もたくさんある。ドーラのことが好きだ……ああ、この世の誰よりも愛おしい。

彼女の手がジョージの背中に軽く触れた。

「寝間着を脱ごうか」ジョージは言った。「肌をじかに合わせるのがきみにとって気詰まりでなければ」

「結婚した人は、ふつう、そうするものなのでしょうね」ドーラの口調ときたら、イングルブルック村にいた当時のミス・デビンズそのものだったので、ジョージは闇のなかで思わず微笑した。

「〝結婚した人〟がすることを無理にする必要はないんだよ。したいことだけをすればいい」

「たしかにそうね」妻は言った。ジョージが彼女の肩に腕をまわして押さえていなかったら、すぐさま身を起こしていただろう。

ジョージは妻のナイトドレスを上のほうへゆっくりすべらせていき、その途中、指の外側で彼女の太腿を軽くなで、次に腹部をなでた。

「さあ、両腕を上げて」最後にそう言って、ナイトドレスを完全に脱がせると、ベッドの脇に落とした。「とても、とてもきれいだよ、ドーラ」

「部屋が暗いおかげね」

「いや、わたしの手と指と口には灯りは必要ない」

ドーラの感触は若い娘のものとは違っていて、ジョージはそれを喜ばしく思った。成熟した女の身体だ。豊満ではないが、とても女っぽい。温かくて、肌が絹のように柔らかで、よほど気をひきしめていないと、興奮に押し流されてしまいそうだ。

まさに完璧な女だ。

ジョージは指で羽根のように軽くドーラの乳房を愛撫し、唇を重ね、濡れた口の奥を舌で探った。

「さわりたければ遠慮しなくていいんだよ」妻に言った。

「もうさわってるわ――」ドーラが言いかけたが、ジョージはさらに熱いキスに移った。

「なんでもお望みのままに。わたしはきみの夫。きみのものだ。きみに何不自由のない暮らしをさせるのはもちろんのこと、喜びを与えるために、わたしはここにいる」

「まあ」妻は唇を合わせたまま、そっと息を吐いた。

「これから先、わたしと同じくきみにとってもこれが喜びとなるよう願っている」

「これから先？」妻はまたしてもミス・デビンズの口調になった。「まあ、ジョージ、すでにもう喜びになっているわ。あなたには想像できないでしょうけど」

いや、できる。できるとも。

ドーラは両手で夫の背中から肩をなで、次に腰へとすべらせた。その手を前にまわして彼の胸に円を描き、肩を抱き、腕に沿って肘まで下りた。

「なんてすてきな人かしら」

ジョージがロマンティックな気分でこの言葉を聞いたなら、この瞬間、ドーラへの愛がさらに深まっていたかもしれない。しかし、彼の頭のなかにあったのは喜びだった――自分の喜びよりもむしろ彼女の喜び。そして、彼女を支え、守り、慈しみ、妻の心を軽くすることだけを考えていた。とくに、明日、ドーラが正面からぶつかるであろう試練に対して。実の母親を訪ねるよう勧めたのが間違いでなかったことを願うのみだ。両腕を妻にまわして抱き寄せ、彼女の両手を二人のあいだにはさみこんだまま、ジョージはそっとキスをした。

「さあ、お眠り。明日の夜、また愛しあおう」

「ええ」ドーラはそう言って、夫の腕にうなじをつけ、頭を彼の肩に預けた。少ししてから、眠そうな声で「ええ、きっとよ」とつけくわえた。

ジョージは微笑して、妻の頭のてっぺんに唇をつけた。

翌日の午後、ドーラ、ジョージ、アグネス、フラヴィアンは公爵家の馬車に乗って、サー・エヴァラードとレディ・ハヴェルに会うためにケンジントンへ向かった。ジョージが昨日の遅い時間に、サー・エヴァラードの住所をフラヴィアンから聞くためにアーノット邸へ出かけ、しばらくのちに帰宅してから、ドーラが母に会いに行くのなら自分も一緒に行くとアグネスが言い張っていることをドーラに伝えた。

去年、アグネスは行くのを拒んだ。フラヴィアンの訪問の件をドーラに伝えたときに、こう言ったのだ。〝フラヴィアンが聞かせてくれた話だけで、わたしには充分よ。お母さんに会いたいなんて思わないわ。まだ赤ちゃんだったわたしを捨てて出ていった人ですもの〟

姉妹はいま、馬車の進行方向に向かってすわり、夫二人がわざとらしく会話を進めるあいだ、それぞれの窓の外を見つめていた。ドーラには夫たちの会話の内容を追う気はなかった。かわりに、アグネスが自分たちのあいだに手を伸ばして姉の手に触れると、ドーラは妹の手を強く握りしめ、年の離れたこの妹の姉というより母親がわりを務めた歳月がよみがえるのを感じた。

ジョージに説得されなければ、こうして出かけてくることはなかっただろう。ドーラはそう確信していた。でも、それは不当な言いがかりというものだ。夫が無理強いしたのではない。行ったほうがいいとすら言わなかった。生涯ありえないと思っていた行動をとる決心をするまで、夫は笑顔で優しくわたしを見守っていただけだった。わたしが夫のためだけでなく、自分自身を納得させるためにも説明をするあいだ、じっと耳を傾けてくれた。

〝いま会いに行かなければ、たぶん一生会わないままだろうし、わたしはこの先ずっとそれを後悔し、何も言わずに出ていった母への嫌悪と悲しみを抱きつづけることになると思うの〟

わたしが心を決めるまで、夫はいっさい説得しようとしなかったし、心を決めたあとは、断念させようとすることもなかった。

それなのに、なぜか夫に導かれて決心したように思えてならない。

向かいの席にすわった夫と目が合った——馬車が揺れるたびに膝が触れあう——夫が微笑した。ああ、この微笑！　強烈なパワーを秘めている。強さ、頼りがい、優しさ、称賛を含んだ微笑。また、彼の身を守る盾にも似ている。昨日、この人と話をしているうちに、わたしはなぜ、ふたたび実家のことに触れ、家族の過去のなかでいちばんの衝撃だった出来事を打ち明ける気になったのだろう？　夫から単刀直入に、あるいは強引に尋ねられたわけではない。それなのに、自分から話をしていた。ところが、彼のほうは家族のことを何も話そうとしない。家族を失って一人孤独に残されることとなった大きな悲劇についても。いつか話してくれるだろうか？　自分が夫のことを知らないだけでなく、永遠に知りえないことが数多くあるような気がして、ドーラは不安だった。

でも、そう結論するのはいくらなんでも早すぎる。結婚してまだ二日目なのに。もうじき——たぶん明日あたり——ペンダリス館へ出発することになる。わが家に戻れば、わたしが自分の人生について語ったように、この人もこれまで歩んできた人生を率直に語ってくれるはずだ。

ドーラは夫に微笑を返した。

「ここだ」馬車がようやく脇道へ曲がったところで、フラヴィアンが言った。「未開の、こ、荒野に、ふ、踏みこむように見えるけれど、家のまわりには手入れの行き届いた愛らしい庭がある——少なくとも、ぼくが去年訪ねたときはそうだった」

そう、いまも愛らしい庭があった。家そのものはわずかに寂れた頑丈な荘園館という雰囲気だが、けっして荒廃してはいなかった。ドーラに握られたアグネスの手が不意にこわばった。

「もしかしたら」期待をこめてアグネスは言った。「留守かもしれないわね」

「去年会ったときの印象では」フラヴィアンが座席から身を乗りだし、アグネスの空いているほうの手をとった。「留守にすることはあまりなさそうな感じだったよ、アグネス」

「会ったときに、母だとわかるかしら」アグネスが言った。「母の顔が思いだせない——それに、二〇年以上も会ってないし」

ドーラは勇気づけてもらいたくてジョージを見つめるだけだった。どちらも無言だった。

ジョージがステッキの先端でドアを叩いてしばらくすると、年配の執事が玄関に出てきた。四人を順番に見て、フラヴィアンのところで視線を止め、理解の色を浮かべた。玄関扉の脇へどいて四人を通し、ジョージが差しだした名刺を受けとった。

「スタンブルック公爵夫妻とポンソンビー子爵夫妻がサー・エヴァラードとレディ・ハヴェルにお目にかかりたいので、ご都合を伺っていただきたい」ジョージが言った。

執事はうなずくと、玄関ホールの片側にある階段をのぼっていった。一分か二分してから戻ってきた。

「旦那さまご夫妻が客間でお待ちでございます」四人に告げてから、向きを変え、先に立ってふたたび階段をのぼった。

ドーラはこのまま逃げだしたかったが、臆病者になるためにわざわざ出かけてきたのではない。ジョージが差しだした腕に手をかけ、執事のあとに続いた。アグネスがフラヴィアンと一緒についてきた。

サー・エヴァラードは執事が客の来訪を告げるまで待ってはいなかった。客間のドアがあいていて、そこで四人を迎えた。歓迎の笑みを浮かべていた。

すてきに年をとったという感じではない、とドーラは思った。ただ、彼女の娘時代、この男性がドーラの家の近所に住む親戚のところに長く滞在していたことが何度かあって、そのときの記憶にあるハンサムで颯爽とした若き男性の面影ははっきりと残っていた。女たちが彼にずいぶんため息をついたものだった。若い女の何人かはなんとかして彼の気を惹こうとした。しかし、以後の歳月のなかで腹が少々せりだし、金色だった髪は色褪せて薄くなり、顔は丸みを帯びて血色がよくなっていた。ジョージより年上だが、たぶん二、三歳しか違わないだろう――ドーラはそう思って衝撃を受けた。

サー・エヴァラード・ハヴェルの人柄を自分の目で見極めようとした。部屋にいるもう一人の人に注意を向けたくなかったからだ。その人はサー・エヴァラードのすぐうしろに立っていた。

「みなさん、ようこそ」サー・エヴァラードが言った。感情のこもった、いささか大仰な口調だった。「ポンソンビー子爵とは以前にお目にかかりました。そうだったね、ロザモンド?

するとこ、あなたがスタンブルック公爵ですね。それから、レディの方々は……」

サー・エヴァラードの言葉はドーラの耳に入っていなかった。ロザモンドと呼ばれた女性のほうへ視線を移していた。

その人はずいぶん年をとっていた。まあ、当然のことだ。あれから二二年もたっている。昔よりふっくらしていた。だが、背筋がしゃんと伸び、バランスよく肉がついているので、ふくよかな感じがよく似合う。かつてはドーラと同じく濃い色だった髪は銀色がかったグレイに変わっていた。顔にしわが刻まれ、顎がくっきりした輪郭を失っているのは避けがたいことだが、昔の美貌の名残が見てとれた。目はいまも黒みを帯び、色褪せてはいない。

見知らぬ他人のような気がした。この初老の女性の外見を、活気と笑いと若さにあふれていた記憶のなかの母と重ねあわせるのは、とうてい無理だという気がした。母が二人の娘と順番に踊るとき、ドーラは、太陽が母のためにのぼり、自分たちと遠くにいる兄のために沈むという印象を受けたものだった。しかし、他人のような気がしたのはほんの一瞬で、ドーラはやがて、レディ・ハヴェルの姿に記憶のなかの母を見た。

サー・エヴァラードがドーラの手をとってお辞儀をしようとしたが、ドーラはそれを無視した。彼のことは意識のなかになかった。

「ドーラ？」母親の唇はほとんど動かず、声とも言えないほどの声だった。でも、ああ、神さま、それはドーラが記憶しているとおりの声だった。「それから……アグネス？」

「公爵夫人は間違いなく、実の母上の美貌を受け継いでおられる」サー・エヴァラードが言った。あいかわらず大仰な声だった。「わたしの記憶では、若き令嬢だったころからそうでした。同意していただけますかな、スタンブルック？」

ジョージの返事は――もし本当に返事をしていたとしても――ドーラの耳には届かなかった。かつてのブラフ夫人を前にしたときと同じ問題にぶつかっていた。この女性をどう呼べばいいのかわからなかった。

「あの……」ドーラは頭をわずかに下げた。ふと気づくと、となりでアグネスが何も言わずにぎこちなく膝を折り、小さくお辞儀をしていた。

「来てくれたのね」母親は言った。左右の手がウェストのところで固く握りあわされていた――そして、ああ、右手の小指にいつもはめていた銀の指輪がいまもそこにあった。「あなたの挙式予定の記事を朝刊で読んだわ、ドーラ。式は一昨日だったわね？　あなたの訪問を期待してはいなかったけど、あの記事を読んで以来、ひょっとしたらと思って、毎日、来客を迎えるために服装を整えていたのよ……ああ、二人とも自分の力で立派に生きてきたのね。言葉にできないほど嬉しいわ。あらあら、わたしの礼儀作法はどこへ消えてしまったのかしら。スタンブルック公爵さまとポンソンビー子爵さまにご挨拶もしていませんでしたわね」

母親は膝を折ってお辞儀をし、二人を交互に見つめた。

「さあ、すわって、すわって」サー・エヴァラードがみんなに勧めた。「執事がもうじきお茶を運んできます」

サー・エヴァラードが話しかけても誰もひとことも返事をしないのが、ドーラにはひどく苦痛だった。恐れていた以上に苛酷な試練だった。ようやくドーラが口を開くと、サー・エヴァラードは安堵のあまりくずおれてしまいそうに見えた。だが、自分の言葉に彼がどんな反応を示すのかを、ドーラは見ないことにした。

「あの騒ぎがあった夜以来、あなたが出ていったことがわたしの悪夢になっていました」ドーラは口にしようとは思いもしなかった言葉で母親に語りかけた。本当は訪問するだけにして、何も言うつもりはなかった。「悪夢に悩まされるのはもうたくさんです。ここに伺ったのは、長い年月が流れたことを、そして、わたしの記憶にある女性が、わたしの記憶にある母親がもはや存在していないことを、この目で確認したかったからです。自分の目で見て得心できました。あなたはレディ・ハヴェルです。わたしの母にどことなく似ていらっしゃるに過ぎません」

ドーラは自分の言葉に耳を傾け、露骨な言い方に愕然としたが、それでもなお、本当の気持ちを口にする勇気が持てたことを嬉しく思った。お茶を飲みながらあたりさわりのない話をして、それだけで暇を告げたなら、きっと後悔していただろう。

母親はなんの表情もないまま、ドーラに視線を返した。しかし、膝の上で握りあわせた手の関節が白くなっていた。

「よくわかっています」ドーラは話を続けた。「あなただけでなく、父も責められるべきだということは――はっきり言って、あの夜のことは父の責任です。たとえ父の言葉に真実が含まれていたとしても、多くの人の前であなたを罵倒するなんて許せることではありません。

父の言葉があなたにとって許しがたい屈辱だったこと、妻として暮らしていくことにもう耐えられないと思った気持ちは、わたしにも理解できます。明らかに不幸な結婚生活を送っていたときに、年下の男性に惹かれ、新たな愛に走った気持ちすら理解できます。でも、どうしても理解できないのは――というか、少なくとも許す気になれないのは――あなたが父だけでなく、わたしたちまで捨ててしまったことです。わたしたちが何をしたというのです？あなたはわたしたちの母親、わたしたちのお母さんで、どの子もあなたを必要としていたのに。アグネスはまだ幼かった。何も理解できなかった。理解できたのは母親がいなくなったということだけ。自分がいい子にしていなかったから、お母さんがいなくなった――そう思っていたのです」

自分の声が震えていることにドーラは気づいた。身体まで震えていた。呼吸も乱れていた。いつのまにか二人掛けのソファに腰を下ろし、そばにジョージがすわっていた。ドーラの片手に彼の手が重ねられていた。ただ、ジョージは手を握りしめることも、言葉をかけることもしなかった。

アグネスが言った。「あなたはたぶん、サー・エヴァラードを愛していたのでしょうね。それまで送ってきた結婚生活より新しいロマンスのほうに惹かれることがあるのは、わたしにも理解できます。でも、わが子への愛よりも強いものだったのですか？　いえ、これはあなたへの言いがかりかもしれない。だって、もしかしたら、ううん、おそらく、父からあんな仕打ちを受けなければ、あなたがわたしたちを捨ててサー・エヴァラードのもとへ走ることはなかったでしょうから。去年フラヴィアンがここを訪ねたときにあなたが断言なさったとおり、本当に濡れ衣だったのなら、父は極悪非道なことをしたわけです。それなのに、わたしたち、父とは口を利き、親孝行をしています。そんな……二重の基準を持つのは、たぶん間違っているのでしょうね」

母親がようやく口を開いた。

「あなたに手紙を出したのよ、ドーラ。あなたたち二人の誕生日にはプレゼントも送った。でも、なんの返事もないので、やがて、あなたたちの父親が渡していないんだと確信するようになったの。それに、手紙もプレゼントも子供を捨てたことへの罪滅ぼしにはならないわよね。家を出るとき、あなたたちを連れていくことはできなかった。あなたたちの父親が追いかけてきて子供を奪いかえしただろうし、あなたたちにとっては、わたしに置き去りにされるよりもそのほうが辛かったでしょう。それに、あのときのわたしはどこへ行くあてもなく、あなたたちを連れていける場所などなかった。もっとも、正直に言うと、そこまで考えたのはあとになってからだった。あの夜は衝動的に飛びだしてしまったの。やがて、子供たちに会えないことが辛くてたまらなくなったけど、子供と夫のもとに戻るよりも離れて暮らすほうを選んだの。でも、永遠に会えないのかと思うと、胸をひきさかれるようだったわ。その傷が癒えることはけっしてなかった」

「わたしからも言わせてほしい、ドーラ、アグネス――」サー・エヴァラードが口をはさんだ。

ドーラははっと向きを変え、信じられないという表情でそちらを見た。サー・エヴァラードは口ごもり、ひどく赤面した。

あらためて言った。「わたしからも言わせてほしい、公爵夫人、子爵夫人、あなたたちの母上は、あの夜父上から受けた屈辱に値するようなことは何ひとつしていない。その点はわたしも同じだ。ふざけ半分に軽い口説き文句を並べたことはあったが……その程度なら誰もがやっている。まったく罪のないことだ。二人で逃げようなどとは考えてもいなかった……そうだな、月へ飛んでいく気がないのと同じように。ところが、父上にあそこまで言われたため、わたしは名誉を重んじる紳士として、ふたつの選択肢のどちらかを選ばざるをえなくなった――父上の顔に手袋を叩きつけて決闘を申しこむか、もしくは、ロザモンドを連れて逃げ、わたしの名字で彼女を生涯にわたって保護できるときが来るまで忍耐強く待つか」

「しかし、騎士道精神にあふれた紳士であるあなたには」フラヴィアンが皮肉のたっぷりこもった声で言った。「レディ・デビンズの子供たちのことを名誉にかけて配慮しようという気はなかったのですね」それは質問ではなかった。

この瞬間、執事がお茶のトレイを持って入ってきた。誰も口をつける気になれないお茶とお菓子がのっている。レディ・ハヴェルはお茶を注ごうとも、お菓子を勧めようともしなかった。執事が部屋を出るころには、重苦しい沈黙が室内を満たしていた。

「招かれもしないのに押しかけてきて、平和な日常を乱してしまったことをお詫びします」ドーラはそう言って立ちあがった。「あんなひどいことを言うつもりはありませんでした。

自分ではたぶん、仲直りしたかったのだと思います。人はみな、人生のなかで選択をおこない、その結果を抱えて生きていかなくてはなりません。わたしも長く生きてきましたから、それはよくわかっていますし、同時に、自分の選んだ道を後悔したところでひきかえすのは無理であることもわかっています。でも、わたしたちを迎えてくださってありがとうございました」

「わたしにはあなたの記憶がありません」アグネスが母親に向かって言った。「わずかな場面が浮かんでくるだけで、その前後の状況はわかりません。でも、可愛がってもらったことだけはわかります。成長期のわたしにとっては、ドーラがすばらしい母親でした。思いやりと愛情にあふれていて、わたしを慈しんでくれました。それができたのは、ひとえにあなたというお手本があったからこそです。だって、父は昔から面白味のないよそよそしい人で、物質面の面倒はみてくれたけど、子供に深い関心や愛情を向けることはなかったですから。ああいう人と暮らしていくのは、さぞ気苦労の多いことだったでしょう」

ウィリアム・キーピングもそういうタイプの男だった――ドーラは思った。もっとも、大酒飲みではなかったし、嫉妬をむきだしにするタイプでもなかった。

あとの者もすでに立ちあがっていた。ジョージはずっと沈黙を通していた。だが、いまようやく口を開いた。椅子から立とうとしたドーラの母親に片手を差しだした。

「お目にかかれて喜んでおります。お嬢さんを一生涯大切にするとお約束します」

ドーラは母が唇を嚙み、目を潤ませるのを見守った。

「わたしはこの子の幸せだけを願ってきました」母は言った。「もっとも、わたしの行動は正反対のものになってしまいましたが。ありがとうございます、公爵さま。ドーラは幸せな子と言えましょう。でも、公爵さまも同じく幸せな方だとわたしは信じています」

ジョージはドーラの母に笑みを向けた。

「あの……」ドーラはそこで口をつぐみ、うつむいて自分の手を見た。ふたたび口を開いた。「お母さん、よかったらコーンウォールのペンダリス館のほうへあらためて手紙をください。わたしが受けとってお返事を書きます」

「そうするわ、ドーラ」母が答えた。

「わたし、秋に子供が産まれるの」不意にアグネスが言った。

「まあ」母は深い思いのこもった目を娘に向けた。「とても嬉しいわ、アグネス」しかし、とっくに気づいていたに違いない。

「そのときは……お知らせします」アグネスは言った。

「ええ、ぜひ」

やがて、みんなでふたたび馬車に乗りこんだ。さきほど馬車を降りてから三〇分もたっていない。それとも、永遠に等しい時間が過ぎたの？　帰りの馬車では、ドーラとアグネスは別々にすわった。アグネスは進行方向に背を向けてすわり、フラヴィアンに肩を抱かれて、彼の肩と首のあいだのくぼみに顔を埋めていた。ドーラはジョージと並んですわったが、手を触れあうことはなかった。

「ごめんね。きみを連れてきて」フラヴィアンが言った。

そこでアグネスがはっと顔を上げた。「あなたが無理に連れてきたんじゃないわ。一緒に行きたいってわたしがジョージに言うのを聞いて、あなたもつきあうって言いだしたのよ」

「ぼくの、き、記憶はいつも、ちょ、ちょっと、あ、曖昧なんだ」フラヴィアンはおずおずした口調で言った。言葉につかえる癖をわざと強めていた。

「来たことは後悔してないわ」ふたたび彼の肩に頭をもたせかけて、アグネスは言った。「お産がすんだら、母に手紙を書くことにする。だって、父に手紙を出して、母には出さないなんて不公平でしょ？」

「たしかにそうだ」フラヴィアンは言った。

ドーラはジョージにもたれたくてうずうずした。彼の温もりと力強さから安らぎを得たかった。たぶん、そんな思いを察したのだろう。ジョージが彼女の手をとり、指と指をからめて唇に持っていった。わずかに身体を傾けてくれたので、ドーラはごく自然に彼の肩に頭を預けることができた。

「立派だったよ、ドーラ」ジョージが優しくささやいた。

ドーラは泣くまいとして必死に我慢しなくてはならなかった。

不思議な気がした——ジョージの穏やかな声と、優しい目と、頼もしい肩と、守ってくれる腕に出合う前のわたしは、人生のなかでどうやって慰めを見いだしていたの？

落ち着いて考える余裕があれば、自立の精神が失われたことに、ドーラはいささか警戒心を抱いていたかもしれない。

二二年前に別れて今日ようやく再会した母親のことを思い、ドーラの胸は痛んだ。そして……。

そして、なんなの？

12

グローヴナー広場に帰り着いたときは遅い時間になっていたが、アグネスとフラヴィアンはサセックス州の屋敷に帰るために旅立った。ドーラとジョージは二人を見送りに行った。

「一緒に行くことにしてよかったわ」アグネスは言った。「これから二、三日、動揺が消えないとは思うけど。知らない人なのに、それでも、わたしたちのお母さんなのね。ああ、どう考えればいいのかわからない。お姉さんはどう感じてるの？」

「わたしから見れば、知らない人ではないけど、それでも知らない人のような気がする。あちらから手紙が来れば、返事は出すつもりよ。お父さんもひどいわね。手紙やプレゼントを隠してたなんて。でも、たぶん、それがいちばんいいと思ったんでしょう。人を責めたり、憤ったり、憎んだりするのはもうたくさんだわ」

二人は抱きあった。どちらも涙をためていた。

「わたしたちには少なくとも、おたがいがいるわ」アグネスは言った。「わたし、言葉にできないぐらいお姉さんを愛してる」

スタンブルック邸に戻ったあと、ドーラは上の階へ行き、公爵夫人専用の寝室で横になっるために服装を整えていたという母親の言葉が何度も思いだされ、涙がこみあげてきそうで喉の奥が痛かった。でも、どうして母を気の毒に思ったりするの？　幼かったころのアグネスは毎日のように、毎週のように、母を待ちつづけた。毎晩ベッドに入るときには、自分が眠っているあいだの見張り役として人形のひとつを窓辺にすわらせ、母が帰ってきたら何を見せたいかを、毎晩、人形に語って聞かせたものだった。しかし、ときには人形を戸棚にしまいこんで自分は毛布の下に身を隠し、ドーラのおやすみのキスを拒んだこともあった。

ああ、人の心はときとして、忘れてしまうのがいちばんいい遠い昔のことまで思いだし、鋭い痛みに襲われる。

先週、父がロンドンに出てきて、教会でドーラを花婿にひき渡す役を承知してくれたとき、わたしはどんなに幸せだったか。婚礼の日の朝、父の言葉がわたしの心をどれほど温めてくれたことか。でも、父は母を家から追いだし、母が娘たちに送ってくれた手紙とプレゼントを隠してしまった。五歳の娘へのプレゼントをどうして隠すことができたの？

ああ、でも、人を責めるのは、ほんとに、ほんとに、もうたくさん。

いつしかうとうとしていたに違いない。毛布の外に出ていた手が温かいものに包まれるのを感じて、ドーラは目をさました。ジョージの手だった。ジョージはベッドのそばにすわり、心配そうに彼女を見下ろしていた。もういっぽうの手に持った大きな麻のハンカチで優しく頬を拭いてくれたので、ドーラは頬が涙に濡れていたことを知った。夫に笑顔を見せ、包まれていた手の向きを変えて彼の手を握りしめた。

「とても上手な人ね」

「何が……？」夫が眉を上げた。

「人の心を癒すのが。でも、あなたのことは誰が癒してくれるの？」

ドーラは一瞬、彼の目に間違いなく深い苦悩を見たと思ったが、やがて、その目に優しい微笑が広がった。彼の身を守る盾にも似た微笑だった。

「人を癒すことでわたし自身も癒される」

ドーラはその言葉を信じた。〈サバイバーズ・クラブ〉の仲間と妻たちから、そして、アグネスから、ジョージに関する話をあれこれ聞いているし、ドーラ自身も彼の優しさに触れている。しかし、疑問は残ったままだ。誰がこの人を癒してくれるの？　彼が大きな暗黒の孤独を抱えていることにドーラは気づいていた。ジョージ自身、求婚しようとしてイングルブルックに来たときにそれを認めていたが、あのときのドーラは、親しい仲間に会えないせい、妻と呼べる人がいないせいだろうと思っただけだった。だが、いまでは、彼の孤独はもっと深いもののような気がしている――いや、確信している。

「だったら、わたしを癒してちょうだい」ドーラは仰向けになって夫のほうへ両腕を広げた。しかし、さきほど横になったときにかけた毛布が邪魔になった。片手で毛布をめくり、あらためて夫のほうへ腕を広げた。「そして、わたしもあなたを癒したい」

ジョージはしばし彼女に視線を返し、それから室内を見まわした。「ここは公爵夫人の寝室なのに?」

「わたしが公爵夫人よ」

「そうだね」柔らかな口調でジョージは言った。「たしかにそうだ」

二人とも服を着たままだった。ジョージはヘシアンブーツまではいている。彼が毛布をさらにめくり、ブーツも服も脱がずにベッドに入ってきた。たぶん、疲れているので、妻の傍らで横になって眠りたいのだろう。

でも、彼は眠ることなんて考えていなかった。とにかく、いまのところは。しかも、わたしがその気にさせてしまった。はしたない。自分のベッドに誘うなんて。まだ夜になってもいないのに。ずいぶん淫らな女だと思われたりしない?

しかし、夫は何も思っていない様子で、ほどなく、ドーラの頭からも理性的な考えは消し飛んでいた。ゆうべ、夫の手でナイトドレスを脱がされ、二人とも裸になってから抱きしめられたときは、信じられないほどうっとりする親密なひとときだと思ったものだった。しかし、今日はどちらも服を着たままで……そう、今日の夫は彼女を求める力強い手と、欲望に燃える執拗な唇で愛撫を続け、ドーラのほうも、何層もの着衣に隔てられているにもかかわらず、それに負けないぐらい大胆に夫の身体を探っていた。そして、今日の夫はドーラのスカートを途中までたくしあげると、自分の膝で彼女の腿を大きく広げてからそのあいだに膝を突き、ズボンの前のボタンをはずし、彼女のヒップの下に手をすべらせて、いっきに深く突き入れた――すべてが一瞬のことに思われ、その行為は二人の目にはっきりと映っていた。

ドーラの呼吸が乱れた。ジョージが身体を重ねてくると、服を着たままの彼の肩に両手をかけ、絹のストッキングに包まれた脚を彼の脚にからめて、温かくしなやかなブーツの革に足先を預けた。

「痛くないかい？」ジョージの目は欲望に翳っていた。

「大丈夫よ」

そして、ああ——ああ！——夫が身をひいたと思ったら、ふたたび突き入れてきた。彼の脚にからめたドーラの脚が思わずこわばり、足先に力が入り、二人は欲情に身をまかせた——たとえドーラが頭のなかで言葉を探したとしても、二人のあいだに起きたことを表わす言葉はそれ以外になかっただろう。どれほど時間がたったのか、ドーラにはわからなかった。たとえ目につく場所に時計があったとしても、わからなかっただろう。時間そのものが存在しなかったからだ。ドーラの視線は彼に据えられ、彼の視線もドーラに据えられ、それでも気恥ずかしさはなかった。ひとつに結ばれたまま見つめあっているという意識すらなかった。永遠に続けていたいほどだった。しかし、極上の、そう、極上の喜びはやがて、苦痛と言ってもいいほどの欲情に変わり、それがいままで以上の喜びをもたらし、そのあまりの激しさにドーラが全身をこわばらせて彼に身体を押しつけると、夫は彼女のヒップの下にふたたび手をすべりこませて、強く抱いたまま奥深くまで入りこみ、そこで動きを止めた。

宇宙が砕け散った——思いきり凡庸な表現ね。ドーラは夫の解き放った欲望が身体の奥で心地よく迸るのを感じ、彼が身体を離して、妻の頭の下に片腕を差しこんだまま傍らで横になったあと、何秒か、何分かたってからそう思った。二人とも身体を火照らせ、髪を乱し、息を切らしていた――まあ、わたしったら！――結婚すると、こういうことをするものなの？　これがふつうなの？

ふつうでなくても、わたしは気にしない。ええ、まったく気にしない。

「ありがとう、ドーラ」かなり時間がたってから、夫が彼女の耳元でささやいた。「きみのおかげで心から癒された」

ドーラの胸に悲しみがよみがえった。いまのように自分のすべてを捧げても、夫の目に浮かんだ苦悩を本当に癒すことはできないからだ。少し前に彼が無防備になった瞬間、その目には間違いなく苦悩が浮かんでいた。ペンダリス館に戻ったら、たぶん、この人のほうから打ち明けてくれるだろう。婚礼のときにイースタム伯爵が教会に現われたのはどういうことだったのかを、詳しく説明してくれるだろう。

表面を眺めただけではわからない深い事情があるに違いない。

「家に帰るのは明日？」ドーラは尋ねた。

「もう家に帰っているつもりだが。スタンブルック邸という意味ではなくて、こうしてきみを腕に抱いている場所がわたしの家だ」

結婚にロマンスは求めないと言っていた人にしては、ずいぶんロマンティックね。

「だが、うん」ジョージは言った。「家に帰ろう、ドーラ。コーンウォールの家に。明日」

ペンダリス館とロンドンの往復はいつも長旅になる。馬車に乗っているあいだ退屈だし、本を読もうと思ってもなかなか読めない――スプリングがよく利いた馬車ではあるが、手にした本がひどく揺れるからだ。それに、窓の外を流れていく景色にジョージが魅了されることもとっくになくなっていた。通行料徴収所、馬を替える必要性、途中の宿で食事と睡眠をとる必要性、天候――豪雨になったり、ときには雪で道路が通行止めになったり――こうしたもののせいで、往復するたびに、旅にかかる時間が長くなっていくような気がしていた。

しかし、今回の故郷への旅は長くもなく、退屈でもなかった。窓の外を過ぎていく景色や人々を見てドーラが感想を述べるたびに、彼もすべてを新鮮な目で眺めた。いつも当然のことと思っていた旅のさまざまな面を楽しむことができた。例えば、行く先々で会釈をされたり、膝を折ってお辞儀をされたりするのも、食事をとるため予告もなく宿に立ち寄ったときですらかならず個室に案内されるのも、宿泊には最高級の部屋が用意されていて最高級の料理がタイミングよく運ばれてくるのも、ドーラにとっては心の浮き立つことだったのだ。

「公爵夫人という立場に少しずつ慣れていけそうだわ」旅の第一夜、晩餐を終えたところでドーラが言った。

「そう願いたい。きみは公爵夫人として生涯を送らねばならないのだから」

ドーラは一瞬、怪訝な表情で彼を見て、それから笑いだした。

ジョージは妻の笑い声を聞くのが好きだった。

ある日の午前中は、心地よい沈黙のなかで一時間ほど旅を続けたあとで、笑い声を上げるには至らなかったものの、妻が微笑を浮かべ、喜びに目を輝かせた。

「何が楽しいんだね？」ジョージは尋ねた。

「あら」彼に気づかれたことで、ドーラは照れくさそうな表情になった。「たぶん、単に幸せだから」

「幸せだと薄笑いを浮かべるのかね？」ジョージは尋ねた。しかし、自分の顔にも笑みが浮かんでいることに気づいた。

ドーラはそこで笑いころげた。「夫と一緒に自分の家に帰っていくんだって気づいたとたん、頭がくらくらしてきたの。自分はいま夢の世界にいる、ミランダ・コーリーがピアノフォルテでたどたどしく曲を弾くのを聴くまいとするうちに昏睡状態に陥ってしまい、このすてきな夢の世界を自分で作りだしたに違いない――そう思ってたの」

「ミランダ・コーリーはきみの自慢の生徒じゃなかったのかい？」

「かわいそうなミランダ。すばらしい才能がいくつもあるのは間違いないのよ。でも、音楽の才能はそのなかに入っていないの」

「すてきな夢だった？」

「そうよ。想像してみて、ジョージ」ドーラが向きを変えて彼を見た。どこからどこまでも、彼が去年顔を合わせたときのミス・デビンズそのものだった。「わずか一カ月ちょっと前に、わたしが自分の粗末なコテージでお茶を飲みながら考えごとをしていたら、ハンサムなお金持ちの公爵さまが現われて、結婚してほしいっておっしゃったのよ。まるでお伽話でしょ。

でも、現実だったみたい。だって、目がさめたときに目に入ったのは、曲を弾こうとして哀れな努力をしているミランダの姿ではなかったんですもの」

「お金持ち？」ジョージは妻に尋ねた。「ほんとにそう思ってるのかい？」

そう訊かれてドーラは黙りこみ、赤くなった。「だってそうでしょ？」

「まあね」ジョージは妻の手をとって指をからめた。「おまけにハンサム？　お伽話のよう？」

「ええ、ハンサムよ」椅子にもたれながら、ドーラは言った。「そして、お伽話のようよ。あなたはそう思わないかもしれない。でも、わたしにとってはお伽話だわ」

二人は沈黙のなかに戻り、ジョージは妻が言ったことについて考えた。妻がシンデレラで、わたしが王子さまだったのか？　わたしのほうがこの結婚をお伽話のように思っていたことなど、妻は知る由もない。結婚前に、現実的なありふれた言葉でその気持ちを伝えたつもりだったのだが。話し相手であり、恋人であり、妻であるドーラがそばにいてくれるのは、言葉にできないほどすてきなことだ。二人のあいだにロマンスが芽生えることはないだろうと言ったが、わたしが考えていたのは若い連中の熱い情熱のことだった。中年のロマンスというものもあることが、わたしにもわかってきた――控えめで、感情を露骨に出すわけではないが、それでも……やはりロマンティックだ。

「ジョージ」妻が尋ねた。「どうしてわたしと結婚したの？　つまり、どうしてわたしだったの？」

ジョージにはその理由がいまだにわからず、正直に答えることしかできなかった。

「わたしにもわからない」顔の向きを変えてドーラを見た。握りしめて二人の座席のあいだに置いた手に、妻がじっと目を向けていた。ジョージは二人の手を持ちあげて自分の膝にのせた。「ひとつだけわかっているのは、結婚したいと思ったときに頭に浮かんだのが、漠然とした結婚ではなく、きみとの結婚だったということだ。それが正しい選択だと思ったし、きみと再会したときもやはりそう思った。ロンドンで過ごした一カ月のあいだも、婚礼の日も、そう思っていた。以来ずっと、正しい選択をしたと思っている」

ドーラが顔を上げて彼の目を見つめた。彼女の返事はなかった。かわりに微笑があった。ジョージは妻の微笑が大好きだった。

天候に恵まれないまま、馬車はデヴォン州を過ぎてコーンウォール州に入り、左のほうにしばしば海が見えるようになってきた。雲が重く垂れこめているため、空は鉛色で、西から吹いてくる風が馬車にぶつかる。悪天候のせいで海も荒れ、暗い灰色の水面に白波が立っている。雨でないのがせめてもの救いだが、初めてこの地に足を踏み入れた者の目にはひどく陰鬱に映るに違いない。ジョージは、夫と帰郷する花嫁のためにすべてが完璧であってほしい、とまるで少年のように願っていた。

「太陽の輝く日にきみをここに連れてきたかったが」午前中の遅い時刻に、故郷まであと二〇キロ足らずとなったとき、ジョージは妻に言った。「いくらわたしでも天候を左右する力はないのでね」

「あらあら。でも、太陽はいずれ顔を出してくれるわ」ドーラは言った。息を吸い、続けて何か言おうとするかに見えたが、結局何も言わなかった。次に口を開いたときは、声に笑みが含まれていた。「ジョージ、婚礼の日の話をしましょうよ」

ジョージは無意識のうちに、座席に自分の背を強く押しつけていた。

「たった三分や四分のことなんて、あの日には関係ないわ。あんなことは忘れて、あとのいろんな瞬間を思いだしましょう。生涯で最高の一日として記憶しておきたいの」

ああ、ドーラ。

「わたしもだ」ジョージは同意し、妻に肩をもたせかけた。「きみにとっていちばん大切な思い出は？」

「ああ、選ぶのがむずかしい。主教さまが教会に集まった全員に向かって、わたしたちが夫婦になったことを宣言し、〝神が結びあわせてくださったものを、人は離してはならない〟とおっしゃったときかしら。あれが生涯でいちばん感動的な瞬間だったわ。でも、記憶に残る場面はほかにもたくさんあったわね」

「きみが父上の腕に手をかけて身廊を進んでくるのを見たこと」

「わたしを待っているあなたを見たこと。そして、この人がわたしの花婿だと思ったこと」

「きみに指輪をはめたこと。そして、サイズがぴったり合っているのを感じたこと」

「わたしを愛し、慈しむという、あなたの誓いの言葉を耳にしたこと」

「きみが最後にもう一度だけ旧姓を使って結婚証明書に署名するのを見守ったこと。そして、正式に署名が終わり、きみが永遠にわたしの妻となったのを知ったこと」

「身廊を歩いて戻り、多くの笑顔を見たこと。見慣れた顔がいくつかあったけど、大半は知らない人だった。あ、そうそう、音楽もすてきだったわ、ジョージ。きっと、すばらしいオルガンなのね」

「この次ロンドンに出たときに、オルガンを見に連れていってあげよう」ジョージは妻に約束した。「そして、演奏するために」

「許可してもらえるの？」ドーラの目が丸くなった。

「公爵夫人ともなれば、どんな許可でももらえるさ」ジョージが答え、二人は微笑を交わした——いや、ニッと笑いあった。

「教会を出るときに、フラヴィアンとあなたの仲間が投げてくれた花びら」

「馬車に結びつけられた金属製の飾り」

「ラルフとクロエのお宅の舞踏室でドアの前に並んでお客さまをお迎えしたこと。そして、みなさんからお祝いの言葉をもらったこと」

「身内や仲間と抱きあったこと。わたしたちの結婚を喜んでくれている人々の顔を見たこと」

「お料理とウェディングケーキ」

「ワインと乾杯」

「光り輝くわたしの結婚指輪。指輪を見たくて、わたし、手を上げたままでいたのよ」ドーラはいまもそうしてみせた。

「新婚の夜」ジョージは柔らかな口調で言った。「いや、正確に言うと、婚礼の翌日になっていた。申しわけない――」

「いいえ」ドーラは夫の言葉をさえぎった。「後悔してはだめ。この世に完璧なものなんてないのよ、ジョージ。わたしたちの婚礼も例外じゃなかった。でも、ほぼ完璧に近かったわ。幸せなことだけ覚えておきましょう。ごく小さな傷があったからといって、あの日の思い出を捨てようとするのはやめましょうよ」

ごく小さな傷。ああ、ドーラ。

「ひとひらの塵(ちり)、ひと粒の砂だね。わたしの生涯においても、あの日は最高にすばらしい一日だった」

「え……最初のときはそうじゃなかったの？」

ジョージはゆっくりと息を吸い、それから吐いた。「そうだな。最初のときは違っていた。さあ、そろそろ到着だ」

馬車はすでにペンダリス館の敷地に入っていて、ドーラの側の窓に屋敷が見えてきた。近づきがたい印象かもしれない――ジョージは思った――この悪天候だからとくに。灰色の石造りの大きな邸宅で、手入れの行き届いた庭に囲まれていて、太陽は出ていないにしろ、季節柄、少なくとも色彩だけはあった。屋敷正面の庭園の下のほうへ目をやれば、海岸地帯の荒々しい景色が広がっている。まばらに生えた雑草、ハリエニシダ、ヒース、ごつごつした岩場、そしてもちろん、断崖もあり、下の岩場と金色の砂浜と海へ続いている。

「まあ」怖気づいた声でドーラは言った。「広大なのね。これほどのお屋敷の女主人としてふるまうにはどうすればいいのかしら。父の家だって、このとなりに置かれたらみすぼらしく見えそうだわ。わたしが住んでたコテージなんか、庭師の小屋みたいなものね」

ジョージは妻の肩を抱いた。「屋敷には有能そのものの家政婦がいる。はるか昔から働いてくれている人だ。わたしがきみと結婚したのは、妻となり、友達となってくれる人がほしかったからで、ペンダリス館の女主人を必要としていたからではない」

ドーラは窓から顔を離すと、現実的で思慮深いとジョージがつねづね思っている表情で彼を見つめた。いま、その顔にかすかな憤りが浮かんでいた。

「なんて馬鹿なことをおっしゃるの。公爵と結婚した以上、単なる妻として、友達としてひっそり暮らすわけにはいかないのよ。屋敷の召使い全員からどんなに軽蔑されることか。よその召使いや出入りの商人にも噂が伝わり、そちらの雇い主や顧客にまで伝わって、あっというまに、数キロ四方に住むすべての人がわたしを軽蔑し、見下すようになってしまうわ。わたしはあなたの単なる妻じゃないんですからね、ジョージ。あなたの公爵夫人でもあるのよ。あら、そんな目で見ないでちょうだい。まるでわたしのことをおもしろがってるみたい。わたしはこの……この大邸宅の女主人になるために努力しなきゃいけないのよ。その努力をくじくようなことはぜったいに言わないで」

冷静沈着で定評のあったドーラにしては珍しいことだ。かわいそうに。わたしが二人で帰郷するのを楽しみにしていたのに対して、妻のほうはきっと、屋敷が近くなるにつれて不安が大きくなっていたに違いない。わたしには公爵夫人としての義務を押しつける気はなかったが、ドーラ自身はすでに自覚していたのだ。ジョージはドーラの肩を強く抱いてキスをした。

「心に留めておいてくれ。あの屋敷のなかにも、恐怖に打ち震える心臓がいくつも存在することを。わたしが帰郷するせいではない。わたしのことは、みんな、すでによく知っている。きみが屋敷にやってくるからだ。新しいスタンブルック公爵夫人が。きみが召使いたちを怖がっていると知ったら、みんな、困惑するだろう」

ドーラはため息をついた。「二日ほど前に、ミランダ・コーリーの話をしたでしょ。音感ゼロで――これでも親切な言い方をしてるのよ――両手には親指二本とその他の指八本のかわりに、一〇本もの親指がついているの。おまけに、抑圧された子供にありがちなむっつりした反抗心を存分に発揮する年代に差しかかっている。それなのに、両親は娘のことを音楽の天才だと信じていて、その才能を伸ばすためにわたしにレッスンを頼んできたの。なぜこんな話を始めたかというと、ペンダリス館に到着するぐらいなら、この瞬間、ミランダのレッスンを三倍に増やしたほうがまだましだと思っていることを、あなたに知ってもらいたかったからよ」

ジョージがくすっと笑ううちに、馬車が屋敷正面の石段の下で揺れながら止まり、彼は妻の肩にかけていた手をひっこめた。

「さあ、わが家に到着だ」

〝心に留めておいてくれ。あの屋敷のなかにも、恐怖に打ち震える心臓がいくつも存在することを……きみが屋敷にやってくるからだ。新しいスタンブルック公爵夫人が〟

ドーラはこの日一日、ジョージの言葉を心にしっかり留めておいた。新しい環境に順応したことは前にもあった。もう一度挑戦しよう。それに、一家の女主人として暮らした経験がないわけではない。ペンダリス館ではそれが大々的な規模になるだけのことだ。これまでに暮らしたどの家よりもはるかに大きいけれど。

せめてもの救いは、婚礼の日の夜、ロンドンのスタンブルック邸で経験したような正式な出迎えを受けずにすんだことだった。たぶん、公爵夫妻の到着がいつになるのか、召使いたちに予測できなかったからだろう。とはいえ、ジョージと二人で遅い午餐の席につく前に、到着時に玄関で出迎えてくれた執事と家政婦との顔合わせはすんでいた。家政婦はふっくらした落ち着きのある女性で、品定めするようにドーラを見たが、非難がましい表情はまったくなかった。ドーラは明日ゆっくり時間をとって会えるのを楽しみにしていると家政婦に挨拶し、できれば台所へも案内してほしいと頼んだ。

ロンドンで公爵夫人付きのメイドになることが決まったメイジーとは、専用の化粧室で顔を合わせた。そこはかつて暮らしたコテージの寝室にも匹敵する広さだった。ドーラは一時間か二時間ほど、公爵夫人専用の寝室で一人になった。しばらく横になろうと思ったのだが、かわりに窓際に作りつけになっているベンチで膝を抱えて、庭園の向こうの崖と、その先に広がる海を眺めた。これらが織りなす荒涼たる美しさに慣れるには、しばらく時間がかかりそうだ。あとでジョージが屋敷のまわりの庭園へ短い散歩に連れていってくれ、やがて晩餐のための着替えをする時間になった。田舎の生活時間に合わせて、ロンドンにいたときより早めの晩餐だった。料理が供されるのは広いダイニングルームで、部屋の端から端まで伸びているかに見えるテーブルが使われた。幸い、ドーラの席は上座に用意された夫の席のとなりだったので、遠くからどなりあったりしなくても言葉を交わすことができた。

いろいろと戸惑うことはあるものの、気の重い帰郷にはならなかった。数日もしないうちに、まわりの環境と新たな義務になじみ、緊張を解き、くつろげるようになるだろうとドーラは自信を持った。

ただ、到着した瞬間から、気になっていることがあった。いや、〝気になっていたものが存在しない〟と言ったほうがいいだろうか。最初の公爵夫人の痕跡が、ごくわずかであれ見受けられるものと予想していた。もちろん、邸内を隅々まで見てまわったわけではない。新鮮な空気を吸うために、夫が散歩に連れていってくれたのだ。ドーラがそう頼んだからだが、屋敷のなかをざっと案内してほしいと頼むべきだったかもしれない。しかし、彼女が目にしたかぎりでは、ペンダリス館がこれまで独身男性の住まい以外のものだったことを示す痕跡はどこにもなかった。

本当なら安堵すべきことだった。というのも、馬車で旅をした何日かのあいだ、自分は二番目の公爵夫人だ、最初の公爵夫人はペンダリス館の女主人として二〇年近く屋敷に君臨してきたのだと思うと、なんとなく不安だったからだ。公爵夫人専用の寝室に足を踏み入れたときは、侵入者になったような気分だったし、どこかに最初の夫人の痕跡が残っていそうで怖かった。だが、ドーラが目にしたのは、さまざまな色合いのモスグリーンと金色で統一された美しい部屋だった。ただ、個性がまったくなくて、客のために用意された寝室か、もしくは、部屋の主の個性に彩られるのを待っている部屋のような感じだった。

邸内のどこにも女性の存在を匂わせるものはなかった。客間にも、ダイニングルームにも、さらには、庭にさえも。この屋敷にかつて子供がいたことを示すものもなかった。少年になり、若者に成長したはずの、この屋敷の御曹司。こうしたすべてのことにドーラはかすかな違和感を覚えた。もちろん、最初の公爵夫人と息子がこの世を去ってから一〇年以上になるし、その後、ペンダリス館は病院兼療養所として使われていた。ひょっとすると、わたしへの気遣いから、残っていた痕跡をすべて消し去るよう、最近になってジョージが命じたのかもしれない。もしそうだとすれば、行き届いた配慮ではあるが、そこまでする必要はなかったはず。二人の人間の人生が、かつて暮らした家から消し去られてしまうなんて、あってはならないことだ。

それではまるで二人が存在しなかったかのようだ。

でも、いまのわたしは長旅のあとで疲れている。明日、邸内をすべて見てまわれば、ジョージの最初の家族の存在を示すものがいくつも見つかるだろう。子供部屋にはいまも絵本とおもちゃがあふれ、成長した息子が使っていた部屋は当時のまま保存され、たぶん、公爵夫人の肖像画もあるだろう。最初の夫人がどんな顔かたちだったのか、わたしには見当もつかない。

晩餐がすむと、ジョージが彼女の手を自分の腕にかけさせ、二人でダイニングルームを出た。しかし、客間へ行くかわりに階段をのぼり、ある部屋へドーラを連れていった。彼の説明によると、そこが公爵夫人専用の居間だという。この部屋をはさんでそれぞれの化粧室があり、化粧室の向こうがそれぞれの寝室になっている。ドーラがこの居間に入るのは初めてだった。布張りの使いやすそうな椅子が置かれていて、ひと目見たとたん、居心地のいい部屋だと思った。暖炉で火がはぜていて、ふたつの燭台で燃えるろうそくが温かな優しい光を放っていた。

しかしながら、ドーラが部屋から受けた印象は束の間のものだった。ある見慣れた品にたちまち注意を奪われたからだ——わたしのピアノフォルテ。使い古されていて、まるでわが家のようだ。

「まあ!」ドーラは歓声を上げ、ジョージの腕から手を離すと、部屋に駆けこんだ。足を止めてふりむき、彼と向きあった。祈りの言葉をつぶやくかのように両手を唇に当てた。

ジョージは微笑していた。「ようやくそのピアノフォルテと縁を切ることができて、きみがせいせいしていたのでなければいいが」

ドーラは首を横にふり、唇を噛んだ——彼の姿がぼやけて見えなくなった。

「泣かないで」ジョージが優しく笑い、ドーラは彼の手が肩にまわされるのを感じた。「これを見てそんなに落胆したのかね？」

「古びたおんぼろの楽器ですもの」ドーラは両手で涙を拭った。「この楽器のことは考えないようにしてたのよ。コテージで別れを告げて、あそこを買った人が使ってくれるよう願っていたの。どうしてここに運ばせることにしたの？」

「たぶん、きみを喜ばせたかったからだろう。いや、もしかしたら、求婚した翌日、ほんのいっとき、きみの演奏に耳を傾けた思い出のせいかな。いちばんの理由はきみを喜ばせたかったから——そして、わたし自身を。喜んでくれるかい？」

「もちろんよ。ありがとう、ありがとう、ジョージ。なんて優しい人なの。こんなによくしてくださるなんて」

「きみに喜んでもらうのがわたしの喜びだ」ドーラの肩を強くつかんで、ジョージは言った。「わたしのために弾いてくれないか、ドーラ。お茶を飲んだあとで」

「弾きますとも。でも、お茶の前にしましょう。待ちきれないわ」

ドーラは一時間ほどピアノフォルテを弾いた。二人はそのあいだずっと、曲と曲の合間ですら無言だった。ジョージは拍手を控え、称賛を示すのも控えた——退屈そうな顔もしなかった。ドーラはただの一度も彼のほうを見ずに演奏を続けたが、つねにその存在を意識していた。彼のために弾いていた。弾いてほしいと頼まれたからだが、それ以上に大きな理由があった。彼がピアノフォルテをイングルブルックからわざわざ運ばせてくれたから。ドーラの驚きようを見て喜んでくれたから。ここにいて演奏に耳を傾けてくれているから。この一時間で、結婚したことをこれまで以上に強く実感した。しみじみ幸せだと思った。言葉はいらない。表情すら必要ない。こう思えるのが、たぶん、もっとも幸せなことなのだろう。

そのあと二人でお茶を飲み、さまざまなことを話題にして楽しくしゃべりながら、ドーラは、結婚とはなんと甘美なものか、ついに結婚できた自分はなんと幸せなのか、と思っていた。

「そろそろ寝ようか」お茶のトレイが下げられたあとで、ジョージが言った。

「ええ」ドーラはうなずいた。「疲れたわ」

「疲れてくたかい？」

「ううん」ドーラは断言した。「そんなことないわ」

いくら疲れていても、どうして彼の愛の技巧に夢中にならずにいられるだろう？　あるいは、どうして彼に夢中にならずにいられるだろう？　もちろん、どうしようもなく、せつないほどに、彼に恋をしている。それに気づいたのはずっと以前のことだった。でも、それで何かが変わるわけではない。ただの言葉に過ぎない――恋を、ロマンティックな恋をするというのは。

甘い現実のなかにいるのだから、言葉は必要ない。

13

翌日の午前中をジョージはほとんど屋敷に閉じこもって過ごした。最初は秘書と、次は荘園管理人と。イモジェンの婚礼があり、次に彼自身の婚礼もあって、ここしばらく屋敷を留守にしていたため、片づけなくてはならない用がたまっていた。ドーラは新調したドレスの一着をまとい、髪をシンプルな形に結ってから、こざっぱりした姿で朝食の席につき、今日の予定を夫に告げた——午前中は家政婦のラーナー夫人と過ごし、台所にも顔を出して、料理番と邸内で働く召使いたちに会おうと思っている。二、三日中に全員の名前を覚えるつもりだが、それまでは召使いたちが大目に見てくれるよう願うしかない。ただし、みんなのプライドを傷つけないよう気をつけなくてはならない。料理番のなかには自分の縄張りを頑(かたく)なに守ろうとするあまり、屋敷の女主人であろうと手出しは許さないという者もいるからだ。

ジョージは妻の話に優しく耳を傾け、召使いたちが妻にどんな評価を下すだろうと考えた。公爵夫人らしく見せようとする努力をドーラはまったくしていない。やはり、田舎の音楽教師というイメージのほうが強い。あるいは、公爵夫人らしい立居ふるまいを心がけてもいない。それなのに、公爵夫人となり、新たな屋敷の女主人になろうとしている。ドーラなりの方法でやっていくのだろう。

「イングルブルックのコテージの家政婦だったヘンリー夫人だって、わたしによけいな手出しをされたと思うと不機嫌になったものだったわ」

召使いたちがじきに彼の妻を尊敬し、さらには慕うようになることは間違いない、とジョージは思った。最初の妻のミリアムはたぶん、ごくわずかな召使いの名前しか覚えていなかっただろう。いや、二人を比較するのはやめておこう。

午後から崖の下の浜辺に下りようと妻に提案するつもりでいたが、今日も荒れ模様の天候だった。朝のうちは風の強い曇り空だったのが、昼から吹き降りになり、散歩のかわりに何か邸内で楽しめることを考えるしかなくなった。むずかしいことではなかった。ドーラが屋敷のなかをまだほとんど見ていないからだ。午餐のときに知ったのだが、午前中にドーラが足を踏み入れたのはモーニングルームと台所だけだった。

そこで、ジョージは残りの部分を案内することにした。

ドーラはまず、ペンダリス館が病院として使われていた時期にみんなが使っていた部屋を見たいと言った。ジョージは〈サバイバーズ・クラブ〉の仲間のそれぞれに割り当てられていた部屋を見せてまわり、妻に請われて一人一人の思い出話をするうちに、飛ぶように時間が過ぎていった。

「あの時代のことをわたしがなつかしんでいるのを、きみは不思議に思うかもしれないね」かつてヴィンセントが使っていた部屋の窓辺に立って、ジョージは言った。海に面した部屋とは、波の音に耳を傾けるのを好んでいたし、悪天候の日でも、潮の香を感じることができるように窓は開け放してあった。「誰もが大きな苦しみを抱えていたが、わたしには苦しみを軽くする力がほとんどなかったから、彼らを見守るのが耐えがたくなることもあった。だが、いろいろな意味で、わたしの人生でもっとも幸福な日々だった」

「あなたはきっと、人が受ける最悪の苦しみと、人が示す最高の忍耐心と回復力を見てらしたのね。もちろん、わたしはここで一時期を過ごした負傷者を残らず知っているわけじゃないし、あなたの親友になった六人のことしか知らないけど、六人ともすばらしい人たちだわ。あれだけの強さと活力と愛情を備えた人たちになったのは、苦しみにもかかわらずというより、きっと苦しんだおかげなのよね」

「彼らと出会えたことが、わたしにとっては大きな幸運だった」ジョージはそう言いながら、イモジェンが三年間を過ごした部屋へドーラを連れていった。屋敷の裏の家庭菜園を見渡せる部屋だった。

「ええ、そうでしょうね。そして、みんなにとっても、あなたと出会えたことがすばらしい幸運だったんだわ」

いささか贔屓(ひいき)が過ぎる意見のようだ。

「そこまでなさった理由は？」ドーラが尋ねた。

「この屋敷を病院として提供したことかね？」裏庭に整然と並んで色とりどりの花を咲かせ

た花壇を見下ろしている妻に、ジョージは尋ねた。邸内の大きな壺や花瓶に飾る花はすべてここで栽培されている。「何がきっかけだったのか、自分でもよくわからない。画家や作家がどこから着想を得たのかわからないと言うのはよく耳にするだろう？　そうした人々と自分を同列に論じるつもりはないが、その気持ちはよく理解できる。あの当時、屋敷は空虚で重苦しかった。わたしの心も空虚で重苦しかった。わたしの人生は空虚で無意味だし、未来は空虚でなんの魅力もなかった。じっさい、わたしの外見も、心のなかも、空虚以外に何もなかった。わたしはなぜ、自分の屋敷と人生をひどく傷ついた兵士たちで満たそうと思いついたのか？　自分を苦しめていたものを追い払う方法としては完全な間違いだ、と人々に思われていたかもしれない。だが、わたしは信じている——すがるような思いで問いかけをおこない、躍起になって答えを見つけようとせずに待ちつづければ、答えはいずれ、どこからともなくやってくるものだ。もちろん、〝どこからともなく〟来るわけはない。いかなるものも、どこかから来るのだから。われわれの意識を超越したところからだとしても。いや、思考の糸をもつれさせてしまったね。きみの質問には、〝自分でもよくわからない〟と答えるだけにしておくべきだった」

ドーラは窓辺でふりむくことなく、優しく言った。「もしかしたら、息子さんが軍隊に入って戦死なさったことが、きっかけのひとつだったんじゃないかしら。奥さまが悲しみに耐えきれず、すでに打ちひしがれていたあなたの心を粉々に砕いてしまったことも」

ジョージは強烈なロープブローを食らったような気がした。息ができなくなり、急激な痛みに襲われた。

「それは誰にもわからない」どちらからも破ろうとしない沈黙が続いたあとで、ジョージは不意に言った。「ベンがふたたび歩けるようになった部屋と、フラヴィアンが怒りの発作を抑えられるようになった部屋へ案内しよう」

「ごめんなさい」ドーラは眉をひそめて窓辺でふりむき、彼が差しだした腕をとりながら言った。

「謝る必要はない」ジョージは妻に言った。そっけない声だったことに気づき、口調を変えようと努めた。「きみがわたしに何を言おうと、謝る必要はまったくない、ドーラ。わたしの妻なのだから」今度の声は冷たく響いただけだった。堅苦しいことは言うまでもなかった。

彼が次に妻を案内した部屋はかつての大広間に戻されていた。ただ、大人数の客を招くことがないため、ほとんど使われていない。しかし、ベンがいたころは部屋の端から端まで頑丈な手すりが設置してあった。ひとつは壁に固定され、もうひとつは壁から少し離して並行に置かれていた。両方ともベンの身長に合わせてあり、不自由な脚と足先に体重をかけながらかろうじて歩行と呼べそうな動きを練習するあいだ、ベンはその左右の手すりで身体を支えたのだった。

「不可能としか思えないことにあそこまで強い決意で挑む者を目にしたのは、あのときが初めてだった」手すりの説明をしたあとで、ジョージはドーラに言った。「ベンの顔には汗が噴きだし、悪態が次から次へと口を突いて出た。悪態をついていないときは、ひどい歯ぎしりをしていて、歯が砕けてしまわなかったのが不思議なほどだった。たとえ燃える石炭の上を渡らなくてはならないとしても、ベンは懸命に歩いていただろう」

「そして、いまでは二本の杖に支えられて歩けるようになったのね」

「救いがたい頑固者だからな」ジョージは微笑しながら言った。「車椅子を使うのは敗北を認めることではなく、まさにその逆であることを、ベンがようやく納得したときには、われわれ全員、心からほっとしたものだった。ただ、ベンがそういう心境になれたのはサマンサに出会ってウェールズへ一緒に行ったあとのことだ。いまは乗馬も水泳もやっている」

「では、フラヴィアンは？」

「ここには以前、きみの義理の弟のために、詰めものをした革袋が天井からぶらさげてあった。そして、革の手袋を用意し、あいつが袋を乱打するときにはそれをはめさせた。頭のなかがひどく混乱して、言葉が出なくなり、たどたどしくしゃべることすら困難になったとき、それを暴力という形で発散し、周囲を死ぬほど怯えさせていた。自分の家にいたころは、鬱憤がたまるとそれをここに連れてきた。あいつをどう扱えばいいのかと、家族が困りはてていたからだ。だから、わたしがフラヴィアンをここに連れてきた。あいつをどう扱えばいいのかと、家族が困りはてていたからだ」

「乱打用の袋は誰の思いつきだったの？」

「医者だったかな？　わたしかな？　よく覚えていない」

「たぶん、あなたね」

「わたしを英雄として奉るつもりかい？」

「あら、違うわ。あなたはすでに英雄ですもの。既成事実になっていることを、わたしがあらためて宣言する必要はないでしょ」

ジョージは笑い、一族の肖像画がかけてあるギャラリーへドーラを連れていった。二階の西側の端から端まで続く部屋で、東側よりもこちらのほうが、陽光による色褪せなどの心配をしなくてすむ。

しばらくしてから、ドーラを連れて客間に戻ればよかったと後悔したが、もう手遅れだった。病院時代に使われていた部屋をまわって午後のかなりの時間を過ごしたので、そろそろお茶にしてもいい時刻だった。とくに、あとで彼女を驚かせようと思って用意した品があるのだから。しかし、ドーラを連れて屋敷のなかを案内するのも、彼女が心から興味を持つ様子を目にするのも、ジョージにとって楽しいことだった。二人で一緒にいるのが楽しかったし、妻はいずれ去っていく客ではなく、すでにこの家の人間なのだと思うと幸せだった。

だから、ドーラをギャラリーへ連れていったのだ。

クラブ家の歴史は一三世紀の初めまで連綿と遡ることができる。記録に残っているもっとも古い祖先が何かの戦いで手柄を立て、それが国王の目に留まって男爵に叙せられた。称号はやがて子爵に変わり、伯爵に変わって、ついには公爵となった。ジョージは第四代スタンブルック公爵だ。ギャラリーには先祖代々の肖像画がかけてあり、欠けているものはほとんどない。

「八歳ぐらいのとき、清教徒革命に関する歴史のテストで落第点をとったことがあった」ジヨージはドーラに語った。「王党派にも議会派の清教徒にもまったく興味が持てなかったから、チャールズ一世が首をはねられたという史実に陰惨な魅力を感じていなかったなら、おそらく〇点だっただろう。落第点の罰として、父がわたしをここに連れてきて、わが一族の歴史を暗記するよう命じた。冬のさなかのことで、家庭教師も連れてこられた。たぶん、わたしの学習意欲を掻き立てられなかったことへの罰だったのだろう。翌日、父が出した試験問題のすべてにわたしは正解し、おまけに、短く答えればすむものを、どの答えにも長々と説明をつけて家庭教師をむっとさせた。以来、わたしはこのギャラリーが大好きになった」

ドーラは笑った。「わたしも明日、試験を受けさせられるの？」

「きみには合格に必要な誘因がなさそうだ。冬のさなかではないし、わたしは父と違って書斎にステッキを置いていないからね。もっとも、公正を期すために言っておくと、父がわたしにステッキをふるったことは一度もなかった——わたしの弟に対しても」

二人でゆっくりとギャラリーをまわりながら、ジョージはひとつひとつの絵に描かれた人物の説明をした。ドーラを退屈させないよう、短い説明にとどめておいたが、彼女は数えきれないほど質問をよこし、髪粉をふりかけた精緻なかつらや、黒いつけぼくろや、ふんだんに使われているベルベットとレースなどに惑わされることなく、前世紀に生きた一族の何人かに、夫に似た面差しを見つけだした。

「まあ」家族の大きな肖像画の前まで行ったとき、ドーラは見るからに嬉しそうな顔になった。ジョージの母親が亡くなる少し前に描かれたもので、当時ジョージは一四歳だった。絵が制作されるあいだ、一人前の大人になったような気分だった。画家からも、父親からも、じっとすわっているよう注意されたことが一度もなかったからだ。弟のほうは違っていて、絵のためにポーズをとるという退屈な時間のあいだ、もぞもぞ動き、あくびをし、頭を掻き、文句ばかり言っていた。「あなたはお父さまに生き写しなのね、ジョージ。弟さんのほうはお母さまに似ている——ジュリアンもお母さまの血をひいてるみたい。あなた、いまも弟さんに会いたくてたまらないでしょうね。年下なのに先に逝ってしまったなんて」

「うん、会いたいとも」ジョージは正直に答えた。「不幸なことに、弟は若いころから酒と賭博に溺れていて、同年代の者のほとんどが若さゆえの放蕩を卒業し、大人として落ち着いた人生を歩むようになったあとも、あいつだけは放蕩から逃れることができなかった。あのとき亡くなっていなければ、わたしの甥が継ぐべき財産はすべて消えていただろう。ジュリアンもいっときは父親と同じ人生を歩みそうに見えたが、幸運にもフィリッパと出会うことができた。当時の彼女はまだ勉強中の年齢だった。ジュリアンはフィリッパが大人になるのを待った。もっとも、彼女の父親には当然ながら追い払われたがね。待つあいだに、彼女にふさわしい男になり、父親に受け入れてもらえるようになろうと努めた。そんなジュリアンを、わたしは当時もいまも誇りに思っている。もちろん、可愛くてたまらない」

　ドーラは彼のほうを向いた。「ロンドンでジュリアンに会ったとき、あなたがとても可愛がってらっしゃることがわたしにもわかったわ。そして、ジュリアンがあなたに同じぐらいの愛を抱いていることも。立派な次の公爵になるでしょう」

「だが、近い将来ではないように願いたい」

「そうね」ドーラは笑った。「わたしも同じ気持ちよ。あなたがこうしてそばにいてくれるほうが嬉しいわ」

「本当かい？」ジョージは身をかがめて妻の唇に軽くキスをした。

ドーラが壁に視線を戻した。ジョージはそのとき初めて、彼女をここに連れてくるのではなかったと思った。というのも、妻が家族の肖像画の向こうにある空白の壁を見つめていて、それからふりむき、眉を上げて彼を見たからだ。

「でも、いまのが最後の絵なの？　そのあとはないの？」

「ない」ジョージは答えた。「いまのところは」

あの絵が描かれたとき、彼は一四歳、父親が亡くなる三年前だった。いまの彼は四八歳。三四年もたったわけだ。ミリアムとブレンダンを交えた家族の肖像画を描かせたことは一度もなかった。また、それぞれの正式な肖像画を描かせたこともない。

空白の壁がドーラの目にどう映るかまでは考えていなかった。

「よし」いささか陽気すぎる声で、ジョージは言った。「今度の冬の計画に入れておこう、ドーラ。絵のためにポーズをとるのは長く退屈なことだったと記憶しているが、やらなくてはならない。ぜひやっておきたい。評判のいい肖像画家を見つけて、しばらくここに滞在してもらおう。外に出る気になれない寒く陰気な日々のあいだに、わたしたちの絵を描いてもらうのだ」

しかし、ドーラは向きを変え、いまは真正面から彼を見ていた。眉間に困惑のしわを刻んで、彼に視線を据えていた。

「あなたが奥さまと息子さんと一緒にポーズをとった肖像画は一枚もないというの？　ひょっとしたら、わたしへの気遣いから絵をはずさせたんじゃない？　そんな必要はなかったのよ、ジョージ。もとに戻してくださらなきゃ。二〇年近く前のあなたの結婚生活にわたしが腹を立てることはありえないわ。そのころはあなたの存在すら知らなかったんですもの。嫉妬もしてないし。わたしが嫉妬するとお思いになったの？　奥さまと息子さんだって、ここに示された一族の歴史の一部じゃありませんか」

ジョージは返事をするかわりに、まわれ右をして、磨き抜かれた木の床にブーツの音を響かせながら、ギャラリーを大股で数歩進んだ。歩きだしたときと同じく、急に足を止めたが、妻のほうを向こうとはしなかった。

「肖像画は一枚もないんだ、ドーラ。たぶん、描かせるべきだっただろうが、実現には至らなかった。何ひとつきみの目を逃れることはできないようだね。ミリアムとブレンダンは長年にわたってわたしの人生の一部だったが、二人とも死んでしまった。以来、さまざまなことが起きた。ペンダリス館において。わたしの人生において。いまはきみがここにいる。わたしの現在の妻として。そして、残された生涯を共に送る妻として。過去をふりかえるのも、過去の話をするのも、それどころか考えることさえ、できればしたくない。きみと一緒に生きていきたい。わたしが望んでいるのは、きみとの友情、きみとの……結婚生活だ。結婚できて幸せだし、きみも幸せだろうと思っていた」

ドーラが背後に近づいてくる足音に、ジョージは気づいていなかった。腕に手をかけられてびくっとし、次に身をこわばらせた。

「ごめんなさい」妻が言った。

ジョージはさっとふりむいた。「いちいち謝るのはやめてくれ」

彼女の手が火傷をしたかのように跳ねあがり、てのひらを外に向けて指を広げたまま、肩の上あたりで静止した。一瞬、ドーラの顔に驚愕が浮かんだ。

「ごめんなさい」ふたたび言った。

ジョージはがっくりと肩を落とした。最後に癇癪を起こしたのがいつのことだったのか、もう覚えてもいない。それなのに、いま、ドーラに癇癪をぶつけてしまった。

「いや、謝らなきゃいけないのはわたしのほうだ、ドーラ。本当に申しわけない。どうか許してほしい。きみと結婚したとき、過去の思い出に邪魔されずに二人だけの新しい幸せな人生を築こうと思った。そもそも、過去は実在するものではない。過ぎ去ったものだ。現在こそがわたしたちに与えられた現実で、そのことにわたしは感謝している。いまの人生が気に入っている。きみはどうだね？　後悔してはいないね？」

ドーラが首を横にふって腕を両脇に下ろす前に、ほんの一瞬沈黙したことが、ジョージは気になった。

「好きになった男性と結婚することを、いつも夢に見ていたわ。もっとも、その男性が姿を見せるのを待ちつづけて人生を浪費するようなことはなかったけど」

「わたしを好きになってくれたのかい？」ジョージは尋ねた。息を止めている自分に気がついた。

「ええ」妻は厳粛な口調で答えた。それから微笑した。微笑は目から始まって口元へ広がった。「いまも好きよ」

「そろそろ」ジョージは背中で手を組んだ。「下へ行ってお茶を飲もうか」


少しばかり神経をぴりぴりさせていたにもかかわらず、ドーラは朝の時間を心から楽しんだ。家政婦のラーナー夫人とも、料理番のハンブル氏とも、いい協力関係が築けそうだった。もっとも、〝謙虚な（ハンブル）〟という名字は、この料理番には不似合いだと思ったが。二人が警戒しつつも自分を受け入れてくれたことを、ドーラは感じとった。ハンブル氏は台所で働く召使いたちを公爵夫人にひきあわせるために整列させた。だらしない姿勢だった下働きの少年一人と、まだ午前中だというのにエプロンにしみをつけていたメイド一人をハンブル氏が叱りつけたあとで、ドーラはみんなに挨拶をした。一人一人の名前を覚えて、さらには、名前と顔を正確に一致させることまでできそうだ、という自信が芽生えた。

雨降りなので、期待していた浜辺の散歩はあきらめるしかなかったが、それでも午後のひとときを心ゆくまで楽しむことができた。屋敷のなかは発見に満ちていて、散歩に行けなくてもさほど残念とは思わなかった。それに、見るからに屋敷を愛していてその話をするのが大好きなジョージに邸内を案内してもらうのは、本当にすてきなことだった。〈サバイバーズ・クラブ〉の仲間のことや、全員がここで過ごした日々の思い出話に、ドーラはわくわくしながら耳を傾けた。また、ギャラリーへ連れていってもらい、肖像画に描かれている祖先の名前を教わり、それぞれにまつわる歴史をざっと説明してもらうのも楽しいことだった。ふだんの彼が口数の多いタイプでないことはドーラも知っている。聞き役にまわるほうが多く、相手に――ドーラも含めて――自らのことを語らせる術に長けている。だが、ギャラリーでの彼は夢中になって一族の歴史を語り、くつろいだ満足そうな表情を浮かべていた。

しかし、ドーラはいま、ギャラリーに行かなければよかったと後悔していた。

ひとつだけ納得できないことがあった。

公爵家の事情をまったく知らない者だったら、ギャラリーを見てまわったあとで、ジョージはずっと独身だったのだと思いこんだだろう。だが、それでもなお、この三〇年のあいだに一度ぐらいは自分の肖像画を描かせたはずだと思うかもしれない。だが、じっさいには、あの家族の肖像画が描かれた三年後にジョージは結婚している。妻も息子もすでに亡き人ではあるが、何年ものあいだひとつの家族として暮らしていた。二〇年近くにわたって。ここで。このペンダリス館で。

不思議でならないのは、ジョージが一族の歴史を愛していることだった。今日の午後の彼を見ればそれは明らかだし、さらには、数世紀にわたって連綿と続く肖像画を誇りにしているのも明らかだ。それなのに彼はなぜ、自分自身の家族の肖像画を描かせようとせずに、その鎖を断ち切ってしまったのか?

ドーラはウェストのところで手を握りあわせ、ジョージは背中で手を組んで、黙りこんだまま客間まで歩いた。欠落している肖像画についてのドーラの質問に夫がどう反応したかを思いだしたとき、彼女の心に震えが走った。夫は向きを変えて急いで立ち去ろうとした。すぐに足を止めたものの、彼女に顔を向けようとはしなかった。やがて怒りを爆発させ、食ってかかってきた。一瞬、見知らぬ恐ろしい男のように思えた。もっとも、すぐまたいつもの彼に戻り、謝ってはくれたが。しかし、過去の詮索はやめてほしいときっぱり言い渡されたような思いが、ドーラの胸に残った。ジョージはすべての者に対して詮索を拒んでいる。過去を記録したものも、過去を示すものも、過去の痕跡も、どこにも見当たらない。

要するに、一七歳から三五、六歳までのあいだに起きたことはすべて、ドーラにはなんの関係もないことだ、とジョージにはっきり告げられたわけだ。長く暗い空白の年月。たしかに彼の言うとおりだ。最初の結婚はわたしにはなんの関係もない。でも、いまは夫婦になったのだし、夫婦のあいだで隠しごとはしたくない。そうでしょう?

しかも、ロンドンにいるあいだに、わたしはこの人から促されるままに自分自身の過去を語った。それまで秘密にしていたことも、暗黒の部分もすべて含めて。

ドーラは夫の横を歩きながら、わたしはこの人のことをほとんど知らない、永遠に知ることはないかもしれないと思った。だって、この人と共有できるのは現在のことだけで、どういう過去がいまのこの人を作りあげたのか、まったくわからないから。それでどうやって相手を知ることができるというの？　わたしと結婚する前に、すでに四八年近い人生を送ってきた人なのに。

不本意ながら、教会でのあの騒ぎが思いだされた。最初の公爵夫人の母親違いの兄がジョージに妻殺しの汚名を着せようとした。そんなことは、ドーラは一瞬たりとも信じていない。だが、それでも……それでも、イースタム伯爵が婚礼の場に乱入してあのような騒ぎを起こしたのには、それなりの理由があったはずだ。

何があったの？　本当は何があったの？

六月に入ってかなりたつというのに、客間では暖炉の火が二人を待っていて、部屋に入るのとほぼ同時にお茶のトレイが運ばれてきた。ジョージは二人の従僕に礼を言い、ドーラは微笑した。夫のそういうところが好きだった。つねに召使いにかしずかれている者の多くは、召使いの存在など目に入った様子も見せないが、夫がそういう人ではないことをドーラは好もしく思っている。

「これまでのところ、天候はきみに微笑んでくれていないようだね、ドーラ」二人のお茶を注ぐ彼女にジョージが言った。

「でも、いまに微笑んでくれるわ。ある朝、目をさまして、太陽が青い空から青い海に向かって輝いているのを見たときのわたしの驚きを想像してみて」

「そばにいて、わが目でそれを見たいものだ」

二人は暖炉の両側に腰を下ろして心地よいおしゃべりを楽しんだ。夫はくつろいだ様子で、陽気にふるまい、愛情すら感じられた。しじゅうドーラに笑顔を見せ、そうでないときも目に優しさを浮かべていた。ギャラリーでの苛立ちや怒りは夢だったのかと思いたくなるほどだ。しかし、ドーラはいつしか、夫がつねにとっている温和な態度や、笑みを含んだ目に疑問を感じはじめていた。身を守る盾のようなものではないだろうか？　人に心の奥を覗かれないようにするための盾。心の奥深くに閉じこめたものはそのまま隠しておいて、世界とほかの人々を自分の好きなように眺めるための盾。

それとも、夫のなかに深い暗黒が存在すると思っているのは、わたしの勝手な妄想だろうか？

「結婚を記念してきみに贈りたいものがある」空っぽになったカップと受け皿をトレイに戻してから、夫が言った。

「ジョージ！」ドーラは非難の声を上げた。「次から次へと贈物をくださる必要はないのよ。結婚の記念にダイヤモンドのペンダントとイヤリングをいただいたわ。それだけでも充分すぎるほどよ。あの半分も豪華な品を持ったことは一度もなかったんですもの」

「宝石なんて！」そんなものにはなんの価値もないと言いたげに、夫は片手でそっけないしぐさをしてみせた。「今度の贈物はもっと心がこもっていて、かならず気に入ってもらえると思う」

「ダイヤモンドも気に入ってるわ」ドーラは夫に断言した。

「こっちのほうがもっと気に入るはずだ」ジョージは立ちあがって彼女の手をとった。「おいで。見せてあげよう」

熱に浮かされた男の子みたい――ドーラは思った。

ジョージは妻を連れて一階に下りると、書斎のドアの前を通り過ぎた。ドーラはそこが書斎であることを知っているだけで、一階の部屋はどこもまだ覗いたことがない。すべてを見てまわるには、まる一週間の探検が必要かもしれない。書斎のとなりにあるドアの前で、ジョージは足を止めた。

「ここは音楽室だ」ドアのノブに手をかけて、ドーラに言った。「海のかわりにバラ園が見渡せる部屋で、その点はなかなか趣味がいいといつも思っている。室内にあるのはグランドピアノフォルテが一台だけ。あとは、聴衆を待つ椅子が何脚か置いてある程度だな。すばらしい音色だから、きみの居間のピアノフォルテからその身をひきはがすことができれば、いつでもここに来て演奏を楽しんでもらいたい」

ドーラは首を軽くかしげて夫を見上げた。この人ったら、ドアをあけるのをわざと遅らせてるのね。

「だが、結婚を記念してきみに贈りたいのは、バラ園ではなく、グランドピアノフォルテでもない」

「じゃ、椅子？」

ジョージは微笑してドアを開くと、脇にどいて、妻を先に部屋に通した。

天井の高い大きな部屋に一台だけ置かれたグランドピアノフォルテは、なるほど、最高級の逸品だった。見た瞬間にわかった。優雅な心地よい輪郭を描き、窓から射しこむ鈍い光のもとでも艶やかに輝いている。磨き抜かれた木の床にその姿が映っていた。窓の外はバラの花盛りだ。しかし、ドーラの目を奪ったのはこうした美しい品々ではなかった。

「まあ」ドアを一歩入ったところで、ドーラは根が生えたように立ちつくした。

ピアノフォルテの横に、精緻で優美な彫刻に飾られた、純金製かと見紛うばかりのフルサイズのハープが置かれ、金箔仕上げの椅子がそばに置いてあった。「わたしに？　これをわたしに？」

「ひとつだけ条件がある。きみが演奏するとき、わたしがときたま耳を傾けるのを許してもらいたい」ドーラの肩の背後で彼が言った。「いや、訂正する。条件はない。贈物だからね、ドーラ。きみへの結婚の贈物。そう、きみのものだ」

去年の思い出が、スタンブルック公爵と初めて会ったときのことが、いっきによみがえった。ダーリー子爵に招かれた客たちのためにミドルベリー・パークで演奏したとき、ドーラはまずハープを弾き、そのあとでピアノフォルテの演奏に移ったのだった。誰もが優しく演奏を称えてくれたが、彼女がハープの演奏を終えたときにさっと立ちあがってピアノフォルテのベンチの位置を直してくれたのは、公爵——ジョージ——だった。演奏のあと、軽食が用意されている客間へ移るときにエスコートしてくれたのも公爵で、ドーラのために皿に料理をとりわけ、お茶を運び、それからとなりにすわって、彼女の才能を温かな言葉で賞賛してくれた。

その夜、ドーラは少しだけ彼に恋をしてしまった。もっとも、そのときは愚かで図々しいことだと思ったものだった。

「こんな立派なハープを見たのは初めてだわ。まさに芸術作品ね」ドーラはそう言いながら部屋を横切ってハープの前まで行き、堅固な美を湛えたフレームに恭しく手を触れてから、弦に軽く指を走らせた。指の動きにつれて甘美な音がさざ波のように広がった。いったいどれほどの値段なのか、怖くて考えることもできなかった。

そして、これがわたしのもの。

「少女のころ、近所の家に誰も弾かない古びたハープがあって、わたしはそれに魅了されてしまったわ。ハープから生まれる音が聴きたくて弦に指をすべらせるのを、どうしてもやめることができなかった。わたしが何よりも望んだのは、そこから本当の音楽をひきだすことだった。母がその家の人に頼みこんでくれたおかげで、わたしは決められた日に音楽の先生と一緒にそこへ出かけ、先生からハープの弾き方を教えてもらえるようになったの。ときには一人で出かけて練習することもできた。やがて、母は父を説得して小型のハープを買ってくれた。そのハープはいまも持っていて、イングルブルックにいたころは病人やお年寄りを訪ねるときに一緒に持っていったわ。本物のハープにふたたびめぐりあったのは、ダーリー子爵――ヴィンセント――に頼まれてピアノフォルテのレッスンをするようになってからだった。ミドルベリー・パークの音楽室にハープが置いてあるのを見たの。でも、まさか自分のハープが持てるなんて、夢にも思わなかったわ」

「だが、これがきみのハープだ」

ドーラはくるっとふりむいた。ジョージはいまもドアを一歩入ったところに立ったまま、背中で両手を組んで、にこやかに微笑している。

「こんなご褒美がもらえるなんて、わたし、どんないいことをしたの？」

「ちょっと考えさせてくれ」ジョージは絵が描かれた金箔仕上げの天井を見上げ、深く考えこむ表情になった。「おお、そうだ」妻に視線を戻した。「わたしとの結婚を承知してくれた」

「よほどの変わり者でないかぎり、どんな女もあなたとの結婚を拒むはずはないわ」

「ほう。だが、きみは〝どんな女も〟のなかには入らない、ドーラ」彼女のほうに歩み寄ってジョージは言った。「それに、わたしに好意を抱いていなければ、きみが結婚を承知したはずはない。わたしがきみのためにハープを買ったのは、ハープがきみを幸せにしてくれると思ったからだ。ついでに、自分勝手な理由もあった。きみが幸せなら、わたしも幸せだから」

ドーラは不意に、またしても心が乱れるのを感じた。笑みを含んだ彼の目を見つめた瞬間、とても深い孤独のなかで生きてきた人なのだ、という思いがふたたび浮かんだからだ。いまもやはり孤独だ。そして、ほかの人間に何かを与え、幸せにすることでしか、自分の孤独を癒すことができない。受けとることはこの人の癒しにならない。どうやって受けとればいいかもわからない人だ。

誰がその能力を奪い去ったの？

わたしのピアノフォルテをわざわざここまで運ばせる必要なんてなかったのに。ハープに莫大なお金を注ぎこむ必要もなかった。わたしと結婚して、優しくしてくれた。それだけで充分だった。いいえ、充分すぎるほどだ。

「泣かなくてもいいんだよ」ジョージがそっと言った。「ただのハープだ、ドーラ。それに、上等なハープかどうか、きみにはまだわからないじゃないか」

ドーラは腕を上げて、両手で彼の頬をはさんだ。

「上等に決まってるでしょ」自信を持って言った。「ありがとう、ジョージ。こんなすてきな贈物は生まれて初めてよ。一生大切にします。だって、あなたが贈ってくれたんですもの。それから、いつでも好きなときに演奏を聴いてね。ひとことそう言ってくれるだけでいいのよ——あるいは、わたしが一人でハープを弾いてるときにそばに来てくれてもいいわ。わたしはあなたの妻ですもの。それから友達でもあるし」

ドーラはこれまで一度もしなかったことをした。彼女のほうから夫にキスをした。唇に。キスが終わるまで、彼は身じろぎもせずに立っていた。だが、ドーラのキスを受けて、その唇は柔らかくなった。

「わたしのために、さっそく演奏してくれるかい？」

「わたし、ずいぶん錆びついてるわよ」ドーラは警告した。「ミドルベリーで最後にハープを弾いてから一カ月以上になるから。でも、いいわよ。あなたのために演奏する。ええ、しますとも」

ジョージが妻のために椅子の位置を調整し、少し下がって斜めうしろに立つと、ドーラはハープを肩のほうへひきよせ、しっくりとなじむ角度に傾けた。左右の手を弦にかけて広げた。わたしのハープ。

目を閉じ、古い俗謡のシンプルではあるが心に響く旋律を奏でた。昔ながらの俗謡はたいていそうだが、これも甘く悲しい旋律だった。

でも、人生に悲しみは必要ない。

そうでしょう?

14

それから二、三週間のあいだに、ジョージの人生は徐々にではあるが、目に見えて変わっていった。

まず、すばらしく満ち足りた暮らしを送るようになった。日々の日課はだいたいにおいて以前と同じだった——何時間もかけて領地をまわる。荘園管理人と一緒のこともあれば、一人で出かけることもある。作物は順調に育って豊作を約束する緑のさざ波となり、赤ちゃん羊は子羊に変わり、一人前の羊は近いうちに毛を刈る必要がありそうだった。屋敷の奥にある執務室で仕事をすることもあった。有能で信頼できる荘園管理人がいてくれるが、農場がどんな状態かを自分でも正確に把握しておきたいからだった。

以前と違うのは、彼が荘園関係の仕事に忙殺されるあいだ、妻もまたペンダリス館の女主人としての義務を果たすのに忙しくしている様子が、ジョージにもわかることだった。もっとも、家政婦と料理番がいれば、それにもちろん執事がいれば、ドーラがいなくても屋敷の運営に支障をきたす心配などないことは、彼女自身も認めている。だが、夫と同じく、屋敷のなかの動きを知り、理解しようと努めているし、邸内のことに無関心だったら召使いたちに軽蔑されるといまだに思いこんでいる。また、料理番が出してくれる料理にジョージが文句をつけたことは一度もないのに、最近は彼の好物が以前より多く食卓に並ぶようになってきた。

最大の違いは、仕事をしていないときも、ジョージが時間を持て余したり、虚しさを感じたりしなくなったことだった。話し相手がいつもそばにいて、その日の出来事や、心に浮かんだことを語り合えるからだ。そして、二人で何時間も静かにすわって読書をし、あるいは、彼が本を読むあいだ、手仕事の好きな妻は刺繍(ししゅう)やレース編みやタティングレースに精を出す。ときには、彼が妻のために本を朗読することもあった。また、朝食のときに彼の皿のそばに――いまでは妻の皿のそばにも――置かれた手紙を読む喜びを、二人で分け合うようになった。手紙を相手に読んで聞かせる習慣が生まれていた。

ソフィアとヴィンセントはふたたび児童書を出版した。バーサと目の見えないダンの新たな冒険物語。ソフィアの二度目の妊娠は順調のようだ。クロエと、サマンサと、アグネスの妊娠も。イモジェンとパーシーは予定より長くロンドンにとどまっている。無数の親戚のほぼ全員が、二人をハネムーン後の祝宴に招待して喜ばせようと思っているからだ。すでに新婚の時期を過ぎて落ち着いた夫婦になっているのに――こう書いてきたのはパーシーだった。メロディー・イームズは歯が生えはじめ、ヒューゴは眠りがどのようなものだったかをふたたび知ることができるだろうかと危惧している。どうやら、乳母をゆっくり休ませるために、ヒューゴが夜中に赤ん坊を抱いて屋敷内を歩きまわっているらしい。乳母にはちゃんと給金を払っているというのに。ウェールズに住むサマンサの祖父はクリスマス前から風邪で寝込んでいたが、ようやく回復した。以前ドーラのところで家政婦をしていたヘンリー夫人はミドルベリー・パークで臨時に雇われることになった。ドーラの母親は娘二人がそろって訪ねてきたあの日の感激がいまだ冷めやらず、すでに手紙を二通よこしている。どちらの手紙にも、娘たちがすばらしいレディに成長し、幸せな恵まれた結婚をしたのを見て、どんなに嬉しく思ったかということが、丹念に書き記されていた。

パーシーの手紙の追伸にイースタム伯爵のことが書かれていた。手紙を朗読したのがドーラではなくジョージだったら、たぶん、妻の耳には入れないことにしただろう。イースタム伯爵は体調不良から回復してダービーシャー州の屋敷に帰ったという。かつての義理の兄の噂を耳にするのがこれで最後になるかどうか、ジョージは不安だった。ドーラは何も意見を述べず、眉を上げてひとこと言っただけだった。

「体調不良？」

「そのようだな」ジョージは曖昧に答えた。妻はきびしい目で長いあいだ彼を見て、それで満足することに決めたようだ。

いまの彼には人生を満たしてくれる音楽もあった。居間のピアノフォルテや、音楽室のハープを、もしくは、その両方を妻が弾かずに一日が過ぎることはほとんどなかった。ときにはグランドピアノフォルテを弾くこともあった。もっとも、ほどなく、音程が少し狂っていると断言し、彼自身の耳にもはっきりとそれがわかった。妻が演奏するあいだ、彼が読書をすることはけっしてなかった。妻が生みだす音楽はそれだけで心地よいものだが、その音楽に心を癒されることこそ純粋な喜びだった。旋律そのものより妻の力のほうが大きかった。妻の指には本物の才能が宿り、その魂は深い美を秘めている。弾きはじめたとたんここまで演奏に没頭できる人間を、ジョージは見たことがなかった。旋律に合わせて軽く身体を揺らす姿がどれほど優美か、あるいは、演奏中の表情がどれほど美しいか、本人にわかっているとは思えなかった。

夜の時間は喜びと満足にあふれていた。毎晩のように愛を交わすわけではなく、愛の行為がつねに狂おしい情熱に流されるわけでもなかった。正直なところ、そんなことはめったになかった。だが、ジョージはいつも喜びを堪能していたし、妻もきっとそうだと確信していた。しかし、愛を交わさない夜ですら、ドーラは彼の腕に包まれて横になり、彼に身体をすり寄せて朝まで眠るのだった。ジョージはときどき、妻の身体の温もりと、髪と肌の香りと、柔らかな寝息を堪能したくて、眠るのを我慢することもあった。自分のベッドに自分の妻がいる。いや、そんな表現では趣がない。二人のベッドにドーラがいる。

また、彼の人生はそれ以外の点でも変化していた。ジョージが昔から親しくつきあってきたわずかな隣人を除いて、招かれもしないのに訪ねてくる者はこれまで一人もいなかった。彼のほうも親しい隣人以外は訪問したことがなかった。ところが最近では、こうするのが礼儀とばかりに、多くの者が新たなスタンブルック公爵夫人に敬意を表するためにやってくる。彼の友人だけでなく、教会や村の通りでよく顔を合わせる愛想のいい知人たちも。ほとんど知らない相手までも。それから、彼の敵も何人か。もっとも、〝敵〟という呼び方はきつすぎるが。大半はミリアムと親しくしていた貴婦人たちだ。いや、親しいというより、取り巻き連中、おべっか使いだ。ミリアムの高貴な身分と美貌をわがことのように自慢し、憧れの公爵夫人の特別な友達であり相談相手でもあることを隣人たちに吹聴していた女たち。ミリアムが亡くなったあと、イースタム伯爵——ただし、当時の彼の名字はただのミークルで、父親の爵位を相続したのはもっとあとになってからだが——の言葉を鵜呑みにしたのもこの女たちで、ジョージのことを極悪非道な殺人者だとみなしていた。たぶん、いまもそうだろう。

こういう女たちも一人残らず訪ねてきた。ドーラの意見だと、お返しにこちらからも訪ねる必要があるという。ジョージはそれに異議を唱えたが、ドーラは公爵夫人といえども礼儀にかなった社会生活のルールを無視していいわけはないと主張した。

「それに」ドーラは夫に説明した。「近所づきあいは大切よ、ジョージ。自分を無理に抑えなくても隣人たちとうまくやっていけるのなら、ぜひそうすべきだわ。ときには隣人が友人になることもあるし、友人は貴重なものよ」

ドーラの言葉から、三〇歳の未婚の女性としてイングルブルックに越した当時に彼女が感じていたに違いない孤独が、ジョージにも想像できた。だが、何年かあとに彼が出会ったときのドーラは、村という共同社会で立派に自分の居場所を見つけだし、村人から大いに尊敬されていた。

お返しの訪問のすべてに同行するつもりはなかったが、何回かは一緒に行った。そして、共通点をほとんど持たない人々と礼儀正しく言葉を交わすのは退屈ではあったが、どこへ行っても人々が大歓迎してくれることに胸を打たれた。また、新たな身分にふさわしい威厳を示しつつも、このあいだまでミス・デビンズとして暮らしていたころの親しみやすさを失っていない妻を、ジョージは誇らしく思った。妻は誰からも好かれていて、それが彼の心を温かくしてくれた。ミリアムはそうではなかった。ジョージはいつものように、不意に心に浮かんだ比較を払いのけた。

ドーラには本物の友達が二人できた。一人は牧師の妻のニューマン夫人。ドーラと同年代で、容色にやや衰えが出ているが、どういうわけか、ドーラと話をするときは温かく生き生きした感じになる。もう一人はアン・コックス＝ハンプトンといって、ジョージ自身の友達の妻である。初対面のとき、二人の女性は本と音楽と刺繍という共通の趣味があることを知り、ソファに並んで腰かけておしゃべりを楽しんだ。いっぽう、ジョージとジェームズ・コックス＝ハンプトンは妻たちと共通の話題を見つける必要がなくなったので、作物と家畜と市場と馬の値段について話しこんだ。

ペンダリス館に戻ったあとの変化と安らぎに満ちた数週間のあいだ、ジョージは一日目の午後のことを忘れようとした。あの日はドーラを肖像画のギャラリーへ連れていくという失敗をしてしまった。以来、二人でそこに足を踏み入れたことはないし、過去を話題にすることもない。ときどき、ジョージは思う――本当に過去を背後へ置き去りにして忘れてしまえるかもしれない。それが無理なら、とりあえず記憶の片隅に追いやっておこう。そこに閉じこめておけば、いまの暮らしにはなんの影響もないはずだ。

いまの暮らしは本当にうっとりするほど甘美だ。

ある日、ドーラは午後の訪問に一人で出かけていった。ジョージが妻と出かけるようになってから、隣人を訪ねる回数が以前より多くなったのは事実だが、夫が訪問を心から楽しんでいるのではないことがドーラにもわかっていた。今日は太陽が出ていて、大気は暖かく、浜辺が差し招いているので、ドーラ自身もできれば出かけたくなかった。しかし、日曜日に教会でヤービー夫人に会ったとき、ご迷惑でなければと前置きをして、今日訪問すると言ってしまったのだ。するとヤービー夫人は、迷惑だなんてとんでもない、公爵夫人のお越しを心待ちにしております、と答えた。ヤービー家に到着したとき、ドーラの心にまず浮かんだのは、ジョージが一緒に来るのをやめて本当によかったという苦笑混じりの思いだった。というのも、この訪問を事前に知らされていたヤービー夫人がまことに仰々しくドーラを迎えたからだった。

制服を隅々までパリパリに糊付け(のりづ)したかに見える家政婦がドーラを居間へ案内し、ドアを大きく開いて彼女の到着を告げた。部屋の中央に誇らしげに立っていたのは、この瞬間をしばらく前から待ち構えていたかに見えるヤービー夫人で、身にまとった華美なアフタヌーンドレスは、ロンドンのどこかの屋敷の客間なら誰の目も惹かないようなものだが、田舎の村リンの衣擦れの音をさせていっせいに立ちあがった。まるで王室主催の園遊会に出るような装いだ。

五人のうち三人はすでにペンダリス館を訪ねてきた人々だったが、ドーラがお返しに一人一人を訪問するつもりでいることはたぶん知らないのだろう。自分だけが特別に選ばれたかのように、ヤービー夫人がみんなに自慢したのかもしれない。

前もって練習していたと思われるヤービー夫人の挨拶の言葉を、ドーラは笑顔で受けた。ヤービー氏はどこかよそへ出かけたか、もしくは、夫人に屋敷から追いだされたのだろう。今回の訪問は公爵抜きであることを、ドーラが夫人にはっきり伝えておいたからだ。ドーラはあとの女性たちにも笑顔を向けて、初対面の二人に紹介されたときには会釈をした。「奥方さま」と呼びかけられ、みんなとは違う存在であるかのように扱われると、いまだに少々居心地が悪くなる。

しかし、ジョージはこうした恭しい態度を当然のこととして受け止め、しかも、偉そうな態度はけっしてとらない。

挨拶が終わったところで、ドーラは火が入っていない暖炉のそばの最上の席へ案内され、それとほぼ同時にお茶のトレイが運ばれてきた。いや、複数のトレイと言うべきか。最初のトレイの上で銀の茶器セットがきらめき、最高級と思われる磁器が並んでいた。もうひとつのトレイには豪華な食べものがあれこれ用意されていた。パンの耳を落として数種類の具をはさんだサンドイッチ、ケーキ、ペストリー、シナモンの香りを漂わせるアップルタルト、クロテッドクリームと苺ジャムを添えたスコーン。ヤービー家の料理番は日曜日から大忙しだったに違いない。

一〇分ほどのあいだ、天気の話題で会話が弾んだ。次の五分が過ぎるころには、公爵の健康状態を尋ねる言葉が徐々に消えていった。そのあと、どの女性も自分の皿にとりわけたサンドイッチやお菓子を食べはじめ、申し分なくくつろいだ表情でにこやかに笑みを交わしあった。

〝わたしはただのわたしよ〟――ドーラはそう言いたかった。しかし、もちろん、〝ただのわたし〟がいまは公爵夫人という身分だし、去年、妹のアグネスと二人でミドルベリー・パークの晩餐に招かれたときに自分がどれほど怖気づいていたかを思いだせば、この女性たちの気持ちもよく理解できた。あのとき一緒に食事をしたダーリー子爵夫妻も、あとの客も貴族の称号を持つ人ばかりで、その一人が公爵――スタンブルック公爵――だった。

ドーラはヤービー夫人や客たちの気分を楽にしようと思って、いろいろと質問を始めた――夫人たちについて、その子供たちについて、村の生活について、下のほうに見える愛らしい港について。それはドーラが内気な若い娘で、ようやく大人の集まりに参加できるようになったころ、母が教えてくれたことだった。母はこう説明した――人間というのはたいてい、自分のことを語るのが好きなのよ。会話を盛りあげるコツは、相手をそれとなく誘導して自分のことを語るように仕向け、相手の言葉に興味があるような顔をすることなの。何年めだわ。心から興味を持たなくては。もたってから、ドーラは自分のためにつけくわえた——でも、そういう顔をするだけじゃだめだわ。心から興味を持たなくては。

本気で相手の話に耳を傾ければ、人はそれぞれに興味深い存在だとわかってくる。誰もが独自の個性を持っている。

気まずくこわばっていた沈黙は、ほどなくにぎやかなおしゃべりと笑いに変わり、こういう場合の常として、全員で言葉を交わしていたのが二、三人ずつでの会話に変わっていった。それまでのドーラはみんなの注目を浴びて、珍種の生物になったような気分だったが、ようやくそんなふうに感じなくてもよくなった。

「ご主人の公爵さまとは親しくさせていただいております」横にすわった女性が言った。

「まあ、そうですの?」ドーラは礼儀正しく笑みを浮かべ、女性の名前を思いだそうとした。

「ええ」パーキンスン夫人は愛想よく微笑した。そうそう、パーキンスン夫人だったわ。初対面の女性の一人だった。「何年か前に、公爵さまと、ペンダリス館に滞在中だった綺羅星のごときお客さまたちに、わたくしの大切な友人をご紹介したことがありますの。その女性とわたくしは娘のころ、同じ年に社交界にデビューしまして、すぐさま大親友になりました。友人はミュア子爵と結婚しました。わたくしのほうは、その気になれば、それ以上に身分の高い相手と結婚することもできたでしょう。多くの方から求婚されましたもの。でも、かわりに、愛するパーキンスン氏と結婚しましたの。ご存じとは思いますが、サー・ロジャー・パーキンスンの弟です。夫は何年か前に亡くなり、残されたわたくしが悲嘆に暮れ、神経衰弱になっていたところ、当時すでに未亡人になっていた親友のグウェンが――もっとも、グウェンはご主人の死をさほど悲しんでいなかったように思いますけど――わたくしを慰めるために、しばらく泊まりに来てくれたのです。〝あなたのためならどんなことでもするわ、誰よりも大切なヴェラ〟――お兄さまのキルボーン伯爵の馬車で到着した日に、グウェンはそう言ってくれました。彼女がわが家に泊まっていたあいだに、わたくしがペンダリス館へ連れていってみなさまにご紹介したところ、トレンサム男爵がグウェンに好意を持ち、やがて結婚しました。もっとも、あの方、生まれながらの男爵ではなく、お父さまの爵位を継いだのでもないそうですが。お父さまは商売人だったとか。気の毒なグウェン――トレンサム卿はきっと、結婚式が終わるまでそのことを隠してらしたんですわ。グウェンは身分をひどく落としてしまったわけです」

くだらない――ドーラは無言で思った。

「お二人の出会いのきっかけを作ることができて、あなたもさぞ嬉しくお思いだったでしょうね」ドーラは言った。「トレンサム卿はスペインで決死隊を率いて突撃をおこない、勝利を収めた功績によって、当時の皇太子殿下から――現在は国王でいらっしゃいますが――男爵の位を授与されたのです。わが国の偉大な戦争の英雄の一人です」

「ええ、まあね。奥方さまがそう仰せになるのなら」パーキンスン夫人は言った。「とはいえ、不思議でなりませんわ。紳士階級の生まれですらない者に、どうして決死隊を率いて突撃することができたのでしょう。褒賞などいっさい求めずに、喜んで突撃しようという紳士の数は一〇人を超えていたでしょうに。紳士だったら、褒賞目当てに動くような野卑なまねはしないものです。昔に比べると、世の中もずいぶん変わりましたわね。奥方さまもきっと同意してくださると思いますけど。夫がよく申しておりました――下層階級の連中が国会議員になるのも遠い先のことではない、と。わたくし、そのときは夫の言葉を信じませんでしたが、いまはもう、夫が間違っているとは断言できなくなりました。わたくしとしましては、グウェンが自分より身分の低い者との結婚を衝動的に決めたことを後悔しないよう願うばかりです」

「お二人ともとても幸せそうですよ」ドーラはそう言って、会話を別の方向へ持っていくために、亡くなったご立派なパーキンスン氏について質問をしようかと考えた。ところが、向こうに先を越されてしまった。

「わたくし、とても心を痛めておりましたのよ、奥方さま」不意に声を落とし、秘密を打ち明けるような口調になって、パーキンスン夫人は言った。「結婚式に邪魔が入ったという噂を聞きまして」

やれやれ……。

でも、そんなおいしそうなゴシップが、わたしたちより先にロンドンからこちらに届いたりしていないことを願うなんて、虫がよすぎたわね――ドーラは思った。もっとも、わたしやジョージに聞こえる場所でその話を持ちだすような不作法な者がいないことを願うのは、虫がよすぎるとは言えないけど。

「恐れ入ります」ドーラは言った。「でも、邪魔が入ったのはほんの一瞬のことで、あとは申し分のない一日でした」

パーキンスン夫人はドーラの腕に手をかけて身体を近づけた。「平然となさっててご立派ですわ、奥方さま。でも、怯える必要はどこにもないと、わたくし、確信しております」

ドーラは腕にかけられたパーキンスン夫人の手にわざとらしく目を向け、それから同じようにわざとらしく彼女の顔を見た。

「怯える？」自分でも冷ややかな声なのがわかった。

パーキンスン夫人はドーラの腕からあわてて手を離した。頬に血の色がのぼり、その目にまず悔しさが浮かんだ。そして、次に浮かんだのは……敵意？ しかし、口元には甘い笑みが湛えられていた。

「あの方は、その姿を目にしたすべての男の心に情熱を掻き立てる貴婦人でしたわ。もっとも、男たちを故意に対立させるようなまねはけっしてなさらなかったけど。最初の公爵夫人のことを申しあげていますのよ。金髪に青い目、背が高くて、ほっそりしていて、信じられないほどお美しい方でした。それまでに出会ったなかで最高に気立てのいい方でなかったなら、わたくしもその美貌に嫉妬していたかもしれません。公爵さまは奥さまを熱愛なさり、嫉妬深くご自分の保護下に置いておられました。誰かが奥さまに目を向けただけで激怒なさったものです。奥さまのご実家のことまで疎んじておられました。ご実家のみなさまが奥さまを大切にされ、こちらのお屋敷を訪ねたり、奥さまが少女時代を過ごしたお屋敷に呼んだじ、血を分けたわが子がおじさまやおじいさまのお屋敷に泊まることすら禁止なさいました。ご実家ではこちらの坊ちゃんをとても可愛がっていらしたのに。ところが、公爵さまはわが子を憎んでおられました。公爵夫人のために太陽がのぼり、ご子息を照らしだすからです。あれほどわが子を愛した母親はどこにもいないでしょうね。ご子息が戦死なさったときの奥さまの悲嘆ときたら、慰めようがありませんでした。公爵さまがご子息の軍職を強引に購入して、イベリア半島へ送りこみ、死地へ追いやったのです。哀れな母親が必死に懇願しても、公爵さまは冷酷に無視なさっただけでした。たとえあの崖から奥さまを突き落としたのが公爵さまではないとしても、殺したのも同然ですわ。でも、奥さまの死と共に、公爵さまの暗黒の情熱もたぶん消えてしまったのでしょう。あれ以来、人が変わったようになってしまわれました。もちろん、奥方さまは最初の奥さまとはまったく違うタイプでいらっしゃいますわね」

ドーラはこの女性を黙らせる方法を必死に考えようとした。いっせいに話したり笑ったりしているように見える周囲の女性たちを意識する必要がなければ、さっと立ちあがって、強硬に彼女を黙らせていただろう。しかし、幸いにも、ヤービー夫人がようやく助け船を出してくれた。

「パーキンスン夫人」かなりきびしい声で言った。「あなたが奥方さまを一人占めしていたら、うんざりされてしまうわよ」

パーキンスン夫人はこの家の女主人に甘い微笑を向けた。「わたくしが大親友の恋のキューピッドを務めたときのことを、奥方さまにお話ししていたところなの。当時の彼女はまだミュア子爵夫人という立場だったけど」

「わたしが聞いた噂では」エディングズリー夫人が言った。「そのレディがトレンサム卿と出会ったのは、一人で散歩に出ていて、ペンダリス館の敷地にうっかり入りこみ、足首をくじいたときだったそうよ。トレンサム卿がたまたまその人を見つけてお屋敷まで運んだんですって。ハッピーエンドで幕を閉じるとってもロマンティックな話だと、わたしはいつも思ってたわ」

「おっしゃるとおりよ、ミセス・エディングズリー」パーキンスン夫人は言った。「でも、グウェンはそのすぐあとでわたくしを呼んで、どうか家に連れて帰ってほしいと泣きついたのよ。公爵家の敷地に入りこんだところを見つかってしまい、とても恥ずかしかったんでしょうね。でも、わたくしはすぐさま機転を利かせて、足首がよくなるまでペンダリス館でお世話になるよう説得したの。真実の愛には手助けが必要だってことを、ちゃんと見抜いていたから」

何人かが忍び笑いを漏らした。

なんて不愉快な人かしら。グウェンはなぜまたこの人のところに泊まりに来たりしたの？　でも、それでよかったのね。でなければ、ヒューゴとは一生出会えなかっただろうから。運命とはなんと不思議ないたずらをするものだろう。

「夫の案内で初めて浜辺に下りたとき」ドーラは言った。「その事故が起きた石の散乱する急坂と、トレンサム卿が腰を下ろしていたときに事故を目撃したという岩棚を見せてもらいました」微笑を浮かべて全員を見まわした。「金色の砂浜と海の近くで暮らすって、ほんとにすてきじゃありません？　わたしはこれまでずっと海のない土地で暮らしてきたので、いまはなんと恵まれた人生かと思っております」

ドーラが期待したとおり、この話題に関しては女性の多くがそれぞれ意見を持っていたので、以後は無難な会話が続き、やがてドーラは暇を告げるために立ちあがった。到着したのは最後だったが、自分が暇乞いをしないかぎり、ほかの者は誰も帰ると言いだせないことを承知していたからだ。ヤービー夫人のもてなしに礼を言い、ほかの女性たちに笑顔でご機嫌ようと言ってから、急いで退散した。

辞去を〝退散〟なんて言うのはよくないわね――四輪馬車に揺られて帰る途中、ドーラは思った。ヤービー夫人は客を豪勢にもてなすために大変な手間をかけてくれたのだし、あとの女性たちも愛想よくふるまい、お世辞混じりではあるが敬意を示してくれた。

でも、あの女ときたら！　あら、いけない、〝あの女〟だなんて。

パーキンスン夫人は退屈な人間で、身分の高い人とのつきあいを自慢したがる卑屈なタイプだ――しかも、彼女の性格のうち、これはまだましなほうだ。最後のほうであれこれ言っていたけど、何が目的だったのだろう？　鬱憤を晴らすため？　でも、なぜ？　人にいやな思いをさせるため？　でも、なぜなの？　耳をふさぐことができれば、そうしていただろう。

耳をふさいだあと、子供のように大声でハミングをしただろう。しかし、客の立場でそんなことはできなかった。あの一分か二分のなかにパーキンスン夫人が言葉巧みに詰めこんだ小さな悪意の数々に、これから先、自分の思考と夢を脅かされそうないやな予感がして、ドーラはあらためて怖くなった。

屋敷が近くなったとき、ジョージが玄関前の石段の下に立ち、帰ってきた馬車を見つめているのが目に入った。背中で両手を組み、嬉しそうな笑みを浮かべた彼の姿がひどくなつかしく感じられた。

ジョージは御者が降りるのも待たずに、自分で馬車の扉をあけてステップを下ろすと、両手をドーラのほうへ伸ばした。

「会いたかった」ドーラが馬車を降りたとたん、両方が同時に言って、二人で笑いだした。

ドーラは顔を上げて彼のキスを待った。ジョージがほんの一瞬ためらったのを見て、召使いたちの目があるのだから、もっと品よくふるまうべきだったと気がついた。

彼が唇に優しくキスをしてくれた。

「家に帰れてほっとしたわ」ドーラは夫に言った。

15

晩餐のときに、ドーラはヤービー夫人宅での様子を夫に話した。

「あの歓待ぶりを見たら、誰だってわたしのことを特別な人間だと思うでしょうね」

「だが、きみは特別な人だ。おまけに、公爵夫人という身分だし」

そう言われて、ドーラは考えこんだ——やがて楽しげに笑いだした。

「お世辞の上手な人ね、ジョージ」彼に向けて指を一本ふりながら言った。

彼のほうも午後の出来事をドーラに話した。妻が一緒ではなかったため、浜辺に下りるのはやめたという。かわりに岬沿いの道を散歩して、風に帽子を飛ばされそうになった。

「飛ばされなくてほっとしたよ。帽子を追いかけて走ったりしたら、威厳に関わるからね。公爵たるもの、けっして威厳を失ってはならない」

ジョージは妻の笑い声を愛しく思った。

だが、何かひっかかるものがあった……晩餐のときも、食後に公爵夫人専用の居間へ移ったときも、ずっと何かがあった。ピアノフォルテを弾くとき、ドーラはどこかもの悲しい曲を選んだ。ジョージの知らない曲だが、題名は尋ねなかった。ドーラが暖炉の前で彼と向かい合って腰を下ろし、暖かな夏の一日だったにもかかわらず彼が暖炉に火を入れたあとも、その何かは消えていなかった。二人はしばらく読書をした。少なくとも、読書をしているように見えた。しかし、ジョージは何度も妻にちらっと視線を向け、妻が一度もページをめくっていないことをほぼ確信した。

彼女が顔を上げ、ジョージの視線に気づいて微笑した。「あなたの本、おもしろい？」と訊いた。

「ああ。きみのほうは？」

「おもしろいわ」

ジョージはページのあいだに指をはさんで、自分の本を閉じた。それ以上何も言わなかった。相手が明らかに悩みを抱えているときは、こちらが何も言わずにいれば、向こうから悩みを打ち明けてくる場合がしばしばあることを、経験から学んでいた。そして、ドーラが何かで悩んでいるのは明らかだった。

〝家に帰れてほっとしたわ〟――村から戻ってきたとき、ドーラは言った。しかし、屈託のない口調ではなかった。午後の時間をあわただしく過ごして疲れてしまったというような、単純なことではなさそうだ。何かほかのものがあった。苛立ちに近いものが。おまけに、召使いたちからよく見えるテラスに二人で立ったとき、妻のほうからキスを求めてきた。彼女らしくもないことだ。

ドーラは初めてページをめくったが、やがて、きっぱりした態度で本を閉じた。

「最高に信頼できる筋から聞いたんだけど、あなた、パーキンスン夫人ととても親しいそうね」

「ええっ？」

「もっとも、大親友ではないみたいだけど」ドーラは指を一本立ててつけくわえた。「パーキンスン夫人が大親友として大切にしてるのはグウェンだから。夫人があなたと〈サバイバーズ・クラブ〉のメンバーにここでグウェンを紹介し、グウェンとヒューゴのために優しいキューピッド役を務めたそうね」

ドーラの心にひっかかっていたのはそれだったのか？　いや、そうは思えない。しかし、それはともかく、ジョージはこの話を聞いて苦笑した。

「すると、最高に信頼できる筋というのはパーキンスン夫人自身のことだね？　夫人がきみに話したことには、いちおう真実が含まれている。グウェンが足首をくじいたあと、この屋敷で世話になるようにと、パーキンスン夫人が強引に勧めたのは事実だ。グウェン自身はひどく困惑していたがね。見知らぬ人々のハウス・パーティに乱入する形になってしまい、身の縮む思いだったのだろう。わたしが見たところ、パーキンスン夫人の狙いはキューピッド役を務めるのとは別のところにあったようだ。グウェンの災難を利用して、わたしや客にとりいるつもりだったのだろう。イモジェン以外の全員が爵位と財産を持つハンサムな男たちだし、当時はまだ誰も結婚していなかったからね。パーキンスン夫人はこの世で最高に親しい友のことを心から気遣って、毎日ここに顔を出し、何時間も腰を据えていた。フラヴィアンのことがとくにお気に入りだったようだ。下手をすれば、きみはフラヴィアンを義理の弟にできなかったかもしれない」

「どうにも理解できないのは」ドーラはゆっくりと首を横にふりながら言った。「そもそもグウェンはなぜ、あんないやな女のところへ泊まりに行ったのかってことなの」

「娘のころ、同じ年に社交界にデビューして親しくなったそうだ。そして、その後も手紙のやりとりが続いていた。パーキンスン夫人の夫が亡くなったとき、グウェンはたぶん彼女に同情して、しばらく一緒に過ごすことにしたのだろう。こちらに来てほどなく、同情したことを後悔するようになったに決まっている。だが、前々から悪かった足首をくじいてしまい、心優しき巨人が岩のあいだから姿を現わして彼女を抱きあげ、ここに運んだのだから、結果的にはめでたしめでたしだったわけだ」

「パーキンスン夫人が最初に言ったことは、まったくのでたらめなの？　あなたの親しい友達じゃないの？」

ジョージは首を横にふった。「まさか」

ドーラは椅子にもたれ、左右の腕をみぞおちのあたりで交差させて肘を抱いた。微笑が消えた。いよいよ問題の核心に触れる気だとジョージは察した。それがなんなのかはわからないが。

「パーキンスン夫人に同情されたわ。結婚式に邪魔が入ったことで」

「そうか」ジョージは本にはさんでいた指をはずし、そばのテーブルに本を置いた。「あれだけの派手な騒ぎが噂となってこちらに届くのは、避けがたいことだったと思う。きみを動揺させるようなことを夫人が言っていなければいいのだが」

しかし、ジョージにはわかっていた——パーキンスン夫人からほかにも何か言われたに違いない。過去が黙って消え去ることも、自分をそっとしておいてくれることもない。そうだろう？　ギャラリーへ足を運んだあのぞっとする日以来、二人は過去に触れるのを避けて幸せにやってきた。人生に満足していた。しかし、またしても過去の登場だ。

ドーラが口を開く前に躊躇するのを、ジョージは見てとった。

「わたし、同情されたみたいよ。あなたのなかに大きな情熱を掻き立てることができないというので。なにしろ、この年だし、この容貌ですもの。でも、中年で、平凡な顔立ちで、魅力がないというのも悪いことじゃないわ。だって、あなたは女性に夢中になると、すぐカッとなったり、嫉妬から相手を独占しようとしたりする人らしいから。少なくとも……パーキンスン夫人は暗にそう言いたかったみたい。夫人がその前に、ヒューゴは卑しい成り上がり者で、グウェンはそういう低俗な相手と結婚したのだと意地悪くほのめかしたときに、わたしが同意しなかったものだから、むっとしたんでしょうね」

ドーラは消えかけた暖炉の火に視線を据えたまま、生気のない低い声で言った。

ジョージは膝に置いた指を伸ばし、丸めて握りこぶしを作り、ふたたびゆるめた。

「パーキンスン夫人の言うことなど、ひとことも信じてはならない。きみのいまの話を聞いただけでも、夫人の言葉が矛盾だらけなのがわかる。わたしは結婚して以来、きみにロマンティックな言葉や情熱を捧げたことはないが、すばらしい人だと思っている。若さに輝く花の盛りの乙女だったきみに出会うより、いまのきみの年齢と容貌のほうがはるかに愛しく感じられる。きみは美しいし、わたしの話し相手となり、友達となるのにうってつけの年齢だ。わたしの恋人としても、あらゆる点で申し分ない」

「あの人の話なんて、わたしは信じなかったわ」ジョージに視線を移し、眉間にしわを刻んで、ドーラはきっぱりと言った。「意地悪でいやな人。不幸にも出会ってしまった最悪のタイプの一人ね。こうしてあなたと結婚できて、わたしは本当に幸せよ、ジョージ。あなたが嫉妬深い人、独占欲の強い人だなんて、想像もできない。それどころか、まさに正反対だわ。愛する相手を縛りつけようとはしない。かわりに翼を与えて自由に飛び立たせる。〈サバイバーズ・クラブ〉のお仲間から話を聞くだけで、それが充分に理解できるわ」

妙なことに、ジョージは泣きたくなった。「そのくせ、わたしは誰にも飛び立ってほしくないと思っている」

「ううん、あなたはそんな人じゃない」ドーラは椅子の背に頭をもたせかけ、愛情としか表現できない優しさに満ちた表情で彼を見た。眉間のしわは消えていた。「仲間のみなさんが遠く離れてしまうと、あなたは寂しくなる。仲間がいないと、なんだか孤独になる。でも、みんながあなたを頼るように仕向けて、ペンダリス館を離れたら生きていけないようにしようなどとは、考えたこともなかった。みんなが自立して幸せをつかむのを、あなたはわがことのように喜んでいる。否定しようとしても無駄よ。仲間と過ごすあなたの姿をわたしは見てきたんですもの。それから、あなたはわたしにも翼をくれた。ピアノフォルテとハープという贈物をすることで。実の母とすなおに和解できたのも、母に会いに行って話をするようにとあなたが励ましてくれたおかげだった。でも、わたしが飛び立つことはありませんからね。永遠に。だって、あなたと結婚して、とても優しくしてもらってるんですもの。いつまでもここにいるわ。約束します。そして、誓います。単に式のときに誓いの言葉を述べたからじゃなくて、あなたからぜったい離れられないから」

ドーラの視線は彼に据えられたままだった。ジョージは視線を返しながら、彼女が真実を語っていることを知って驚愕した。だが、なぜ驚愕する？ ドーラと結婚したのは、生涯の話し相手を得るため、ずっとそばにいてくれる伴侶を得るためだった。しかし……妻は〝あなたからぜったい離れられない〟と言ってくれた。そんな貴重な贈物をもらったのは生まれて初めてだ。貴重なものをもらった以上、何があっても手放すまいと思うのが当然ではないか。

「わたしのせいできみがその約束を後悔することのないよう、願っている」

「イースタム伯爵はきっと、あなたの最初の奥さまを深く愛してらしたのでしょうね」

ジョージの指がふたたびてのひらに食いこんだ。爪が皮膚を突き破り、激痛に襲われた。なんだと――？

「とても大切な妹さんだったに違いないわ」ドーラは言った。「そう考えれば、伯爵がロンドンにやってきて、わたしたちの婚礼をあんなふうに邪魔したのも納得できる気がする。あなたが再婚することを知って、居ても立ってもいられなくなったのでしょうね。あんな行動に出るなんて褒められたことじゃないわよ。はっきり言って、非常識すぎるわ。でも、感情の抑えが利かなくなると、誰だって非常識な行動に出てしまうものよ。大目に見て許してあげるのがいちばんだと思うわ。衝動的にあんなことをしてしまって、ご本人もきっと深く後悔しているでしょうし。わたしから手紙を出してもいい？　いえ、そんなことをしたら、あちらにもっと辛い思いをさせるだけかしら」

ジョージは大きく息を吸い、ゆっくり吐きだした。「できればやめてもらいたい、ドーラ。たしかにきみの言うとおりだとは思う。あの男はミリアムを可愛がり、ミリアムもやつを慕っていた。ミリアムが自殺したことがやつには信じられなかった。わたしが妻を突き落としたと信じるほうが楽だったのだろう。とくに、あの男とわたしはおたがいにいい感情を持っていなかったので」

「伯爵があなたの奥さまに会いに来ようとするのを、あなたが禁じたの？」ドーラが尋ねた。眉間にふたたびしわを刻み、心配そうな声になっていた。「それから、あなたの息子さんがあちらのお屋敷へおじいさまとおじさまに会いに行くのも、あなたは許そうとしなかったの？」

ああ、なんてことを！

「そんなことは一度もなかった。また、イースタムが来るのを最初から禁じていたわけではない。出入禁止にしたのは理由があってのことだ。ミリアムとわたしの結婚生活は幸せなものではなかった。わたしが一七歳、ミリアムが二〇歳のときに、強引に結婚させられたのだ。父は死期が迫っていて、何か正気とは思えない理由から、あの世へ行く前にわたしが結婚するのを見届けたいと願い、向こうの父親も娘がそろそろ夫を持つ時期だと考えた。わたしがミリアムに初めて会ったのは、求婚する当日だった——向こうの父親とわたしの父が見ている前で。二度目に会ったのは翌日の挙式の日だった——結婚許可証はすでに入手済みだった」

「きれいな方だったんでしょ」ドーラは言った。

ああ、パーキンスン夫人からいやというほど聞かされたのだな。夫人がドーラと二人だけで話をするあいだ、ほかの者はどうしていたのだろう。二人の話をヤービー夫人が耳にしていたら、自分の家の客間でそんな話題が野放しになるのを許すわけがない。

「信じられないほど美しかった。わたしが目にしたなかで最高に完璧な美を備えた女性の一人だった」しかし、二度目の妻に比べれば、その美は一〇分の一にも満たない。もっとも、そう言ったところで、苦しいお世辞だと思われるだけだろう。

「あなたは奥さまが反対なさったにもかかわらず、息子さんの軍職を購入し、イベリア半島へ行かせてしまったの？」

ジョージは不意に、パーキンスン夫人を絞め殺してやりたくなった。

「ミリアムにはたしかに反対された。だが、息子の意に反することではなかった」

「辛かったでしょうね。息子さんが亡くなられたときは」

ジョージは深く息を吸い、しばらく呼吸を止めてからゆっくりと吐きだした。「ときどき思うことがある――ブレンダンには半島から無事に帰国しようという気持ちも意志もなかったのではないか、と。わたしが生きているかぎり、そのことがわが魂を苛みつづけるだろう。さて、きみの質問もこれで終わりのようだね」

ジョージは立ちあがると、ふりむくことなく部屋を出ていった。

彼がベッドに入ったのは何時間もあとのことだった。岬に沿った道を屋敷のほうへ戻りはじめたときには、東の空が白みはじめているのを半ば予想していたほどだ。しかし、服を脱いで寝室に入ったときも、空はまだ暗かった。ベッドには誰もいないものと思っていた。しかし、ベッドの真ん中でドーラが身体を丸め、彼が寝るほうの側へ片手を伸ばしてぐっすり眠っていた。

ジョージは暗い部屋に立ったまま、長いあいだ妻を見つめていたが、やがて彼女の腕を身体の脇にそっと戻してから、となりに横たわった。腕のなかに妻を抱き寄せ、毛布をひっぱりあげると、彼女が身体をすり寄せてきて、眠ったまま何やらつぶやいた。ジョージは妻の頭のてっぺんに頬をつけて、目を閉じ、心安らぐ温かな妻の香りを感じながら眠りについた。

ドーラは詮索が過ぎて結婚をだめにしてしまったのではないかと心配しつつ、眠りに落ちた。最初の結婚の思い出に触れることは許さないという気持ちを、ジョージがこれまで何度もはっきり口にしてきたのに、それでもなお探りを入れてしまった。ただの好奇心ではなく、過去の話をしてそこに潜んでいるに違いない悪魔を追い払うことが夫のために必要だと確信したからこそ、あれこれ尋ねたのだが、そう考えてもドーラの心は慰められなかった。そして、ああ、悪魔が潜んでいるのはやはり事実のようだった。

〝ときどき思うことがある——ブレンダンには半島から無事に帰国しようという気持ちも意志もなかったのではないか、と。わたしが生きているかぎり、そのことがわが魂を苛みつづけるだろう〟

いったいどういう意味なの？

でも、わたしには永遠にわからないだろう。ジョージが自発的に話してくれることはけっしてないし、わたしも二度と尋ねるつもりはない。

結婚がだめになるのではないかと怯えつつ眠りに落ちたが、夜明けからしばらくして目をさましたときは、いつものように夫の腕に包まれていた。この人、いつベッドに入ったの？夫が外へ出ていったのはわかっていたが、あとを追うのはやめた。戻ってきた物音は聞いていない。でも、戻ってきてくれたのが嬉しかった——本当に嬉しかった。

「野蛮すぎると言われずにすむのなら」彼女の頭のてっぺんに唇をつけて、夫がそっと言った。「パーキンスン夫人を煮えたぎった油で揚げてやれば、どんなにすっきりすることか」

あまりに思いがけない言葉だったので、ドーラは夫の裸の胸に顔を寄せたまま思わず笑いだし、彼のほうへ顔を上げた。

「野蛮だわ」夫に同意した。「でも、わたしは野蛮な行為が大好きだってこと、ご存じだった？」

夫の目がドーラに向かって微笑した。髪が乱れて、銀色の髪が黒髪と交ざりあっている。髭を剃ったほうがいい。うっとりするほど魅力的だ。

「ゆうべのことは本当にすまなかった。だが、あの女の言葉に惑わされて疑いの心を持つようなことだけはしないでほしい。わたしは自分の意志できみを選んだのだし、その選択は最初に思った以上に賢明なものだった。きみは美しい。そして魅力的だ。このふたつの資質は、きみの容貌と、性格と、頭脳と、そして、魂そのものにまで及んでいる。きみにふたたび会って求婚するためにグロスターシャーまで出かけたことを、わたしは一瞬たりとも後悔したことがない」

ドーラは夫に笑顔を向け、同時に唇を嚙んだ。夫の言葉に涙が出そうだった。しかし、その言葉にもかかわらず夫の顔には苦悩が浮かんでいて、話はまだ終わっていないことがドーラにも察せられた。

「わたしの最初の結婚はぎすぎすしていて不幸なものだった。わたしとミリアムにはそれぞれ友人がいた。パーキンスン夫人はミリアムの友達の一人だった。もっとも、当時はずいぶん若いレディだったが。わたしがブレンダンのために軍職を購入したのは、単に息子に懇願されたからではなく、もちろん、妻に大反対されたからでもなく、それが息子にとっていちばんいいことだと思ったからだ。息子のためにはそうするしかなかった。ブレンダンの死はわたしの心に生涯重くのしかかることだろう。生前の息子の不幸と共に。だが、罪悪感に打ちのめされているわけではない」

話を始めた夫の顔をドーラはじっと見つめた。この人は真実を語っている。感情が脈打っている真実を。でも、その感情をきびしく抑えこもうとしている。ああ、ジョージ。あなたにはまだ、語ろうとしないことがずいぶんあるのね。

「それから、きみが訝しく思っていたもうひとつの点だが」夫は話を続けた。「ギャラリーにわたし自身の家族の肖像画がなかったことだ。わたしは何年ものあいだ不幸な人生を送っていた。情けなくなるほど、どうにもできないほど不幸だった。その不幸な人生に絵のなかで永遠の生命を与え、未来の世代に鑑賞させようという気には、どうしてもなれなかった。もしかしたら、わたしが間違っていたのかもしれない。たぶん、ほかのすべての肖像画にも、モデルとなった者たちしか知らない秘密が隠されているのだろう。この三〇年間の一族の歴史を未来の世代から奪う権利は、わたしにはなかったのかもしれない」

ジョージは目を閉じた。唾をのみこむ音がドーラの耳に届いた。ドーラは指を広げて夫の胸に当てたが、いったい何が言えるだろう？　ありきたりな慰めや励ましの言葉は無意味だ。いまできるのはこの人のそばにいることだけ。夫がふたたび目を開き、ドーラに笑いかけた。

「いまのわたしは幸せに暮らしている」夫にそう言われて、ドーラは涙をこらえるためにふたたび唇を噛んだ。「そして、世界じゅうの人にそれを見てもらいたい気持ちだ。家族の肖像画を描かせよう。きみはわたしの家族だ、ドーラ」

ドーラは夫の胸に額をのせた。

「これできみの質問への答えになっただろうか？」ジョージが訊いた。「納得してくれたかね？」

「ええ」ドーラは答えた。

ああ、尋ねたいことがまだ山のようにある。この人が話してくれたことは氷山の一角に過ぎない気がする。どうしてそんなに不幸な結婚生活だったの？〝どうにもできないほど不幸だった〟と、この人は言った。ほんとに優しくて心の広い人だというのに。でも、これ以上問い詰めるのはやめておこう。もっと多くを打ち明ける気になれば、自分から話してくれるはず。それまでのあいだ、わたしにできるのは、二度目の結婚を夫が後悔しないように努めることだけ。むずかしいことではない。〝いまのわたしは幸せに暮らしている〟――そう言ってくれた。それが本心からの言葉で、彼が幸せを感じ、今後もずっと感じてくれることを、わたしは信じよう。

「わたしはさっき、容貌と、性格と、頭脳と、魂のことを言った。きみが性的な魅力にあふれていることは言っただろうか？」

ドーラは夫の胸から顔を離し、唇をすぼめ、眉をひそめて考えこみ、それから首を横にふった。「いいえ、聞いてないわ」

「そうか。だが、本当にそう思っている。きみは性的な魅力にあふれている」

「本気なの？」

「わたしの言葉が信じられないのかね？」

「だったら」ドーラは言った。「その言葉の意味を教えていただきたいわ」

そして、二人はゆっくりと笑みを交わした。ああ、この人を愛してる、愛してる、愛してる。

ジョージはたっぷり一五分かけて、その意味を妻に教えた。終わってから、ドーラは軽く息を切らしながら、汗ばんだ温かな身体でふたたび夫の腕に包まれ、去年、ミドルベリー・パークで出会ったときの印象を思いだそうとした。いささか近づきがたい雰囲気はあったものの、もちろんハンサムだったし、優しくて、魅力的で、自信にあふれていた。申し分のない紳士であり、貴族であり、悩みや困窮には無縁の人、つねに太陽のもとで輝いている人だった。ドーラは夢のなかで、彼のことをお伽話の王子さまだと思っていた。

現実の彼はそれとはまったく違い、はるかに傷つきやすい人だった。はるかに愛しい人だった。

彼はふたたび眠っていた。寝息からそれがわかった。ほどなく、ドーラも眠りに落ちた。

「ほう」翌朝、朝食の席で郵便物に目を通していたとき、ジョージが言った。「イモジェンとパーシーがコーンウォールに戻った。その前に盛大な舞踏会を開いて、パーシーの表現によると〝三親等と四親等に至るまで〟招待し、みんなに警告したそうだ――これは自分たちからロンドンへの別れの挨拶で、少なくとも来年の春までロンドンに来るつもりはないし、新婚旅行から戻った記念に誰かがこれ以上パーティを企画しても無駄なだけだ、と。溺愛してくれる親族には断固たる態度をとらなくてはならない、とパーシーは断言している」

「わたし、パーシーが大好きよ」ドーラは言った。
「わたしは初対面のときに仰天させられた。礼儀知らずで、荒れ狂っていて、怒りっぽくて、これほどイモジェンにふさわしくない男はいないと思った。だが、似合いのカップルであることをわたしが悟るのに、長くはかからなかった。そうだ、この部分をきみにぜひ聞いてもらいたい」

そう言うと、ジョージは文句たらたらの部分を読みあげた。

〝ぼくがハードフォード館を留守にしていたあいだに、レディ・ラヴィニア・ヘイズが拾ってくる貧相な犬猫の数がかなり増えたようで、二番手の家政婦の部屋に隠しておこうとレディ・ラヴィニアがいくらがんばっても隠しきれなくなっています。その部屋がなぜそう呼ばれているかをぼくに説明できる人は、いまだに一人もおりません〟

「レディ・ラヴィニアというのは」ジョージは説明した。「先代伯爵の妹に当たる老婦人で、生まれてからずっとハードフォード館で暮らしてきた。行き場のない動物と人間の両方をひきとるのが好きな人だ。パーシーの犬を見たことはあるかね？ 前にその犬の話をしたことはなかったかな？ パーシーに言わせると、初めてハードフォード館を訪れたとき、野良の犬猫のなかでもそいつがいちばん醜くて、痩せこけていて、ぞっとしたパーシーが乱暴に追い払おうとしたにもかかわらず、彼にくっついて離れなかったそうだ。どこへ行くにも犬がついてくるので、パーシーはいまでもぶつくさ言っているが、そのくせ溺愛しているのは誰の目にも明らかだ」

ドーラは笑った。

「きみのほうは、ヘンリー夫人からまた手紙が届いたのかい？」

「イングルブルックのコテージに戻ったそうよ。新しくやってきた音楽教師のマディソン夫妻の家政婦として働いているの。子供たちの世話をするのは楽しいけれど、わたしに会えなくて寂しいって書いてあるわ。でも、わたしへの手紙に〝寂しくない〟なんて書けないわよね」

「だが、きみに会えなくて寂しいと思っていなければ、そもそも手紙などよこさないさ」

「あら、大変。聞いてちょうだい、ジョージ。コーリー夫妻が相手かまわずマディソン氏の悪口を言ってるんですって。マディソン氏が夫妻にはっきり言い渡したからなの――娘にピアノフォルテを習わせるのはお金と娘の時間の浪費だし、レッスンを続けさせたいと言われても、自分はもう我慢の限界に来ている、って。わたしのほうがミランダのすばらしい才能をはるかに認めていたそうよ。でも――あらあら！――それは、わたしには音楽を理解する耳があったけど、〝ある人たち〟にはないからなんですって」ドーラは首を横にふりながら手紙を置いた。「ああ、勇敢で愚かなマディソン氏。ソフィアの説明も聞いてみたいものだわ。そのうちきっと、ソフィアから手紙が届くことでしょう」

ドーラは顔を上げ、ジョージと一緒に笑いだした。彼が手を伸ばしてドーラの手の片方を包んだ。

「もう一通の手紙はきみの母上からかね？」

「ええ」それは最後に読むつもりで残してあった。折りたたまれた便箋の表におなじみの手書き文字を見つけて、母のことを思い、ロンドンで母を訪ねたことを思いだすたびに、ドーラは、自分では分析できない感情に心を乱されるのだった。封を切り、丁寧に書かれた手紙を読んだ。「たいしたことは書かれてないわ。お友達何人かとカード・パーティに出かけた。ある日の午後、二人で庭仕事をしている。庭師を一人しか雇っていないので、庭が荒れ放題にならないようにするのは大変だけど、その分よけいに花壇が愛しくなる。大切に育てたい花と、根絶やしにしたい雑草がある」

ドーラはそこで読むのをやめて、唇をきつく嚙んだ。手紙の上でうなだれた。

「ドーラ?」ジョージの手がふたたび彼女の手にかぶさった。「どうした?」

「なんでもないの」ドーラは夫を安心させようとし、涙を拭ってから、夫が手に握らせてくれたハンカチをもてあそんだ。「泣いたりして馬鹿みたい! ただね、母の手紙に、雑草が荒野に茂るのはかまわないけど、わが家の花壇に入りこむのは許さないって書いてあるから。わたしもイングルブルックのうちの庭のことでいつもそう言ってたの。わたしったら──ああ、ごめんなさい。ほんとに馬鹿だわ」ドーラは手紙を自分の皿の横に戻し、ハンカチを広げて目に当てた。

彼女が涙を拭き、洟をかみ、それから顔を上げて、泣いて赤くなった目に笑みを浮かべるまで、ジョージは黙って待った。やがて、彼女の視線は窓のほうへ移った。

「今日も昨日に負けないぐらいお天気がいいようね。今日は訪問に出かける予定もないのよ。あとで浜辺に下りてみたらどうかしら。わたし、靴とストッキングを脱いで、水のなかをバシャバシャ歩きたくてたまらない。子供みたい？」

「うん。だが、子供とは聡明（そうめい）で自然な生きものだから、われわれ大人はもっと子供のまねをすべきだと思う」ジョージはしばらく黙りこみ、ドーラを見つめた。「ドーラ、きみの母上と夫君をここに招待しよう」

衝撃でドーラの目が大きくなった。「泊まってもらうの？」

「そうだな、午後のお茶に招待するだけでは、現実的とは言えないんじゃないか？」

ドーラは無言で彼を見つめた。

「二週間ほど泊まってもらおう」夫は言った。「あるいは、一カ月ぐらい。いや、きみが望むなら、もっと長くてもいい。きみは母上ともう一度親しくなりたいはずだし、サー・エヴァラード・ハヴェルはきみがずっと思っていたような悪人ではなさそうだ。二人に来てもらおう。二人と親しくなろう」

「気にならないの？」ドーラは尋ねた。「この界隈（かいわい）の人々からあまり歓迎されないかもしれないわよ」

「歓迎されるに決まっている。スタンブルック公爵夫人の母親と継父なんだ。違うかね？公爵の姻戚だぞ。近隣の人々がそれにふさわしい歓迎をしてくれることは、きみにもすでにわかっているはずだ。朝食がすんだら、わたしはイモジェンとパーシーに手紙を書くから、そのあいだにきみは母上に宛てて書くといい。こちらから馬車を差し向けると伝えてくれ。お二人の滞在中に何か社交的な催しを開くとしよう。そのころには、きみも近隣の人々とだいたいの顔合わせを終え、おたがいの家の訪問もすませているだろうから、その催しを楽しめるはずだ。どうだね？」

「ここでそういう催しを開いたことはあまりなかったの？」ドーラは夫に尋ねた。

「大々的なものはなかった。いや、小規模なものもあまり。しかし……時代は変わった。わたしもそれに合わせて変わりたい。晩餐会の女主人を務めてくれるね？　できれば、パーティも何回か開こう」

「舞踏会は？」ドーラは尋ねた。

ジョージは一瞬驚きの表情になったが、やがて、彼女に笑みを見せた。「いいね。哀れなブリッグズが脳卒中の発作を起こすかもしれない。いや、たぶん、大丈夫だろう。仕事量が足りないことに文句をつけたがるやつだから」

「あらあら。でも、わたしもお手伝いするわ」胸の前で両手を握りあわせて、ドーラは言った」

「大々的な舞踏会を計画した経験が山ほどあるのかね？」

「たいしてむずかしいことじゃないでしょ」

夫は笑みを浮かべたままだった。「わたしはとても思いやりのある人間だから、舞踏会が近くなってからもう一度同じ質問をするのはやめておこう」

ドーラは夫をまじまじと見つめ、それから不意に、なぜこんな話題になったかを思いだした。

「ジョージ、母とサー・エヴァラードを招待しようって本気でおっしゃってるの？」

「本気だとも」夫はふたたび真剣な口調になった。「だが、きみはどうなんだ、ドーラ。わたしはきみの希望に従うつもりだ」

「怖くてたまらない」

夫は両方の眉を上げた。

「母を訪問して以来」ドーラは説明した。「ずっと夢に見ていたの。粉々に砕けてしまったと思っていたものが修復できるんじゃないかって――ゆっくりと、慎重に。遠く離れていれば。母をここに招いたばかりに、修復は無理だとわかったら？　もう一度母を失うようなものだわ」

ジョージは立ちあがり、妻のほうへ片手を伸ばして、腕のなかに抱き寄せた。

「けっしてそんなことにはならないと思う。だが、そっとしておきたいときみが言うなら、招待はやめておこう。一日か二日、考えてみてくれないか？」

「いえ」ほんの一瞬ためらったあとで、ドーラは言った。「朝のうちに手紙を書くわ。ねえ、ジョージ、母がその手紙を読む前にあなたの馬車を出発させてはどうかしら？　そうすれば、わたしたちが本気だってことが母に伝わるでしょ？　母もいやとは言えないでしょう？　わたしは長いあいだ待たされずにすむし」

ジョージは妻の頭のてっぺんに顔を寄せて軽く笑った。

「では、おたがい、行動に移るとしよう。でないと、きみが手紙を書く前に馬車が向こうに着いてしまう」

この人はほんとに上手ね——しばらくしてから、夫と一緒に書斎で腰を下ろして手紙を書きながら、ドーラは思った——人を説得して問題を解決させ、幸せをもたらすことが。でも、この人自身はどうなの？　ゆうべはずいぶん打ち明け話をしてくれた。洗いざらい話してくれたと思いたくなるほどだった。でも、そうでないことがわたしにはわかっている。

苦悩と悲嘆のどん底に沈んだまま、どういう理由からか、この人は一人でそれに耐えようとしている。なぜわたしに苦悩を打ち明けてくれないの？　わたしはこの人に励まされて、母の裏切りから受けた苦しみを打ち明け、それがある程度の幸せにつながった——いえ、大きな幸せと言っていい。苦悩は、たとえ長年の苦悩であっても、癒すことができる。でも、苦悩を抑えつけたまま、伴侶にすら打ち明けようとしなかったら、いつまでたっても癒えることはない。わたしの母はいまも生きているけど、この人の妻子は死んでしまった——そこが大きな違いなのかもしれない。過去の傷を癒す方法はどこにもないのかもしれない。でも、ああ、せめてどういう傷なのか、それだけでも知りたい。ただの悲しみではなさそうだ。

夫の心に重くのしかかり、苦しめているのは単なる悲しみではなさそうだと悟ったのは、ドーラにとって耐えがたいことだった。でも、わたしは本当に知りたいの？　答えはもちろんノーだ。でも……。

知っておく必要がある。

この結婚を本当に幸せなものにしたいなら、知っておく必要がある。

でも、プライバシーを守ろうとする夫の権利を尊重する必要もある。

ドーラは首をふり、手紙を書くことに注意を戻した。

16

　自分の屋敷の舞踏会で女主人役を務めることを思って、ドーラはわくわくしていた。同時に、こんな大規模な催しの計画を立てた経験が一度もないため、軽いパニックに襲われてもいた。まずは晩餐会か、ごく少数を招いたパーティから始めて、徐々に規模を大きくしていくべきだったかもしれない。でも、そんなに大変なことではないはず。そうでしょう？　そして、ほどなくわかったように、少しも大変なことではなかった。というのも、舞踏会の計画を立てるうえで、ドーラの役割りは微々たるものだったからだ。

　同じ日の午後、ドーラはジョージと浜辺を散歩したあとで、ブリッグズ氏の仕事部屋に顔を出した。ところが、彼女が舞踏会という言葉を出す暇もないうちに、夫の秘書は驚くほど長い招待客リストをデスク越しにすべらせてよこした。ドーラに目を通してもらうため、事前に用意しておいたものだった。さらに、招待状の文面の下書きもできていた。しばらくしてから、ドーラはラーナー夫人を居間に呼んだが、舞踏会を開く予定だと告げても、家政婦が驚きの叫びを上げることはなかった。かわりに、「奥方さまにお目通しをいただきたくて」と、さまざまな案と細かい点を書き記したリストを差しだした。

翌朝、ひどく忙しい時間帯に料理番の邪魔をすることにならないよう願いつつ、ドーラは地階に下りたが、それでも邪魔をする結果になってしまった。しかし、料理番のハンブル氏は台所の細長いテーブルの端へドーラを案内し、椅子を勧めてから、湯気の立つお茶のカップと、オーブンから出したばかりのレーズン入りの大きなオートミール・ビスケット二枚を持ってきて、舞踏会のときに軽食用の部屋に用意する品々と、午後一一時に始まる着席式の夜食のメニューを記した長いリストをドーラの前に置いた。ドーラもこのころにはもう、いちいち驚かなくなっていた。大邸宅で働く召使いたちはあらゆることを主人夫妻よりも先に知るものなのだと、徐々に納得しはじめていた。ハンブル氏はさらに、次のようにも言った――わたしと執事と家政婦には、舞踏会の一日か二日前からその翌日まで臨時の手伝いの者たちが必要になりますが、喜んで来てくれそうな連中を、お屋敷から一〇キロ四方の範囲内にわたしは何人も知っています。この件で奥方さまを煩わせるようなことはいたしません。

屋敷の裏にある菜園の向こうに温室がいくつか並んでいて、ドーラはそのひとつで庭師頭を見つけだしたが、舞踏会の夜に舞踏室を飾る壺と花瓶を満たすために、どんな花が満開を迎えるか、どんな緑の葉が用意できるかを、彼のほうですでに考えていたことを知ったときも、たいして驚きはしなかった。また、馬番頭と相談しようと思って厩（うまや）へ足を運んだときには、多数の馬車と馬を受け入れる手順がすでに綿密に考慮されていることを予想していたほどだった。予想は的中した――この件で奥方さまを煩わせるようなことはいたしません。

先ほどブリッグズ氏と話をしたところ、最高の楽団を見つけて雇うべく検討中とのことだった――もちろん、公爵夫人の了承を得たうえで。ブリッグズ氏はまた、田舎で開く舞踏会にふさわしいダンスの曲目選びにもとりかかっていた。ただ、ワルツを入れるかどうかについては、公爵夫人の意向に従うつもりだと言った。ブリッグズ氏の説明によると、ロンドンではワルツがすでに広く普及し、〈オールマックス〉ですらワルツを認めるようになったが、イングランドの田舎には、はしたない踊りだと思っている人がまだまだいるとのこと。ドーラはワルツを二曲入れるよう、ブリッグズ氏に頼んだ。一曲は夜食の前に。もう一曲は夜食がすんでから。

招待状を書く作業にとりかかる前のある朝、ドーラは牧師館へバーバラ・ニューマンを訪ねた。バーバラは八歳と九歳になる下の娘二人に編み物を教えているところだった。二人の少女は二本のピンのように行儀よく並んでソファにすわり、編み物に集中するあまり瓜ふたつのしかめっ面を作って、毛糸玉と格闘しながら太い編み針を動かしていた。ドーラはすでに二人と大の仲良しだった。もちろん、母親のバーバラとも。仲のいい顔見知りというレベルを超えて、深い友情が生まれるとき、何がそのきっかけになるのかはよくわからない。これまであまり経験したことがなかったが、ドーラはペンダリス館に来て以来、すでに二回もそんな相手と出会っている。ずいぶん恵まれている。

「お宅の舞踏会のことで誰もが有頂天よ」最初の挨拶を終えたとたん、バーバラが言った。「みんなの記憶にあるかぎりでは、ペンダリス館で大々的な催しが開かれたことは一度もなかったもの。公爵さまがようやく幸せをつかんだいま、舞踏会が現実のものになるなんて、もううっとりだわ」

ドーラは驚いてバーバラを見つめた。「あら、どうして知ってるの？」

バーバラは笑った。「ここから一〇キロの範囲内に知らない者が一人でもいると、あなた、本気で思ってるの？」

ドーラも笑いだした。しかし、年下の少女が編み目を落としてしまい、これまでの苦労が水の泡だと思いこんで、何も言わずに泣きだしたため、バーバラはそちらに注意を奪われた。落ちた編み目を拾い、ほつれた部分を修復してから、幼い娘に笑顔で励ましの言葉をかけて編み棒を返した。

そのあと、屋敷に帰る道々、ドーラは考えた――わたしが手を出さなくても、舞踏会の準備はひとりでに進んでいく。いまさらひきかえすことはできない。そうよね？

「多くの召使いにかしずかれる暮らしに、わたし、あっというまに慣れてしまいそうよ」午餐の前に花園のベンチに腰を下ろし、開いた本を膝にのせてすわっていると、ジョージが妻を見つけてやってきたので、ドーラはそう言った。眉を上げ、愉快そうな表情になった夫を見て、笑いだした。「舞踏会の準備は、こまごました点に至るまで召使いがすべて整えてしまったでしょ。おまけに、わたしが花壇の草とりをしようと思っても、もう一本も残ってないのよ」

過ぎゆく日々のなかでドーラは思った――母が到着するのを、もしくは、空っぽの馬車が戻ってくるのを、興奮と恐怖に苛まれつつ待ちつづけるあいだ、何もすることがないというのは、惨めなことだと言ってもいいだろう。しかし、そうした日々を送るうちに、暇を持て余した彼女を徐々に不安にさせることが起きた。いや、起きていないと言うべきか。毎月、規則正しく訪れていたものが、二週間前から今日に至るまで止まったままだった。

ある日は、農場をまわるジョージに同行して、輪作、排水、羊の出産、牧草地、羊の剪毛（せんもう）に関する説明に耳を傾けた。少しも退屈していないとジョージに断言した。本心からの言葉だった。また別の日には、夫と荘園管理人と一緒に、作男たちのコテージを何軒か見てまわった。管理人はそれらのコテージに修理が必要だと考え、ジョージは全面的に建て替えるべきだと思っていた。二人がその点について議論し、建物の周囲をまわったり、梯子（はしご）をのぼったり、コテージに住む男たちの何人かと話をしたりするあいだに、ドーラは妻たちを訪ねてまわり、そのうち何人かと料理のレシピや編み図を交換しながら、コテージの荒廃の様子を部屋のなかから観察した。

翌日の午前中、ドーラは作男たちの家族のためにパンを、子供たちのために砂糖菓子を用意して、一人でふたたびコテージを訪ねてまわった。パンもお菓子も、ドーラが前日の夜、軽い狼狽を見せつつも警戒の表情をゆるめようとしないハンブル氏に向かって、台所を全焼させることはないし、散らかし放題にもしないと約束してから、自分でこしらえたものだった。小型のハープを持参して、老人や子供たちのために演奏した。さらに嬉しいことに、コテージを建て替えるという知らせを——ジョージの了承を得て——みんなに届けることができた。

また、別の日には、ジョージのお供をして、馬車に長時間揺られてジュリアンとフィリッパに会いに出かけた。ロンドンで会ったときと同じく、感じのいい二人だった。以前のドーラは、二人の怒りを買うことや、玉の輿狙いの女だと思われることを心配していたものだ。しかし、そんな気配はまったくなかった。もちろん、二人はまだ何も知らない……知らせておくべきことがあるとしても。

「ジョージおじさまは本当にお幸せそうね」芝生を横切って睡蓮の池へゆっくりと向かう途中で、フィリッパがドーラに言った。「ほら、ご覧になって」

二人はふりむき、モーニングルームの外のテラスに立って話しこんでいるジュリアンとジョージのほうを見た。ジョージは幼いベリンダを腕に抱き、子供は彼の腕のなかで跳ねている。ドーラは自分の胃が宙返りをしたかのように感じた。

この人は幸せなの？　帰宅する馬車のなかでドーラは首をかしげ、となりにすわった夫の横顔を見つめた。フィリッパもバーバラもこの人の話をするときに〝幸せ〟という言葉を使った。でも、たとえそうだとしても、その幸せは脆いもので、簡単にこわれてしまう。もし、わたしが――ううん、たぶん違う。

夫がドーラのほうに顔を向け、彼女の手をとった。

「どうかしたのかね？」と訊いた。

ドーラは首をふった。「いいえ、別に。母が来るのを心待ちにしているの。来てくれないんじゃないかと思うと怖くてたまらない」

夫の目が彼女の目を探った。「それだけ？」

「〝それだけ？〟ですって？　母と別れて二二年になるのよ、ジョージ。一緒に暮らした年月より長くなってしまった。それに、サー・エヴァラード・ハヴェルはわたしたちから母を奪った人なのよ。もっとも、非道なことをしたというより、名誉を重んじる心からああいう行動に出たことは、理解できるようになったけど。二人に何を期待すればいいのか、わたしにはわからないの。あるいは、自分自身に何を期待すればいいのかも。ときとして、眠れる犬はそっとしておくほうが賢明かもしれないわね」

「だが、本当に〝ときとして〟だろうか？」

「学究的な問いかけね」ドーラはため息をついた。「すでに二人を招待し、馬車を差し向けてしまったのよ」

ジョージはそれで満足したようだった。〝どうかしたのかね？〟と、この人に訊かれたとき、正直に答えるべきだったかもしれない。だって、わたしの頭にあったのは母のことではなかったのだから。でも、正直に答えるのを避けた。いまとなってはもう遅すぎる。

それから屋敷に着くまで、二人は沈黙のなかにいた。軽い吐き気を感じるのは道路の凹凸がひどくて馬車が揺れるせいだ、と一キロ進むごとにドーラが自分を納得させようとしていなければ、その沈黙は心地よいものだっただろう。

爽やかな夏の日に甥を訪問することにしてよかった、とジョージは思った。だが、馬車に閉じこめられて長時間を過ごさなくてはならないのが玉に瑕だ。しかも、ドーラが気分の悪そうな様子だった。もっとも、当人は母親の訪問を前にして神経がぴりぴりしているせいだ、と言っていたが。

その夜も日中に劣らず爽やかで、少し気温が下がった程度だった。散策にうってつけのひとときだった。ジョージは晩餐のあとで少し歩こうと提案し、岬をまわったり浜辺に下りたりするかわりに、ドーラを連れて屋敷の裏の田舎道へ散歩に出かけた。道の両側では実りはじめた作物が微風にそよぎ、遠くで羊がメエエと声を上げ、上空で一羽のカモメが鳴いている。西のほうの空がピンクに染まりはじめた。大気は暖かく、かすかな潮の香が感じられる。

「完璧だ」ジョージは自分の肺に大きく息を吸いこんだ。

「これがすべてあなたの土地なのね」左右を手で示しながら、ドーラが言った。「考えただけで頭がくらくらしそうだわ」

「当然のこととは思わないよう、肝に銘じている。わたしが生まれてからずっと、土地は父のものであり、それをわたしが相続したのは事実だが。自分がどれほど恵まれているかをつねに忘れないようにしてきた。わが人生が暗い闇の底に沈んでいた日々もそうだった。誰の人生にも闇の時代があるものだ。わが領地に住み、働いてくれる人々にも恵みが行き渡るよう、わたしはつねに心を砕いてきた。何軒かのコテージが知らぬ間にひどく老朽化して、いくら修理しても使いものにならなくなっていたことを、恥ずかしく思っている」

二、三歩進んでから、ジョージは妻の足を止めさせた。
「ここに立ってくれ、ドーラ。小道が交差するこの場所に。そして、うしろを見てほしい。昔から、荘園のなかで、いや、ほかのどんなところであろうと、ここがわたしの大好きな場所のひとつだった」

二人が歩いてきたのはゆるやかな上り坂だった。もっとも、足を止めてふりむかないかぎり、のぼってきたことには気づかないほど傾斜はゆるい。あたりには畑が続き、石を積みあげた塀や、細道を縁どる生垣に区切られている。下のほうに、頑丈そうな四角い屋敷と、手入れの行き届いた芝生と、それを取り巻く庭園が見える。その向こうにあるのが、畑や庭園とは対照的な崖と、永遠の彼方(かなた)へ続いているかに見える海だ。今宵の海は濃い藍色で、海の上に広がる空はそれよりやや淡い青に染まり、西の水平線を彩るピンクと朱色と金色に溶けこんでいる。この景色を楽しむには最高のひとときだ。もっとも、ここに立って眺めれば、一日のどの時間帯でも、どんな天候でも、最高のひとときと言えるだろう。

「美というのはときに、言葉よりも強く心に訴えかけてくるのね」長い沈黙のあとで、ドーラが言った。

ああ、妻はわかってくれた。肌で感じてくれたのだ――屋敷の心臓がここで脈打っていることを。

ジョージは片手をドーラの肩に置いて、軽く力をこめた。ミリアムは海を嫌悪していた。ペンダリス館を嫌悪していた。そして……夫を嫌悪していた。ジョージはドーラのうなじに手を触れて、その柔らかな肌に指で円を描いた。

「よくここに来るの？」ドーラが尋ねた。「一人で？」

「一人とはかぎらない。〈サバイバーズ・クラブ〉の仲間もペンダリス館で療養していたころに、それぞれ一度はわたしとここに来たはずだ。小道や畑や羊の親子には心和むものがある。あのベンでさえ、杖をついてここまで歩いてきた。もっとも、帰り道はくたくたに疲れて脚の痛みもひどくなったらしく、いまにも痙攣を起こしそうだったのを、わたしはよく覚えている。ヒューゴとラルフが自分たちの手を椅子がわりにしてベンを運んでやろうとしたのに、ベンはもちろん拒絶した」そのときのことを思いだして、ジョージはくすっと笑った。

「しかし、わたしはたいてい一人だった――ここに来るときも、よそへ行くときも。たぶん、孤独が好きなタイプなのだろう。いや、もしかしたら、つい最近まで理想の散歩仲間に出会えなかっただけかもしれない」

「わたしのこと？」ドーラは夫の手に軽くもたれた。

「きみといると、心からくつろげる。その嬉しい驚きがいまでも信じられないほどだ。きみはわたしが必要とするすべて――わたしがこれまでに必要とし、今後も必要とするすべてだ。わたしがほしいのはきみだけだ」

自分がもう少しで〝愛〟という言葉を使いそうになったことに、ジョージは気がついた。真剣な思いのこもった言葉になっていただろう。なぜなら、もちろん彼女を愛しているからだ。しかし、愛という言葉には、激しい情熱に燃え、目をきらきらさせた若い男女のロマンのだ。

そう、賛美の念だ。妻への気持ちを表わすには、〝愛〟よりもそのほうがしっくりくる。だが、わざわざ言葉に出す必要はないのかもしれない。ドーラと一緒にいると心からくつろげるのはそのおかげだ。心からくつろげる。言葉はかならずしも必要ではない。

しかしながら、ジョージは不意に、二人のあいだの沈黙がいつもと違っていて、彼の手の下でドーラのうなじがこわばっていることに気づいた。

「気分でも悪いのかね？」彼女に尋ねた。

返事をためらう妻の様子に、ジョージは驚きと警戒心を抱いた。

「いまは大丈夫なんだけど……」

ジョージは妻の横を通って、彼女と景色のあいだに立ちはだかった。夕暮れの光が彼女の顔に斜めに射して、青ざめた暗い表情を浮かびあがらせていた。ドーラの視線は彼のクラヴァットのどこかに向いていた。

二人の頭上で一羽のカモメが不意に悲しげな声を上げた。そよ風が肌に冷たく感じられた。

「結婚して一カ月以上たったでしょ」ドーラが言った。

六週間ほどになる。ジョージは妻のほうへ顔を軽く寄せた。

「何も起きていないの」ドーラは言った。ジョージが黙ったままだったので、咳払いをしてさらに続けた。「とっくに起きてなきゃいけないことが。具体的に言うと、二週間以上前に。そのうちにと思って待ってたけど……二週間は長すぎるわ。ほんとに申しわけなくて」ドーラはいま、てのひらを上にして二人のあいだで指を広げた自分の手を見つめていた。

後頭部を棍棒で殴られたような衝撃を受けて、ジョージはその意味を悟った。「月のもののことだね？」

「ええ。これまで一度も遅れたことがなかったの——たぶん……環境が変わったせいだろうと思ってたけど、どうもそうじゃないみたい。でも、やはり生活の変化のせいとも考えられるし。どちらなのかわからない。でも、心配でたまらなくて……気分のほうも——いえ、吐き気はそれほどひどくないのよ。軽い消化不良って感じかしら。変化のせいだといいけど。ほんとにそうだといいんだけど。わたしの不安が的中したら、何もかもめちゃめちゃになってしまう。もっと気をつけなきゃいけなかったんだわ。だけど、その方法も知らなくて——わたし——」ドーラは黙りこみ、両手で顔を覆った。

ジョージはすでに妻の肩を強く抱いていた。

「ドーラ？　おめでたなんだね？」

「きっとそうだわ。環境の変化のせいだと思いたいけど無理ね」

ジョージはドーラの顔を覗きこもうとしたが、妻はうなだれて、彼の腕の陰に顔を隠していた。ジョージは額を妻の額すれすれに近づけた。

「きみに子供が産まれる？　わたしたちに子供が産まれるのか？」彼の声が不思議な響きを

帯びた。自分ではほとんど意識していなかった。

「ええ、たぶん。いえ、心のなかではもうわかってるの」

「わたしが父親に?」いまも不思議な響きを帯びた口調だった。やがて、妻の肩を強く抱いたまま、ジョージは頭をのけぞらせ、目をきつく閉じた。「わたしが父親になるんだね?」

「ほんとにごめんなさい」

ジョージもようやく、妻の声ににじむ惨めさに気づいた。目をあけ、顔を低くした。

「なぜ謝るんだ?」顔を上げた妻と目を合わせた。「怖いのか、ドーラ? ひょっとすると、年齢のせいで? こんなことは望んでいなかったとか? だったら、謝らなきゃいけないのはわたしのほうだ。しかし……母親になりたいとは思わないのか? ようやく授かったんだぞ」

ドーラの手が彼の肘をつかんだ。「なりたいわ」その告白は悲嘆の響きを帯びていた。「そうよ、なりたい。前々から母親になりたかった。ただ、長いあいだ、現実にはありえないことだと思ってた。そんなことを考えるのも、夢に見るのも、とっくにやめてしまった。やがて、ついに結婚したけど、もう遅すぎると思っていた……でも、可能性が残されてることを意識しておくべきだったのね。いまこうして現実になったんですもの。でも、あなたが子供を望んでいないことはわかってるの。求婚のときに、はっきりそうおっしゃったでしょ。わたしを選んだのは、わたしがもう若くなかったから。子供ができるはずはなかったから。あなたが求めていたのは話し相手と友達を兼ねられる相手だったから。ついさっきも〝わたしがほしいのはきみだけだ〟とおっしゃったばかりでしょ。ああ、ほんとにごめんなさい」
ジョージは最低の人間になったような気分だった。わたしは本当にそんなことを言ったのか？　妊娠させたのはわたしなのに、妻はわたしに咎められると思っているのか？　それにしても、ああ、現実にこんなことが？　ドーラが妊娠した。子供を産む。わたしは父親になる。二人は父親と母親になる。

ジョージはしばらく彼女の顔を見つめ、それから腕のなかに抱いた。

「ドーラ、わたしがきみを選んだのは、きみが〝きみ〟だったからだ。年齢も、子供が産めるかどうかも関係なかった。わたしが何よりもまずきみに望んだのは、わたしの妻に、友達に、恋人になってもらうことだった。だが、それに加えて、子供にまで恵まれたんだね？　わたしは父親になれるんだね？」ジョージは片手を妻の顎の下にかけ、上を向かせて、自分の顔に近づけた。「二人のあいだに子供ができたんだね？　この世にそれほどの幸せがあるだろうか？　それなのに、きみは、わたしが動揺し、さらには腹を立てるとまで思ったのかね？　わたしの協力なしに、きみがいまのような状態になれるはずはないのに、わたしに咎められると思ったのか？　ああ、ドーラ。きみはわたしのことがほとんどわかっていないんだね」

ドーラは片手を上げ、手の甲をジョージの顎にすべらせた。不意に悲しげな表情になった。
「祖父母になってもおかしくない年齢なのよ」

「だが、まだ父親と母親になれる年齢を過ぎてはいない」ジョージは妻に微笑した。「わたしが喜んでいるとわかったら、きみも喜ぶ気になってくれるかな?」

「ええ。心の奥底では喜んでたわ。でも、あなたはたぶん喜んでくださらないだろうと思って悩んでたの」

そこでドーラは不意に悲鳴を上げた。もう若くないジョージが身をかがめ、若者のように妻を抱きあげると、彼の首に両腕でしがみついた妻をくるくるまわしたのだ。ジョージは妻の足を小道に戻し、自分がほとんど息切れしていないことに満足して身体を起こした。「きみは母親になるために生まれてきたような人だ、ドーラ。きみがわたしの子供を産んでくれると思うと、嬉しくてたまらない。これほど喜ばしいことはない」

「わたしは父親になる」笑みを抑えきれないまま、ジョージはふたたび言った。

夕闇が濃くなっていくなかで、ドーラが彼を見つめ、ジョージは妻の笑みに喜びがあふれているのを見てとった。

その喜びをわがことのように感じた。

父親になる! 世界に向かって叫びたいという子供じみた衝動に駆られた。宇宙の歴史始まって以来、自分ほど聡明な人間はいなかったような気がした。

人生ほど摩訶(まか)不思議なものはない――その夜遅く、ジョージは思った。不意に目をさまして、さきほどのことを思いだし、陶酔がパニックに変わっていることに気づいた。

出産のときに命を落とす女性はけっこういる。しかも、ドーラは三九歳。赤ん坊が産まれてくるときは四〇歳になっている。しかも今回が初産だ。

ジョージはドーラの頭の下から腕を抜くと、彼女を起こさないようにそっとベッドを出て、開け放したままの窓辺に立った。裸身に夜気がひんやりと心地よかった。

明日、村の医者に来てもらうとしよう。ドッド先生ならたぶん、長い医師生活のなかで赤ん坊を何百人もとりあげてきたはずだ。

そのうち何人が死産だったのだろう？　何人の母親が――？

ジョージは握りしめた両手を窓枠にかけて足を踏んばり、うつむいて、潮の香をかすかに含んだ空気をゆっくりと吸いこんだ。わたしはなぜこうも不注意に、無責任に、妻の身を危険にさらしてしまったのだ？　だが、結婚した以上、仕方がないではないか？

慎めばよかったのか？

そう思いつつも、彼は喜びに酔いしれていた。それは恐怖と混ざりあい、半分以上が恐怖にのみこまれていたものの、夕方、妻を抱きあげてくるくるまわしたときのように、いつなんどき爆発するかわからない喜びだった。

自分が父親になる。まさに奇跡だ。もし出産の危険をドーラが無事に乗り越えたら。そして、もし子供が無事に産まれてきたら。

〝もし〟が多すぎる！

だが……父親になる。ジョージはいま初めて、男の子だろうか、女の子だろうかと考えた。どちらでもかまわない。ジュリアンという跡継ぎがちゃんといる。女の子が産まれたら、天にものぼる心地だろう。ああ、神さま。女の子。わたしだけの小さな娘。あるいは息子。息子を愛して――。

突然、どこからともなく悲しみが湧きあがり、パニックと高揚感の両方を押しのけて彼に襲いかかった。悲しみが苦悶をもたらし、全身にまとわりつき、ジョージは一瞬、この悲しみを乗り越えられるのかと疑問に思った。あるいは、乗り越える気があるのかと。

ブレンダン。

目をきつく閉じ、こぶしを痛いほど窓枠に押しつけた。

ブレンダン。ああ、ブレンダン。

悲しみがもたらす苦悶は、時間と共に薄れていくものではない。悲嘆に暮れる頻度が減っていくのは事実だが、しかし、悲しみがよみがえると――いつものように――ジョージは地獄の底まで突き落とされる。

〝お別れです、父さ――いえ、お別れです、サー〟連隊に入るために屋敷を去るとき、ブレンダンが父親にかけた最後の言葉。連隊がイベリア半島へ出発してブレンダンが戦死する前に、ジョージが息子と会うことはもうなかった。

〝お別れです、サー〟父さん、ではなく、サー、だった。

ブレンダンが母親にどんな言葉をかけたのか、ジョージは知らない。

「ジョージ?」背後で声がして、ふりむいた。「冷えてしまったでしょ。眠れないの?」

ジョージは身体を起こした。「毎日あることじゃないからね」と言った。「妻とのあいだに子供をこしらえるという偉業をなしとげたことを、男が知るというのは」

「ゆうべ、ごめんなさいってあんなに何度も言うんじゃなかったわ。ううん、一度だって言うべきじゃなかった。きっと、赤ちゃんができたのを後悔してるみたいに聞こえたでしょうね。そんなことはないのよ――けっして。それに、卑屈に聞こえたかもしれない。まるであなたの怒りを恐れてすくみあがっているみたいに。ごめんなさいって言ったのは、そういう意味じゃなかったの。再婚して幸せになりたいというあなたの夢が、思いもよらない出来事に打ち砕かれてしまったことを謝りたかっただけ。以前、子供を持つつもりはない、とわざわざおっしゃったでしょ。夫婦のあいだにひびが入るかもしれないと思ったから、あなたに謝ったの。あなたは子供をほしがっていないし、可愛がるつもりもないだろうと思って、わたし、悩んでいたの。怖くて心臓がはりさけそうだった。でも、赤ちゃんができたことは後悔してないし、たとえあなたの意に染まなくても、後悔するつもりはありません。わたしが後悔するとしたら――あなたのため、わたしたちのためよ」

ジョージは妻を両腕で包んで抱き寄せた。

「わたしはここに立って、きみを待ち受けている試練を思い、その恐怖と闘っていた。同時に、喜びを嚙みしめていた」言うつもりのなかったことまでつけくわえた。「そして、ブレンダンのことを悲しんでいた」

ジョージは額を妻の頭のてっぺんにつけ、喉の奥がつんとして涙がこみあげてくるのをこらえようとした。

「居間へ行って、ピアノフォルテを少し弾きましょうか？」無言の時間がしばらく過ぎてから、ドーラが優しく問いかけた。「そうだわ、まず台所に下りてお茶を淹れる？　アグネスが何か悩みを抱えていると、わたし、あの子を寝かしつけるために、よくそうしていたのよ」

心をそそられた。いたずら好きな二人の子供みたいに台所に忍びこんでお茶を淹れ、ついでに残りもののビスケットを何枚か見つける？　そして音楽を聴く？

「いや、かわりにきみを腕に抱くだけにしておこう」ジョージは言った。「温かなベッドのなかで。わたしのせいできみを起こしてしまったね」

「あなたの姿が消えたから、目をさましたの」二人でベッドに戻り、毛布をひっぱってかけようとする彼に身をすり寄せて、ドーラは言った。「あなたはわたしの子守歌みたいなものですもの」

「喜ぶべきだろうか？」ジョージは彼女に尋ねた。「わたしといると眠くなると言われて」

ドーラはくすっと笑った。彼女の息が彼の胸に温かくかかった。

目がさめたときに彼がまず思ったのは、カーテンを閉めておけばよかったということだった。そうすれば、こんなまぶしい陽光を顔に直接受けずにすんだのに。

次に、妻の姿がすでにベッドから消えていることに気づいた。

17

人生が一変したわけではなかった。

翌日の午前中、ドッド医師が往診に来て、次のように診断した――奥方さまは、現在、妊娠二カ月目ぐらいです。たとえ健康状態になんらかの問題があるとしても、わたしが診察したかぎりでは何も見つかっておりません。それから、奥方さまの年齢がどう関係するというのです？　二九歳でなんの問題もなく出産する女性はたくさんいます。いかがですかな？　えっ、奥方さまは三九歳？　男性の耳はどうやら、六〇歳を過ぎると遠くなるようですな。ええと、まだ三九歳ですね？　わたしなどは、それなら、最初のお子さんのために弟や妹をお作りになる時間は充分にあります。去年、ハンコック夫人が四七歳で一五人目のお子さんを産むのに立ち会ったばかりです。いずれ一六回目のお産のために呼ばれたとしても、驚きはしないでしょう。

この先生は赤ちゃんをとりあげるあいだも延々としゃべりつづけるのかしら、とドーラは愉快に思い、たぶんそうだろうと想像した。触診をおこなうさいに妊婦の緊張をほぐすための、この医師なりの方法なのだと気がついた。

医者が往診に来たものだから、一日の終わりが来るずっと前に――いや、たぶん、正午にもならないうちに――邸内の召使いのすべてが、そして外で働く召使いまでが一人残らずドーラのおめでたを知ることとなった。公式発表はおろか、非公式な発表すらしていないし、ドーラ付きのメイドのメイジーは口の堅さを最初から誓っていたというのに。あと一日もしないうちに、数キロ四方の召使い全員に知れ渡り、召使いたちに知られれば、噂はたちまち広がっていく。

ドーラのこの推測は予想よりさらに早く裏づけられることとなった。翌日の午後、ジェームズ・コックス＝ハンプトンと夫人のアンが訪ねてきて、ジョージはジェームズと邸内に残り、ドーラは音楽室の外のバラ園をアンと二人で散策した。

「ドーラ」アンがドーラの腕に手を通し、前置きもなしにいきなり切りだした。「あなたの噂を聞いたんだけど、どうなの？」

「どんな噂？」ドーラは尋ねながら、庭師たちの怠慢の証拠がようやく見つかったと思っていた。少なくとも二輪のバラが盛りを過ぎている。

「あなたがいわゆるデリケートな状態にあるという噂よ」アンは言った。「もっとも、デリケートな状態にあるのなら、九カ月ものあいだどうやって不調と試練に耐えていけるのか、わたしには理解できないけど。ねえ、あなた、デリケートな状態なの？」

「いいえ、ぜんぜん」ドーラは答えた。「でも、おなかに子供がいるの。誰もが知ってるんでしょ？」

「そうよ、一人残らず。嬉しい？」

「嬉しいかって？」ドーラは笑った。「天にものぼる心地よ。あなたにはわからないでしょうね、アン。お子さんすべてを若いうちに産んだ人ですもの。わたしの気持ちは理解してもらえないと思うわ。わたしはいつも傍（はた）で見ているだけだった——同年代の友達が結婚して、子供を作って、そして——」

「いつまでも幸せに暮らすのを？」アンも笑った。「ちょっと待って。うちの息子たちは一年の大半を寄宿学校で過ごしてるのに、ジェームズに言わせると、親孝行するよりも、親に面倒をかけるほうが多いそうよ。それから、娘たちを好色な目で見る男どもを撃退するために、近々剣を研がなきゃならないだろうとぼやいてるわ。自分の白髪はどれも子供たちのせいだと言ってるし。でも、もちろん、どの子のことも溺愛してるのよ。あなたのおめでた、ほんとに嬉しいわ。ジェームズと二人で喜んでるのよ。ジョージがずっと沈みこんでいたから——つい最近まで。このところ、目に見えて変わってきたわ。ジョージも喜んでる？」

「塁壁にのぼって大声で人々に知らせたいそうよ。威厳を損なわずにすむのなら——そして、ペンダリス館に塁壁があるのなら。岬まで歩きましょうか？」

アン・コックス＝ハンプトンはドーラと同年代で、たぶん一歳か二歳ほど上だろう。子供が五人いる。息子が二人と娘が三人、みんな一〇代だ。ドーラはバーバラ・ニューマンのときと同じく、会ったとたん、アンに親近感を持った。それはたぶん、アンが教養豊かな女性で、二人に多くの共通点があるからだろう。アンは読書家だ。また、自分で詩を作ったり、小さなサイズの肖像画を描いたりしている。ピアノフォルテを弾くし、歌も好きだ。ただし、いちばんのお気に入りは、一世紀近く前に彼女の祖父が大陸のグランドツアーを終えて帰国したときにイタリアから持ち帰ったという、弦が一〇本あるマンドリンだ。アンはそれを相続し、演奏を学んだ。

すてきだわ――ドーラは思った――特別な友達が二人いて、しかも、どちらも近所に住んでいる。わたしの大好きな――深く愛する――夫がいる。そして、おなかに子供がいる。ああ、わずか三カ月前には、いくら荒唐無稽な夢を見たとしても、ここまでは予想できなかっただろう。

しかし、一点の曇りもない幸せなどどこにもない。

親になるのは、わたしにとって生まれて初めてのすばらしい経験だけど、ジョージの場合は、喜びのなかに悲しみが混じっている。親になるのが初めてではないからだ。かつて、ブレンダンという息子がいた。初めてできたその息子が亡くなっていることを考えると、赤ちゃんの誕生を待つジョージの喜びには、罪悪感が影を落としているに違いない。

また、言うまでもなく、ドーラにとっては母のことも大きな心配だった。母はまだ来ない。でも、馬車が母を乗せずに戻ってくるという事態にもまだ至っていない。

二日後の午後遅く、サー・エヴァラードとレディ・ハウェルが到着した。二人とも疲れた表情だ――玄関前の石段の上にドーラと並んで立ち、二人に挨拶しようと待つあいだに、ジョージは思った。それに、レディ・ハヴェルは不安そうな顔だった。娘のドーラも、彼女から母に宛てて招待状を送り、彼が迎えの馬車を差し向けて以来ずっと、同じような顔をしていた。母のほうがひとまわりふくよかで、髪も銀色に変わっているが、二人は驚くほどよく似ている。ドーラがジョージの腕をきつくつかんでいるあいだに、御者と一緒に迎えの馬車で出かけていった従僕が御者台から飛びおり、馬車の扉を開いてステップを下ろした。

「ドーラ」テラスに降り立って、レディ・ハヴェルが言った。「公爵夫人」

いまにもドーラたちのほうへ膝を折って挨拶しそうな様子だった。ドーラもそれを見てとったに違いない。ジョージの腕から手を離すと、あわてて石段を下りていった。

「お母さん!」と叫ぶなり、レディ・ハヴェルの腕のなかに飛びこんだ。「来てくれたのね! とっても嬉しい。来てくれるのかどうかも、到着がいつになるのかもわからなくて、待つ日々がずいぶん長く感じられたわ。そうだわ、お母さん、わたし、赤ちゃんができたのよ」

次の瞬間、ドーラは急にきまりが悪くなってあとずさった。ジョージも同じ思いだったが、同時に愉快でもあった。いきなりこんな挨拶をするつもりは、ドーラもなかったに違いない。しかし、レディ・ハヴェルの顔が温かな笑みで輝き、サー・エヴァラードが妻に続いて馬車を降りてきた。

「まあ、嬉しいわ、ドーラ」レディ・ハヴェルがそう言っているあいだに、ジョージはサー・エヴァラードと握手をしようと手を差しだした。

「ペンダリス館にようこそ」

「美しいところだね、スタンブルック」サー・エヴァラードは感嘆の面持ちであたりを見まわしながら言った。

二人の到着を天候は優しく出迎えた。太陽が輝く暖かな一日で、年じゅうほとんどやむことのない風も、今日は穏やかなそよ風に変わっていた。遠くの海面が日差しを反射してきらめいている。

「ようこそ」ジョージはレディ・ハヴェルのほうを向いて手を差しだした。「お越しいただけて光栄です。快適な旅をなさったことと思います。もっとも、わたしのこれまでの経験から、長く退屈な旅でもあっただろうと推察しておりますが」

いっぽう、ドーラはサー・エヴァラードに挨拶をしていた。サー・エヴァラードはお辞儀をし、〝公爵夫人〟と呼びかけている。前に顔を合わせたとき、サー・エヴァラードから〝ドーラ、アグネス〟と勝手に呼ばれてドーラが非難の目を向けたことを、ジョージは思いだした。ドーラもたぶん、思いだしたのだろう。

「サー・エヴァラード」右手を彼のほうへ伸ばして、ドーラは言った。「ドーラと呼んでいただけると嬉しいのですが」

「ドーラ」サー・エヴァラードは言った。「海辺の空気が合っているようだね。とても体調がよさそうに見える」

「この子の言葉をお聞きになった、エヴァラード?」レディ・ハヴェルが尋ねた。「赤ちゃんができたんですって。ドーラとアグネスの両方に。わたしはなんて幸せ者かしら」

ドーラは母の腕に手を通して、屋敷へ続く石段を一緒にのぼった。「泊まっていただくお部屋に案内するわね。疲れたでしょうから」

ジョージはサー・エヴァラードと当惑気味の視線を交わしてから、二人に続いて屋敷に入った。何もかもうまくいきそうだ、と思った。気が進まない様子の相手の背中を押して行動に駆り立てた場合、どんな結果になるかはこちらにもわからない——たとえ、そうするのが正しいことだと思っていたとしても。

「では、おめでとうと言わせてもらおう」サー・エヴァラードは言った。

「ありがとう」ジョージは答えた。「自分のことを心から誇らしく思っている」

どうすればいいか決めておく必要なんてなかったのね——到着した母を迎えた感動的な場面のあとで、ドーラは思った。あんな場面を予定していたわけではなかった。母と握手をしたほうがいいのか、それとも、軽い会釈でよそよそしく挨拶するだけにしておこうか、と事前に悩んでいたほどだった。母との再会で胸がいっぱいになり、母が膝を折って挨拶しようとしているのに気づいてうろたえ、石段を駆けおりて母を抱きしめたとたん、頭に浮かんだことが後先の考えもなしに口を突いて出ることになろうとは、もちろん思ってもいなかった。子供ができたことまで母に話してしまった。

公爵夫人という身分の者に求められる洗練された威厳をことごとく忘れてしまった自分を、ドーラは少々気恥ずかしく思い、夫に恥をかかせたことをあとで詫びた。ジョージは笑いだーラを安心させた。

しかし、時計の針を戻して母とサー・エヴァラードにさっきと違う挨拶をするのは無理な話だし、あれでよかったのだとドーラは思っていた。母を許すべきかどうか、どうして決めなきゃいけないの？ いずれにしても過去は変えられない。過去が現在と未来に暗い影を落とすのを、どうして黙って見てなきゃいけないの？

母はここに来られて見るからに嬉しそうだし、サー・エヴァラードも嫌がっている様子はなかった。ジョージに連れられて荘園をまわるのを楽しんでいるようで、そのあいだにドーラは母と舞踏会の計画を練り、舞踏室や賓客用の客間へ母を案内し、牧師館を訪ねてバーバラ・ニューマンにひきあわせた。到着したあとの日曜日には、教会の礼拝がすんでから、母とサー・エヴァラードは多くの村人に紹介された。二人の過去を知っている村人がいたとしても――全員が知っているはずだとドーラは確信しているが――誰一人それに触れようとはしなかったし、膝を折ってお辞儀をしたり握手をしたりするのを渋る者もいなかった。ドーラの遠い記憶にもあるように、サー・エヴァラードは魅力をふんだんにふりまくことのできるタイプだし、母もその点は同じだった。

ある日の午後、ドーラと母がクラーク夫妻を訪問したとき、サー・エヴァラードも一緒に来てくれた――ジョージは荘園管理人を相手に仕事の話の最中だった。クラーク夫妻は早い時期にペンダリス館を訪ねてきたが、いまようやく、ドーラのお返しの訪問が実現した。教会の礼拝のあとで、そう約束したのだ。

クラーク夫人がペンダリス館を訪ねてきたとき、ドーラはあまりいい印象を受けなかった。媚びへつらいがひどく、ジョージの前ではとくにそれが顕著だった。もっとも、ドーラはそのとき、気の毒な夫人が恐れおののいているせいだと思うことにした。今日は夫人も夫も客を喜ばせることに心を砕いていた。クラーク氏は都会暮らしと田舎暮らしのそれぞれの利点をめぐる議論にサー・エヴァラードを誘いこみ、いっぽう、クラーク夫人と娘はドーラと母親に愛想をふりまきながら、ファッションやボンネットや天候や自分たちの健康を話題にした。もしパーキンスン夫人が同席していなかったら、つまり、クラーク夫人が仲良しのパーキンスン夫人をここに招いていなかったら、ドーラも心地よく過ごせたかもしれない。

ヤービー夫人を訪ねたあの忌むべき午後以来、ドーラはパーキンスン夫人を避けつづけ、会えば会釈をする程度にとどめておいた。この日の午後は夫人から離れた椅子にすわり、となりには母にすわってもらった。あのときは夫人と差し向かいのおしゃべりに悩まされたが、今日は断固として拒否するつもりだった。

ところが、社交上の礼儀とされている三〇分の滞在時間が終わる前に、さらなる驚きに出会うこととなった。新たな客が到着したのだ。クラーク夫人とパーキンスン夫人の大仰な驚きぶりを目にしたドーラには、これが予期せぬ訪問だとは一瞬たりとも信じられなかった。

「まあ！」イースタム伯爵の来訪が告げられると、クラーク夫人はそう叫んであわてて立ちあがり、膝を折って笑顔でお辞儀をした。「羽根で軽くなでられただけで倒れてしまいそうですわ。本当ですとも」

「ええ、嬉しい驚きですこと」パーキンスン夫人がそう言いながら椅子から立ち、膝を折って、この家の女主人よりも深くお辞儀をした。「イザベラったら、伯爵さまがおいでになることを内緒にしてたのね」

「あら、言えるわけがないわ、ヴェラ」驚きを顔いっぱいに浮かべて、クラーク夫人は言った。「伯爵さまがコーンウォールにいらしてることも、わたしは知らなかったんだから」

クラーク夫人の娘が膝を折ってお辞儀をしていた。視線を床に向けたままだった。

「元気だったかね、イースタム」クラーク氏が客と握手をしながら言った。「しばらく前からこちらに？」

「イングランドの西部地方を旅しているところだ」イースタム伯爵は説明した。「目下、ここからわずか五キロほどのところにある宿屋に泊まっている。何年も前に妹が亡くなったとき、わたしにとても親切にしてくれた友人たちを訪ねてまわろうと思い立ってね。しかし……あなたはスタンブルック公爵夫人？」驚きの目をみはった。

ドーラは困惑しながら伯爵を見つめていた。これまでに二人が顔を合わせたのは一度だけ――伯爵が花婿を人殺しと罵り、婚礼を中止させようとしたときだった。ドーラはそれ以後、伯爵のその仕打ちにできるかぎり同情の目を向けようとしてきたが、穏便に逃げだす手立てもないままこの男と同じ部屋に閉じこめられるのは、身の毛のよだつことだった。

「そうだわ、ご紹介させてくださいませ」クラーク夫人が言った。「いえ……すみません。

すっかり忘れておりました。公爵夫人にはすでにお会いになってますわね？ ロンドンで、二カ月ほど前に。まあ、とんだ失礼を」

「どうか、そう狼狽なさらないで」伯爵はそう言うと、ドーラに向かってお辞儀をし、心配そうな顔で彼女を見た。「公爵夫人、前回お目にかかったときに不愉快な思いをさせてしまったことをここでお詫びさせてください。誓って申しあげますが、あなたを傷つけるつもりはなかったのです。たしかに、ああした行動に出たのは無分別なことでした。今後はどのような仰せにも従いましょう。消えろと仰せなら、この屋敷からも、この界隈からも、ただちに出ていくことにします」

ドーラは伯爵の誠意を感じたが、このすべてが仕組まれたものではなかったと信じる気にはなれなかった。軽く頭を下げた。

「クラークご夫妻に会うためにいらしたのですから、イースタム卿、わたしに遠慮してお帰りになるようなことはどうぞなさらないで」

「伯爵さま」クラーク夫人が言った。「エヴァラード卿とレディ・ハヴェルをご紹介させてください。レディ・ハヴェルは公爵夫人のお母さまでいらっしゃいます」

ドーラはさきほど、伯爵の来訪が告げられた瞬間に母が横で身をこわばらせたのを感じ、婚礼のときの騒動の噂を母はきっと耳にしていて、その件と伯爵を結びつけたのだと気がついた。

紹介を受けると、伯爵はまず紳士たちと短く言葉を交わし、次に、クラーク夫人からティーカップを渡されたあとで、ドーラと母親のそばのスツールに腰かけた。それから、二人の前で愛想よくふるまい、自分の旅の様子をあれこれ語ったり、コーンウォールの印象はどうかと尋ねたりした。

たぶん、ドーラの人生でもっとも居心地の悪い三〇分間だっただろう。ただ、あとになってひそかに認めたように、こういう事態になったことをひどく遺憾に思ったわけではなかった。婚礼のときは、イースタム伯爵が残忍な怪物のように見えたし、その後、伯爵の立場に立って考えようとはしたものの、人間味のある人だとはどうしても思えなかった。いまようやく、そう思えるようになった。ジョージよりかなり年上で、外見にも年齢が出ている。とはいえ、若いころの端整な容貌の名残がいまも見てとれるし、物腰は優雅だし、会話は洗練されている。伯爵はドーラたちと一緒にクラーク家の屋敷を出ると、ドーラの母親に礼儀正しく手を貸して馬車に乗せ、そのあとで、今度はサー・エヴァラードが同じくドーラを馬車に乗せてくれた。

ドーラたち三人が馬車の座席にすわると、伯爵はお辞儀をして、それからドーラに声をかけた。

「心から感謝しております、公爵夫人。わたしの……妹のかつての友人であり、わたし自身の友人でもある人々の屋敷に残ることをお許しいただけて。彼らとの何年ぶりかの再会は嬉しいことでした。あなたのご親切は忘れません。ご婚礼の日、わたしは衝動的に無礼な行動をとってしまいましたが、それを許していただける日がいずれ来ることを願っております。

これで失礼します、レディ・ハヴェル。失礼します、サー・エヴァラード」

馬車が動きだすと同時に、母親の手がドーラの手を探り当てた。「なんとも間の悪いことだったわね。でも、あなたの婚礼の日を台無しにしたことを心から悔いてらっしゃると信じたいわ。自分の妹が亡くなり、その夫がほかの誰かと再婚するのを見るのは、男の人にとってきっと辛いことだと思うの。兄弟姉妹の愛というのは、伴侶に対する愛とは別ですもの。永遠に消えないと言ってもいいでしょう。血の絆によって結ばれているから。妻のかわりはいるけど、妹のかわりはいないわ」

「母親違いの妹だったんですって」ドーラは言った。「クラーク夫人とパーキンスン夫人の驚きは本物だったと思う？　伯爵のほうは？」

「驚いてないような印象は受けなかったけど。伯爵があなたに会おうとしてあの二人に協力を頼んだのだと、あなたは信じているの？　でも、たとえそうだとしても、悪いことじゃないでしょ。伯爵が婚礼の日のことをずっと悔やんでいて、あなたへの直接の謝罪を望んでらしたことが、さらにはっきりしたわけですもの。どう思います、エヴァラード？」

意見を尋ねられて、サー・エヴァラードは考えこむ様子を見せた。「あの男がドーラに謝罪したいと思っていたなら、手紙を書けばよかったじゃないか。もしくは、ペンダリス館を訪ねて、ドーラと話をさせてほしいと頼むとか。もっとも、どちらの手段をとっても、スタンブルックには言いたいことがあるだろうが」

「じゃ、あそこで顔を合わせたのは……計画的だったというの？」ドーラの母親が訊いた。

「あるいは、ただの偶然だったか」サー・エヴァラードは肩をすくめた。「スタンブルックに話すつもりかね、ドーラ」

「もちろんよ」ドーラは答えた。ジョージに内緒にする気はまったくなかった。ただ、気が進まないのは事実だった。自分が悪いことをしたような気分だった。でも、招いてくれた人たちに対してあまりにも失礼だし、この界隈にたちまち噂が広がっていただろう。イースタム伯爵が屋敷から出ていくと言ったとき、かわりに自分が出ていけばよかった。いずれにしろ、噂の的になるのは避けられない。だが、少なくとも、ドーラとイースタム伯爵がおたがいに礼儀正しくふるまったという噂になるはずだ。

もうじき晩餐の時刻というとき、ジョージの化粧室のドアにノックが響いた。「どうぞ」というジョージの声に応えて、ドーラが入ってきた。彼の従者がいつものエレガントな芸術的手腕を発揮し、これみよがしな派手さを抑えて、クラヴァットを結びおえたところだった。ジョージは化粧台に置いてあるダイヤモンドのピンをつける前に、手をふって従者を下がらせた。ドーラは何か心にかかることがあるらしく、午後になって帰宅してからずっと浮かない顔をしていたが、どうかしたのかと彼が尋ねても、いいえと答えて明るく微笑しただけだった。

「階下へ行く支度はできたかね？」ジョージは立ちあがった。

「お話ししておきたいことがあるの。たぶん……狼狽なさるでしょう。でも、心配する必要はないのよ」

ジョージは眉を上げ、背中で両手を組んだ。「体調が悪いのではないだろうな」

「ううん、そういうことじゃないの」ドーラは夫を安心させた。「今日の午後、母とサー・エヴァラードと三人でクラーク家を訪問したのよ。パーキンスン夫人も来てたわ」

「そうか」どちらの夫人もかつてミリアムの友達だった。「すると、今日の訪問は大きな試練だったわけだね、ドーラ。ヤービー家のときと同じ目にあわなかったのならいいが」

「それは大丈夫よ。クラーク氏がサー・エヴァラードの話し相手になり、夫人たちは母とわたしに申し分なくにこやかに接してくれたわ。ところが……そこに新しい客がやってきたの。その人の来訪が告げられたとき、クラーク夫人はひどく驚いた顔をしたし、パーキンスン夫人も同様だったけど、わたしはその人が来るのを二人とも予期してたような気がしてならないの。客というのはイースタム伯爵だったの」

なんだと？　ジョージは氷のバケツに頭を沈められたように感じた。

「伯爵はコーンウォールを旅行中で、村から数キロ離れた宿屋に泊まっているんですって。クラーク家を訪ねてきたのは、以前……妹さんが亡くなったあとで、あの家の人たちが親切にしてくれたからだそうよ。クラーク夫妻は伯爵に会えて喜んでいたわ。パーキンスン夫人も。でも、伯爵の訪問が突然のことだったとは思えないの。三人でそのふりをしていただけでしょうね。クラーク氏の表情には驚きなんか浮かんでいなかったし、クラーク夫人は単に困惑の表情だった。やがて、彼が――伯爵が――わたしに気づいて愕然としたの」

去したのだろうな？　ハヴェルが困惑しなかったのならいいが――」

しかし、ドーラは両手をかざし、てのひらを夫に向けた。

「あの訪問は仕組まれたものだという印象を受けたけど、伯爵のほうに悪気はなかったと思うのよ。婚礼の日にあんな騒ぎを起こしたことを心から詫びてくれたわ。あのときは無分別なことをしてしまったと認め、みんなが聞いている前で、許してほしいと言ったの。わたしを脇へ連れていってこっそり話をすれば、みんなの前で恥をかかずにすんだでしょうに。わたしがあの場に残って伯爵と話をしたことで、あなた、気を悪くなさった？」

気を悪くするだと？　怒りで全身が震えそうだった。同時に、妙なことだが……恐怖を感じていた。

「おそらく」ジョージは言った。「わたしの婚礼が予定されていることをやつに手紙で知らせたのは、村に住むあの親切な友人たちだったのだろう」

「なるほど。そこまでは考えなかったわ。それに、あの日教会で何があったかは、村のみんながもちろん知っている。伯爵はたぶん、謝罪をして、それが村人たちに伝わるようにしなくてはと思ったんでしょうね。だって、自分たちが手紙で知らせたことを伯爵に悪用されたと知って、クラーク夫妻が狼狽したに決まってますもの」

「ドーラ」ジョージは一歩前に出て、妻の手を両手で包んだ。「やつに近づかないでくれ」

「それなら努力しなくても楽にできる自信があるわ。会う機会は二度とないでしょう。あちドと母にとても愛想よくしてくれたわ――そして、わたしにも。あんな騒ぎを起こしたことを、きっと心から後悔してらっしゃるのね。それに、わたしがクラーク家にいることを伯爵が知っていたのなら、わざわざ謝罪にいらしたのはさらに立派なことだと思うわ。避けて通るのは簡単だし、そのほうが楽だったでしょうに」

「ドーラ」ジョージは妻の手をさらに強く握りしめた。「ミリアムが亡くなったあと、事実無根の悪意に満ちた非難が村に広がったが、率先してそれを広めたのがクラーク夫人とパーキンスン夫人だった。イースタム自身もそこに加わった。あの男はきみの婚礼の日を台無しにしたやつだぞ」

「あら、台無しにはならなかったわ」ドーラは反論した。「それに、わたしの結婚生活までこわれたわけじゃないし。今日の午後の出来事の陰に悪質な動機が潜んでいたとは思えないわ。わたしを困惑させる以外に、あの人たちは何が期待できるというの？　嫌がらせを企んだところで、なんの得にもならないのよ。関係修復を望んだと考えるほうがはるかに自然だし、あの夫人たちのことはどうしても好きになれないけど、それでも、和解を望んだのなら立派だと思うわ。イースタム伯爵に関しては――ジョージ、かつてはあなたの義理の兄だった人だし、妹さんをとても大切にしていたわけでしょ。あなたの再婚が近いことを知って動揺し、非常識な行動に出てしまった。世間によくあることだわ。向こうから謝罪してくれた。それも世間によくあることね。ある意味では、あの方はいまもあなたの身内なのよ。嫁いだ者が亡くなっても、実家と嫁ぎ先の縁が切れるわけではない。そうでしょ？　わたしが死んだとしても、アグネスがあなたの義理の妹であることに変わりはないのよ」

「やめてくれ」妻の両手を唇に持っていって、ジョージは言った。「わたしより先に死んではならない、ドーラ。いまここではっきり言っておく」

ドーラは首を軽くかしげて夫に笑顔を見せた。「ご命令に従うべく努力します。だって、結婚してから、夫に従うようあなたに命じられたことはほとんどなかったんですもの。ねえ、ジョージ、伯爵を舞踏会に招待すれば、こちらの善意を示すいい機会になるんじゃないかしら。近隣の人々もみな、不幸な対立が終わったことを納得してくれるでしょう。そのあと、伯爵はここを去り、わたしたちが彼と顔を合わせることは二度とない」

「だめだ！」ジョージの頭がふたたび氷に漬けられたように冷たくなった。「イースタムを舞踏会やこの屋敷に招くことはけっしてない、ドーラ。永遠に。かつてはわたしの義理の兄だったかもしれないが、われわれのあいだには愛情などひとかけらもなかった。本当だ。逆に憎みあっていて、それがどんどんひどくなっていった。わたしが人を憎むことはめったにないが、イースタム伯爵アンソニー・ミークルに対しては嫌悪しかない。躊躇も詫びの言葉も抜きでそう言うことができる。そして、向こうがいつもその憎悪に利子をつけて返してきたことは、なんの疑いもなくきみに断言できる。やつに近づいてはならない」

ドーラは夫を見つめた。彼女の顔に不可解な表情が浮かんでいた。「それは命令なの？」と訊いた。

ジョージは妻の手を放すと、ぎこちなく向きを変えてダイヤモンドのピンを手にとり、クラヴァットのひだのあいだにつけようとした。

「違う」と答えた。「きみに命令するようなことは二度としたくない。いまのはわたしの頼みだ。さてと、客間できみの母上とサー・エヴァラードが、そして――さらに恐ろしいことには――台所で料理番が待ちくたびれているに違いない」

ドーラはしばらく夫を見つめていたが、やがて前に進みでると、ダイヤモンドのピンから夫の手をどけて、自分で納得のいくようにピンをつけなおした。

「晩餐のあとで音楽室へ行きましょうか？」と提案した。

「きみがいつでも喜んでハープを弾いてくれるなら、わたしは音楽室で暮らしたいほどだ」

ドーラは笑った。「母は美しい声をしていたわ。わたしたちが説得すれば、ハープの伴奏で歌ってくれるかもしれない。あるいは、わたしのハープに合わせてピアノフォルテを弾いてもらってもいいわね」

ジョージは身をかがめて妻の唇にキスをした。

「母上を招待してよかったと思ってるかい？」

ドーラは彼のほうへ視線を上げた。「ええ、よかったわ。とても。でも、母だけじゃなくて、二人を招待したことを。サー・エヴァラードってほんとにいい人ですもの」

18

舞踏会を一週間後に控えて、ドーラはそれ以外のことにはもう集中できなくなっていた。といっても、あちこち飛びまわって忙しそうな顔をする以外に、ドーラにできることはほとんどなかったのだが。ときたま、怠惰な自分に疚しさを感じることもあったが、働き者の有能な召使いたちがいてくれると思うと、気分がとても軽くなった。以前、〝多くの召使いにかしずかれる暮らしに、あっというまに慣れてしまいそうよ〟とジョージに言ったことがあるが、現実にそうなっている。小さなコテージに住んでいたころは、家事をやってくれるのがヘンリー夫人しかいないのに、いったいどうやって暮らしてきたのかしら？　もちろん、答えは明白だ。小さなコテージだし、大々的な舞踏会を開くことなど考えもしなかったからだ。

ペンダリス館の召使いたちがふだんにも増してドーラの身を気遣っていることに、彼女も徐々に気づきはじめた。デリケートな健康状態にあるからだ。アン・コックス＝ハンプトンが〝デリケート〟という言葉をどう評していたかを思いだすと、いつも苦笑が浮かんでくる。ドーラ自身、こんなに体調がいいのは生まれて初めてだった。

舞踏会当日には、広い屋敷全体がすでに徹底的に掃除されて光り輝いていた。舞踏室の床はぴかぴかになるまで磨きあげられ、まるで鏡のようだった。シャンデリアは床に広げた大きなシートの上に下ろされて、雫のように垂れ下がったクリスタルガラスが光を放つまで丹念に掃除された。ろうそく立てのひとつひとつに、何十本もの新しいろうそくが差しこまれた。舞踏室とフレンチドアの外のバルコニーには、紫と赤紫と白の花々や緑の葉やシダ類を活けた大きな壺がいくつも飾られた。階段の脇にも花の壺が置かれた。玄関ホールの隅には巻いたままの赤い絨毯が立てかけられ、夕方になったら玄関の外の石段に敷くことになっている。台所と食糧貯蔵室には食材がぎっしりで、召使いたちが何ひとつ床に払い落とすことなく動きまわっている様子はまるで奇跡のようだった。床もテーブルの表面に負けないぐらい清潔で、塵ひとつ落ちていない。客を泊めるいくつもの部屋は風を通して、ベッドを整え、花を活けた花瓶と、果物の鉢と、ワインの壜と、クリスタルのグラスをのせたトレイが置いてある。

早めの午餐をすませると、ドーラにはもう何もすることがなく、ひと晩泊まっていく客たちの到着を待つだけとなった。もっとも、あと数時間は誰も来そうにないのだが。ジュリアンとフィリッパは午餐の前に到着したが、二人は身内だし、舞踏会に出席するだけでなく、しばらく泊まっていく予定だ。早めに到着したのは、乳母に付き添われたベリンダが古い子供部屋になじめるようにとの配慮からだった。ドーラはこの子が楽しく遊べるように、どこかからおもちゃと絵本を見つけてくるつもりだとラーナー夫人に言っておいたが、それすら召使いに先を越されてしまった。屋根裏部屋のひとつにベリンダの喜びそうな品々があふれていた。一族の子供たちがおもちゃを必要としなくなるたびに、ここにしまいこまれていたのだ。従僕二人がそれらをとりに行かされ、汚れをきれいに落とした。そのなかに古い揺り木馬も交じっていて、ジョージは子供のころにこれが大のお気に入りだったことを思いだした。

午餐がすむと、ジョージは自分たちが姿を消したほうが召使いたちに迷惑がられずにすむという口実をつけて、ジュリアンとサー・エヴァラードを誘い、馬で遠乗りに出かけていった。三人が出かけてほどなく、ベリンダの昼寝の時間になり、ドーラの母はフィリッパと一緒に村まで出かけることにした。フィリッパはロンドンで買ったボンネットの飾りにするリボンを探していて、ちょうどいい色合いのピンクが村の店にないかどうか見てみたいというのだった。ドーラは屋敷に残ることにした。早めに到着する客がいるかもしれないので、その出迎えをするためだった。それに、午後から自分の部屋でしばらく横になることをジョージと母に約束していた。

じっさい、自分の部屋で三〇分ほど休んでみたが、どうしても眠れず、ベッドに横たわったまま頭上の天蓋を見つめているのは無意味な気がしてきた。自分が主催する舞踏会で女主人としてふるまうことを考えると、ドーラの頭も胸も興奮と不安でいっぱいだった。今宵は一分一秒に至るまで、完璧に幸せな、記憶に残るものにしたいと強く願っていた。

村から戻った母親とフィリッパは、カードルームとして使われることになっているサロンでドーラを見つけた――もちろん、すべての人に踊ってもらおうと期待するのは無理というものだ。ドーラはまるで家具の配置に満足できないかのように、こちらでテーブルを二センチ、あちらで椅子を一センチと動かしているところだった。フィリッパは子供部屋へ急ぐ前に、ドアのところで手提げ袋を嬉しそうにふってみせた。

「ほしかった色合いのサテンのリボンが、まるまるひと巻き見つかったのよ。しかも、幅もちょうどいいの。なんて奇跡かしら！」フィリッパは言葉を切り、ふたたび部屋を覗きこんだ。「何をしてらっしゃるの、ドーラおばさま？　テーブルを動かしてる姿を見たら、ジョージおじさまが卒倒なさるわよ」

「もとの場所へ戻そうとしていたの」ドーラは弁解がましく言った。「ときどき、召使いたちがこれほど有能でなければいいのにって思うことがあるわ」

「ベリンダが起きたかどうか見てきます」フィリッパはそう言って姿を消した。

「ああ、ドーラ」ドアが閉まったとたん、母が言った。「ほかに誰もいなくてよかった。フィリッパと一緒に村の店を出たとき、たまたま通りをやってきたイースタム伯爵とぶつかりそうになったの。伯爵はクラーク夫妻を訪ねたんだけど、夫妻は今夜ここで開かれる舞踏会の支度で忙しそうだったので、パブへ案内してレモネードをご馳走させてほしいって伯爵に強く言われたのよ。でね、ひきとめられはしたものの、訪問を短時間で切りあげたんですって。宿屋に戻る前に一人でビールを飲んで、明日ふたたび旅に出るつもりだとおっしゃってたわ」

「まあ、どうしましょう」ドーラは言った。「とっくに旅立たれたものと思ってた。舞踏会に招待するのをジョージが承知しなかったんだけど、お招きしないなんてやっぱり失礼よね。伯爵とジョージは昔から仲が悪かったみたい。理由はわからないけど。言うまでもなく、どんどん険悪になっていって、ついには、公爵夫人の自殺を止めようとしなかったと言って伯爵がジョージを非難するばかりか、夫人を崖から突き落としたのだとほのめかすまでになったんですって。わたしが伯爵を招待するのをジョージが許そうとしなかったのも驚くには当たらないでしょ？　でも、よりによって今日という日に伯爵がふたたび村を訪れ、わたしたちが開く舞踏会に招待されなかったことを知るなんて、ほんとにタイミングの悪いこと。きっと傷ついたでしょうね」

「いえ、ちゃんとわかってくださってるわ」母がドーラを安心させようとした。「そうおっしゃったもの。あの日の午後、クラーク夫人のお宅であなたと話をしたあとすぐに、スタンブルック公爵に手紙をお書きになったそうよ。公爵に内緒でこっそりあなたに近づいたように誤解されてはいけないので、そうすべきだと思って。でも、手紙は開封されずに突き返されたんですって」

「まあ、なんてことを……」

母はドーラに身を寄せて、彼女の手を軽く叩いた。「あの方、あなたにいやな思いをさせるつもりはないようよ。婚礼の日に、あなたにはなんの関係もない愚かな諍いの渦中にひきずりこんでしまったことを、心から悔いてらっしゃるわ。ただ、いくつか弁明したいことがあるんですって。あなたに自分のことを詳しく知ってもらい、もう少し好意的な目で見てもらうことができるように」

「わたしが伯爵と話をするのをジョージが喜ぶはずはないわ、お母さん。いずれにしても、わたし自身、そんな気になれないし。たぶん、ただの愚かな諍いに過ぎなかったんでしょうけど。諍いというのは、たいてい愚かなものよ。そうでしょ？　でも、何年にもわたって不要な離反と苦痛を招くことになる」

まるでわたし自身とお母さんの話をしてるみたい――ドーラは思った――ただ、じっさいに諍いが起きたわけではない。母が黙って消えてしまったのだ。しかも、家族の離反の原因になったのはけっして愚かな諍いなどではなかった。

「伯爵は明日の朝ここを発って旅をお続けになるんですって。でね、今日のあなたが多忙なことは承知のうえで、わたしに伝言をお頼みになったの――ペンダリス館の庭園を出てすぐのところに港があり、その港を見下ろす岬のあたりをいまから一時間ほど散歩するつもりなので、公爵夫人に少しだけ時間を割いてそこまで来ていただければ光栄です、と」

ドーラはずいぶん秘密めいているという印象を受け、行く必要はないと思った。イースタム伯爵を傷つけるのはいやだし、向こうにドーラを傷つけるつもりがないのも明らかだ。でも、伯爵とこれ以上関わりを持たないよう、ジョージに強く言い渡された。しかも、ジョージはイースタムを嫌悪しているとまで言った。夫が誰かを嫌悪するなんて想像したこともなかったので、ドーラはその告白を意外に思った。しかも、今日は夫が午後から留守にしているので、行くべきかどうかの相談もできない。でも、イースタム伯爵にはそんなことはわからないはず。ドーラは母親と離れたまま長いあいだ生きてきて、再会できたのはつい最近のことなので、家族の不和ゆえに失われた年月のことを思って悲しくなった。伯爵は婚礼の日を台無しにしたことを謝罪しようとしてドーラに会いに来た。ジョージに手紙まで書いた。そして、いまは少しだけ時間を割いてほしいと言っている。なぜあんな行動に出たかをもう少し詳しく弁明しようとしている。ドーラは伯爵を舞踏会に招待しなかったことでいまも少々疚しさを感じていた。伯爵の話に耳を傾けるのが、自分にできるせめてもの償いだと思った。

相手が仲直りを望んでオリーブの枝を差しだしたあとまでも古い憎悪と怒りにしがみついていたら、ほかの誰よりも自分自身を傷つけることになる――ジョージにそう言って聞かせる機会はまだ残っているはずだ。伯爵が今日差しだそうとしているのは、たぶんオリーブの枝だろう。

母が心配そうにドーラを見ていた。「こんな話、しないほうがよかったかもしれないわね。わたしはまじめで感じのいい人だと思ってるけど、エヴァラードは先日会ったあとで首をかしげてたわ。家にいてちょうだい、ドーラ。向こうもどうせ、あなたを本気で待ってるわけじゃないでしょうし」

ドーラは眉をひそめ、やがて笑いだした。「行くのをやめたら、夜までずっと罪悪感に苛まれて、舞踏会を思いきり楽しむことができなくなってしまうわ。行ってくる」

「だったら、わたしも一緒に」

「お母さんはこんな暑い日に村までの長い距離を歩いて往復したばかりでしょ。少し横になるといいわ。あるいは、客間へお茶を運ばせるとか。お茶が冷めないようにしておいてね。すぐ戻ってくるから」

でも、こんなことするなんて馬鹿だわ――数分後、東側の門をめざして馬車道を歩きながら、ドーラは思った。そもそも、イースタム伯爵がわたしにこんなことを頼むのが間違ってるし、ジョージが憮然とするのは間違いない。もちろん、ジョージには正直に話すつもりだ。たとえ伯爵の気が変わって、わたしを待たずに宿屋へ帰ってしまったとしても。そうなっていればいいけど。

門まで行く前に、やはりまわれ右をして屋敷に戻ろうとほぼ心を決めていた。ところが、右のほうに伯爵の姿が見えた。身じろぎもせず岬に立ち、海のほうを見つめている。孤独と絶望に包まれたその姿を見て、ドーラは、伯爵がこちらに来たのは妹が亡くなってから初めてのことに違いないと思った。とても仲のいい兄妹だったはずなのに。

そのとき、伯爵が立っているのはペンダリス館の敷地内であることに気づいた。敷地を出たところにいるという話だったのに。ただ、境界線を大幅に越えているわけではないし、手入れされた庭園に入りこんではいない。

ドーラは一瞬ためらったあとで小道を離れ、伯爵のほうへ向かった。近くまで行くと、伯爵がふりむき、にこやかな歓迎の笑みを浮かべて、ドーラが来るのを見つめた。目の前まで来た彼女にお辞儀をし、右手をとって唇に持っていった。こういう景色には不似合いな宮廷ふうの作法だった。

「今日はきわめてご多忙でしょうに、お越しくださったのですね」伯爵は言った。「本当に来ていただけるとは思っておりませんでした、公爵夫人。ご親切に感激しています」

ドーラは伯爵に握られていた手をひっこめた。「もうじき、お客さまたちがお越しになるので、屋敷を長く空けるわけにはいきません。わたしに何か話がおありだと母から聞いたものですから、こうして出てまいりました。母とクラブ夫人にレモネードをご馳走してくださったそうで、お礼を申しあげます。こんな暑い午後ですので、二人とも喜んでおりました」

「とんでもありません。レディ・ハヴェルは魅力的なご婦人ですね。若きジュリアンの奥さんも」

しかし、ドーラがここに来たのは伯爵と社交辞令を交わすためではなかった。問いかけるように彼を見て、そのまま待った。

「ご理解いただきたいのですが」ドーラの顔をひたと見据えて、伯爵は言った。「公爵夫人、あなたといざこざを起こすつもりはありません。ご主人がどの程度あなたに説明しておられるかは疑問ですが」

ドーラは返事をためらった。「わたしには夫のことを詮索する気はありません、イースタム卿。夫がわたしのことを詮索しようとしないのと同じように。あなたが婚礼を邪魔なさったのは、わたしとはなんの関係もないことだと、最初からわかっておりました。だって、わたしのことは何もご存じなかったのだし、わたしもあなたを存じあげていなかったのですから。わたしの怒りを買ったのではないかと心配しておいででしたら、申しあげておきますが、もうなんとも思っておりません。亡くなられた妹さんの夫が再婚するとお聞きになって、ひどく気分を害されたのには、それなりの理由がおありだったのでしょう。どういう理由なのか、わたしはよく存じませんが、ある程度は推測できます。でも、気にしてはおりません。あなたと夫のあいだのことはお二人の問題で、わたしには関係のないことです。ただ、妹さんと仲良くしてらした方々のお宅で、さらにはわたしの母も同席している場で、わたしに直接謝罪してくださったことに感心いたしました」

伯爵はうなずいた。真剣な表情だった。

「少し歩きましょうか？」と言って、小道のほうを示した。その道は岬に沿って延び、ペンダリス館の敷地の奥へ続いている。「おっしゃるとおりです、公爵夫人——あなたは何もご存じない。ただ、スタンブルックがあなたに何ひとつ説明しようとしないのは、わたしに言わせれば、充分に納得できることです」

「それも夫の権利ですもの」伯爵と並んで歩きながら、ドーラはきっぱりと言った。「夫が過去のことを語るまいと決めたのなら、わたしが知る必要はありません」

「あなたは人がよすぎる、公爵夫人。スタンブルックはいつもあの少年に冷淡だったし、最後は残酷な仕打ちをしたのですよ」

「息子さんのことですか？」ドーラは驚いて伯爵のほうを見た。伯爵は重々しい表情になっていて、顔には年齢を示すしわが刻まれていた。

「あの子を遠くの学校へやろうと必死になりました。身体の弱い繊細な子だったし、母親はあの子を溺愛していましたから、息子が遠くへやられたら、胸がはりさけてしまったでしょう。スタンブルックは妻の懇願に負けましたが、複数の家庭教師を雇い入れました。面白味のない厳格な連中で、何かにつけてあの子に懲罰を与え、毎日、母親から長時間ひきはなしておこうとしたものです。スタンブルックは最後にとうとう、まだ子供と言ってもいいような年齢だった息子に軍職を買い与え、イベリア半島の死地へと追いやったのです」

こんな話を聞かされるのが、ドーラには耐えられなかった。ジョージが話そうとしない事柄について自分が陰でこっそり嗅ぎまわっているような気がして、これは夫への裏切り行為だと思った。

「あの階級の少年たちがある程度の年齢になれば寄宿学校へ送られるのは、ごくふつうのことだと思います」ドーラは言った。「その件に関して両親のあいだに意見の相違があったのなら、父親である公爵が折れて夫人の希望に従ったわけですね。寄宿学校のかわりに家庭教師を雇うのも、充分に納得できることです。公爵家の跡継ぎがなんの教育も受けずに大人になることなど、誰も望みませんもの。家庭教師は生徒をきびしく指導し、ときには、懲罰を与えなくてはならないこともあります。また、軍職の購入は、自宅で育てられたあなたの甥御さんが自ら望んだことだったのかもしれません。外の世界をほとんど経験していなかったために」

そして、過保護な母親がいつもそばについていたために。でも――ドーラは思った――こんな会話にひきずりこまれたくなかった。こういう話をするのが伯爵の望みだとわかっていたら、ここには来なかっただろう。

「では、イースタム卿、わたしはそろそろ――」

「スタンブルックがそんなことをしたのは、わたしの妹を罰するためでした」崖の表面にできた裂け目のところを通り過ぎながら、伯爵は言った。遠い昔にここで崖崩れが起きて、下の浜辺まで続く石ころと砂利だらけの急な坂ができたのだ。もう少し歩けば、屋敷から見える場所に出てしまう。ドーラはこうして伯爵と会っていることを自分の口から夫に伝えるまでは、一緒にいる姿を誰にも見られたくなかった。ハリエニシダの茂みを抜ける道まで来たら、きっぱり別れを告げ、そこを通って屋敷に戻ろう。ジョージを貶(おとし)めるためのさまざまな話を別にすれば、伯爵のほうから伝えたいことが何もないのは明らかだ。

「せっかくですが、そのようなお話はもう伺いたくありません、イースタム卿」小道を少し行ったところで足を止めて、ドーラは言った。小道はそこから外のほうへカーブし、崖のてっぺんの輪郭に沿って延びている。ここからだと屋敷が見える。「妹さんと甥御さんのことを不幸だと思いこんでいらしたのなら、心配なさっていたお気持ちも理解できます。でも、ひとこと言わせていただくと、事実を残らずご存じではなかったんじゃありません？　あるいは、たとえご存じだったとしても、それはすべて妹さんの視点に立ったものであり、夫である公爵からは何もお聞きになっていませんよね。家族が下した決断の陰にどんな事情があったかというのは、その家族だけの問題で、あなたがとやかくおっしゃることではないはずです。もちろん、わたしも何も言うつもりはありません」

伯爵はドーラの横で足を止め、口元に奇妙な薄笑いを浮かべて彼女に視線を据えた。ふと気づくと、このあたりは道幅がひどく狭く、二人のあいだにほどほどの距離をとるのは無理だった。あと半歩離れれば、ハリエニシダのトゲがモスリンのドレスにひっかかってしまう。

「争う余地なき重要な事実がひとつあります、公爵夫人。ブレンダンはスタンブルックの息子ではありませんでした」

ドーラはわけがわからず、伯爵を見つめるだけだった。

「わたしの息子だったのです」

ドーラの困惑が大きくなった。「でも、公爵夫人はあなたの妹さんでしょう？」

「母親違いの妹です。婚姻を禁じられた関係にあるというだけで、男と女がそんなふうに愛しあうことは許されないとお思いですか？　もしそうなら、あなたは間違っている。わたしはかつて、何年も家から離れて暮らし、若者が放蕩三昧の時期にすることをしていました。ようやく家に戻ったとき、父の二番目の妻から産まれた娘に歳月がもたらした変化を目にしました。成長して、息をのむほど美しい女になっていました。そのことをご存じでしたか？妹は五年ぶりにわたしと会ったとき、頬を染めて微笑し、そして——わたしたちは恋に落ちたのです。相思相愛の熱烈な恋でした。恋心が消えることはけっしてなかった。けっして。それは生涯消えることなく、あの世までも揺るぎなく続いていく、たぐいまれな情熱だったのです。父はわたしたちの仲を裂こうとして、妹を公爵家のくそ真面目な若き跡継ぎに嫁がせましたが、父にできたのは、わたしの愛する女を冷淡な少年に渡すことと――あんなやつを一人前の男とはとうてい呼べませんからね――そして、わたしの息子をそいつに託すことだけでした。だが、あいつは最後に、自分で武器をふるうことなく息子を殺す方法を見つけだした。そして、息子を殺すことで妻に罰を与え、その妻を処分する方法も見つけたのです」

ドーラはずいぶん長いあいだ二人で立ちつくしていたように思った。伯爵との距離をとろうとして、やや腰をそらしていたため、不自然な姿勢になっていた。気を失うのではないかと思った。耳のなかがワーンと鳴っていた。伯爵の話がまだ理解しきれなかった。

「わたしとはなんの関係もない話です。聞きたくもありません」自分の声が耳のなかで不明瞭に響き、はるか遠くから聞こえてくるように思えた。しかし、聞きたくないと言っても、もう遅すぎる。

「だが、公爵夫人」伯爵は眉をひそめていた。「大いに関係があるのですよ」

もうたくさん――ドーラはつくづくうんざりした。これ以上聞くつもりはない。伯爵と一緒にこれ以上小道を歩かなくてもすむよう、ハリエニシダの茂みを強引に通り抜ける覚悟で、さっと向きを変えて一歩前に出た。しかし、ふたつのことが同時に起きた。伯爵がドーラの二の腕をつかんだ。もはや丁重なしぐさではなくなっていた。そして、はるか向こうの屋敷の近くに三人の男性の姿が見えた。その瞬間、ジョージも彼女に気づいたことがはっきりわかった。しかし、それ以上三人の姿を見ることができないうちに腕をひっぱられ、イースタム伯爵と向きあっていた。

「放してください」ドーラは憤慨の声で言った。伯爵がドーラの言うとおりにしたので、かえって驚いた。

「ねえ、公爵夫人」彼女に顔を近づけて、伯爵は言った。「わたしの子供を奪ったスタンブルックがなぜ自分の子供を持つことを許されるのです？　そして、わたしの大切な女を奪ったあいつになぜ、そういう女を持つことが許されるのです？」

ドーラの頭が冷たくなった。この人、わたしの妊娠を知ってるの？

「いまのお話がすべて事実なら、スタンブルック公爵は他人の子供と、その子を産んだ女性を、だまされて押しつけられたことになりますね。もっとも、おなかに子供がいることを、押しつけたのはあなたのお父さまだったわけですね。もしあなたが真実を語っておられるなら、いいえ、お二人が男女の関係にあったことすら、お父さまはご存じなかったのではないでしょうか？　いずれにしても、わたしの夫もお二人と同じく被害者だったのです。でも、どういう事情があったにせよ、わたしにはなんの関係もないことです。わたしはあなたのお頼みに応じてここに来て、気が進まないながらもお話を伺いました。さて、そろそろ失礼しなくては。屋敷のほうで用がありますので」

ドーラはふたたび伯爵に背を向けようとした――だが、前以上の窮地に陥った。伯爵に両腕をつかまれて、向きを変えることすらできなくなった。不意に身の危険を感じた。最後に伯爵が言ったことが頭のなかでこだましていた――〝わたしの子供を奪ったスタンブルックがなぜ自分の子供を持つことを許されるのです？　そして、わたしの大切な女を奪ったあいつになぜ、そういう女を持つことが許されるのです？〟

目にも態度にも冷ややかさを浮かべて、ドーラは伯爵を見た。「手を離して」

今回、伯爵は彼女の言うとおりにはしなかった。「誰かから聞いたことはありますか？」と尋ねた。「わたしの妹が突き落とされて死ぬ寸前に、崖のどの場所に立っていたかを」

誰からも聞いていない。しかし、見当はついた。

伯爵が指で下のほうを示した。

「ここです」と言った。「いや、厳密に言うと、もう少し端のほうに近かった。見せてあげましょう」

「けっこうです」

しかし、伯爵はドーラの片方の腕をつかんだまま、小道を離れて草むらへひっぱっていった。草むらは二メートルも行かないところで急に終わっている。

しかし、草むらの端が近づくのを目にしたとき、遠くから声が聞こえてきた。ジョージの声だ。「イースタム！」

「近づくな、スタンブルック。おまえに用はない」伯爵はドーラに目を据えたまま、どなりかえした。ふたたび声をひそめた。「目には目をということです、公爵夫人。〝女と子供〟には〝女と子供〟――そして、正確に同じ方法で。もっとも、残念ながら、子供を敵兵の銃の的にすることはできませんが」

「それから、わたしを妹さんと同じく崖から身投げさせることも、あなたにはできません」ドーラは言い、冷静な声が出たことに自分でも驚いた。それどころか、不意に氷のような落ち着きが全身に広がるのを感じた。パニックと恐怖で支離滅裂なことを口走っても当然なときに、なんとも不思議なことだ。

「あなたはスタンブルックにすっかりだまされている、公爵夫人。だが、未婚のまま中年になって、結婚を焦っていたため、相手はどんな男でもよかったのでしょう。いや、あなたを侮辱するつもりはありません。わたしはあなたが嫌いではない。あなたといざこざを起こすつもりはないと申しあげたのは本心からです。あなたが復讐のための完璧な道具となったのは不運だったと言うしかありません」

かわいそうなジョージ――ドーラは感情が消えてしまった頭の片隅で思った。こんな悪夢を一生のうちに二度も経験しなきゃいけないなんて。

「夫はすべてを目にすることができます。そして、たぶん、夫のそばにいる二人の紳士も。頭のなかで考えていることを実行なさるなんて愚かすぎます、イースタム卿。なんの罪もない女とおなかの子供の命を奪ったあと、気分がすっきりするとお思いですか？　うまく逃走して、自由の身として生きていけるとお思いですか？」

伯爵はドーラに笑顔を見せた。「最初のご質問への答えを、わたしは一瞬だけ知ることができるでしょう。そして、ええ、逃走しますとも――永遠なる自由の世界へ。その自由をミリアムとブレンダンと共に楽しむつもりです。この人間界で生きていくことこそ、わたしにとっては地獄なのです」

「イースタム」ドーラたちが歩いてきた小道のどこか遠くから声がした。今度はジョージの声ではなかった。

伯爵は笑みを浮かべたまま、顔を上げた。「ほう、なるほど」大声で言った。「そこにいるのはわかっている。三方向からこっそり近づいてきたわけか。わたしを完璧に包囲できなくてあいにくだったな。おまえたちには気の毒だが、残る一方は包囲不可能で、公爵夫人はそこから——」

そう言っているあいだに、ドーラの腕をつかんでいた伯爵の手がわずかにゆるんだ。ほんの少し注意がそれたのだ。いましかチャンスはない——ドーラはそう悟って伯爵の手をふりほどくと、スカートをたくしあげて小道まで駆けもどり、いま来たほうへひきかえした。生い茂ったハリエニシダを掻き分けて進む時間はなかった。逃げる時間も、ジョージが助けに駆けつけるのを待つ時間もなかった。いまにも伯爵に追いつかれそうだった。

「うしろを見ろ、イースタム」

ジョージの声がかすかに聞こえたが、伯爵が背後に迫り、片手を伸ばしてドーラをつかまえようとしているのを、ドーラはすでに感じとっていた。ふたたび崖の裂け目のところに来ていた。そこを迂回（うかい）する小道を進めば、裂け目の向こう側に出る前に伯爵につかまってしまう。もし直進すれば……。

ドーラはそちらを選んだ。気がついたときには、砂利や石の散乱する坂を下っていた。程度の差はあれ、どの石もぐらぐらしているし、大きさはさまざまだし、急斜面のあちこちにころがっているので、男性の手にしっかり支えてもらって一歩ずつ慎重に下りていける状況だとしても、かなりの危険が伴う。いまのドーラには、そんな贅沢は許されなかった。ころがるように坂を下りていくと、すぐうしろで伯爵のわめき声がした。ぐらぐらの石を踏むブーツの音が聞こえた。そして、またしてもわめき声。ドーラはすでに氷のような冷静さを失い、恐怖のとりこになっていた。いまにもバランスを失いそうで怖かった。背中か腕をつかまれそうで怖かった。うろたえるあまり、安全なほうへ向かうどころか、背を向けてしまったことに気づいた。

しかし、二度目のわめき声はすぐさま長い悲鳴に変わり、それとほぼ同時に、別の誰かが警告の叫びをよこしたので、ドーラは横向きに身をねじり、そばに生えていた雑草と、崖から突きでた岩を必死につかもうとした。頑丈な岩のおかげで、衝撃を受けつつも止まることができ、イースタム伯爵が横を落下していくのを恐怖の目で見守った。伯爵は石ころだらけの急坂をすべりながらころげ落ちていき、やがて、下の地面近くに突きでた特別大きな岩にぶつかって止まり、仰向けで大の字になったまま動かなくなった。その姿は奇妙にねじれていた。

「ドーラ!」

ドーラは石ころだらけの坂を誰かが無謀なスピードで下りてくるのに気づいた。ふりむく暇もないうちに、誰かの腕に抱えられてその胸に押しつけられ、頬に相手の頭がすり寄せられた。

「ドーラ!」その声は苦悩に満ちていた。

頭のなかでワーンという音が響き、鼻腔(びこう)に冷気が広がり、ドーラは彼の腕のなかでぐったりしたまま、別の坂をすべり落ちていった。

「どうしてすぐ来てくれなかったの、ジョージ?」そう尋ねる自分の声が聞こえた。

しかし、夫の返事を聞くことも、これでもう安全だと喜ぶ暇もなかった。そのまますべり落ちていき、やがて、不意にすべてが冷たい闇に変わった。

19

ジョージはジュリアンとサー・エヴァラードと三人で遠乗りを楽しんだあと、厩から屋敷へ歩いて戻るところだった。ドーラが横になって休む時間を見つけるか、もしくは、母親が強引に休ませてくれていればいいがと思っていた。ドーラは目前に迫った舞踏会に興奮していて微笑ましいほどだったが、召使いたちがすべての準備を終えていて、じつのところ、ドーラの出る幕はまったくなかった。ただ、泊まっていく客が何人かいて、ほかの客より早めに到着するはずだった。遅くとも晩餐会に間に合う時刻にはやってくるだろう。ドーラは女主人の役を完璧にこなそうとして、玄関で客を出迎え、それぞれの部屋に案内しようとするに決まっている。ジョージは一瞬、休息中の妻にかわってその役を務めようともせず遠乗りに出かけてしまった自分に、かすかな疚しさを覚えた。

はるか遠くの崖の上に立つふたつの人影をジョージに示したのは、サー・エヴァラードだった。

「崖の端ぎりぎりに立っているように見える。そうでないといいのだが」そちらへうなずきを送りながら、サー・エヴァラードは言った。「わたしは高いところが昔から苦手でね」

ジョージはそちらを見た。とっさに感じたのは愛しさの混じった怒りだった。人影の片方がドーラでなかったら、わたしの目は節穴だ。しかし、よりによってなぜ今日という日にふらふら出歩いているのだ？　日差しがけっこう強いし、多忙な夜に備えて身体を休めておかなくてはならないのに。もう一人の男性のほうは、すぐには見分けがつかなかったが、早めに到着した客の一人だろうと思った。あたりを散策したいのなら、一人で行けばいいのに。

やがて、彼の胃が不快に締めつけられた。不吉な偶然というべきか、二人が立っている場所はまさに、あのときミリアムが……。そう思った瞬間、不意に気がついた――確信に変わった。そんな馬鹿な。イースタムだ！　それと同時に、ドーラが伯爵から一歩離れて屋敷のほうを向いたのがジョージにも見てとれた――ただ、ほんの一瞬のことだった。ドーラがこちらの姿を見たかどうかも、彼にはわからなかった。

「大変だ！」ジョージはその場で足を止めた。

「ドーラおばさんと一緒にいるのは、ミリアムおばさんの兄上ではありませんか？」片手を目の上にかざして日差しをさえぎりながら、ジュリアンが同時に言った。「婚礼の席であんな騒ぎを起こしておきながら、いったいどういうつもりでここに？　今夜の舞踏会に招待したわけじゃないですよね？」

しかし、ジョージはすでに向きを変え、屋敷の南側の芝生を突っ切って、その向こうに広がる崖の上の荒地へ向かっていた。芝生が一キロ以上も続いているような気がした。しかし、いずれにしろ、正確な距離にはなんの意味もなかった。自分の見間違いであるよう必死に願いつつも、手遅れにならないうちに駆けつけるのは無理だとわかっていたからだ。イースタムは屋敷のほうを向いて立っている。三人ともあいつに見つかってしまうに違いない。

あとの二人もジョージの両脇を走っていた。

「ドーラの婚礼の日を台無しにしかけた男だね？」サー・エヴァラードが訊いた。「どういうことだ――」

「ドーラを突き落とそうとしている」ジョージは言った。「殺すつもりだ。イースタム！」声を張りあげたが、もちろん無駄だった。ジョージが助けに駆けつけたところで、あの男が怖気づくとは思えない。むしろ、そういう展開を大歓迎するだろう。

「近づくな、スタンブルック」伯爵がどなりかえした。

「どういうことだ――」サー・エヴァラードがふたたび言った。

「ミリアムおばさんが飛びおりた場所があそこなんです」ジュリアンが言った。「でも……伯爵はきっと、あそこで何があったかをドーラおばさんに教えているだけですよ。突き落とすなんてありえない。それじゃ狂気の沙汰だ。目撃者が三人もいるのに」

「それしきのことで思いとどまるやつではない」ジョージは言った。足はすでに止まっていたが、頭は猛スピードで働いていた。これ以上近づいても、イースタムを刺激して、ドーラが突き落とされるのが早くなるだけだ。しかし、ここにとどまったまま何もしなくても、イースタムがドーラを突き落とすことには変わりがない。イースタムはすでにドーラをひっぱって小道を離れ、崖の端のほうへ近づいている。「くそ！」ジョージは自分が崖から落下して、恐怖とパニックと絶望に満ちた地獄へ落ちていくような錯覚にとらわれた。どうにもならない……。

そのときだった。サー・エヴァラードがこの場の主導権をとった。「右へまわれ。わたしは左へまわる。あのハリエニシダの茂みを抜けてから、やつの名前を呼べ。そのすぐあとでわたしも同じことをする。一瞬でもやつの気をそらせば、ドーラに逃げるチャンスができるかもしれん。助けに駆けつけられるよう、準備をしておけ。だが、ドーラが崖から少し離れるまで待つのだぞ。スタンブルック、きみはここに残って、やつの注意をひきつけておくんだ」

ジョージはその場に残った。ほかにどうしようもなかったからだ。絶望のなかにいた。今回は状況が違うとはいえ、前のときとそっくりだ。何をしても惨事は阻止できそうにない。だが、何もしなければ、惨事はやはり阻止できない。あとの二人が左右へ分かれたことにジョージはほとんど気づいていなかった。どうすればいい？　飛びだす？　脅し文句を並べる？　懇願する？　どの方法も役に立たない。ミリアムは自ら飛びおりた。ドーラはイースタムに突き落とされようとしている。だが、ジョージはとりあえず二、三歩前に出て、何か言おうと息を吸った。

「イースタム！」それはジョージ自身の声ではなく、ジュリアンの声だった。右のほうの小道の先から聞こえてきた。

イースタムが嘲りの声を張りあげて返事をした。

しかし、奇跡的に、恐ろしいことに、ドーラが伯爵の手をふりはらって反対方向へ逃げだした。イースタムは瞬時に集中力をとりもどした。ドーラが逃げおおせるのは無理だろう。

「うしろを見ろ、イースタム」ジョージがどなると、ドーラを追うイースタムのペースが落ちた。首をまわして、ジュリアンの声が聞こえてきた方角を見たからだ。だが、それも一瞬のことだった。

伯爵はすぐまたドーラを追った。しばらくすれば、ドーラはふたたびつかまってしまう。しかし、ジョージはそのわずかな時間に一縷の望みをかけ、思いきって行動に出た。どうやってハリエニシダの茂みを通り抜けたのか、あとになって考えてもわからなかったが、とにかくブーツに深いひっかき傷をつけ、膝丈ズボンに鉤裂きを作り、膝と腿と手から血を流しながらそこを通り抜けた。小道は浜辺に下りるのに使われている岩だらけの急な坂を迂回して延びているが、ドーラは迂回ルートをたどらなかった。かわりに直進し、イースタムが彼女をつかもうとした矢先に崖の縁を越えて姿を消した。必死に坂を下りはじめた。

ジョージはねばつく濃厚な空気のなかを全速力で走ろうとする、あの悪夢のような感覚にとらわれた。しかし、これは悪夢ではなく現実だ。手遅れになる前にドーラのもとに駆けつけようとして失敗した。サー・エヴァラードは崖の裂け目の向こう側にいたため、ドーラをつかんで安全な場所にひきもどすことができなかった。ただ、イースタム伯爵がドーラを追って坂を下りようとした瞬間、サー・エヴァラードはブーツの足を伸ばせば伯爵に届く距離まで来ていた。爪先が伯爵の片方の足首をとらえ、伯爵はつまずいてバランスを失った。

叫び声がした――そのひとつはジョージの声だったかもしれない――次に悲鳴が上がった。ジョージが坂のてっぺんに駆けつけたとき、崖の縁で身体をぐらつかせていたサー・エヴァラードがバランスをとりもどし、坂の下に向かって警告の声を上げた。しかし、ジョージはひとつのものしか目に入らなかった。坂の途中にドーラの姿が見えた。崖から突きでたごつごつした岩の上に倒れていた。

どうやってそこまで下りたのか、ジョージはまったく覚えていない。気がついたらそこにいて、ドーラを抱きかかえ、聞こえるはずはない、死んでしまったのだと思いつつ、名前を呼んでいた。

「ドーラ！」ふたたび名前を呼びながら、心臓が砕け散り、自分が錯乱しかけているのを感じた。永遠とも思えるほどのあいだ妻を抱きしめていると、やがて声が聞こえた。

「どうしてすぐ来てくれなかったの、ジョージ？」ドーラが言った。弱々しい不明瞭な声だった。

ジョージははっと顔を上げて妻を見つめた。ドーラは一瞬、まぶたをぴくっとさせ、やがて意識を失った。

「ああ、ドーラ」妻の唇に口を寄せてジョージはささやいた。「最愛の人。ただ一人の最愛の人」

「怪我はしてないかな？」ジュリアンの声だった。ジョージのそばにしゃがみこみ、二本の指をドーラの首の脇に押し当てていた。「脈はしっかり打っている、よかった。気を失っているだけだ」

ジョージは理解できなくて甥を見た。「生きているのか?」

ジュリアンはおじの肩に片手を置いて強く抱いた。

「次はおじさんが気絶しそうな顔だ。生きてますよ、ジョージおじさん。聞こえますか? どこにも怪我はないようだ。血が出ているのは、おじさんの手のひっかき傷だけです。ぼくも少しひっかかれてしまった。あのいまいましいハリエニシダの茂みに。でも、ドーラおばさんは生きてます」ジュリアンはふたたびジョージの肩を強く抱いた。

「やつは死んだ」下から声がした。先に崖を下りていたサー・エヴァラードの声だった。

「わたしが殺してしまった。だが、死んでくれてよかった。ドーラは怪我してませんか?」

ドーラは目をさまし、そろそろ起きる時刻だろうかと思った。しかし、寝室の窓から射しこむ光の角度がどことなく変だった。はっと目をあけた。いま何時なの? 舞踏会は何時からだった?

自分の手がひとまわり大きな手に包まれていなければ、あわてて毛布をはねのけていただろう。

「ジョージ?」

夫はベッドの脇にすわっていた。幽霊のように真っ青な顔だった。「ああ、よかった。わたしのことがわかるんだね」

「わかる——？」ドーラは怪訝な顔になり、そこで思いだした。

「あっ」目を丸くした。「わたし、どうやってここに？」

「わたしが抱いて運んできた。きみが気を失ったから。じつはかなり深刻な状況だった。どうしても意識が戻らなかった。意識不明の状態が一時間以上続いたんだ」

ドーラは食い入るように夫を見ていた。「あの男、わたしを殺すつもりだったのよ。〝目には目を〟って言ったわ。〝女と子供〟には〝女と子供〟。わたしに対する恨みは何もないと言っていた。あなたへの復讐だったの」

「成功すれば、復讐の効果は絶大だっただろう。わたしを殺すより千倍も効果的だったはずだ」

「あの人、どうなったの？」ドーラは身体を起こそうとしたが、肩にかかった夫の手で枕のほうへ優しく押し戻された。

「やつがきみを追って坂を下りようとしたとき、サー・エヴァラードに足をすくわれた。崖の下までころげ落ちた。そこで死んだ」

「死んだ……」ドーラはくりかえした。「あの人は自分も死ぬつもりだった。だから、あなたやほかの人々に目撃されても平気だったの。それどころか、見せつけたかったんでしょう。とくに、あなたに。えっ、いまなんておっしゃったの？　サー・エヴァラードに足をすくわれた？」

ひそやかなすすり泣きが聞こえて、ドーラの注意はベッドの裾のほうへ向いた。彼女の母がそこに立ち、ベッドの隅の支柱にすがりついていた。ジョージに劣らず青ざめている。

「全部わたしが悪いんだわ、ドーラ。伯爵と話をしに行くよう、わたしが勧めたんですもの。もう少しであなたを死なせるところだった」

「でも、死なずにすんだわ。それに、無理して伯爵のところへ行く必要はなかったんだし。わたしが自分で決めたことよ。覚えてる？」ドーラはふたたび、一瞬だけ目を閉じて、乾いた唇に舌をすべらせた。

「サー・エヴァラードがきみの命を救ってくれたんだ、ドーラ」ジョージが言った。「ジュリアンとの共同作戦でイースタムの注意をそらして、きみが逃げだせるようにチャンスを作り、そのあと、イースタムがきみを追って坂を下りようとしたときにそれを阻んだ」

母のほうを見たとき、ドーラの目には涙があふれていた。

「あの人、高所恐怖症だというのに」母は言った。

ドーラは青ざめた顔で微笑した。なんと奇妙なめぐりあわせだろう。母を奪って自分の人生をめちゃめちゃにしてしまった男だと、わたしがずっと思いこんでいた人が、今度はわたしの命を救ってくれたというの？　やがて、不意に狼狽に襲われ、ドーラの目が大きくなった。「ねえ、いま何時？　そろそろお客さまが到着するころだわ。わたし、急いで――」

さきほどドーラをベッドのほうへ押し戻した手が、いまも彼女の肩に置かれていた。

「きみはここで横になっているんだ」ジョージが言った。「客をそれぞれの部屋へ案内するのは、ほかの者にまかせておけばいい。ドッド先生がもうじき来てくれる。往診を頼むためにジュリアンが飛びだしていった」

「あら、お医者さまなんて必要ないわ」ドーラは抵抗した。「晩餐会と舞踏会の身支度をしなくては。いま何時なの？」

「夕方になったばかりだ」ジョージが妻を安心させようとした。「よく聞いてくれ、ドーラ。きみはひどいショック状態にある。その衝撃が自分ではまだよくわかっていないかもしれないが。しかも、おなかに子供がいるから、よけいに大事をとらねばならん。ドッド先生に診てもらうまで横になってるんだ。そして、先生の診断しだいでは、そのまま横になっていてほしい。命令だぞ。晩餐会と舞踏会は、いざとなればきみがいなくてもどうにかなる。もっとも、きみの姿がないのを誰もが残念がるだろうし、とくに誰よりも残念なのはこのわたしだが。いざとなれば自分が女主人の役を務める、とフィリッパが言ってくれた。フィリッパなら立派にこなすだろう」

「横になっているようお医者さまに言われたときは、わたしもここに残りますからね」ドーラの母が言った。「あなたを一人ぼっちにはしません。それに、あなたが姿を見せなくても、とやかく言う人は誰もいないわ。午後の騒ぎが噂となって、村のなかはもちろん、村の外へも広がってるはずですもの。それから、あなたの身体の状態は誰もが知ってることよ。はっきり言って、今夜あなたが姿を見せたら、誰もが驚くでしょうね」

ドーラは困惑の面持ちで夫と母を順々に見た。「でも、今夜の舞踏会はあなたと二人で初めて開く盛大な催しなのよ」と、夫に言った。母のほうを向いた。「それにお母さんとサー・エヴァラードの滞在に合わせて計画したんだし」

「舞踏会やパーティや音楽会は今後も開ける」ジョージが言った。「だが、きみは一人しかいない」

「ここに来られただけで充分よ」母がドーラに言って聞かせた。「みなさんにとってもよくしてもらったし。とくに、あなたと公爵さまに」

ドーラは空いたほうの手で毛布を握りしめた。「赤ちゃんを失うようなことにはならないわよね?」

母は大丈夫だとしぐさで伝えたが、返事をしたのはジョージだった。

「そうならないよう心から願っている。だが、ドーラ、先生の言葉をしっかり聞いて、言われたとおりにするんだ。舞踏会がきみにとって大切なことはよくわかっているが、それしきのことでわたしたちの子供を——それから、率直に言うと、もっと大事なことだが——きみを危険にさらすわけにはいかん。ああ、今日はもう少しできみを失うところだった。サー・エヴァラードとジュリアンがいてくれなかったら、そうなっていただろう」

彼女を見下ろす夫の目がキラッと光り、ドーラはその目に涙があふれかけていることに気づいた。すなおに枕に頭を預けた。

不意に、鮮明な光景が浮かんできた。わずか五〇センチほど先に何もない広大な空間が口をあけていて、イースタム伯爵の手が彼女の腕をつかみ、押しだそうとしている。どうにか伯爵の手をふりはらい、小道を迂回するよりも坂を下りることにしようと瞬時に決断し、死にもの狂いで逃げたことを思いだした。それと同時に、生きて坂の下にたどり着くのは無理だと覚悟したことも。悲鳴を上げながらすぐそばを転落していった人影のことを思いだした。彼女を強く抱きしめた腕と、意識が薄らいで闇に包まれはじめたとき、その彼方から聞こえてきた声を思いだした。どこか奥深いところから響いてくる声だった――〝ああ、ドーラ。最愛の人。ただ一人の最愛の人〟

ジョージの声だ。

「イースタムに近づかないでほしいとあなたに懇願されたとき、すなおに耳を貸すべきだったわ。でも、あなたよりわたしのほうが思慮分別を備えていると思ったの。二人を和解させる方法があるかもしれないと思ったの」

「きみが悪いのではない。わたしが理由を説明すべきだった。だが、今日の午後の出来事を誰かのせいにするのはもうやめよう。責めを負うべき者は一人しかいないし、そいつがきみに危害を加えることは二度とない」

「死んだのね」ドーラは目を閉じ、ゆっくりと息を吸った。「その死を悼む気になれないのが自分でも怖い」

「わたしも悼む気にはなれないわ」母がきっぱりと言った。「ひとつだけ残念なのは、あの男をつまずかせたのがわたしの足じゃなくて、エヴァラードの足だったことよ」

ドーラは母に微笑した。「わたしはサー・エヴァラードが助けてくださったことに感謝してるわ」

母は驚きの表情でドーラを見返した。

「わたしは誰かが助けてくれたことに感謝するのみだ」ジョージが熱っぽく言ったので、ドーラは彼に視線を向けた。そして思いだした……ああ、思いだしてしまった。

ブレンダンはジョージの息子ではなく、イースタム伯爵の息子だった。伯爵と公爵夫人ミリアムは何年ものあいだ、禁断の情熱を燃やしつづけていた。父親は二人をひきはなすために、ミリアムを無理やり公爵家に嫁がせた。ジョージは妊娠のことを知っていたの？ ひょっとすると。いえ、十中八九知っていただろう。自分の子供でないことを知ったのはいつだったの？ 最初からずっと知っていたの？ かわいそうに、まだ少年と言ってもいい年齢だったのに。そんな経験をしたら、生涯にわたって影響が残るのではないだろうか？ ええ、わたしはその影響を見てきた。この人と出会ったときからずっと見てきた。この人の目にいつも浮かんでいる優しさには、かすかな悲しみが混じっていた。悲しみの正体が、わたしにはこれまでどうしてもわからなかった。また、彼が一人で孤独を抱えていることは察せられたが、それはわたしには癒すことのできない孤独だった。

ドーラの肩に置かれた夫の手に力がこもり、涙が二粒こぼれて夫の頬を伝った。

「もう少しできみを失うところだった」

「あら、わたしはそんなに簡単に消えたりしないわ」

誰かがドアをノックしたので、ドーラの母がドアをあけに行き、脇へどいてドッド医師を部屋に通した。

診察の結果、この日の午後にドーラを襲った試練の爪痕は身体のどこにもないという診断が下された。流産の危険を示す兆候も見当たらなかった。もちろん、強烈なショックを受けたのは事実で、数時間後、数日後にそれがどんな後遺症となって出てくるかは、医者にも予測できないことだった。しかし、脈拍は安定していて、顔色もよく、頭もはっきりしている。医師はベッドで二、三時間休むようにと強く勧めた。今宵、客の前に顔を出すかどうかは公爵夫人自身の判断に委ねることにするが、もし顔を出すのならくれぐれも無理をしてはならない、激しいダンスは避けるように、と助言した。

晩餐会のあいだ自室に残ることを、ドーラはしぶしぶ承知した。舞踏会についてはあとで決めることにした。

「でも、晩餐会だって、ほんとは抜けたくないのよ」ため息をついてジョージに言った。

母が付き添うと言っているのも、ドーラにはあまり嬉しくないことだった。

「元気そのものだから、こうして横になってると詐欺師になったような気分だわ」

「心配してくれるのは嬉しいけど、お母さんが部屋にいると、わたし、眠れないと思うのよ。お母さんを退屈させないように、ついおしゃべりしてしまいそう」

一時間後、一四人が晩餐の席についた。ジョージにとってはきびしい試練だった。もちろん、どの客も礼儀正しかったが、午後から何があったのかを事細かに知りたくて、好奇心ではちきれそうになっているのは明らかだった。なにしろ、検視審問に備えて男の遺体が村まで運ばれ、公爵夫人は自分の部屋にひきこもり、医者が往診に来たというのだから。頑なにこの話題を避けても意味がない——ジュリアン、サー・エヴァラード、その夫人たちと相談したうえで、ジョージはそう決心した。最初の夫人を崖から突き落として殺したと言って、義理の弟に当たる公爵をイースタム伯爵がかつて糾弾し、最近、公爵の再婚をきっかけにしてふたたび糾弾を始めたことは、すべての者が知っている。いったんは沈黙させられたものの、明らかに恨みで凝り固まっていて、妹が自ら命を絶つはずはないという思いこみのせいでおそらく錯乱してしまったのだろう——一人息子に死なれて公爵夫人が悲しみで気も狂わんばかりだったことは、夫人を知るすべての人にとって明らかなことだったとしても。そこで、ジョージとジュリアンは今日の出来事を説明すべきだということで意見が一致した。イースタムがコーンウォールに現われ、新たな公爵夫人をだましてペンダリス館の岬へ散歩に誘いだし、かつて妹が亡くなったまさにその場所で夫人を突き落として、おなかの子もろとも殺そうとしたということを。ただし、サー・エヴァラードが果たした特別な役割りについては伏せておくことにした。

この説明に誰もが驚愕して、議論が沸騰し、ほかの話題が入りこむ余地はなくなってしまった。ドーラが晩餐に出なかったおかげで何も聞かずにすんだことに、ジョージは胸をなでおろした。あとでドーラが舞踏会に出ると言いだしたら、説得して思いとどまらせたかった。ただ、頭ごなしに禁じるつもりはなかった。舞踏会にやってくる人々はみな、すでに事実や噂を聞いて驚愕し、騒ぎにじかに関わった者たちの口から話を聞きたがっているだろう。ドーラが舞踏会に顔を出せば、注目の的になるのは間違いない。

イースタムは岬でドーラに何を語ったのか？　ドーラがこれまで知らずにいたことをあれこれ暴露したに決まっている。わたしの口からドーラに話しておくべきだったことを。しかし、いまは反省や動揺や自己批判をしている場合ではなかった。晩餐会の主人役を務めている最中だ。ジョージは微笑し、近くにすわった人々の質問に答え、話題を変え、さらに多くの質問に答え、ふたたび話題を変え、料理を口に運んだ。だが、味わう余裕はなく、どんな料理が出ているかもわからなかった。料理番がそれを知ったら、泣き崩れたことだろう。

ようやく、ドーラが少しは眠れたかどうかをたしかめ、ベッドでおとなしくしているよう説得するために、ふたたび上の階へ行くことができた。寝室に入ったとたん、ドーラが公爵夫人専用の居間にいることを知った。そちらから音楽が聞こえてきたのだ。妻を見つけるために、彼の化粧室を通り抜けた。

ドーラは古いピアノフォルテの前に腰を下ろして、柔らかな甘い曲を弾いているところだった。演奏に没頭していた。ちらちら光る赤紫色のドレスという豪奢な装いで、そのみごとな仕立てがほっそりと優美な身体の曲線をひきたてていた。彼が贈ったダイヤモンドが首と耳を飾っていた。濃い色の髪は上品にカールさせて高く結いあげてあり、首筋と耳元にウェーブした後れ毛が揺れている。そして、公爵夫人の印であるティアラをつけている。ジョージの祖母から母へと代々受け継がれてきたものだが、ミリアムがつけたことは一度もなかった。ピアノフォルテの上に銀色の長手袋が置いてあった。柔らかそうな銀色のダンスシューズがペダルのひとつを踏んでいた。

年齢相応に見える――ジョージは思った――だが、この年齢の女性として最高にすばらしい姿だ。若い娘のころより、いまのほうがはるかに美しいに違いない。身体のあらゆる曲線が成熟を物語っている。絢爛と咲き誇った女の美しさだ。そして、胎内には自分たちの子供が宿っている。先刻の崖の上での場面を思いだした瞬間、ジョージの膝から力が抜け、くずおれそうになった。

ドーラが曲を弾きおえ、微笑と共に顔を上げた。ドアのそばに立つ彼の気配を感じていたに違いない。

「舞踏会に出るつもりかい？」

「ええ、そうよ。エスコートしてくれる人を探してるところなの」

「その名誉はどうかこのわたしに」ジョージは部屋に何歩か入ったあとで、宮廷ふうのおおげさなお辞儀をした。

ドーラがスツールの上で身体の向きを変えた。「晩餐はどうでした？」

「たぶん、みごとな料理だったと思う。料理に注意を向けていれば、わたしもそれに気づいたかもしれない。もっとも、客はみな大満足の様子だった。本当によくできた子だ。フィリッパが品のいい魅力を湛えて、冷静にきみのかわりを務めてくれた。われわれは正直にすべてを話した。誇張も省略もしなかった。今日の午後の出来事がくりかえし話題にのぼった。われわれは正直にすべてを話した。誇張も省略もしなかった。今日の午後の出来事がいまは誰もが満足し、午後の騒ぎにこれ以上触れることなく今宵の舞踏会を楽しむ気になっている、と言いたいところだが、もちろん、舞踏会に来る客のほとんどは晩餐の席に出ていない。午後のことがふたたび何度も話題にのぼるだろう。できれば、きみにはこの部屋にとどまってもらいたい」

ドーラは立ちあがると、ジョージのほうにやってきて、クラヴァットのひだを少し手直しした。

「そして、このドレスと、宝石と、最高の髪を結ってくれたメイジーの努力を無駄にしろとおっしゃるの？　今日の午後わたしが命を落としそうになったことを誰もが知っているなら、わたしが姿を見せたときに好奇心をむきだしにするに決まってるわ。それが人間の性(さが)というものよ、ジョージ。今夜の舞踏会を欠席したとしても、いずれ、みんなの前に出なきゃいけない。たぶん、日曜の教会あたりで。一生隠れているわけにはいかないのよ。だったら、いまここで姿を見せたほうがいいわ。みんなにとっても、そのほうがいいと思うの。それに、わたし、舞踏会をとても楽しみにしていたのよ。出るなと言われたら、ヒステリーを起こすかもしれない」

ジョージが妻の目を見つめると、その目は底知れぬ深さを湛えていた。彼が晩餐の席で語ったことは真実だし、正確だったが、完全なものではなかった。欠けた部分を知っているのは妻だけだ。だが、妻がそれに触れる気はないことにジョージは気づいていた。イースタムに聞かされた話を彼女のほうから突きつけてくることはけっしてないだろう。彼のプライバシーにも、これまで守りつづけてきた秘密にも、触れないようにしてくれるだろう。

自分がどれほどドーラを大切に思っているか、どれほど愛しているかをはっきり認識したのは、たぶんこの瞬間だっただろう。自分が吸う空気以上にドーラを愛していた。最初の結婚の直後から心の奥の秘密の小部屋にしまいこんでしまった若き情熱のすべてをかけて、ドーラを愛していた。小部屋の鍵は失われたものと思っていた。ところが、ドーラがどこか鍵を見つけだし、錠に差しこみ、まわしてくれたのだ。

「あとで話をしよう」ジョージは妻の両手をとると、片方ずつ持ちあげて、てのひらの下のほうに唇をつけた。

「そうお望みなら」ドーラは答えた。自分の言葉の意味を理解してくれたのだとジョージは思った。

「望んでいる」

ジョージはピアノフォルテのところまで妻の手袋をとりに行き、彼女がそれをはめるのを待って、片方の腕を差しだした。

舞踏会の客がもうじき到着しはじめる——遅れて来る者は、今夜は一人もいないだろう。

20

ドーラがこんなに微笑をふりまいたのは生まれて初めてだった。そして、不思議なことに、そのあいだじゅう、心の底から幸せを感じていた。それも当然だ。下手をすれば死んでいたかもしれないのに、傷ひとつ負わずにこうして生きている。心の傷は別かもしれないが。命が助かったのは、夫と、夫の甥と、母の夫が力を合わせてくれたおかげだった。母の夫のことをドーラは何年も蔑んできて、ようやく最近になって敬意を、さらには好感まで抱くようになっていた。

幸せでないわけがあって?

ドーラが何週間も夢に見てきた夜が周囲で現実のものとなっていた。正式な晩餐会に出られなかったのは事実だが、これから何時間ものあいだ、舞踏会がくりひろげられる。花に飾られた階段と舞踏室、天井の本来の位置に戻されてろうそくとクリスタルガラスの輝きを放っているシャンデリア、ぴかぴかに磨かれた床、そして――ああ、あらゆるものを目にした瞬間、ドーラは興奮を抑えきれなくなった。楽団がすでに到着していた。広い舞踏室の端の一段高い場所に楽器が置いてある。バイオリン奏者がピアノフォルテのところで調弦をしていた。舞踏室のとなりのサロンには、糊の利いた白いクロスをかけた細長いテーブルがいくつも置かれ、花瓶や磁器やクリスタルグラスや銀器がその上に並んでいた。客が到着しはじめたら、ただちに料理と飲みものが運ばれることになっている。早くも何人かが到着し、舞踏室の端をゆっくり歩いたり、ベルベットの椅子に腰を下ろしたりしている。誰もが今宵のために豪華な衣装をまとい、髪も丹念に整えている。

わたしがすべてここまでやったのね——だが、これだけの準備をするあいだ、自分が手を出す必要はほとんどなかったことを考えたとたん、おかしくてつい笑ってしまった。わたしとジョージは世界最高の召使いたちに恵まれているに違いない。

ああ、幸せでないわけがあって？

ただ、その幸せに影を落としていることがあった。ひとつは、ジョージの人生の大半に大きな不幸がつきまとっていたのを、ドーラが知ってしまったこと。それから、今日の午後、イースタム伯爵が彼女を殺そうとし、あと一歩で成功しそうになったこと。ドーラへの恨みは何もないと伯爵は言ったが、やはり、自分も恨まれていたとしか思えない。殺人も辞さないほどの憎悪を目の当たりにするのは身の毛のよだつことだった。しかも、当人は死んでしまった。何時間か前に一緒に歩いて話をした相手が死んでしまったのだと思うと、ドーラの心は重かった。すぐそばを転落していった伯爵の姿と、響きわたった悲鳴は、当分忘れられそうもない。あれから伯爵はどうなったの？　いえ、伯爵の遺体はどうなったの？

ドーラはドアのところで足を止めて舞踏室をうっとりと見まわしてから、まず、ジョージの腕から手を離して部屋のなかをまわった。泊まっていく予定の客たちに挨拶をして、部屋へ案内できなかったことや、晩餐の席で話ができなかったことを詫びた。怯えて消え入りそうになりもせずに、一人でここまでやれるのは気分のいいものだと思った。怯える？　怯えることなど何もない。にこやかに接してくれる人々と握手をし、丁寧なお辞儀や会釈を受けて〝公爵夫人〟と呼ばれ、言葉を交わすだけだもの。今日の午後のような思いをしたあとは、何があってももう怖くない。

わずか二、三カ月のうちに、わたしはずいぶん成長した。

もちろん、詫びる必要などないと誰もが答えて、ドーラの体調を案じる言葉を口にし、恐ろしい試練に見舞われたことに同情した。外からの客が到着しはじめたら、同じことがくりかえされるのを覚悟しなくてはならない。少なくとも、話題がなくて困る者は、今夜は一人もいないだろう。

しかし、ドーラには、客が到着する前にぜひやっておきたいことがふたつ残っていた――最初の客たちがそろそろ姿を見せるころだ。ジュリアンとフィリッパが楽団席のそばにいるのを見つけた。バイオリン奏者との話を終えて、ちょうどこちらを向いたところだった。

ドーラはフィリッパに両手を差しだし、左右の頬にキスをした。

「最高に信頼できる人から聞いたわ――あなたは本当によくできた子で、晩餐の席でいつものように品のいい魅力を湛えて、女主人の役を務めてくれたって。でも、わざわざ聞く必要もなかったけど。本当にありがとう、フィリッパ」

「今日の午後、あの男にレモネードをご馳走になったなんて、自分でも信じられません。しかも、レディ・ハヴェルに〝伯爵さまのお言葉はわたしがドーラに伝えておくから、あなたは急いで子供部屋へいらっしゃい〟と言われなかったら、あなたと話がしたいというあの男の言葉を、わたし自身が伝えていたでしょう。ほんとに申しわけありません、ドーラおばさま」

「謝る必要はないのよ。さっきジョージが言っていたように、自分を責めるのはもうやめましょう。悪いのは一人だけですもの」ドーラはジュリアンのほうを向き、彼の肩に両手を置いて、左右の頬にキスをした。「あの男の注意をそらして、わたしが男の手をふりほどくチャンスを作ってくれたのはあなただったのね。ありがとう、ジュリアン」

ジュリアンはにっこりして、肩に置かれたドーラの手を軽く叩いた。「未来の跡継ぎを守るために、何かせずにはいられなかったんです。だって、跡継ぎにはジョージおじさんの甥よりも息子のほうがはるかにふさわしいって、フィリッパとぼくで決めたんですから」

「でも」ドーラは言った。「跡継ぎは甥のままかもしれないわ。産まれてくるのが女の子だったら。ただ、男の子でも女の子でも、ジョージとわたしは同じように幸せよ」

みんなで笑った。笑い声が心地よく響いた。しかし、ドーラは母親がサー・エヴァラードとフレンチドアから入ってくるのを目にしていた。新鮮な空気を吸いに二人でバルコニーへ出ていたに違いない。

「あ、ちょっと失礼」そう言って、ドーラは二人のほうへ急いだ。

母の顔は喜びに輝いていた。「なんてきれいなの、ドーラ。昔から赤紫のよく似合う子だったわね。もっとも、赤紫が似合うのは金髪の子だと言って、あなたはいつも抵抗してたけど。でも、舞踏会に顔を出して本当に大丈夫なの？　くれぐれも無理しないようにね」

「約束します」ドーラは母親に請けあった。「すでにジョージにお説教されたし」

彼女の母もシルバーブルーのドレスで華やかに装っていた。流行の先端をいくというより古典的なデザインなので、母が自分で縫ったのかもしれないとドーラは思った。昔から針仕事の得意な人だった。銀色の髪はエレガントな形に結ってあった。若いころに比べるとふっくらしているが、それもまた、大好きだった母の思い出を呼びさましてくれる優しい笑みと共に母の雰囲気によく合っているとドーラは思った。

「公爵さまはすばらしい方ね」母は言った。

「ええ、わたしもそう思うわ」ドーラはそう言って笑い、サー・エヴァラードのほうを向いた。両手を差しだしたが、サー・エヴァラードがその手をとると、衝動的にひっこめ、彼の首に両腕を巻きつけて頬にキスをした。「あなたは命の恩人です、サー・エヴァラード。正直に申しあげると、恩人と呼ぶべき人はあなたのほかにはいません。これまで母によくしてくださいました。ケンジントンのお宅に伺ったときに失礼な態度をとったことをお許しください。あのときは、あなたがどれほどいい方だったのか、いえ、どれほどいい方なのかを知らなかったのです。それから、命を助けていただいたことにお礼を申しあげます」

「親愛なるドーラ」サー・エヴァラードはふたたび彼女の手をとった。いささか照れくさそうな顔だった。しかし、ドーラの母はにこやかな笑みを浮かべて彼を見つめていた。「今日の午後、たまたまあそこに居合わせたから、少しぐらい英雄的なことをしなくてはと思ったんだ。きみがかすり傷ひとつ負わずに生き延びてくれたことを心から嬉しく思っている。それと、きみの母上のことだが――母上が不当に恥をかかされ、家を飛びだすしかなくなる前から、わたしはたぶん母上を愛していたのだと思う。運命のめぐりあわせにより、わが人生にとって最高の贈物を手にする結果にならなかったら、自分に対してさえ、それを認めることはなかっただろう。わたしは母上を愛している。母上のそばにとどまることは、けっして犠牲ではなかった。まさにその逆だった」

ああ、なんていい人なの――ドーラは思った。たぶん年上の女性にふざけ半分の口説き文句を並べて楽しんでいただけだろうに、多くのものを犠牲にしてその女性を守り抜いてくれた。母は家を飛びだして父から離縁を申し渡されたことで、社交界から排斥された。また、サー・エヴァラードのような身分の男性なら、ふつうはもっと恵まれた人生を送れたはずだが、彼自身の社交生活もかなり地味なものになり、条件のいい結婚をするチャンスは失われてしまった。貧しい暮らしではないものの、裕福でもないのは明らかだ。

でも、誠実で愛情深い人だ。また、威厳を備えている。実の父よりも尊敬できる人だ――父には悪いが、ドーラはそう思った。

「そろそろお客さまが到着するころね。ジョージのところへ行って、一緒に出迎えなきゃ」

ペンダリス館のこの舞踏会がロンドンで開かれたなら、〝嘆かわしいほどの混雑〟という名誉ある呼び方をされる資格はなかったでしょうね――それから三〇分ほどのあいだに、ドーラはそう思った。年配者を中心とする一部の客がカードルームへ移動し、どんな軽食が用意されているかを見るために多くの者がサロンを覗きに行く前ですら、舞踏室には楽に呼吸できるスペースが充分にあった。それでも、ドーラから見れば、まばゆいほどの混雑だった。なにしろ、招待された人々が残らずやってきたのだ。

クラーク夫妻までが来ていた。硬い表情で、やや憔悴している感じだった。ドーラが推測するに、ひとつは好奇心から、もうひとつは、舞踏会を欠席したらイースタム伯爵の殺人の企みに加担していたと思われる危険があるので、それを避けたかったのだろう。ジョージは夫妻に微笑して礼儀正しく頭を下げた。ドーラも夫妻に笑顔を向け、体調を尋ねるクラーク氏に、医者の勧めに従って二時間ほど休んだおかげですっかり元気になったと答えた。

それからしばらくすると、パーキンスン夫人がヤービー夫妻と連れ立って到着し、上品ぶった笑みを浮かべて、大親友のグウェンからけさ手紙が届いたことをさっそくドーラに報告した。

「レディ・トレンサムがわたくしと違って古い友情を大切にする人じゃないのが、ほんとに残念ですわ。こちらから長い手紙を出しても、三回に一回ぐらいの割で短い返事が来るだけですのよ。もっとも、大目に見てあげなくてはね。小さな子がいるんですもの。それに、トレンサム卿が子育てを全面的にまかせられる優秀な乳母を雇ってくださってるのかどうか、わかりませんし。あるいは、貴婦人には午前中の時間を手紙のやりとりに費やす義務があることを、トレンサム卿が理解してらっしゃるかどうかも疑問ですわ。トレンサム卿のお父さまは商売人でしたもの。ああ、気の毒なグウェン」

今度グウェンに手紙を書くとき、この小さなひと幕を忘れずに報告しなくては、とドーラは思った。

ジェームズとアンのコックス＝ハンプトン夫妻は上の娘二人を連れてやってきた。これがロンドンの舞踏会だったら、二人とも若すぎて参加できないところだが、今夜のペンダリス館では歓迎された。ジェームズは無言でジョージと力強い握手を交わし、いっぽう、アンは数秒間ドーラを抱きしめた。

「とってもきれいよ。恐ろしい試練にあったばかりなのに、すごく落ち着いてる。レディが賭けをしてもかまわないのなら、わたし、ジェームズから大金をせしめていたでしょうね。あなたが今夜舞踏会に顔を出すことはありえないって、ジェームズは断言したの」

「だが、もしそうなっていれば、わが妻よ」ジェームズが言った。「わたしは生涯、妻の財産に頼って暮らすしかなくなり、きみはわたしへの敬意をすっかり失ってしまうだろう。ドーラ、あなたが試練にくじけなくて本当によかった」

バーバラ・ニューマンも夫の牧師と一緒に到着したとたん、ドーラを抱擁した。

「わたしがゴシップを真に受けることはめったにないのよ。たいてい、ひどく誇張されてるか、もしくは事実無根なんですもの。でも、イースタム伯爵が亡くなったことからすると、あなたが命の危険にさらされたことは本当だったようね」

「でも、こうして生き延びることができたわ」ドーラは言った。「舞踏会を楽しんでいってね、バーバラ。あとで時間を見つけて、あなたが踊っていないときに詳しく話すから」

やがて、ついに一人残らず到着したようだった。田舎の催しはロンドンに比べて終わる時刻が早いので、遅刻する者はめったにいない。〝粋に遅刻する〟という言葉は、田舎ではほとんど知られていない。

そして、いま、ジョージが妻の手をとって自分の腕にかけさせ、じっと彼女を見つめた。

「きみは光り輝いている」と言った。「目がくらみそうだ。だが、微笑ときらめく目の陰に疲労が隠されているのではないかね、ドーラ？」

「いいえ、大丈夫よ」ドーラはきっぱり答えた。「でも、ダンスをしないという約束は守るわ。ドッド先生に禁じられたのは活発なダンスだけだったけど。わたし以外のみんなの労働の成果を眺めて楽しむだけで、わたしは満足よ」

ジョージは笑った。「だが、舞踏会はきみの思いつきだった。大事なのはそこだ。さて、アンのところへ連れていってあげよう。アンは娘たちが一曲目をちゃんとしたパートナーと踊れるよう、相手を探すのにおおわらわで、自分が踊るつもりはまったくないようだ」

本当はジョージに連れていってもらう必要などなかった。わたしはスタンブルック公爵夫人。今夜はティアラまでつけている。それに、舞踏会の女主人なのよ。しかし、フィリッパと一曲目を踊る前に妻を友達のアンのところへ連れていこうとする夫に、ドーラは黙ってついていった。一曲目の活発なカントリー・ダンスのあいだに、ドーラは今日の午後の出来事を残らずアンに話した――ただ、伯爵が暴露した事柄の一部は伏せておいた。この件になんの関わりもない相手に話を聞いてもらえて、ドーラの心は軽くなった。あとでバーバラにも同じように打ち明けるつもりだが、それ以外の相手に話す気はなかった。あとの人には好きなように噂をさせておけばいい。

今夜のドーラは何よりもまず、舞踏会を楽しみたかった。お祝いしたいことがたくさんある――結婚、妊娠、母との和解、友情。

人生そのもの。

前々から考えていたように、客のあいだをまわって夜の時間を過ごした。ダンスをするつもりはなかった。あらゆる人と歓談し、ときには午後の騒ぎに関する質問に答えたが、それ以外の話題でもずいぶん盛りあがった。若い子たちのためにダンスのパートナーを見つけた。みんな、見るからに踊りたそうな様子なのに、恥ずかしさが先に立って行動に出られないのだ――それは若い令嬢だけでなく、若い紳士にも当てはまることだった。いや、紳士たちのほうが大変かもしれない。令嬢には母親がついていてパートナーを見つけてくれるが、男性は自力で見つけなくてはならないからだ。ドーラはまた、人込みを自由に動きまわるのが困難な年配者のために、皿に料理をのせて持っていった。もっとも、召使いたちがトレイを手にして絶えず人々のあいだをまわっているのだが。曲と曲の合間には、わざわざクラーク夫妻のところへ行き、音楽教師をしていたころのエピソードで二人を笑わせた。

泊まっていく予定の夫婦が連れてきた幼い子供二人が、乳母に付き添われて、舞踏室の一方の端にある高い回廊にのぼっているのを見つけたときには、ドーラもそこまでのぼっていった。軽食が用意されたサロンから砂糖菓子を持っていき、乳母の許可を得てから渡したので、子供たちは大喜びだった。

そう、ドーラはたしかに心ゆくまで楽しんでいた。どうして楽しまずにいられよう？　舞踏会は大成功だ。今日の午後ペンダリス館の敷地で死亡事故があったせいで、祝祭気分に暗い影が落ちるのではないかと少し案じていたが、結局は杞憂に終わった。ジョージは多くの時間をダンスにあて、残りの時間はドーラと同じように客のあいだをまわって過ごした。楽しそうだし、くつろいだ様子だった。

でも、ああ——夜のあいだに二度ほど、ドーラの胸に許されない思いが湧いた——せめて一曲だけでも踊れればどんなに楽しいかしら。活発なダンスばかりじゃないのに。でも、約束してしまったし……。

今宵のために用意されたワルツは二回。夜食のあとに二回目が予定されていた。一回目のワルツをジョージはドーラの母と踊った。母のステップはドーラが少女だったころに劣らず軽やかだった。ドーラはいささか残念そうにそれを見ていたが、回廊に子供たちの姿を見つけ、気を紛らせるためにそこまでのぼっていったのだった。

さて、客たちはいま、二回目のワルツのパートナーを見つけるように言われていた。ドーラはバーバラと一緒に立っていたが、反対側に立つ誰かのほうへバーバラの注意がしばらくそれたので、扇子で顔をあおぐことにした。やがて、誰かに扇子を奪われた。

「暑すぎるかい？」ひきつづき扇子を揺らしながら、ジョージが訊いた。「がんばって飛びまわりすぎたんじゃないか？」

「飛びまわってなんかいないわ」ドーラは夫に誓った。「でも、あなた、こんなすばらしい舞踏会に出たのは初めてじゃない？　嘘の返事をしてもかまわないのよ」

「おお、だが、わたしは本当のことしか言えない人間だ。これまでに顔を出したなかで最高にすばらしい舞踏会だ。たぶん、わたしが出会ったなかで最高にすばらしいレディがここにいるからだろう」

「それが誰なのか尋ねるのはやめておくわ。お返事を聞いて悔しく思うかもしれないから」

「だが、わたしは本当のことしか言えない人間だ。覚えてるね？」ジョージは言った。「それはきみだ」

ドーラが笑うと、ジョージの微笑が大きくなった。結婚して以来、自分たちが折に触れてくだらない冗談を言っては笑いあえることを知って、ドーラは驚くと同時に喜んでいた。

「本当のことだ」ジョージは断言した。「いまでも覚えているが、聖ジョージ教会での挙式を承知してくれたしばらくあとで、きみは言った――ロンドンの舞踏会でワルツを踊るのはきっとすてきだろうといつも思っていた、と。いつか二人で踊ろう。だが、とりあえずは、われわれが主催するペンダリス館のこの舞踏会でもいいんじゃないか？　わたしとワルツを踊ってもらえないかな？」

まあ。踊りたいという熱い思いがドーラの胸に湧きあがった。「でも、ぜったい踊りませんって、どこかの暴君に約束してしまったの」

「いや、どこかの暴君の記憶によると、禁止したのは活発なダンスだけだったそうだ。また、その暴君は夜食のあとで楽団の指揮者と話をして、一回目よりもゆっくりしたテンポの静かなワルツにしてほしいと特別に頼みこんだそうだ」ジョージは妻の目の奥深くを見つめた。「わたしとワルツを踊ってもらえないかな、ドーラ？」

ドーラは彼の手から扇子をとりもどして閉じた。「完璧な夜になるでしょうね」

ジョージが片腕を差しだしたので、ドーラは彼の袖口に片手をのせた。

前に一度だけワルツを踊ったことがある。イングルブルックで開かれた地元のパーティのときで、相手は、興奮した牛から逃げまわるあいだにステップを覚えたに違いないという感じの村の地主だった。とくに楽しいとも思えない経験だったが、本当はもっとすてきな踊りだろうとドーラはいつも思っていた。きっと、かつて発明されたなかで最高にロマンティックなダンスになるだろう——息の合ったパートナーさえいれば。

今夜は間違いなく息の合ったパートナーがいる。

ジョージがドーラのウェストのうしろに片手を当てて、彼女の手を温かく包んだ。ドーラは反対の手を彼の肩に置いた——温かで、たくましくて、頼もしい。フロアに出ているほかの何組かのカップルを目にする暇しかなかった。母とサー・エヴァラード、アンとジェームズ、フィリッパとジュリアン。すぐに音楽が始まった。

ステップに自信がなくて不安だったドーラだが、その不安はすぐに消え去った。ジョージとひとつになって軽やかにフロアを舞い、鍵盤に指を走らせるかわりに全身で音楽のなかに入りこんだような感覚に包まれた。聴覚だけでなく五感すべてを駆使して何かを創造するのに似ていた。頭上にはクリスタルのシャンデリアとろうそくの光。足元には花々と緑の葉。植物とさまざまなコロンの香り。さらにはコーヒーの香りも。音楽の響きと、床をリズミカルにすべる足音と、話し声と、笑い声。口のなかに残るワインとケーキの味。そして、ドーラの片手には夜会服の感触、反対の手にはさらに大きな手の感触、身体から発散される熱。踊りを楽しむ人々。静止しているものは何もない。音楽も――人生も――けっして静止しない。ドーラのまわりで光と色彩が旋回し、その真ん中でドーラも旋回していた。

周囲に生命と喜びが満ちあふれていた。

しかし、すべての中心に永遠不変のものがあった――彼女を抱いて一緒にワルツを踊っている男性。不屈であり、エレガントでもある。ストイックであり、優しくもある。貴族的であり、人間的でもある。複雑であり、傷つきやすくもある――ドーラの話し相手、友達、夫、恋人。ドーラと二人で人生という音楽を創りだしている。

命を脅かされる恐怖を味わったすぐあとに浮き立つような幸福感に包まれるのは、不思議な感覚だった。人生の両極端。いや、それほど不思議ではないのかもしれない。

ジョージの言葉を思いだした。崖の坂の途中からドーラを抱いて屋敷に運んだという。その事実がいま初めて現実味を帯びて、ドーラの心にくっきりした印象を残した。この人がわたしを抱いて運んでくれた。

しかし、ワルツを踊るあいだにその思いは遠くへ漂い去り、幸福感だけがあとに残った。

音楽がついに終わったときは、なんだか寂しかった。しかし、ほかのカップルがフロアを離れるあいだ、ジョージはもうしばらくドーラを抱いていた。

「そろそろベッドに戻ってほしい。いいね？　みんなにはわたしから謝っておく。みんな、わかってくれるはずだ。たしかあと一曲残っている。それがすんだら、誰もが帰り支度で大忙しになるだろう」

ドーラは不意に疲れを感じてうなずいた。

「おいで」ジョージが言った。「上の階までエスコートしよう」

ドーラの化粧室の外に彼女を立たせた。メイジーをすぐこちらによこすよう、階下であらかじめ命じてあった。妻の両手をとって、左右の手の甲に唇をつけた。

「おやすみ、ドーラ」と言った。ドーラはほんの一瞬、彼の目に何か無防備なものを見たように思った——不幸な翳、根深い苦悩を。しかし、あたりは薄暗く、ドーラの目の錯覚だったのかもしれない。ジョージは燭台を持たずにここまで来たのだ。壁の燭台で燃えるろうそくの光があるだけだった。

ジョージは向きを変え、大股で廊下を戻っていった。

〝あとで話をしよう〟さきほどジョージが言った。しかし、話をする機会があるのかどうか、ドーラは疑問に思った。

ドーラを説得してベッドへ行かせることができて、ジョージはほっとしていた。彼が大規模な舞踏会を主催したのは今回が初めてだった。ただ、言うまでもなく田舎の催しなので、ロンドンで予想されるような大混雑にはならなかった。それでも、舞踏会が終わったときの混沌(こんとん)たる状態については、彼もある程度知っていた。夜のあいだ一度も話す機会がなかったかのように、人々が急に言葉を交わそうとし、玄関先では何台もの馬車が場所とりに躍起になる。いい場所を確保したあとは、馬車の所有者が屋敷の主人と友人と知人のすべてに延々と別れの挨拶をするあいだ、じっと待たなくてはならない。最後の馬車が馬車道を遠ざかって姿を消したあとも、屋敷には泊まり客が残っていて、ベッドに入る前に、どれほどすばらしい一夜だったかという話をしようとした。

舞踏会が終わって一時間以上たってから、ジョージはようやく、となりの寝室のドーラを起こさないよう気をつけつつ、忍び足で自分の化粧室に入った。しかし、舞踏会が始まる前の場面を再現するかのように、居間から流れてくる柔らかな旋律が耳に届いた。

妻は眠っているものと、なぜ思いこんでいたのだろう？　妻が疲れきっているのはたしかだが。

従者には先に休むように言っておいたので、従者の手を借りずに服を脱ぎ、ナイトシャツとガウンに着替えてから、居間まで行った。

ドーラがピアノフォルテを弾く手を止め、笑顔で彼を見上げた。ベッドに入るための着替えをすませていた。髪は下ろして、ブラッシングで艶々していた。だが、疲労が顔に色濃く出ている。

「早めに帰った人は誰もいなかったようね」

「遅めに帰った者もいなかった。誰もがものすごく遅くまで残っていた。きみの舞踏会が大成功を収めたしるしだ。今後一〇年にわたって話題になるだろう」

「こういう催しをもっと開きましょうよ。今夜みたいに大々的なものでなくてもいいから」

「そうだね」ジョージは同意し、妻のほうへ歩み寄った。「だが、きみさえかまわなければ、明日は勘弁してくれ、ドーラ。あるいは、明後日も。眠れなかったのかね？」

ドーラは首を横にふった。「眠るのが怖かったの」

「悪夢にうなされそうで？」

ドーラがスツールの上で向きを変えたので、膝と膝が触れあった。彼女がうなずくのを見て、ジョージは片手を妻の頭に置き、髪を優しくなでた。

「わたしと虚空のあいだには、たぶんあと二歩ぐらいの幅しかなかったわ。そして、何をもってしてもあの男の心を変えさせるのは無理なのがわかっていた。わたしが何を言おうと、あなたが何を言おうと」

二人ともしばらく黙りこんだが、やがてドーラが身を乗りだして夫の腰に腕をまわし、彼の胸に顔を埋めた。肩を大きく波打たせて泣きじゃくった。

ジョージは妻を抱きしめて目を固く閉じ、考えた――もし……最悪の結末を迎えていたら……正気を失った自分はいまごろどうしていただろう？

ドーラは夫のガウンとナイトシャツの胸がぐっしょり濡れるまで泣きつづけたが、やがて顔を上げたので、ジョージは彼のハンカチで妻の涙を拭った。ドーラは彼の手からハンカチをとり、洟をかんだ。

「明日、あの場所へ行きたい」ハンカチを背後へやり、スツールの上に置きながら、ドーラは言った。「岬の小道を歩いて、浜辺に下りたい。ここはわたしの家よ。明日実行しなかったら、永遠にできないと思うの。一緒に来てくれる？」

ジョージは恐怖に襲われた。

「いいとも」膝の力が抜けていくのを感じるなかで、不意に悟った――妻は正しいことを言っている。そして、信じられないほど勇敢だ。「だが、今夜はもう遅いから眠らなくては。悪夢に襲われないよう、わたしが抱いていてあげよう、ドーラ。誰であれ、なんであれ、きみに害をなすことは、わたしが許さない」今日の午後、自分が完全に無力だったことを考えれば、なんとも愚かな言葉だ。人は自分の大切なものを間違いなく守れるとはかぎらない。

「いずれ話をしよう。約束する。しかし、今夜はやめておく」ジョージは一瞬ためらった。「だが、ひとつだけ見てもらいたいものがある」

ドーラは立ちあがり、夫の手のなかに手を置いた。ジョージは二人の寝室へ彼女を連れていき、めったに使うことのない書き物机のいちばん上の引出しをあけた。柔らかな布に包まれたものをとりだして、布を開いた。手近なろうそくを手にすると、それをかざし、額に入った絵をドーラに渡した。

「もともとは、ピクニックに出かけた日にアンがスケッチしたものだ。もらえないかと頼んだら、アンは本格的に油絵の肖像画にすると言ってくれた。細密画よりやや大きめのサイズになった。本人にそっくりだ」

「そう、わたしの息子だ。大事な子だった」「ブレンダン？」

ドーラは長いあいだ絵を見つめた。「もちろんよね。あなたの子供ですもの」

ジョージは彼女の目の表情から、妻が真実を知っていることを悟った。しかし、妻の言葉は真実でもあった。ブレンダンは彼の子供だ。

「壁にかけていたの？」ドーラは夫に尋ねた。「わたしと結婚する前は」

「いや」ジョージは首を横にふった。「ギャラリーに飾るための絵ではない。もっとも、いずれはそこに飾ることになるだろうが。ギャラリーに足を踏み入れる召使いたちに見られたくないのだ。わたし一人が見るための絵だ。そして、いま、きみにも見てもらった」

「ありがとう」ドーラは優しく言った。

ジョージは肖像画を布で丁寧に包み、引出しにしまった。

「そろそろ寝るとしよう」

「ええ」

21

ドーラは窓を打つ雨の音で目をさました。すっかり明るくなっている。ジョージがシャツ一枚の姿で書き物机の前にすわって手紙を書いていた。意外なことに、ドーラは夢も見ずにぐっすり眠ったようだ。

そっと横向きになり、彼を見つめた。彼がこの寝室で手紙を書くことはめったにない。それどころか、書き物机がじっさいに使われているのをドーラが見たのはこれが初めてだった。だが、目をさましたドーラを一人にしないようにという夫の配慮がドーラにも伝わってきた。ジョージは鵞ペンをインク壺に浸すと、手紙の上に身をかがめたまま、さらに書きつづけた。

ドーラの目がいちばん上の引出しに向いた。昨日さんざん泣いてしまった。今日はもう泣いたりしない。目が潤んでくるのを感じた。強くまばたきして涙をこらえようとしても、ゆうべ、肖像画を包んだ布を開いたとき、ジョージの手にはこのうえない優しさがこもっていたし、ドーラに手渡す前にしばし絵を見つめたときの目も優しさに満ちていた。声にも優しさがあふれていた。〝そう、わたしの息子だ。大事な子だった〟

スケッチが描かれ、それをもとにして肖像画が描かれたとき、少年は一四歳か一五歳ぐらいだっただろう。平凡な顔立ちの、やや太り気味の少年で、戸外にいるので金髪が少し乱れていて、恥ずかしそうな笑顔には傷つきやすさと魅力の両方が感じられる。ジョージに似たところはまったくない。

〝本人にそっくりだ〟

〝大事な子だった〟

〝わたし一人が見るための絵だ。そして、いま、きみにも見てもらった〟

ギャラリーに家族の肖像画は一枚もなかった。でも、この絵があったのだ。ジョージ一人のための、とても大切な絵。彼の血をひいていない少年の肖像画。

〝そう、わたしの息子だ〟

ドーラが何か音を立ててしまったに違いない。いや、ひょっとすると、彼が数分おきに妻の様子を見ていたのかもしれない。彼が首をまわし、それから微笑した——ああ、わたしはこの人を愛している。

「おはよう」夫が優しく言った。

「おはよう」昨日のドーラは自分のことしか考えていなかった。死んでいたかもしれないという思いで頭がいっぱいだった。けさは夫を思いやることができた。もしわたしが死んでいたら、いまこの瞬間、この人はどんな思いでいただろう？　夫がこの自分に燃えるような恋心を抱いているとは思っていなかったが、大切にしてくれて、結婚に満足していることはわかっていた。

〝ああ、ドーラ。最愛の人。ただ一人の最愛の人〟それとも、意識を失ったときに沈んでいった夢の世界の一部だったの？

「悪夢にうなされたりしなかったかね？」

「いえ、ぜんぜん」ドーラは答えた。「あなたは？」

しかし、彼が首を横にふる前からすでに、ドーラには答えがわかっていた。夫は一睡もしていない。目の下に黒いくまができ、鼻孔から唇の横を通って顎まで続くしわがふだんより目立つ。顔にはほとんど血の気がない。

「けさ、イモジェンからわれわれ二人に宛てて手紙が届いた。それと、きみの妹からきみ宛に一通」ジョージは机に置かれた未開封の手紙を軽く叩いてみせた。

「イモジェンからはなんて？」

「自分で読んでごらん。だが、きみを甘やかして、イモジェンのとっておきのニュースだけ教えるとしよう。われわれ〈サバイバーズ・クラブ〉のメンバーは、人類の存続をたしかなものにするに当たって、全員が賞賛に値する成果を上げている」

「赤ちゃんができたの？」ドーラはあわてて起きあがり、毛布をはねのけた。「できない人だと思ってた」

「イモジェンもだ。どうやら、きみたちは二人とも間違っていたらしい」

「まあ、大変だわ」ドーラは指を使って数えはじめた。「アグネス、イモジェン、クロエ、ソフィア、サマンサ。そして、わたし」

「ひとつ気になるのだが」ジョージが言った。「ヒューゴのどこがいけないんだ？　手紙を書いて当人に訊いてみなくては。もっとも、すでにメロディーという子がいるが」

「イモジェンとパーシーは天にものぼる心地でしょうね。ああ、わたしも手紙を書かなきゃ。あなたが書いてらっしゃるその手紙、二人に宛てたものでしょう？」ドーラは素足のまま部屋を横切って、夫の肩越しにちらっと覗き――やはりイモジェンとパーシーに宛てた手紙だ――それからアグネスの手紙を手にとった。いつもより分厚く感じられた。しかし、すぐにわかったのだが、母に宛てた手紙がなかにはさんであった。アグネスが母に手紙を書いたのは初めてに違いない。ただ、赤ちゃんが産まれたら知らせる、とアグネスが母に言っていたことを思いだした。自分宛の手紙に急いで目を通した。しかし、出産が予定日より早くなったわけではなかった。次のようなことが書いてあった――いまもまだ、おなかが膨らんで不格好になったように感じていて、息切れがひどく、フラヴィアンが大きなおなかに手を当てて嬉しそうな顔をするたびに、自分は不機嫌になる。同時にわくわくしていて、少し不安でもあり、ドーラを盗みだすのは無理だから、かわりに、母親をペンダリス館から盗もうと思っている。ドーラがあまり気にしないよう、そして、母親が喜んで来てくれるよう願っている。

〝幼いころの思い出を〟わたしはきっと葬り去ってしまったのでしょう。具体的に何があったのか、まったく思いだせません。ただ、母のことを考えるたびに、安らぎと、静けさと、心地よさに包まれます。母はそういう感じの人だったの、ドーラ？　それとも、わたしの心に浮かんでくるのはお姉さんのイメージなのかしら〟

「アグネスが母に手紙を書いてくれたわ」折りたたんだ手紙をかざして、ドーラは言った。「お産のとき、母にキャンドルベリーまで来てほしいんですって」

「おお、母上のことだから、喜んでおいでになるだろう。だが、きみが寂しくなるね」

「ええ」ドーラはうなずいた。「でも、どっちみち、母とサー・エヴァラードは来週、ロンドンの家に帰る予定だったし。ここでの滞在を楽しんでくれたと思うけど、二人には二人の人生があるもの。誰だってそうよね」

「今日は散歩できそうもないな」窓のほうを見てうなずきながら、ジョージは言った。「フィリッパとジュリアンが出発を延ばしてくれてよかった。道路がぬかるみに変わってしまっただろう。ほかの客たちが無事に帰宅していればいいのだが」

　雨は依然として激しく、窓がガタガタ鳴る音からすると、風も強いようだ。季節がすでに秋に変わって冬も遠くないことを、この天候が告げている。

「しばらく待てば、雨も上がると思うけど」ドーラは言った。ゆうべ言ったように岬から浜辺まで歩くことを、いまも切実に願っていた。それもできるだけ早いほうがいい。勇気を失わないうちに。なにしろ、考えただけで膝の力が抜け、動悸がひどくなる。そのとき、炉棚に置かれた時計が目に入った。屋敷に泊まった客たちのことを忘れていた。「着替えて下へ行かなきゃ。みなさんがどう思うかしら」

「きみの夫が思っているのは、なかなか魅惑的だということだ」

ドーラは彼に首をふってみせ、舌打ちしながら化粧室へ向かった。

午餐のあと、雨は徐々に弱くなり、しばらくするとやんだ。だが、とりあえずやんだに過ぎない。雨雲が低く垂れこめ、風はあいかわらず吹き荒れていた。要するに、寒くて、湿っぽくて、陰気で、家のなかで過ごすにかぎるという、まことに憂鬱な午後だった。それでも、午後の早い時間に、一団の人々が悪天候から守ってくれる暖かなペンダリス館を離れて外に出た。全員が防寒のために厚着をしていて、早くも一月になったかのようだった。ジョージとドーラが先頭に立ち、サー・エヴァラードとドーラの母、フィリッパとジュリアン、ジェームズとアンのコックス＝ハンプトン夫妻があとに続いた。無理についてくる必要はないと全員に言ったのだが。ドーラの様子を尋ねるために立ち寄っただけのコックス＝ハンプトン夫妻には、とくに強く言った。それでも、一人残らずついてきた。天候そのものに負けないほどのきびしく頑固な態度で。

ジョージは思った――崖と浜辺へ出かけるなら、もっと穏やかな日まで待ったほうがよかったかもしれない。だが、今日の散策は楽しみのためではない。正反対だ。ドーラは朝のあいだずっと、泊まり客の見送りをするとき以外は南に面した窓から離れようとせずに、雨のことでやきもきし、じっさいよりも早くやんだように錯覚し、そして、たとえ雨がやまなくても出かけるつもりでいた。

「ブーツとレインケープはなんのためにあるの?」途中で一度、誰にともなく問いかけた。「雨の日はぜったい外に出ないというのなら」

納得のいく答えを出した者は一人もいなかった。あるいは、いたとしても、それを口にした者はいなかった。

ドーラは外に出たがっていた——というより、外に出る必要があった——そこで、全員がついていくことにした。誰にとってもドーラは貴重な宝なのだ、とジョージは思った。昨日、もう少しで殺されるところだったため、今日は誰もがドーラを目の届かないところへやってはならないと思っている。ドーラを思いきり甘やかそうとしている。

一行はまず、アンとジェームズが三〇分ほど前に馬車でやってきた道を、濡れた砂利をざくざく踏みながら歩きはじめた。このあたりは安全そのもので、村までのんびり散歩をするような気分だった。いまは風が背後から吹いているが、逆方向を向いたとたん真正面から吹きつけてきて、みんな、息もできなくなるだろう。しかも、じきに方向を変えなくてはならない。言うまでもなく、村へ出かけるのではないからだ。ドーラが昨日たどった道をふたたび歩こうというのだ。庭園の門まで行く前に右へ曲がって崖のほうへ向かい、次にもう一度右へ曲がって、崖の縁とほぼ並行に延びる小道を何キロか歩くと、道はやがてゆるやかな下りになって、屋敷の西三キロほどの地点に広がる浜辺まで楽に行くことができる。

だが、今回はそんな遠くまで行く予定ではなかった。

ジョージはドーラの腕をとって自分の腕に通し、脇にしっかり押さえこんだ。もういっぽうの手で彼女の手を握った。ジュリアンが反対側にまわり、そのあいだに、サー・エヴァラードがフィリッパに腕を差しだした。ジュリアンがドーラの反対の腕をとろうとしたが、ドーラは応じなかった。

「あなたの腕はフィリッパにどうぞ」ジュリアンに言った。「それに、サー・エヴァラードに二人の女性は必要ないのよ。うぬぼれてしまうでしょうから」

こんなときでも、ドーラは冗談を言ってみんなを笑わせることができた。もっとも、ジョージが推察するに、心から笑っている者は一人もいないようだった。昨日の事件がいまもみんなの心に生々しい傷を残している。ジュリアンもサー・エヴァラードも昨日の午後、ジョージと一緒にここに来ていたから、それぞれの妻も詳しい話を聞いているに違いない。また、アンにはドーラから話をしたはずだし、ジェームズには彼自身が話をした。今日のこの外出は無謀すぎる。

だが、それは必要な無謀さなのだ。ジョージの妻にとって必要な無謀さだ。ドーラは夫が小道の外側を歩くことすら承知しようとしなかった。ふつうの状況でも、それが紳士たる者のとるべき態度なのに。ドーラは自分が外側を歩くと言い張った。小道が崖の崩落場所を迂回している地点に一行が到達する前からすでに、ジョージは前日に劣らぬ恐怖を感じていた。その地点まで行くと、ドーラは立ち止まり、彼の腕から自分の腕を抜いた。小道を離れて草むらに入っていった。大雨のあとなので、すべりやすくなっているに違いない。ジョージは背中で両手を組み、妻を抱きかかえて安全な場所にひきもどしたいという抗しがたい衝動と闘った。もっとも、妻の身が危険なわけではない。崖の端まで二、三メートルほどあるのだから。

ほかの者はみな小道で足を止め、不自然に沈黙したまま立っていた。ジョージはふと考えた――誰もが自分と同じように息を止めているのだろうか？

「きれいね」ドーラが言った。この言葉が風に乗ってみんなのところに届いた。「自然はときとして意地悪に見えるし、残酷に思われることすらあるけど、じつのところ、自然には感情も意志もない。存在しているだけ。そして、自然はつねに美しい」

いっぷう変わったこの短い意見を述べたあとで、ドーラは向きを変え、小道に戻って、ふたたびジョージの腕に手を通した。心から嬉しそうに微笑した。

「みなさん、ずいぶん静かね」

「風の音がこんなに大きくなければ、ドーラ」ジェームズが言った。「われわれの膝がガクガク鳴っているのが、あなたにも聞こえるはずだ」

「それから、ぼくらの歯がガチガチ鳴っているのも」ジュリアンがつけくわえた。

「エヴァラードはかわいそうに、高いところが苦手なのよ」ドーラの母が言った。

「高いところが大好きな人なんて、このなかには誰もいないと思うわ」こう言ったのはフィリッパだった。「そんな人がいたら、よほどの変人だわ。でも、ドーラおばさま、おっしゃるとおりです。きれいだわ――風景も、天候も。荒々しいけどきれい」

「しかも安全だ」サー・エヴァラードが言った。「本当に安全だ。小道はぬかるんでいないし。そうだろう？　すべりやすいかと思っていたが、砂利がたくさんある。それに、わたしが記憶しているほど崖の縁に近くもない」

「みなさん、ようやく口が利けるようになったのね」ドーラが言った。「こうしてしゃべりつづけていれば、家にいて温かな暖炉のそばでお茶を飲むより外を散歩するほうが楽しいって、そのうち自分を納得させられるかもしれないわよ」

「お茶？」ジェームズが言った。「ブランディーじゃなくて？」

「わたし、浜辺に下りてみるわ」ドーラがみんなに言った。「でも、ほかの人は無理につきあってくださらなくてもいいのよ」

もちろん、全員がつきあった。

ジョージはこの坂を子供のころからずっと使ってきた。屋敷に住むほかの者もみんなそうだ。すぐそばにこの坂があるというのに、なぜ三キロも遠まわりをして安全な道に出なくてはならない？〈サバイバーズ・クラブ〉の仲間も、脚が不自由なベン以外はみな、この坂をひんぱんに使っていた。傾斜が急で慎重に下りなくてはならないが、危険を感じたことは一度もなかった。とはいえ、昨日、ドーラがここで命を落としそうになったのは事実だし、イースタムはじっさいに死んでしまった。今日は全員がいつもより用心しながら坂を下り、やがて無事に浜辺に立つことができた。

どちらへ進むかを決めるのはむずかしくなかった。左のほうは、石と砂利の散乱する岩場が海中に突きでていて、角を曲がって村の下のほうの港まで続くでこぼこ道になっている。

ただし、いまみんなが立っている場所から村を見ることはできない。昨日はこの道を通って遺体が運ばれたのだった。右のほうには金色の砂浜が広がり、一方には高い崖がそびえ、反対側には海が果てしなく広がっている。潮が満ちてくるところだが、波打ち際までけっこう距離がある。今日の海は荒れていた。波打ち際に到達するかなり向こうで波が砕けて白い泡となり、次から次へと寄せてくる。そのたびに前の波よりも遠くまで砂地に這いあがり、それから沖へひいて次の波と交代する。はるか沖の海面は粘板岩のような灰色で、白波が立っている。

全員がふたたび黙りこみ、みんなで砂浜をしばらく歩いたが、昨日の小さな崖の下まで来てもドーラは足を止めようとせず、崖を見上げることもしなかった。みんなもそれに倣った。ドーラはそこから少し離れたところで立ち止まると、海のほうを向いて、夫の腕から自分の腕を抜き、同時に、風に向かって顔を上げた。

みんなでのんびりしようという合図だった。

「賭けをしましょうか、ジュリアン」不意にフィリッパが叫ぶと、スカートをつかんで持ちあげ、いきなり走りだした。「波打ち際まで競走したら、きっとわたしの勝ちよ」

フィリッパが駆けていくあいだに、ジュリアンはほかの者を見た。「追いかけるしかなさそうだ。何を賭けるか、フィリッパに聞いてないし」

そして、軽い駆け足で妻を追った。フィリッパは夫がついてくるかどうか確かめようとしてふりむき、駆けてくる夫を見て金切り声を上げると、全速力で走りだした。

「子供だな、みんな」ジェームズが笑い、首をふった。

「ねえ、ドーラ」アンが言った。「わたし、スケッチブックを持ってくればよかった。もっとも、風にさらわれてしまいそうだけど。そう思わない？　この瞬間のあなたを絵にしたい。〝勝ち誇った女〟とか、そんな感じの絵。ただし、あまり気どった感じにはしたくない」

「わたしとの競走をきみに提案するのはやめておこう」サー・エヴァラードが妻に言った。「かわりに少し歩こうか？」

二人は潮が満ちてくる海に向かってゆっくり歩きはじめた。

ドーラはアンに微笑した。「赤い鼻をてかてか光らせ、ボンネットの下の髪も風に吹かれてくしゃくしゃだというのに？　〝寒さと風に震える女〟ではどう？」

アンは笑った。「記憶を頼りにあなたのスケッチを描いて、今度会ったときに見せるわね。それとも、しまいこんで、あなたには〝描いてない〟って言おうかしら。出来が悪くて人に見せられないこともあるから」

「いや、そういう絵はごくわずかだ」ジェームズがアンの名誉のために言った。

ドーラはふたたびジョージの腕に手をかけた。「もう少し近くへ行ってみましょう」

「亡霊の一部は風に吹き飛ばされたかね？」誰にも声の届かないところまで行ってから、ジョージは妻に尋ねた。

ドーラはうなずいた。「人の世の営みは移り変わっていく。でも、これは永遠よ」空いたほうの腕で大きな弧を描いて、周囲の景色を示した。「しかも、美しい。わたし、絵のように愛らしい村の小さな心地よいコテージを離れることになったとき、荒涼たる海辺で暮らしはじめたら後悔するかもしれないと思って不安だったわ。そして、初めてペンダリス館に来たとき、不安はさらに大きくなった。何もかも――屋敷も、庭も、この景色も――スケールが大きすぎたんですもの。でも、徐々にすべてを愛するようになったの。せっかく育った愛を、あんな……騒ぎにこわされてたまるものですか。あれはもう過去の騒ぎよ。ただ、完全に過去のことにはなっていない。そうよね？　検視審問があるんでしょう？」

「明日予定されている」ジョージは答えた。「村で。きみが証言する必要はない、ドーラ。わたしの証言も不要だと思うが、わたし自身はするつもりでいる」

「サー・エヴァラードとジュリアンも？」

「うん。それから、きみの母上も証言を望んでいる」

「わたしも証言したほうがいいんじゃない？」

「必要ない」ジョージはきっぱりと言った。

「サー・エヴァラードは伯爵の足をすくったことを認めるつもりかしら」

「そこまでする必要はないとわたしが強く言ったのだが。やつが足をすべらせて勝手に転落したと言えば、充分に信じてもらえる。だが、サー・エヴァラードはゆうべ、真実を述べると主張した。明日はその主張どおりにするだろう」

「ジョージ。サー・エヴァラードってほんとに善良な人ね」

「うん」

「でも、この話はもうやめましょう」

ジュリアンとフィリッパが子供のように金切り声を上げ、笑いながら、波打ち際のすぐ近くを走っていた。ジュリアンが身をかがめ、両手で水をすくってフィリッパに浴びせかけた。レディ・ハヴェルは貝殻をいくつか拾うと、手袋で砂を払い落としてから、夫の大きなポケットのひとつにそっと入れた。夫は彼女に笑みを向けていた。アンは海を背にして立ち、崖を見つめていた。両腕で大きな弧を描き、ジェームズに何やら指し示している。

「まるで落ち着いた年配の夫婦ね。子供たちが浮かれ騒ぐのを見ながら、ここにじっと立ってるなんて」ドーラは小声で言った。次にもう少し大きな声になった。「わたし、まだまだ落ち着いた年配者になるつもりはないわよ」

片方の靴を脱ぎ捨て、ジョージの肩を支えにして絹のストッキングも脱ぐと、反対の足に移った。

「何を始めるつもりだ?」ジョージは妻に尋ねた。もっとも、訊くまでもないことだった。しかし、ドーラは笑っただけで、両手でスカートを持ちあげると、波打ち際までの数メートルをダッシュした。ジョージはおもしろがるべきか、困惑すべきか、迷いつつも——だが、わたしもまだ落ち着いた年配者ではないよな?——妻のあとを追った。

ドーラはしぶきを上げて海に飛びこみ、足首の上まで水に浸かった。膝近くまでスカートをたくしあげているのはまことにけっこうだが、波の性質についてなんの知識もないのだろうか? とくに、潮が満ちてくるときの、そして、海が荒れている日の波について。どうやら、知識はなかったようだ。ドーラの膝より高いところで波が砕けて、しぶきが顎まで飛んだ。ドーラはあえぎ、笑いだした。楽しくてたまらないという声だった。

「うわ」一瞬、未婚の音楽教師だったころの声に戻った。「冷たいのね」

「わたしに予測できない意見をきみから聞けることが果たしてあるのかどうか、心配になってきた」ジョージは自分のブーツに後悔の視線を落とし、それからドーラを追って海に入った。水が足首までしか来ていないのは事実だったが、次の波が二人に容赦なく襲いかかった。

「くれぐれも用心しないと足をとられてしまうぞ。困った人だ」

ジョージが妻を見て笑うあいだに、波が砕けてドーラが持ちあげたスカートの裾を濡らし、ジョージのブーツのへりを越えた。

「困った人じゃないわよ」ドーラが文句を言った。「人生を楽しんでるだけ。あなたもね」

ドーラは熱っぽくきらめく目で夫を見た。頬が艶やかな赤に染まっていた。鼻も。風を受けてボンネットのつばがひしゃげていた。濃い色の髪がもつれて顔とうなじのまわりではためいている。ドレスとマントの裾は濡れて黒ずみ、その他の部分も同じようにひどい有様だ。こんなに生き生きとした美しい妻を目にしたのは初めてだ――ジョージがそう思った瞬間、ことのほか大きな波が妻に襲いかかるのを目にした。あわてて妻を抱きあげたが、波は二人の頭上で砕けて、腰から下をぐっしょり濡らし、顔にしぶきを飛ばし、二人とも水の冷たさに息が止まりかけた。ジョージは一瞬ふらついたが、どうにか足場を確保できた。

「人生を楽しんでいるのはたしかだな。だが、困った人でもある」ジョージはそう言って笑い声を上げ、彼の首にしがみついた妻を大胆にもくるっとまわし、そして——楽しげに笑った。

「キャー」次の波が襲いかかってきた瞬間、ドーラが悲鳴を上げ、ジョージは急いで砂浜へ退却した。

しかし、すぐにドーラを立たせようとはしなかった。その顔をじっと見つめ、妻も彼を見つめかえした。

「ふたたび若さを感じるのはいいものだな。そして、人生を楽しむのも」

「そして、寒くて、びしょ濡れで、威厳をすべて失ってしまうのも」夫に愛しげな笑みを向けて、ドーラは言った。

ジョージは妻の鼻の先端に映る自分の姿が見えるような気がした。

妻を下ろして砂地に立たせたとき、アンとジェームズが崖を眺めるのも、ハヴェル夫妻が貝殻を集めるのも、すでにやめていたことに気づいた。ジュリアンとフィリッパは手をとりあって、少し離れたところに立っていた。全員が彼とドーラを見つめていた。

「そうだな、われわれは困った夫婦だ」ジョージは公爵にふさわしい威厳に満ちた口調で言った。「しかも、びしょ濡れだ」

「そして、生きている」ドーラは身をかがめて靴とストッキングを拾いあげた。「何よりもまず、わたしたちは生きている。そして、冷えきっている。午後から外へ出かけようなんて愚かなことを提案したのは誰かしら?」

「客間でお茶を……飲むこともできたというのに」ジェームズが悲しげに言った。

ドーラがまばゆい笑顔を彼に向けた。

翌日の午前中、村の宿屋で検視審問が開かれたが、ドーラは出席しなかった。かわりに、前日の夜、机の前にすわり、ペンダリス館と結婚式の両方で何があったかを説明するために短い供述書を作成した。もちろん、イースタム伯爵に聞かされた話のなかから、細かい点はいくつか省いたが、彼の妹である最初のスタンブルック公爵夫人が崖から身を投げたときのことを伯爵が誤解していて、その復讐としてドーラとおなかの赤ちゃんを殺すつもりでいたことが誰にでもはっきりとわかるよう、詳細な供述をおこなった。

フィリッパも検視審問には出なかった。村で伯爵と出会ったことについては、ドーラの母親が証言する予定だったので、フィリッパがつけくわえることは何もなかったし、正直なところ、審問には出たくなかった。ドーラとベリンダと一緒に屋敷に残った。ドーラの母親ももちろん、できることなら行きたくなかったが、ドーラが伯爵と会ったのは彼の懇願によるものだったことを、すべての人の前で明らかにしなくてはと覚悟を決めていた。

検視審問もひとつの出来事に過ぎない――ドーラは自分に言い聞かせた――崖の上のひと幕と同じように。ほどなく過去のことになる。忘れ去ることはできないが、脇へ押しやっておけばいい。たとえお墓のなかからだろうと、イースタム伯爵がわたしに力をふるうことは許さない。年月がたてば、ひょっとすると伯爵を哀れむ気持ちにもなれるかもしれない。

でも、いまはまだ無理。

正午を少しまわったころ、馬車が村から戻ってきた。宿屋は興味津々の野次馬で大入り満員だったそうだ（これはジュリアンの報告）。伯爵の死は、継娘（ままむすめ）のスタンブルック公爵夫人の命を救おうとしたサー・エヴァラード・ハヴェルの正当防衛によるものだった、との裁定が下された。

ジュリアンの報告によると、伯爵の遺体はダービーシャー州の実家へ運ばれて、そこで埋葬されるとのことだった。伯爵位は彼のいとこが継ぐことになっている。これで事件にけりがついた。

事件は終わった。

ドーラが部屋の向こうにいるジョージを見ると、ジョージも厳粛な面持ちで視線を返した。

ある程度は終わった。でも、すべてにけりがついたわけではない。

〝あとで話をしよう〟ジョージが前にそう言った。しかし、話をする機会が来るのかどうか、ドーラは疑問に思った。

22

翌日、サー・エヴァラードとレディ・ハヴェルは朝食を終えてから出発した。行先はサセックス州のキャンドルベリー・アベイ。

「間に合うよう祈るばかりだわ」いくつものカバンが馬車に積みこまれるあいだ、ドーラと二人でテラスをゆっくり歩きながら、母は言った。「何年も離れ離れだったアグネスのためにわたしがしてやれるのは、これぐらいですもの。それに、あの子のほうから頼んできてくれたのよ。嬉しかった」

「予定日までまだ二、三週間あるわ」ドーラは言った。

母が足を止めた。「あなたにはいくら感謝してもしきれないわ、ドーラ。ここに招待してもらい、とてもよくしてもらった。過去のことであなたに許しを請おうとはけっして思ってないのよ。許してもらえることじゃないから。でも――」

「お母さん！」ドーラは母の手を自分の手で包んだ。「わたしたちみんなの人生が新たな段階に入ったのよ。過去の暗い影は捨て去って、新しい人生を楽しみましょうよ。過去が違うものだったら、現在もまったく違うものになっていたでしょう。わたしがジョージと結婚することはなく、お母さんがサー・エヴァラードと結婚することもなかった。どちらも悲しいことだわ。そう思わない？」

母はため息をついた。「優しい子ね、ドーラ。わたしは夫を心から愛してる。そして、あなたたちが愛で結ばれているのも明らかだわ」

本当にそうなの？　わたしは全身全霊でジョージを愛している。でも、ジョージも同じように愛してくれている？　そう信じることはある。いえ、たいていそう信じている。そうよ、ジョージも愛してくれている。ドーラは笑顔になった。

「お母さんに来てもらって、ほんとに嬉しかった。サー・エヴァラードに来てもらえたこともね。命の恩人だという事実を別にしても」

涙ながらの別れののちに、ジョージの旅行用馬車がついに馬車道を遠ざかっていった。その一時間ほどあとに、今度はフィリッパとジュリアンとベリンダを見送ることになったが、こちらの別れはもっと陽気だった。一家の住まいがそう遠くないからだ。

馬車が視界から消えると、ジョージがドーラの肩に手をかけた。「これでついに二人きりだね」

ドーラは笑った。「妙なものだと思わない？　こういうときの気持ちって。イングルブルックのコテージに訪問客が絶えなかったころのことを思いだすわ。人が来てくれるのはいつも大歓迎だったのよ。でも、最後の客を送りだして玄関を閉めると、ようやくまた一人になれたという大きな安らぎを感じて、来てくれた人に申しわけないほどだった。でも、今日はそれ以上に嬉しい。だって、あなたと二人になれたんですもの」

ジョージが彼女の肩を強く抱き、二人で邸内に戻った。客がすべて去り、舞踏会の後片付けがすべて終わったおかげで、その日一日、屋敷のなかがやけに静かに感じられた。ジョージは荘園管理人と一緒にどこかへ出かけていき、ドーラはモーニングルームでラーナー夫人と、そして、台所でハンブル氏としばらく話をした。父親に宛てて、それから、兄のオリヴァーと妻のルイーザに宛てて、長い手紙を書いた。バーバラに借りていた本を返しに行こうかとちらっと考えたが、大好きな友達との楽しいおしゃべりすら、今日のドーラには気の進まないことだった。静かな時間がほしかった。

しばらくしてからジョージが帰宅すると、ドーラは音楽室でハープを弾いていた。両手の指を広げて弦に当て、音を消してから、ジョージに笑いかけた。

「このハープは永遠に最高の贈物だわ」

彼の目に微笑が浮かんだ。顔は笑っていなかった。きびしい表情だった。ドーラの印象では、ほんの二、三日前に比べても、やつれた感じだし、顔色も悪くなっている。もしこれが初対面だったなら、去年初めて会ったときよりもさらに威圧されていただろう。

「夏もそろそろ終わりだね」ジョージが言った。「外はとても暖かだ。花園で腰を下ろさないか？」

ドーラはハープを直立の位置に戻してから立ちあがった。ジョージも立ちあがり、しばらく妻を見つめていたが、やがて腕を差しだして二人で外に出た。小さな花園まで行き、モーニングルームの窓の下に置かれた木のベンチに腰かけた。手入れの行き届いた庭園のなかでも、ここがドーラのお気に入りの場所だった。つねに風から守られていて、ここからだと岬も海も見えないので、まことに田園らしいのどかな雰囲気が楽しめる。花園の中央に置かれた石の壺に、デイジーが色とりどりの花をつけていた。すでに一年の後半に入っているが、周囲は菊の花盛りだし、遅咲きの花に交じってアスターや金魚草も咲いている。

「でも、雑草は一本もないわね」ドーラは言った。「いくら探しても、まだ一本も見つけられないのよ」

「もし見つかれば、その庭師にはうちで働く資格がないから、はるか彼方の暗黒世界へ追放するとしよう。即刻、推薦状も与えずに」

ドーラは笑い、二人はやがて黙りこんだ。沈黙が数分続いたと思われるころ、ジョージが沈黙を破った。

ようやく語りはじめた。

「ほんの青二才だったころ、わたしは連隊を離れて屋敷に戻るよう父に命じられ、わずか数カ月前に父が購入してくれた軍職も売却させられることになった。いたく失望したが、父の命令に逆らおうとは思いもしなかった。また、父の命がそう長くないことを知って悲しみに打ちひしがれ、自分が背負わされる責任の重さに圧倒されそうだった。父がなぜ、わずか一七歳の息子を自分が死ぬ前に結婚させなくてはと思いこんだのか、わたしにはわからない。わかっているのは、わたしの弟と父は昔から何かにつけてそりが合わなかったということだけだ。たぶん、二人の性格が似すぎていたのだろう。父はわたしに、自分の義務を早く果たして跡継ぎを作るよう望んでいた。そうすれば、弟といずれ産まれてくるその子供たちを後継者問題から首尾よく遠ざけておくことができる。それに関しても、わたしが父に逆らうことはなかった。まだ青二才だったが、男としての欲望は芽生えていた。初めてミリアムに会ったときは、自分の幸運が信じられなかった。もっとも、ずいぶん戸惑ったのも事実だ。なぜなら、両家の父親の前で彼女に求婚させられたからだ。ミリアムはすばらしい美貌の持ち主で、生涯、その美貌が衰えることはなかった」

ジョージは話を始めたときと同じく、いきなり話を中断した。ドーラと並んでベンチにすわった姿は、くつろいでいるように見えたが、わずかに顔を背けていた。

「式を挙げた日の夜、わたしはひどく神経をたかぶらせていた。だが、不安に駆られる必要はまったくなかった。ミリアムの寝室に入るのを拒まれたからだ。わたしはドアに手を触れもしなかったが、翌日、ドアに施錠しておいたとミリアムに言われた。また、生涯、施錠したままにしておくとも言われた。それが本当だったのかどうか、わたしにはわからない。ドアがあくかどうか試したこともなかった」

ドーラは驚いて彼のほうを向き、その横顔を見つめた。自分の耳とこめかみで脈がどくどく打っているのを感じた。それってつまり……？

「ミリアムはこうも言った——わたしには熱愛する相手がいるのよ。生涯愛しつづけるでしょう。彼の子供がおなかにいるから、父があなたとの結婚を急(せ)かして、できるだけ早く夫婦の契りを結ぶように言ったの。そうすれば、あなたの子供だと思わせることができるから。おなかの子の父親は誰かとわたしが尋ねると、ミリアムはそれも包み隠さず打ち明けた。きみもたぶん、やつから聞いているね？」

「ええ」ドーラは自分の声がふだんどおりなのを知って、いささか驚いた。

「追いだしたいなら追いだせばいいわ、とミリアムはわたしに挑みかかった。自分の子だと認めるのを拒めばいいのよ、と。男の子だった場合はとくに。ミリアムがわたしを徹底的に軽蔑していたのは明らかで、その態度は生涯変わらなかった。彼女のほうが三歳年上だったから、わたしのことはきっと、ひょろっとした少年にしか見えなかったのだろう。好きな男は一〇歳も上だったのだから、なおさらだ」

ドーラは片手を上げて夫の背中に当てようとしたが、その手を閉じて、自分の膝に戻した。

「わたしは意気地なしの自分を非難しがちだった。だが、じつは、若かったに過ぎなかったのだ。父はわたしの婚礼から三週間後に亡くなった。亡くなる前からすでに、わたしの重荷を一緒に背負える状態ではなかったし、助言もできなくなっていた。いずれにしても、わたしが父に相談することはなかっただろう。自分があまりにも惨めだった。誰にも何も話さなかった。数カ月のあいだ、心のなかで強がって、いつまでもそんな欺瞞の犠牲者にされてたまるかと思っていた。ところが、赤ん坊が産まれて――男の子だった――初めてその子と対面したとき、わたしが目にしたのは弱々しく醜い子が泣き叫んでいる姿だった。頭のなかでは子供に嫌悪を感じつつも、心ではその子の無力さと無垢な姿に感動していた。わたしはそのとき一八歳だった。ミリアムと初めて会ったときは、その美貌に眩惑された。だが、ミリアムの息子を初めて見たときは、愛しさで胸がいっぱいになった」

ジョージは胸の前で両手を開き、こぶしを作り、その手をゆるめた。

「ミリアムが何を望んでいたのか、わたしにはわからない。産まれた子をわたしの息子として認めさせて、公爵夫人の地位にとどまり、わが子を公爵家の跡継ぎにすることだったのか？ それとも、自分の子ではないとわたしに言わせたかったのか？ その場合、ミリアムの評判は地に堕ち、父親の権力をもってしても修復不可能で、母親違いの兄のミークルとどこかで愛の巣を作ることになっただろうか？ どちらを望んでいるのか、ミリアムはけっして言わなかったし、わたしも尋ねはしなかった。ブレンダンを初めて目にした瞬間から、あの子はわたしの息子になった。もっとも、愛だけがその動機ではなかったかもしれない。ミリアムからもうひとつの選択肢を奪うことに、ある種の満足を感じていたのかもしれない。ミークルがそちらを望んでいたのは明らかだったし」

ジョージは自分のてのひらをしばらく凝視した。

「わたしはまだまだ子供だった。愚かな青二才だった。ミリアムはブレンダンを溺愛し、あの子をわたしからできるだけ遠ざけようとした。実家の父親に会いに行けば何週間も戻ろうとせず、わたしも里帰りを禁じはしなかった。ミークルはミリアムに会うために、よくこの屋敷に来ていた。わたしが気骨のある男に成長して、やつをここから追いだし、二度と来るなと言えるようになるまでに、何年もかかった。父が生きていて、わたしがそれまでと同じように暮らしていれば、もっと早く大人になれただろう。だが、人生とはそういうものだ。どんな紆余曲折があるか、どんな運命が待っているかわからない。不慮の出来事や運命にどう対処するかで、人は自らの気概を示すことができる。わたしが初めて女を知ったのは二五歳のときだった。すまない。こんな話をすべきでないのはわかっている。だが、そのときでさえ罪悪感を持ったものだった。わたしには妻がいて、式のときに忠実な夫となることを誓ったのだから。ふたたび妊娠したことをミリアムから聞かされていなければ、わたしが女を知ることもなかっただろう。ミリアムは三カ月後に流産した。わたしは妻を寝とられた腰抜けで、おまけに姦淫者となってしまった」

ドーラは今度こそ、夫の背中に手を当てた。夫は軽く前かがみになって、両腕を腿にのせ、腿のあいだに手を垂らしていた。うなだれていた。

「それが二五歳のときだった」

「ジョージ」ドーラは片手で円を描くようにして夫の背中をさすり、軽く叩いた。

「あの二人に怒りを覚えて、やはり何か言ってやらなくては、何かしなくてはと思うたびに、わたしはブレンダンのことを考え、スキャンダルがあの子をどれだけ苦しめることになるかを考えた。ブレンダンは愛らしい子ではなかった。肥満気味で、怒りっぽい子だった。ミリアムが過保護にしていたせいだ。あの子のことを虚弱体質だと思いこんで、近所の子供たちと遊ぶことは許さず、ミリアムから見て危険と思われることは固く禁じ、わたしと一緒に何かするのはことごとく禁じていた。ブレンダンの癇癪に負けて、ほしがるものはなんでも与えていた。召使いたちはブレンダンを嫌っていた。近隣の人々もそうだった。ミリアムはブレンダンを愛していた。わたしもそうだった。たぶん、それだけがわたしたちの共通点だったのだろう。そして、それゆえにミリアムはわたしを憎んでいた」

ドーラはふたたび夫の背中を軽く叩いた。

「自己憐憫」ジョージはつぶやいた。「わたしはつねにそれを抑えようとしてきた。褒められた性格ではないな。息子が学校へ行く年齢になっても、寄宿学校に入れようとするわたしにミリアムは大反対だったし、家庭教師を雇うことにも難色を示した。だが、その点だけはわたしの主張を押し通した。自分の息子には、教養のない嫌われ者のままで大きくなってほしくなかった。家庭教師を決めるときはずいぶん神経を遣ったものだ。やがて、ある日——当時ブレンダンは一二歳だったが——わたしが一カ月ほどロンドンへ行く予定だと聞かされたときのあの子の表情を、わたしは目にした。憧れが顔に出ていた。一緒に行きたいかとあの子に訊いてみた。父親のことがあまり好きではなかった子だが——たぶん、あの子がすねても、わたしがご機嫌とりをしなかったせいだろう——そう訊かれて顔を輝かせた。〝うん〟と答えたが、そのあとで冷笑を浮かべ、〝連れてってくれるわけないよね〟と言った。このことでミリアムと大喧嘩になったが、ブレンダンは法的にはわたしの息子だから、ミリアムに止める権利はなかった。わたしたちは——息子とわたしは——ロンドンで三週間を過ごした。わが人生でもっとも貴重な三週間だった。息子にとっても貴重だったとわたしは信じている。ブレンダンはわたしの目の前で花開いていき、わたしたちは見るべきものをひとつ残息子に、おまえは大馬鹿者だと言い、二人でしばらくにらみあい、やがて、二人一緒に――笑いだした」

ジョージは言葉を切って微笑し、それからため息をついた。

「それをきっかけに、ブレンダンは本当にわたしの息子になった。いや、人生が一変して急に完璧なものになったなどと言うつもりはない。そうはならなかったし、ブレンダンが昔のあの子に戻ってしまうことも多かった。母親のそばにいるときはとくに。だが、わたしと一緒にあれこれやるようになった。釣りに出かけたり、射撃の練習をしたり。また、乗馬に出かけることもあった。落馬して命を落としては大変だというので、それまでは馬に乗ることも禁じられていたのだ。あの子は体重が減り、不機嫌な表情も見せなくなった。わたしは弟の屋敷へ息子を何度も連れていき、あの子とジュリアンのあいだに友情らしきものが芽生えた。ほかの少年とのあいだにはけっして生まれなかったものだ。わたしは息子の将来に大きな期待を抱いた」

ジョージは息を吸うと、顔を上げ、あたりを見まわした。自分がどこにいるかを忘れていたかのようだった。

「結婚してよかったと思えるのはその点だけだった」ジョージはふりむいて、肩越しに妻を見た。「すべてを自分一人の胸にしまってきた理由が、たぶん、これでわかってもらえたと思う。〈サバイバーズ・クラブ〉の仲間にすら話したことはなかった。仲間はみな、わたしに、そしておたがいに、それぞれの魂をさらけだしていたというのに。ただ、わたしは自分の体面だけを考えて秘密にしていたのではない。わたしの体面などどうでもいいことだ」ジョージは二本の指をパチッと鳴らした。「亡くなった息子を大切に思うからこそ、秘密にしてきたのだ。ブレンダンはわたしの息子であり、そうでないことを知っていたのは、ミリアムと、その父親と、母親違いの兄と、わたしだけだった。それがいまではわたしだけとなり、こうしてきみに話すことになった。本当は、きみも察していたと思うが、きみにすら話すつもりはなかった。ブレンダンには、わたしの息子として、わたしの記憶のなかで生きつづけてもらいたいのだ。だが、わたしがいまあるのは、すべてきみのおかげだ。過去、現在、未来を通じて。きみにならわたしの命を預けることができる。息子の思い出も預けることができる」

ドーラはまばたきをして、唇を噛んだ。

〝結婚してよかったと思えるのはその点だけだった〟

では、悪かった点は？

「ありがとう」ドーラは言った。ほかには何も言えそうになかった。

ジョージが空を見上げた。午後も遅くなり、あたりが冷えこんできた。しかし、二人とも屋敷に戻ろうとしなかった。

「ブレンダンが一七になった年に、ミークルが訪ねてきた。当時、そちらの父親はまだ存命だったから、やつがイースタム伯爵の称号を継ぐ以前のことだった。そして、わたしがミークルにこの屋敷への出入り禁止を申し渡す前のことだった。もっとも、その数年前から、歓迎されざる客であることを当人にはっきり告げてはいたのだが。ミークルはブレンダンと一緒に過ごしたがったが、ブレンダンのほうはあまり喜んでいない様子だった。理由はわからない。いや、本当はわかっている。前後の状況は思いだせないが、ある日、たしかあの子が一五歳ぐらいのときだったと思うが、〝ときどき、ぼくの父親みたいな顔をするんだ〟と、ひどく不満そうに言っていたのを覚えている。さて、このとき、ミリアムはミークルと一緒にしばらく実家に帰りたいと言いだし、ブレンダンも連れていこうとした。ブレンダンにいやだと言われて、ミリアムは動転した。ブレンダンは頑強につっぱねた。ミークルが甘い言葉で説得しようとしたが、うまくいかなかったものだから、怒りを爆発させて、ブレンダンにすべてをぶちまけてしまった。すべての真実を。そのとき、わたしは屋敷を留守にしていた」

ドーラは目を閉じ、膝の上でこぶしを固めた。静寂が広がり、永遠に続くかと思われたが、やがてジョージが沈黙を破った。

「帰宅すると、ミリアムがとりみだし、ブレンダンは自分の部屋に閉じこもったきり出てこようとせず、ミークルはわたしに怒りをぶつけて、息子を堕落させた、母親と実の父親に反抗するように仕向けた、と食ってかかった。わたしはほどなく、何があったのかを知った。三〇分猶予をやるからペンダリス館を出ていけ、二度と来るな、とミークルに申し渡したのはそのときだった。興味深いことに——ときどき忘れているが——ミリアムも同じことをミークルに向かってわめいていた。狂乱状態だった」

ドーラはこぶしの関節が白くなっているのに気づいて、指を伸ばした。

「もちろん、とりかえしのつかない事態になっていて、もう修復のしようがなかった。わたしはようやくブレンダンの部屋に入ったが、おまえはあらゆる意味でわたしの息子だ、おまえを愛している、といくら説得しても、息子は受け入れようとしなかった。ぞっとするほど平板な声でこう言っただけだった——ぼくは不義の子だ。今度、実の父親に会ったら、殺してやる。あなたはぼくの父親ではないし、ぼくがあなたの跡を継いでスタンブルック公爵になることはぜったいにない。たとえそのために自殺しなくてはならないとしても、と。ブレンダンはわたしを見ようとしなかった。わたしにできたのは〝おまえを愛している〟と何度も言うことだけだった。愛という言葉をあれほどもどかしく感じたことはなかった。翌日、ブレンダンがやってきて、わたしの目を見つめ、父さんが昨日の言葉どおりにぼくを愛しているのなら、イベリア半島で戦闘中の連隊に入るための軍職を購入してほしい、と言った。わたしは二日間反対を続けたが、ついに折れるしかなくなった。願いを聞いてくれなければ、家を出て、一兵卒として入隊する、と息子が言ったのだ。本気だと思った。ミリアムは涙ながらに息子に懇願を続け、わたしに怒りをぶつけたが、それでもわたしは息子の願いどおりにしてやった。あの子はいかにも若者らしく、どんな敵とでも戦ってやるという意気込みで国を出ていった。あとになってから、ポルトガルで息子と一緒だった若い士官が訪ねてきて、息子のことを、すぐれた腕を持つ大胆不敵な士官で、いつも楽しそうで、部下の兵士にも士官仲間にもとても好かれていた、と言ってくれた。真偽のほどはわからないが、わたしはそんな息子のイメージにすがって生きている」

「ジョージ――」ドーラの胸は痛みにこわばっていた。息をするのも苦しいほどだった。

「息子が戦死したあと、ミリアムは身も世もなく嘆き悲しんだ。わたしも同じだったが、妻に比べれば多少は自制心を保つことができた。ミリアムはわたしを責めた。ミークルを責めた。ミークルがやってきた。どこに泊まったのか知らないが、この屋敷ではなかった。ミリアムは会うのを拒んだ。やがて、ある日、それ以上耐えきれなくなり、あのような道を選ぶこととなった。そのとき、わたしはどこかから屋敷に戻ってくる途中で、ミリアムの姿を目にした。手遅れになる前に駆け寄ろうとした。ミリアムが何をする気か、一瞬たりとも疑わなかった。以来わたしに襲いかかってくる悪夢のなかでは、ミリアムに手が触れそうなくらいそばまで行き、思いとどまらせるための言葉が浮かびそうになるのだが、現実にはまだかなり距離があり、わたしが風に向かって支離滅裂なことを叫んでいる最中に、ミリアムは身を投げてしまった」

「ジョージ」ドーラは夫のウェストに両腕をまわし、彼の肩甲骨に頬をつけた。「ああ、なんてこと……」

「数年後、ペンダリス館を負傷した士官のための病院にしてはどうかと思いついた。そうすることで少しは償いができるような気がしたのだ。当時のわたしは罪悪感に押しつぶされかけていた――自分の人生と、わたしが守ってやらねばならない者たちの人生をめちゃめちゃにしてしまったことで。二人の人間が死んだのは自分のせいだと思っていた。その一人はわたしにとってこの世で誰よりも大切な息子だった。病院の計画はだいたいにおいて順調に進んだ。わたしの財力で一流の医者と優秀な看護人たちを確保できたし、わが屋敷は療養にぴったりの広々とした静かな場所となった。そして、わたしはここに来たすべての者に、時間と忍耐と共感を、さらには愛情までも与えることができた。それとひきかえに多くのものを受けとった。病院で治療を受けた者のうち六人は、いまでは誰もが夢に見るようなすばらしい仲間になっている。やがて、しばらく前になるが、イモジェンが結婚したあとで、わたしはもう一度結婚しようという気になった。今度は本物の結婚だ。そろそろ、ある程度満ち足りた人生と、さらには本物の幸せを手にしてもいいのではないかと思った。自分を許すことができるかもしれないと思った」

「まあ、ジョージ！」ドーラは顔を上げ、夫の肩に顔を埋めた。

「わたしの心からけっして消えることのない暗黒に、きみをひきずりこむつもりはなかった。すまない、ドーラ。婚礼の席にイースタムが現われたときも、わたしは相手にせず、きみを将来の危険から守らなくてはと真剣に考えることもしなかった。やつが近くに潜んでいることを知りながら、わたしの軽率さゆえにきみを危険にさらしてしまったことを謝りたい。また、きみがイースタムからあんな話を聞かされたことについても謝りたい」

「ジョージ」ドーラは言った。「わたしはあなたの妻よ。あなたを愛しているの。あなたが話してくれたことは、わたしも知っておく必要があった。もう、あなたの心の奥深くに押しこめておかなくてもいいのよ。わたしたちの赤ちゃんが産まれたら、アンに頼んで、ブレンダンのときのような肖像画を描いてもらい、二枚の絵をギャラリーに並べてかけましょう。兄と弟、もしくは、兄と妹の絵を。ブレンダンはあなたの息子だった。あなたからその事実を奪える者はもう誰もいないわ」

ジョージはそこでドーラのほうを向いて片方の腕をまわし、肩にのった彼女の顔に顎をすり寄せた。

「ジョージ」しばらくためらったのちに、ドーラは言った。「あなたがあの崖まで飛んできてわたしを抱きしめたとき、意識が薄れかけたわたしに何か言わなかった？」

ジョージは眉を寄せて考えこんだ。「きみを失わずにすんだ、無事でよかった、というようなことを言った気がする。〝どうしてすぐ来てくれなかったの？〟と、きみに訊かれた」

まあ。わたしったら、ほんとにそんなことを？

「わたしが知りたいのはそのあとの言葉よ」

ドーラは夫が息をのむのを感じとった。「きみを愛していると言った」

「〝ああ、ドーラ。最愛の人。ただ一人の最愛の人〟」ドーラは言った。「そう言われたような気がするの」

「古風な言いまわしだな。だが、美しい表現だ。人はときどき、愛よりさらに力強い言葉を必要とするものだ。もしくは、心から愛する相手のために、少なくとももうひとつ特別な言葉を」

「わたしのこと?」ドーラは訊いた。

「そうとも。きみは、わたしがきみに望んだすべてのものになってくれた――話し相手、友達、恋人。以前、きみにこう言ったのを覚えている――熱い恋やロマンティックな情熱を差しだすことはできない、と。だが、それは間違いだった。仰々しい言葉遣いに聞こえるかもしれないが、きみがわたしにとってどういう存在かを、その言葉が完璧に表わしている――ただ一人の最愛の人」

ドーラは夫の肩にさらに顔をすり寄せ、ため息をついた。「わたしが先に思いつけばよかった。あなたのことをずっと愛していたわ。中年女の穏やかな愛情をはるかに超える熱い思いで。ミドルベリー・パークで初めて会った夜、あなたに恋をしてしまったの。恐れおののいていたわたしに、あなたはとても親切にしてくれた。一週間ほどたった日の午後、あなたが家まで送ってくださったときに、わたしはあなたを愛するようになったの。それから一年のあいだ、あなたに会うことはなく、再会の望みもなかったけど、あなたを愛しつづけた。そして、あなたがいきなりコテージに現われて、結婚してくれないかとおっしゃったときも、あなたを愛していた。ただ、そのときはまだわからなかったの。結婚したあと……わたしの胸にあなたへの愛がさらにあふれてくるなんて。あなたはわたしをとても幸せにしてくれた。あなたの最大の才能ね。人を幸せにすることが」

ジョージは顔の向きを変えて妻の頭のてっぺんに額をつけ、深いため息をついた。

「あの子もそう言った。すべてが崩れてしまう日の前日に。あの子のおじと母親が祖父の屋敷へ連れていこうとしたが、あの子はわたしと一緒にペンダリス館に残ろうと決めていた。〝父さんはぼくを幸せにしてくれる〟と言った。いじらしいブレンダン。ああ、いじらしいブレンダン」

ジョージが涙を流すことはなかった。だが、数分のあいだ、呼吸が乱れた。ドーラは夫の腰に腕をまわしたまま、気持ちを落ち着けてじっとしていた。やがて、夫は顔を低くし、唇で妻の唇を探り当て、温かな優しいキスをした。

23

〈サバイバーズ・クラブ〉のメンバーは長い療養生活のあとでペンダリス館を離れて以来初めて、毎年恒例の三月の集まりを夏まで延期することに同意した。そうするしかなかったのがいささか残念だ――ジョージは昨日もそう思ったばかりだった。三月に入ってから、青空と優しいそよ風に恵まれて、まことに麗らかな春の日が続いている。屋敷の裏手の田舎道をドーラと散歩したときは、道の両側に広がる草むらに桜草と水仙が咲き乱れていて、二人の目を楽しませてくれた。二人は途中で足を止めて、真っ白な子羊が二、三頭、長いひょろっとした脚で母羊のそばを跳ねまわるのに見とれた。

二人は昨日も春の訪れを満喫し、よりによってこんなすてきな年に仲間がこの地を訪れていないことを残念に思ったものだった。だが、今日のジョージの頭には、日差しも、春の花も、子羊も、ここに来ていない仲間のこともなかった。今日は書斎をうろうろと歩きまわるばかりだった。サー・エヴァラード・ハヴェルも同じだった。少なくとも、ジョージと一緒に書斎にいた。歩きまわりこそしないものの、ジョージと同じく落ち着きがなく、心配そうで、何も手につかない様子だ。

ドーラのお産の最中なのだ。夜中に陣痛が始まって、ドーラがひどく申しわけなさそうにジョージを起こし、痛みの波が続けざまに襲ってくるから、きっと赤ちゃんが産まれようとしてるんだわ、と言った。予定日ぴったりだ。

出産はまだ何時間も先になりそうだった。いま何時かと尋ねられたところで、午前なのか、午後なのか、夜なのか、日中なのかも、ジョージには答えられなかっただろう。じっさいには午後の早い時間だった。ドーラの陣痛が始まってすでに一三時間、いや、当人が自覚していなかった初期の痛みまで含めれば、それ以上になるはずだ。

ドーラの母が付き添っている。ドーラのメイドも。ドッド医師も。ジョージは朝食の時間になるころ、部屋から追いだされた。ドーラの母に、「あなたったら檻(おり)に入れられた熊みたい。もっとも、熊だったら、悪いのは自分だと絶え間なく叫ぶようなことはしないでしょうけど」と言われたのだ。だが、どうして叫ばずにいられよう？　妻が苦しんでいる。わたしのせいだ。おまけに、妻は無言で苦しみに耐えている。わたしだったらきっと、苦悶と激怒のあまり、わめき散らすだろう。

「ジョージ」ついに、ドーラの母が断固たる態度で彼の腕に手をかけた。「お願いだから出ていって。ドーラによけい辛い思いをさせるだけよ」

屈辱に次ぐ屈辱。ジョージは部屋を出て、もう戻ろうとしなかった。

以来、書斎を歩きまわっている。朝食をとったかどうかも覚えていない。午餐の時間が来て過ぎ去ったのか、晩餐にはまだ早すぎるのかどうかさえわからない。二、三時間たってから、音楽室のドアをあけておけばもっと長く歩きまわれると思いついた。ところが、使われていないハープに非難されているような気がして、書斎に戻り、ドアを閉めた。

「少なくとも」サー・エヴァラードは言った。「秋にフランシスが産まれたときのフラヴィアンと違って、きみは片手で空気を切り裂くことも、言葉につかえながら悪態をつくこともない」

ジョージは足を止めた。「こんな苦しみを味わった男はわたし一人ではないと言いたいのか？」と訊いた。「ブランディーでも飲んでてくれ」

「いや、けっこう」サー・エヴァラードは言った。「さっきわたしがブランディーを勧めたとき、きみが言ったように、ようやく知らせが来たときに千鳥足で駆けつけるようなことはしたくないからな」

「ドーラに何かあったら、わたしは一生自分が許せない」

「何もありはしないさ」サー・エヴァラードに言われて、ジョージは立ったまま彼を見つめ、その言葉が信じられればいいのにと思った。

ああ、神さま、ドーラは四〇歳になる。先月、誕生日を迎えたところだ。

背後のドアが開いた。レディ・ハヴェルが立っていた。頬が紅潮し、銀色の髪がわずかに乱れている。

「男の子よ、ジョージ。とっても元気そうな小さな男の子」

「ドーラは？」ジョージは息を止めた。

「元気よ」レディ・ハヴェルは言った。「ドーラはとても元気」

ジョージが聞きたかったのはそれだけだった。レディ・ハヴェルのあとの言葉はほとんど耳に入らないまま、彼女を押しのけるようにして横を通り、従僕が見ている前で階段を一度に二段ずつのぼった。従僕はいつもの堅苦しい態度を忘れ、公爵の背後でひそかに微笑した。

メイドのメイジーが部屋にいた。ドッド医師もいて話をしていた。ジョージにはどちらの姿も目に入らず、声も聞こえなかった。彼が見ていたのはベッドの妻だけだった。妻は頰を上気させ、目に疲労を浮かべ、唇に微笑を湛え、汗で湿った髪はひとつにまとめてねじり、頭頂部でお団子にしてあった。生きていた。片方の肘を曲げて、毛布に包まれたものを抱いていた。

そのときようやく、遅ればせながら、ドーラの母の言葉が耳に届いた。〝男の子よ。とっても元気そうな小さな男の子〟

ジョージはベッドを覗きこんだ。小さな泣き声以外は何も聞こえなくなった。

「ドーラ？」涙をこらえた。

「男の子よ」ドーラが言った。笑って、唇を嚙んだ。「息子ができたのよ、ジョージ」

そのとき初めて、ジョージは毛布に包まれたものに視線を落とした。小さな五本の指と爪がそろった小さな手が見えた。濃い色の濡れた髪に包まれた頭のてっぺんも見えた。ジョージは毛布のほうへ手を伸ばし、腕に抱いた。重さはまったく感じなかったが、柔らかで温かく、生命力にあふれていた。顔は真っ赤でしわしわだし、頭はわずかにゆがんでいた。細く開いたまぶたから、焦点の合わないふたつの目が覗いていた。小さな口から、ジョージがさっき耳にした声が漏れた。

これで生涯三度目の経験だが、ジョージの心は深い無条件の愛に満たされた。

「クリストファー」と呼びかけた。男の子だったらこの名前にしようと、ドーラと二人で決めていたのだ。「エイルズフォード侯爵。産まれてきてくれてありがとう、小さな坊や。わたしたちの子になってくれてありがとう」

やがて、ジョージは小さな声で笑っていた——涙で頬を濡らしたまま。

妻に視線を移した。

「ありがとう、ドーラ」微笑した。「わが最愛の人」

身を乗りだした妻にキスをし、息子を妻の腕に返した。むずかるような小さな声がやんだ。

エピローグ

三年後

一七人の子供たちから目を離さないようにするのは、ふつうなら困難なことだったかもしれない。いちばん上が六歳で、全員が砂浜を飛びまわっていて、前を見れば、そう遠くないところに海があり、背後を見れば、そう遠くないところによじのぼれる崖がそびえ、周囲には砂浜が果てしなく広がっている。幸い、監視役の両親が七組もいるし、子供たちのうちの二人——アーサー・イームズとジェフリー・アーノット——はまだ小さすぎて、すわっていることとしかできない。アーサーは父親のヒューゴがいくら止めようとしても、毛布の外の砂を食べようとするし、ジェフリーは裏返しになったバケツにスプーンを叩きつけ、あまりの騒音に父親のフラヴィアンがすくみあがるのを見て笑っている。

最初は七人の傷ついた戦士の集まりだった——愛情に満ちた目であたりを見ながら、ジョージは思った——六人の男と一人の女が冗談半分に自分たちを〈サバイバーズ・クラブ〉と呼ぶようになった。その後、伴侶と子供たちを得て、いまでは三一人に増えている。たしかに、生き延びた者たち（サバイバーズ）だ！

三年前、三月にクリストファーが産まれたため、いつもならこの月に開かれるはずの毎年恒例の集まりが夏まで延期された。夏の集まりが大成功だったので、今後はずっと夏に変更しようとみんなで決めた。誰もが次々と子宝に恵まれていることを考えると、この変更は賢明なことだった。

今日は雨と曇り空が三日も続いたあとでようやく太陽が顔を出し、青空が広がり、暑いけれど気持ちのいい日になった。待ちに待ったピクニックにぴったりの日だった。ピクニックのご馳走が数人の召使いの手ではるばる浜辺へ運ばれた。ベンとサマンサもその道を通って浜辺まで行った。険しい地形だと、ベンが歩くのに苦労するからだ。下の息子のアンソニーも連れてきたが、上の息子のグウィンはほかの人々と一緒に、屋敷に近い急坂を通って浜辺に下りた。目の不自由なヴィンセントまでがそちらを選んだ。

ヴィンセントにできないことはほとんどない。目下、幼い子供たちを順番に背中に乗せてお馬さんごっこをしている。わが子のエリナーとマックスにせがまれて始めたのだが、ラルフとクロエの子のアビゲイル、イモジェンとパーシーのあいだに産まれた双子のベラとアナがあとに続いた。ヴィンセントの長男トマスが、盲導犬のシェップと一緒に、父親がどうにかまっすぐ進めるように案内していた。ジョージが見ていると、ヴィンセントはヒヒーンと鳴いて背中を軽く起こし、金切り声を上げるアナがずり落ちないように片手をうしろにまわした。

ドーラとアグネスがバスケットから食べものをとりだし、大きな毛布の上に並べていた。ベンとクロエは飲みものの用意をしていた。クロエの膨らんだおなかからすると、来年にはこのグループに子供がもう一人加わることになりそうだ。グウィン・ハーパーとフランシス・アーノットは、グウィンの母親のサマンサに厳重に見守られて、崖の下の岩場をよじのぼっている。二歳になるパメラ・イームズと、ジョージの娘で一歳半のロザモンド・クラブが海のほうへまっすぐ駆けていったが、グウェンが不自由な脚にもかかわらずあわてて追いかけたので、ジョージは緊張を解いた。イモジェンとパーシーの末っ子で、ジョージの名前をもらった小さなジョージ・ヘイズが、左右の手を両脇でぱたぱたさせながら砂浜をよちよち歩き、遠くの水平線までの競走で父親を打ち負かそうとしていた。イモジェンはベラに何やら言って聞かせていた。双子のアナがヴィンスおじちゃんの背中に自分より長く乗っているのが不満らしく、ベラが泣き叫んでいるのだ。

不協和音が響かないことは一瞬たりともなかった。

四歳になるメロディー・イームズがきっぱりした足どりでやってきて、ジョージの前に立ち、いつもの生真面目な口調で話しかけた。

「ジョージおじちゃま」顔をしかめて言った。「こんなすごくすてきな日は初めてよ」

「ほう、それはよかった、メロディー」ジョージは答えた。「しかも、これからみんなでお茶を飲むんだよ」

メロディーは次に父親のところへ行き、アーサーを膝に抱っこすれば、砂を食べるのを止められるわよ、と言った。

「たしかにそうだね、メル」ヒューゴは認めた。「だが、この子ががっかりするぞ」

メロディーは毛布の上にすわりこむと、弟のおなかをくすぐって、鼻と鼻をすりあわせた。幼いアーサーは姉の髪をつかんでひっぱり、笑い声を上げた。

「誰も、お、教えてくれなかった」フラヴィアンが言った。「父親になると、耳が、き、聞こえなくなる危険が生じるってことを。ジェフリー、それをやめてくれれば、哀れなパパに大きな恩恵を施すことになるんだぞ」

ジェフリーは父親のほうへ顔を向けると、嬉しそうに笑って下の歯を二本見せ――生えている歯はこれだけだ――バケツにスプーンを叩きつけた。

「やっぱりな」フラヴィアンは言った。「いい子だ」

ラルフは五歳の息子ルーカスにボールを投げてやり、大いなる忍耐心を発揮しているところだった。というのも、息子がボールをキャッチできるのは五回に一回程度で、しかも父親が息子の手にボールをのせてやるときにかぎられていたからだ。まもなく、ジョージの息子のクリストファーとヴィンセントの娘のエリナーも加わって、ラルフの忍耐心をさらなる試練にさらすこととなった。

ヴィンセントの妻のソフィアは木炭でスケッチをしていた。漫画を描いているに違いない。ベンの息子のアンソニーが親指をしゃぶりながらそれを見ている。

お茶がすんだら、屋敷に戻る前にみんなで海に入り、バシャバシャ歩きまわることにしていた。浜辺の半分をこの一団が占領しているのは間違いない。まだ蓋をあけていないバスケットがひとつあり、そこにはタオルと子供たちの着替えがぎっしり入っている。赤ちゃんの着替えまで用意してある。大人たちに無視されないよう、お尻を水に浸けるに決まっているからだ。ベンは少し泳いでくると言いだした。戦地で両脚をつぶされてしまい、二本の杖の助けを借りてもまともに歩くことはできなくなったが、泳ぎなら得意で、じっさいによく泳いでいる。

逃げだした息子のジョージを抱えてパーシーが戻ってくると、空へ向かって息子を放りあげ、受け止めた。パーシーにいつも影のようにくっついている毛むくじゃらの犬が興奮して甲高く吠(ほ)えながら、二人のまわりを跳ねまわった。

「こいつ、自分も子供の一人だと思ってるんだ」パーシーは言った。「本当のことを知ったら、さぞ困惑するだろうな。おすわり、ヘクター」

パーシーがこの犬を褒めることはめったにないが、可愛がっているのは明らかだ。彼の子供たちも犬のことが大好きだ。

「こんな日が来るなんて、一二年前のわたしたちに想像できたかしら」ジョージのすぐ背後でイモジェンが言った。大声を出したわけではないのに、多くの者の注意を惹いた。

このうち六人がペンダリス館に連れてこられたのは約一二年前のことだった。肉体的には無傷の者もいたが、とにかく誰もが深い傷を負っていた。

「あるいは、九年前のぼくたちに」フラヴィアンが言った。

九年前、全員がペンダリス館を去り、人生の再スタートを切るべく精一杯努力することになった。

「六年前のことだった」傍らの毛布に寝かされた赤ん坊をあやす娘を見守りながら、ヒューゴが言った。「うしろに見える崖崩れでできた坂のそばの岩棚にわたしが腰を下ろして、物思いにふけっていたら、赤いマントをはおった貴婦人が坂をのぼろうと決心し、途中で足をすべらせて、以前から不自由だった足首をくじいてしまった。やれやれ。だが、わたしが彼女を抱きかかえて屋敷まで運んだときは、体重が一トンほどもありそうだった」

「グウェンはこっちの声が届かないところにいるから、自分のために、べ、弁明することができない」フラヴィアンが言った。「だけど、グウェンを抱いて玄関ホールに入ってきたとき、きみは息も切らしていなかったぞ。グウェンの体重は羽毛ぐらいしかなかったはずだ」

「ぼくも彼女の声からそんな印象を受けたよ、ヒューゴ」ヴィンセントがニッと笑って言い、立ちあがると、背中を屈伸させたあとで、息子のトマスの手から犬のリードを受けとった。

「あれがすべての始まりだった」ヒューゴは言った。「わたしは彼女と結婚し、きみたち全員が羨ましがって、それから二年のうちに一人残らずわたしのまねをした」

「だが、子作りの先頭を切ったのはヴィンスだったぞ、ヒューゴ」ベンが言った。

「まあ、わたしがつねに先頭を切って突撃するわけにはいかないからな」ヒューゴは軽く笑った。

奇妙なことに、全員が黙りこんだ。ヒューゴがペンダリス館に連れてこられたときのことを思いだしたのだ。肉体にはかすり傷ひとつ負っていないのに――いや、たぶん、それだからこそ――拘束衣を着せられ、狂ったようにわめき散らしていた。スペインで決死隊を率いて突撃し、兵士の多くを死なせる結果となり、それで彼の心がこわれてしまったのだ。

そう、つねにヒューゴが先頭を切って突撃する必要はない。

「さっき、メロディーが言っていた」ジョージは言った。「〝こんなすごくすてきな日は初めてよ〟と。われわれはメロディーよりさらに昔の日々をふりかえることができる。今日よりもすてきな日を思いだせる者が誰かいるかね？」

「今日に匹敵する日ならいくつか浮かんできます」ベンが言った。「しかし、今日よりもすてきな日となると……うーん、無理ですね」

そのときだった。海のほうからみんなの耳に悲鳴が届き、それが大きな泣き声に変わって、子供を抱きあげたグウエンが足をひきずりながら急いで砂浜に上がってきた。

「ロザモンドがバランスを崩して、わたしと手をつないでいたのに、水のなかに尻もちをついてしまったの」ジョージたちに近づきながら、グウェンは叫んだ。「波打ち際にいたのに、それでもずぶ濡れよ。かわいそうに」

とりあえず、グウェンはそう言っているのだろうとジョージは推測した。ジョージの幼い娘の憤慨したわめき声で、グウェンの声は半分以上かき消されてしまっていた。

ジョージが立ちあがって娘のロザモンドのほうへ両腕を差しだすあいだに、ドーラがタオルのバスケットの上に身をかがめた。

二日後の朝、大人たちがまだ朝食の席についていたとき、執事の手で一通の手紙が運ばれてきて、ジョージの手に渡された。ドーラが驚いて夫を見ると、執事から説明があった――個人的に届けられた手紙ですので、今日の郵便物と一緒に旦那さまのご都合のいい時間に目を通していただくのを待つよりも早くお見せしたほうがいい、と秘書のブリッグズ氏が判断したのです。

「ジュリアンからだ」封をはがしながら、ジョージは言った。急いで目を通して微笑した。「フィリッパが元気な男の子を産んだ」

「まあ」ドーラは思わず頬に両手を当てた。「でも、お産には付き添うって、わたし約束してたのよ」

「子供がきみを待てなかったようだ」ジョージは言った。「医者から告げられた予定日より三週間も早く、しかも、陣痛が始まって三時間足らずで産まれたそうだ」

「男の子なのね」ドーラは言った。「女の子が二人続いたあとで。まあ、すてき。大喜びでしょうね。フィリッパは元気なの？」

「元気だ」ジョージはテーブルを見まわし、仲間のすべてに目を向けた。「わたしがドーラと結婚し、妻に子供ができたことを知ったとき、ひとつだけ気になったのは、ジュリアンが何年も前からわたしの跡継ぎに決まっていたことだった。産まれてくるのが男の子だったら、ジュリアンを落胆させることになりそうで心配だったし、あいつが落胆したのも事実だった。

だが、ジュリアンも、フィリッパも、こんなめでたいことはないと喜んでくれ、いまの自分たちには充分な財産があり、それを子供たちに渡してやれるのだから、なんの不満もないと言ってくれた。その二人にもついに息子ができたのだ」

「そして、これだけは断言できます、ジョージ」ベンが言った。「今日、あの二人の頭には、この子がいつか公爵になれたかもしれないのに、などという思いは浮かびもしないでしょう。ぼくはジュリアンに何回か会ったことがあります。ジュリアンにも、その夫人にも、最大級の敬意を抱いています」

「ブレンダンの戦死の知らせが届いたとき、ジュリアンは悲しみに打ちひしがれていた」ジョージは言った。

仲間のすべてが無言でジョージを見つめたので、ドーラは、夫が最初の息子の話をすることはほとんどなかったのだろうと察した。

「みなさん、ギャラリーをご覧になった？」ドーラは尋ねた。

「全員が見たと思いますよ」ヴィンセントが答えた。「もちろん、ぼくを除いて。でも、ぼくは歴史の講義に耳を傾けました。ジョージがわかりやすく説明してくれたのです」

「ギャラリーに新たな肖像画が二点加わったのよ」ドーラは言った。「何カ月か前にかけたの。クリストファーの三歳の誕生日に。みなさんに見てもらいましょうよ、ジョージ」

彼は手紙をたたんで自分の皿の横に置いた。「よし、そうしよう。みんな、食事は終わったかね？」

三〇分後、みんなでギャラリーへの階段をのぼった。ヴィンセントまでが。それから、べンも。車椅子に乗ったまま誰かに運びあげてもらうより、二本の杖にすがって歩くほうを選んだ。ジョージとドーラがみんなの先頭に立って、ギャラリーの端から歩きはじめたが、どの絵の前でも足を止めようとはせず、最後の二点のところに来て初めて立ち止まった。細密画よりやや大きめの油絵で、二点が対になり、縦に並べてかけてあった。

「ジョージの二人の息子よ」ドーラは言った。「ブレンダンとクリストファー。三〇歳も年の離れた兄弟だけど、公爵家の長い歴史に貢献してくれるでしょう」

「絵を描いてくれたのは、われらの隣人の一人で、友人でもあるアン・コックス＝ハンプトンだ」ジョージがつけくわえた。「いまはロザモンドの肖像画を制作中だ。完成したら、ここに加わることになる」

「ブレンダンの肖像画があったなんて知らなかった」イモジェンが言った。

「ずっとしまっておいて、わたし一人で見ていたのだ。先日ドーラに見せるまでは」ジョージは言った。「だが、ブレンダンの思い出はわたし一人のものではない。現在から未来までのわが一族のもの、そして、ここに来るすべての人のものだ。ドーラとのあいだに産まれた息子と娘には、兄に関して知るべきことをすべて話してやろうと思う」

「わたしもこういう肖像画を描いてみたいわ」ソフィアが言った。「ただの漫画のかわりに。クリストファーの肖像画は実物そっくりだから、ブレンダンもきっとそっくりなんでしょうね。あのね、ヴィンセント、ブレンダンは金色の髪をしていて、少年から一人前の男になろうとしているところなのよ。すごく優しそうな子だけど、自分にちょっと自信が持てない感じ。この年ごろの男の子によくあることだわ。ジョージ、きっと、息子さんを深く愛してらしたのでしょうね」

「そう、愛していた」ジョージはきっぱりと答えた。「いや、訂正しよう。愛している。あとの二人の子と同じく、ブレンダンのことも心から愛している。もっとも、親なら誰もがそうだと思うが」

ジョージは周囲に笑顔を向けながら、ドーラのウェストに腕をまわして脇に抱き寄せた。

「いま気づいたのだが、われわれ七人、今年は深夜の話しあいを一度もしていない。例年なら、ひと晩たりとも省略することはなかったのに。いや、去年は何回か省いた記憶があるが」

その打ち解けた話しあいこそが〈サバイバーズ・クラブ〉の集まりの特色で、それぞれの伴侶は、来ないようにと言われたことは一度もなかったものの、顔を出すのを遠慮していた。ジョージは以前、ドーラに説明したことがある――身体面や精神面や感情面の進歩、つまずき、成功など、それぞれの心の奥にしまいこんでいて、誰かに聞いてもらう必要のあることを、みんなで話しあうのだ、と。今年はただの一度もその話しあいをしていないことに気づいて、誰もが仰天した。ドーラはいまのいままで気づいてもいなかった。

「話しあいがなかったことを寂しく思っている者はいるかな？」ジョージは尋ねた。

ヒューゴが言った。「おそらく、もう誰も必要としなくなったのだろう」

「あなたの言うとおりだと思うわ」イモジェンが言った。「みんなで顔を合わせたときに必要なのは、たぶん、友情と愛を称えることだけなのよ」

「そして、人生を」ラルフがつけくわえた。

「そして、思い出を」ジョージの腕がドーラのウェストをしっかり抱いた。「われわれがここまで来るのに力を貸してくれた人々や、出来事や、感情を、けっして忘れてはならない。もっとも、永遠に忘れるはずはないが」

ジョージは上段にかかったブレンダンの肖像画にやや悲しげな微笑を向け、それから下段の肖像画を見て、少しだけ幸せそうな笑顔になった。頬がぽっちゃりしたクリストファーの肖像画で、一年ほど前、幼児から小さな少年に変わる前に描かれたものだ。

みんな、涙ぐんでるようね——ドーラは周囲を見ながらそう思い、次にジョージを見上げて微笑した。

「フィリッパと産まれたばかりの赤ちゃんに会いに行こうと思うの。誰か一緒に行きたい人は？」

一時間後、新たな生命の誕生を祝うために、馬車の行列がペンダリス館を出発した。

訳者あとがき

全七巻からなる〈サバイバーズ・クラブ〉シリーズの最後を華やかに飾る作品をお届けしよう。主人公はスタンブルック公爵ジョージ・クラブ。〈サバイバーズ・クラブ〉のメンバー七人のうち最年長で、現在四八歳。彼以外のメンバーが次々と結婚し、最後まで残っていたイモジェンも、前作『東の間のバカンスを伯爵と』でついに愛する人とめぐりあい、夫婦として結ばれた。式を終えたイモジェンと夫がハネムーンに旅立ち、式に参列するためロンドンの彼の屋敷に泊まっていた親戚もいなくなったあと、ジョージは不意に孤独に襲われる。

この二年のうちに仲間はみんな結婚し、自分だけが残された。

まず三年前に公爵家の本邸ペンダリス館で三月に開かれた毎年恒例の集まりのとき、ヒューゴ（トレンサム卿）が屋敷の近くの崖で足をくじいて動けなくなっていたグウェンドレンに出会い、夏が来る前に結婚した。

次はヴィンセント（ダーリー子爵）だ。三月の集まりに参加したあと自分の屋敷に戻ったが、家族が選んだ令嬢と婚約させられそうになったため、あわてて家を飛びだして、旅の途中で出会った女の子と熱烈な恋に落ちた。〈サバイバーズ・クラブ〉の仲間の協力で式を挙げることができた。

三番目に結婚したのはベン（サー・ベネディクト）。ヴィンセントの結婚式に彼だけが参列しなかった。ペンダリス館での集まりのあと、姉の屋敷にしばらく身を寄せていたときに美しい未亡人と出会い、事情があってウェールズへ行くという彼女をそちらへ送り届けることにしたためだった。別れと再会ののちに、翌年の一月に二人は結婚した。

そして三月。毎年恒例の集まりが今年はペンダリス館ではなく、ヴィンセントが住むグロスターシャー州の村の屋敷で開かれ、フラヴィアン（ポンソンビー子爵）は村に住む女性に恋をしてしまう。結婚の特別許可証を手に入れ、大急ぎで村の教会で式を挙げた。

五月になり、ラルフ（ベリック伯爵）はロンドンを離れて、サセックス州の祖父母の屋敷を訪ねた。屋敷に身を寄せて祖母の話し相手を務めていた女性と、ひょんなことから結婚することに。屋敷内のチャペルで急いで式を挙げたため、〈サバイバーズ・クラブ〉の仲間に来てもらう時間がなかった。

月日が過ぎて年が明けた。二月、イモジェン（レディ・バークリー）が暮らすコーンウォール州の屋敷に、屋敷の本来の持ち主がやってきた。最初は彼に反感を覚えたイモジェンだったが、徐々に惹かれていき、ひとときの男女関係を楽しもうと決心する。しかし、彼がひとときの関係では終わらせようとしなかった。五月に盛大な式を挙げることとなった。

そして、いま、イモジェンをハネムーンに送りだして、ジョージが孤独に陥っているというわけなのだ。いつもそばにいて話し相手になってくれる人がほしいと思った。結婚しようかとふと考えた。

その瞬間ジョージの心に浮かんだのは、一年前に出会った、もう若いとは言えない年代の女性だった。グロスターシャー州のイングルブルック村に住むミス・ドーラ・デビンズ。ヴィンセント（ダーリー子爵）の屋敷の近くの村に住み、子爵に音楽を教えている。毎年恒例の〈サバイバーズ・クラブ〉の集まりが去年はヴィンセントの屋敷で開かれ、晩餐会の席でミス・デビンズを紹介されたのだ。ジョージは彼女の威厳と慎み深さに好感を持ち、彼女が弾くピアノフォルテの音色の美しさに惹きつけられた。

ミス・デビンズへの求婚を決意したジョージは、急いでイングルブルック村へ向かうことにした。

つねに〈サバイバーズ・クラブ〉の仲間を支え、ときには父親がわりとなって若いヴィンセントやフラヴィアンを慈しんできたジョージだが、じつをいうと、メンバーのなかでもっとも深く傷つき、もっとも大きな闇を抱えているのは彼だった。〈サバイバーズ・クラブ〉の集まりでは、誰もが仲間の前で心のなかのすべてを語ることにしているが、ジョージだけは彼らにさえ打ち明けることのできない暗い秘密があった。自分一人の胸にその秘密をしまいこみ、あの世まで持っていくつもりでいた。

いっぽう、ドーラのほうも、かつて社交界デビューを控えていたときに実の母親が家を出てしまい、二度と戻ってこなかったという辛い経験をしている。社交界デビューも結婚もあきらめ、母親がわりとなって幼い妹を育ててきた。子供たちを捨てた母親をどうしても許すことができず、それが深い傷となっていまも残っている。

知性と分別と優しさを備えた大人の二人がおたがいに相手を思いやり、自分自身が大きな苦悩を抱えながらも、相手の苦悩を少しでも軽くしようと心を砕く様子を、メアリ・バログはいつものように静かな筆致で細やかに描きだしていく。

物語の最後に、おまけとして楽しい一章が添えられている。七作のシリーズを読み継いできた人々は、きっと幸せな気分に浸れることだろう。本書で初めてこのシリーズと出会った人々は、〈サバイバーズ・クラブ〉とその家族の楽しそうな姿に触れて、何がこの幸せをもたらしたかを知るために、メンバー一人一人の恋物語を読みたくなることだろう。どの作品も愛と感動にあふれていて、きっとバログの世界を堪能していただけるに違いない。

二〇二〇年一〇月

ライムブックス

愛の旋律は鳴り止まず

著　者　メアリ・バログ
訳　者　山本やよい

2020年11月20日　初版第一刷発行

発行人　成瀬雅人
発行所　株式会社原書房
〒160-0022東京都新宿区新宿1-25-13
電話・代表03-3354-0685　http://www.harashobo.co.jp
振替・00150-6-151594
カバーデザイン　松山はるみ
印刷所　図書印刷株式会社

落丁・乱丁本はお取替えいたします。
定価は、カバーに表示してあります。
 ISBN978-4-562-06537-0 Printed in Japan